FEDERHERZ
VERLAG

MILA MEADOW

the ACADEMY of FRENCH and RAVEN

VERHÄNGNISVOLLE
BEGIERDE

THE ACADEMY OF FRENCH AND RAVEN
Verhängnisvolle Begierde

Bildmaterial: Shutterstock, Freepik, Rawpixel
Korrektorat: Anika Lorenz-Damschke

Bestellung und Vertrieb: Nova MD GmbH, Vachendorf

ISBN: 978-3-98942-091-5

Druckerei Smilkov Print Ltd
Pokrovnishko shose
2700, Blagoevgrad

Federherz Verlag
Bergmannsweg 7
31867 Lauenau
www.federherzshop.de
Instagram: @federherz.verlag

Für Levi.
Danke, dass du mir gezeigt hast, dass nicht immer alles einen tieferen Sinn oder gar Nutzen braucht.
Manchmal reicht es auch, wenn man einfach nur Spaß hat.
Deine E.

Leg deine Maske ab und zeig mir,
was du wirklich willst.

Triggerwarnung

In diesem Buch werden die Themen Alkohol- und Drogenmissbrauch, Gewalt und Blut erwähnt und/oder behandelt.

(Anonyme) Hilfe findest du telefonisch und kostenfrei unter 08000 116 116 oder im Chat auf www.hilfetelefon.de.

Du bist nicht allein!

KAPITEL 1

Everly

Der Griff des Barmanns an meiner Jacke ist eisern, während er mich durch den Gang in Richtung der Hintertür zerrt. In meiner Nase brennt immer noch der Geruch des Gastraumes, eine Mischung aus schalem Bier, kaltem Rauch und der brechreizerregenden Kombination diverser billiger Aftershaves. Jeder einzelne Winkel dieser Kneipe stinkt nach Versager.

»Ernsthaft? Der Typ grabscht mir an den Arsch, aber ich bin diejenige, die dafür rausgeschmissen wird?«, frage ich empört und ein ungläubiges Lachen entkommt meiner Kehle. *Darf eine Frau sich eigentlich nicht mal mehr gegen Belästigung zur Wehr setzen?*

»Ich kann hier keinen Ärger gebrauchen, Kleine«, brummt der Barmann in seinen Vollbart und schiebt mich vor sich her, sodass ich fast über eine wackelige Bodendiele falle. »Und erst recht kann ich es nicht gebrauchen, wenn jemand einen Queue zwischen die Beine bekommt und lautstark nach einem Krankenwagen jault. Das vergrault mir die Kundschaft.«

»Der Kerl ist *gestolpert*«, erkläre ich, auch wenn es nicht wirklich der Wahrheit entspricht, aber bevor man etwas tut, das einen eventuell in Schwierigkeiten bringen könnte, sollte man sich immer eine gute Ausrede zurechtlegen.

Beherzt stößt er die Tür auf, die mit einem Knall gegen die Wand schlägt und dabei einen Teil des Fassadenputzes abbröckeln lässt. Der Barmann, der mich ein bisschen an Yosemite Sam aus den Looney Tunes Cartoons erinnert, schubst mich grob aus seinem Etablissement, sodass ich an die gegenüberliegende Wand des Nebengebäudes pralle. Ich höre noch ein Grunzen, das verdächtig nach »Hausverbot« klingt, dann ist die Tür auch schon geschlossen und ich stehe allein in einer engen, kaum beleuchteten Gasse.

»Arschloch«, murmle ich und wische mir den Dreck, der durch meine Kuscheleinheit mit der Wand an meiner Jacke hängen geblieben ist, weg. Was kann ich bitte dafür, dass seine tolle Kundschaft nur aus Gesocks besteht? Und nicht aus der Sorte, die Respekt gegenüber Frauen hat.

Ich werfe einen Blick auf meine Armbanduhr und seufze resigniert. Es ist nur noch eine halbe Stunde bis zur offiziellen Nachtruhe, und wenn ich bis dahin nicht wieder in meinem Zimmer bin, wird das Gemecker groß sein. Es steht nicht auf meiner To-do-Liste, bereits in der ersten Woche aufzufallen.

Mit gespitzten Ohren lausche ich nach fließendem Verkehr und laufe durch verzweigte Gassen, bis ich bei einer Straße ankomme. Der kleine, beschauliche Küstenort South Shanton ist nicht mit einer Großstadt zu vergleichen, in der im Minutentakt Taxis vorbeikommen. Ausgerechnet heute habe ich mir die am weitesten vom Schulgelände entfernte

Kneipe ausgesucht. Dank Yosemite Sam habe ich es nicht einmal mehr geschafft, einen halbwegs nüchternen Kerl zu bequatschen, sich mir als Mitfahrgelegenheit anzubieten. Während ich die Möglichkeiten durchgehe, um in vierundzwanzig Minuten wieder im Verbindungshaus zu sein, blenden Scheinwerfer hinter mir auf und kurz darauf kommt ein weißes Auto mit Uber-Schriftzug am Bordstein zum Stehen. Wie viel Glück kann ein Mensch haben? Doch so schnell meine Euphorie aufgeflammt ist, genauso schnell wird sie mit einem riesigen Eimer Wasser erstickt, als nicht das Fahrerfenster, sondern die Scheibe direkt dahinter nach unten fährt. Der Uber ist besetzt.

»Hey«, spricht mich der Fahrgast an und ein zartes Lächeln legt sich auf seine vollen Lippen. »Du siehst so verloren aus und erwischst mich an einem guten Tag. Ich bin gern bereit, den Uber zu teilen, wenn deine Endstation auf meinem Weg liegt.«

Keine Ahnung, wer dieser Typ ist. Den definierten Gesichtszügen nach zu urteilen, dürfte er nicht viel älter sein als ich und sieht nicht so aus, als hätte er die Absicht, mich zu entführen und meine abgetrennten Einzelteile im Wald zu vergraben.

»Academy of French & Raven«, nenne ich ihm mein Ziel und trete näher ans Fahrzeug heran.

Sein Mundwinkel zuckt, aber diese Reaktion ist nicht verwunderlich. Jeder in dieser Stadt kennt meine neue Bildungseinrichtung und ihren Ruf als elitäre Snob-Schmiede. Vermutlich stempelt er mich gleich als eine dieser reichen Gören ab, mit denen man bloß nicht in Verbindung gebracht werden will, und lässt mich allein hier stehen.

»Liegt auf dem Weg«, erwidert er zu meinem Erstaunen

und nickt in Richtung der Autotür, die mir eine schnelle Rückkehr ins Verbindungshaus verspricht. Wem mache ich etwas vor? Selbst wenn der Kerl ein Axtmörder wäre, bliebe mir nichts anderes übrig, als einzusteigen, um rechtzeitig zurück zu sein.

Mit schnellen Schritten umrunde ich das Heck und gleite auf den weichen Sitz, als der Unbekannte dem Fahrer ein Zeichen gibt und der Uber sich prompt in Bewegung setzt. Glücklicherweise hat keiner der Anwesenden das Bedürfnis, sich zu unterhalten, was mir mehr als recht ist. Während mein Retter auf seinem Handy tippt und dabei kaum Notiz von mir zu nehmen scheint, nutze ich die Gelegenheit, um ihn näher zu betrachten. Normalerweise sind schwarzhaarige Männer eher mein Typ, aber dieser Kerl hier hat etwas. Die dunkelblonden Strähnen fallen ihm vereinzelt in die Stirn, und das passt perfekt zu seiner geraden Nase und den hohen Wangenknochen. Ein klassischer Schönling, der bestimmt reihenweise Frauen abschleppt. Es wundert mich, dass er sich überhaupt in diesen Teil der Stadt verirrt hat. Ich habe mir alle Mühe gegeben, eine Kneipe zu finden, in der mir keine Gleichaltrigen oder – noch schlimmer – mögliche Kommilitonen begegnen könnten. Es wäre nicht besonders klug, jetzt schon Töpfe in der Gerüchteküche aufzusetzen.

»Welches Haus?«, fragt er plötzlich und mein Kopf schnellt Richtung Fenster. Bei all dem Starren habe ich nicht einmal gemerkt, dass wir fast angekommen sind und sich in der Ferne bereits die mehrstöckigen Domizile aus altem Backsteingemäuer erheben.

»Nummer vierundvierzig. Das Gebäude neben dem Rundbogen.«

Der Fahrer gibt ein zustimmendes Brummen von sich. Es

ist wohl nicht das erste Mal, dass er Studenten hier absetzen muss. Ich öffne den Verschluss meiner Umhängetasche, um meinen Geldbeutel hervorzuholen, aber der hübsche Fremde winkt ab.

»Vergiss es. Das geht heute auf meine Rechnung.«

Skeptisch lasse ich mich tiefer in den Sitz sinken. Eine kurzfristige, kostenlose Mitfahrgelegenheit mit einem Kerl, dessen melodische Stimme sanft in meinen Ohren nachklingt? Meint es Fortuna so gut mit mir?

»Vielen Dank«, sage ich lächelnd. »Und was möchtest du als Gegenleistung?« Er ist immer noch ein Mann. Und Männer tun absolut nichts, ohne dass sie dafür auf irgendeine Art und Weise entlohnt werden. Zumindest nicht in der Welt, aus der ich komme.

»Deinen Namen und deine Handynummer«, sagt er mit einer Selbstverständlichkeit, die mich schmunzeln lässt. Er darf gern wenige Sekunden lang glauben, dass es so einfach ist. Aber das wäre nicht besonders fair. Viel fairer ist es, zu verschwinden und zur Geistererscheinung einer nebligen Nacht zu werden.

Als der Uber vor dem Gebäude stehen bleibt, drehe ich mich zu meinem fremden Retter und bedeute ihm mit dem Zeigefinger, näher zu rücken.

»Komm her, dann verrate ich es dir«, säusle ich und tatsächlich lehnt er sich zu mir.

Der Fahrer dürfte mittlerweile ganz schön genervt sein von diesem Theater. Andererseits sieht er so etwas bestimmt nicht zum ersten Mal. Während der Typ neben mir noch glaubt, dass ich ihm wirklich gleich meinen Namen zuflüsterte, fährt meine Hand in seinen Nacken und zieht ihn mit einer kurzen Bewegung zu mir. Statt ihm zu geben, was er will, küsse ich ihn. Und es vergeht nur ein kurzer Moment der Überraschung, bevor seine Finger in meine Strähnen greifen und er den Kuss vertieft. Während ein Teil von mir es genießt, wie kleine Schocks meinen Körper elektrisieren, umfasse ich hinter mir den Griff der Tür und sichere mir damit eine schnelle Flucht. Leider küsst der Kerl wirklich gut. So gut, dass ich ein paar Sekunden länger als geplant seine Lippen auf meinen spüren will. Aber man soll ja bekanntermaßen aufhören, wenn es am schönsten ist.

Ich stoße die Tür auf. Seine glühenden dunkelgrünen Augen fressen sich in meine Erinnerung, als ich mich mit einem Zwinkern von ihm verabschiede und ohne einen Blick zurück ins Verbindungshaus eile, während in der Ferne die Kirchenglocken zur vollen Stunde schlagen.

House of Squadron steht in silbern geprägten Lettern auf der schwarzen Mappe. Die rund vierzig Seiten, die sich darin befinden, werden in den nächsten drei Jahren meine Bibel sein. Angefangen mit den Werten der Schule, über die Hausordnung und die Verhaltensregeln, bis hin zum Stundenplan und dem Benotungssystem. Außerdem ist sehr detailliert die Machtbasen-Theorie und deren Auswirkungen auf den sozialen Einfluss erklärt. Die Psychologen John R. P. French und Bertram H. Raven haben sich nicht umsonst damit beschäftigt. Immerhin hat man dafür die Academy nach ihnen benannt. Jeder Schritt und jedes Wort in diesem System sind durchgeplant. Genauso wie die Anforderungen. Die horrenden Studiengebühren wollen bezahlt werden, man muss mindestens achtzehn Jahre alt sein und die Eltern sollten über einen gewissen Einfluss verfügen. Man überlässt nichts dem Zufall, wenn es darum geht, die nächste Generation, die Zukunft der Führung, zu formen. Nicht umsonst herrschen Kontaktverbot und Ausgangssperre innerhalb der ersten sieben Tage nach Ankunft. Ein Brandbeschleuniger für meine chronische Langeweile. Glücklicherweise ist wenigstens der Freiheitsentzug mit dem heutigen Tag vorbei.

Ich werfe einen letzten Blick in den Spiegel, bevor ich mein Zimmer, zufrieden mit meiner Erscheinung in der maßgeschneiderten Schuluniform, verlasse. Vor dem Verbindungshaus entdecke ich den rotblonden Schopf von Paisley. Sie wartet mit einem extra breiten Grinsen auf mich und ich weiß nicht, ob ich ihre gute Laune als motivierend oder beunruhigend interpretieren soll. Hinter ihren leicht abstehenden Ohren klemmt eine Zigarette, die sie mir reicht, als ich bei ihr ankomme.

»Guten Morgen«, begrüßt sie mich fröhlich, während ich mir die Kippe zwischen die Lippen stecke und anzünde. In der Hausordnung stand zwar etwas von Rauchverbot auf dem Gelände, aber das interpretiere ich genauso offen wie die Ausgangssperre.

»Warum so gut gelaunt?«, frage ich und stelle amüsiert fest, dass ihre Augen sich schockiert weiten.

»Das fragst du noch? Heute ist der erste offizielle Tag! Und wir lernen endlich die anderen Studenten kennen. Ich bin schon so neugierig.« Sie wackelt albern mit den Schultern, als wolle sie hier in der Öffentlichkeit einen Tanz aufführen. Seit ich Paisley kenne, und das ist mittlerweile immerhin fast eine Woche, legt sie eine ausgeprägte Begeisterungsfähigkeit an den Tag. Recht ungewöhnlich für jemanden, der wie ich in einer Militärfamilie aufgewachsen ist, aber möglicherweise suche ich meine eigene Teilnahmslosigkeit einfach gern bei anderen. Nur um dann ein bisschen enttäuscht zu sein, wenn ich sie nicht finde.

»Das sind Menschen wie du und ich«, sage ich und zucke mit den Achseln. Kein Grund, daraus so eine große Sache zu machen. Jeder, der hierherkommt, hat ein bestimmtes Ziel vor Augen. Sich ein prächtiges und völlig überflüssiges Sozialleben aufzubauen, gehört nur bedingt dazu. Man sollte Kontakte knüpfen und sich zumindest so weit mit den anderen Studenten gut stellen, solange man es potenziell für Gefälligkeiten ausnutzen kann. Meine selige Großmutter hatte dazu eine unumstößliche Meinung: ›Everly, es ist immer gut, wenn dir jemand etwas schuldet.‹

»Bist du kein bisschen gespannt auf die anderen Häuser?«, fragt Paisley und legt den Kopf schief, als wäre sie der Annahme, dass mit jedem, der vor Freude nicht frenetisch quietschte, etwas nicht stimmt.

Während wir den Weg zum Versammlungshaus antreten, in dem am heutigen Morgen die Eröffnungsrede der Direktion stattfinden wird, schüttle ich den Kopf. »Wir werden in die gleichen gesegneten Gesichter blicken, die auch wir zur Schau tragen, Pais. Um ehrlich zu sein, erwarte ich keine großen Überraschungen«, antworte ich und ziehe an meiner Zigarette. Das Nikotin entfaltet so langsam seine Wirkung. Keine Überraschung, aber ein ungünstiges Wiedersehen wäre es natürlich, wenn jetzt der Kerl, den ich gestern im Uber geküsst habe, unter den Neuankömmlingen wäre. Meine hübsche Fluchtaktion wäre dann nichtig.

Vor einem eindrucksvollen Backsteingebäude mit rund zulaufenden Fenstern und massiven Steinsäulen vor dem Eingang bleiben wir stehen. Wir sind nicht die Ersten. Es tummeln sich bereits Dutzende Studenten auf dem Vorplatz. Kaum habe ich meine Kippe im Rinnstein entsorgt, zerrt mich Paisley auch schon ins Innere, um gute Plätze zu erwischen. Im Audimax sind die von oben nach unten absteigenden Reihen bereits gut gefüllt. Wenige Minuten später ist jeder Sitz besetzt und ein markantes Räuspern zerreißt die Kakophonie aus Gesprächen. Vor den Rängen des Audimax hat sich eine Frau platziert, die ich, mit den Fotos aus dem Internet im Gedächtnis, als die Direktorin der Academy identifiziere. Die erste weibliche und zudem afroamerikanische Person an der Spitze der Zukunftsträger-Schmiede. Ihre schulterlangen schwarzen Haare sind bis auf den letzten Millimeter gerade und umranden das herzförmige Gesicht.

»Willkommen an der Academy of French & Raven«, ruft sie und auch die letzte Konversation verstummt, um ihren Worten zu lauschen. »Für diejenigen unter Ihnen, die mich noch nicht kennen, darf ich mich vorstellen. Mein Name ist Shantelle Whittaker, Direktorin der Academy und Professorin für Literatur.« Sie macht eine bedeutungsschwangere Pause und lässt ihren prüfenden Blick durch die Menge schweifen. Es herrscht eine gespenstische Stille im Audimax, während alle gespannt darauf warten, dass sie fortfährt. »Ihnen allen wurde unter strengsten Anforderungen das Privileg zugesprochen, diese Institution besuchen zu dürfen. Ich lege jedem Einzelnen wärmstens ans Herz, dieses mit der nötigen Ernsthaftigkeit anzunehmen.«

Wenn nicht allen im Raum klar ist, was hier auf dem Spiel steht und was winken kann, wenn man seinen Abschluss besteht, dann ist man von vornherein fehl am Platz.

»Darüber hinaus genießen sie nun alle Annehmlichkeiten

ihrer Verbindungshäuser. Gemeinschaft ist einer der Grundpfeiler unserer Academy, weswegen wir und nun auch Sie stets dafür Sorge tragen, der Gemeinschaft mit dem nötigen Respekt zu begegnen.« Direktorin Whittaker beendet ihren Monolog mit guten Wünschen auf Erfolg und entlässt die Meute zu ihrer ersten Vorlesung.

Paisley greift erneut aufgeregt nach meinem Arm und ich rolle mit den Augen. Wie einfach sie sich beeindrucken lässt. Auf der schmalen Treppe nach oben entsteht durch den Menschenauflauf ein regelrechtes Gewusel. Unzählige Studenten quetschen sich aneinander vorbei und jemand schubst mich so dreist zur Seite, dass ich prompt gegen eine andere Person pralle. Mir liegt bereits eine höfliche Floskel auf den Lippen, die mir jedoch im Hals stecken bleibt, als ich nach oben blicke. Der Mann, mit dem ich zusammengestoßen bin, lächelt mich entschuldigend an und berührt mich ein paar Sekunden länger als nötig am Rücken, damit ich auf den Stufen den Halt nicht verliere, bevor er in der Meute verschwindet. *Das ist …*

Ich schüttle den Kopf. Nein, das ist nicht der Kerl, mit dem ich gestern auf dem Rücksitz eines Ubers rumgeknutscht habe.

Aber er hat exakt die gleichen Augen.

KAPITEL 2

Raheem

Ein Vorteil, wenn man im zweiten Jahr an der Academy ist? Die Professoren sparen sich lange Reden und schwülstige Ansprachen, die sie sich Monate vorher zurechtgelegt haben. Jedem in diesem Klassenzimmer ist bewusst, warum er hier ist und was das bedeutet. Wenn nicht, dann haben die Erziehungsberechtigten einen grundlegenden Fehler gemacht. Bereits der erste Tag im neuen Semester startet mit schweren Themen und einer schier nicht enden wollenden Vorschau an Hausarbeiten und Abgabeterminen. Professor Bautista beginnt seinen Unterricht in Regierungslehre mit einem Zitat von Abraham Lincoln und endet mit einem von Julius Caesar. Das gibt einen kleinen Einblick, wie umfangreich allein dieser Kurs wird.

Als alle sich zum Mittagessen in die Mensa begeben, nehme ich den kurzen Fußmarsch zum Verbindungshaus auf mich. Überall wimmelt es von Neuankömmlingen, die übermotiviert, mit breitem Grinsen und großen Augen durch die

Hallen der Academy laufen, als wären sie in einem Vergnügungspark. Diese Euphorie wird schneller verschwinden, als sie es sich ausmalen können.

Im Verbindungshaus der United Fellows herrscht eine willkommene Stille. Fast alle sind bei ihren Kursen, beim Essen oder damit beschäftigt, jeden Winkel des Campus zu erkunden. Ich stelle meine Tasche in mein Zimmer und begebe mich auf direktem Wege in die Gemeinschaftsküche, die genauso verlassen ist wie der Rest. Genügend Zeit, um sich eine Limo aus dem Automaten zu holen und die Ruhe zu genießen.

»Krieg ich auch eine?«

Zumindest, wenn nicht plötzlich der kleine Bruder hinter einem steht. Ich reiche Levi seine Dose, während er sich gegen die Theke lehnt.

»Ist gestern alles glattgegangen? Du warst spät zurück«, sagt er und nippt an seinem Getränk.

»Zweifelst du an mir?«, frage ich mit einem leichten Schmunzeln. »Der Kunde hat seine Ware pünktlich erhalten und ganz nebenbei ein hübsches Sümmchen abgedrückt.«

Levi braucht nicht zu erfahren, dass ich mich nur deswegen verspätet habe, weil ich einem Erstsemester und noch dazu Mitglied von Squadron eine Mitfahrgelegenheit geboten habe. Wie lange wird es wohl dauern, sie in der Menge an neuen Studenten ausfindig zu machen?

»Schlimm genug, dass ich schon wieder in den *Außendienst* musste.« Ich spreche das Wort mit so viel Abscheu aus, dass Levi in schallendes Gelächter ausbricht.

»Dann sei froh, dass du ab sofort einen Langfinger im Team hast. Du kannst dich wieder in deinem Kabuff verkriechen und ich übernehme den Rest.«

Ich brauche es nicht laut auszusprechen. Levi weiß, wie dankbar ich dafür bin, dass er nun ebenfalls Teil des Geschäftes ist, das Zane und ich im letzten Jahr aufgezogen haben. Aber das ist kein Thema für die Gemeinschaftsküche.

»Wie war der erste Tag vom Rest deines Lebens?«, frage ich stattdessen und öffne meine Limo.

»Erstaunlich langweilig«, antwortet Levi schulterzuckend. »Viel Gerede und noch mehr überschwänglicher Enthusiasmus.«

»Den federnden Schritten nach zu urteilen, hatte ich auch das Gefühl, als hätten sich die Neuen darauf eher freudig darauf eingestellt, bei einer Quizshow mitzumachen.«

Sein Lachen hallt erneut durch den kleinen, länglichen Raum, der an beiden Seiten über lange Theken verfügt, die es den Studenten immerhin ermöglichen, sich Snacks oder Heißgetränke zuzubereiten.

»Den Eindruck hatte ich auch«, sagt Levi grinsend. »Bis auf eine Schönheit, mit der ich im Audimax zusammengestoßen bin. Die sah eher so aus, als hätte sie einen Geist gesehen.«

»Wahrscheinlich hat dein Gesicht sie erschreckt«, ertönt es plötzlich und nur eine Sekunde später betritt Zane den Raum. Obwohl er einen schlechten Witz gemacht hat, über den Levi sogar schmunzeln muss, verzieht er dabei keine Miene. Sein Gesicht ist eine perfekte Maske der Resignation. Ich kann mich nicht daran erinnern, wann ich das letzte Mal Freude, Zorn oder sonst irgendeine Regung an ihm wahrgenommen habe.

»Ich sehe doch sympathisch aus, oder nicht?« Levi zieht eine Grimasse und ich schüttle den Kopf. Zane liegt vielleicht gar nicht so verkehrt.

»Wenn die Ladys hier fertig sind mit dem Kaffeeklatsch, würde ich euch gern über etwas informieren«, sagt Zane und läuft kurzerhand wieder aus dem Zimmer, mit der stummen Aufforderung, ihm zu folgen. An dieses Leitwolf-Gehabe sind wir seit unserer Kindheit gewöhnt und auch hier an der Academy ist es nicht anders. Dass wir nun mit Levi endlich wieder vollständig sind, scheint sein Großer-Bruder-Gen zusätzlich anzutreiben.

Im Aufenthaltsraum und dem Vorraum zu den oberen Stockwerken tummeln sich mittlerweile einige bekannte und weniger bekannte Gesichter. Bis jetzt habe ich nicht wirklich das Bedürfnis gehabt, die neuen Mitglieder unserer Verbindung kennenzulernen. Die meisten sehen nicht so aus, als wären sie für interessante Gespräche zu haben.

»Ich möchte morgen Abend das von Direktorin Whittaker ausgerufene Get-together besuchen«, verkündet Zane und bleibt nahe der Eingangstür stehen. In seinen Augen, die sonst emotionslos dunkel sind, blitzt eine schelmische Absicht auf.

»Die Veranstaltung für Erstsemester?«, frage ich skeptisch. »Warum? Sie war sterbenslangweilig letztes Jahr.«

Zane zuckt mit den Schultern. »Ist doch eine nette Möglichkeit, die neuen Schüler kennenzulernen. Es schadet nicht, wenn du hin und wieder unter Leute kommst, Bruder.« Jedem anderen hätte ich dieses triviale Gerede abgekauft, aber nicht ihm. Dafür kenne ich ihn zu gut. Und dafür haben wir nicht fast ein Jahr lang ein Geschäftsmodell aufgebaut, deren Kern es ist, dass wir uns wortlos verständigen.

»Okay, und jetzt noch mal für jemanden, der mit dir aufgewachsen ist. Was zum Teufel sollen wir dort?«, frage ich misstrauisch.

Zane starrt mir stur in die Augen und ich weiß, dass ich keine Antwort zu erwarten brauche. Wenn er sich einmal etwas in den Kopf gesetzt hat, dann ist es schier unmöglich, ihn davon abzubringen.

»Also ich bin so oder so dabei«, verkündet Levi, der sich in einen der wuchtigen Ledersessel gesetzt hat, und hebt seine Dose, als würde er einen Toast aussprechen wollen. »Vielleicht treffe ich dort auf Menschen, die sich nicht vor meinem Gesicht erschrecken.« Ohne Erfolg versucht er, sein Grinsen hinter seinem Getränk zu verstecken.

Seufzend löse ich meine verschränkten Arme und sie fallen schlaff nach unten. Das nennt man wohl überstimmt. Wobei es tatsächlich keine schlechte Idee wäre, sich unter Menschen zu mischen. Zumindest bis ich die Neue von Squadron gefunden habe. Denn die Frage, warum es die bessere Wahl war, mich zu küssen, anstatt mir einfach ihren Namen zu verraten, brennt mir auf der Seele. Danach kann ich immer noch in meine Fälscherwerkstatt zurückkehren und alles an dieser gottverdammten Schule ausblenden.

»Meinetwegen«, sage ich ergeben. »Ich komme auch.«

KAPITEL 3

Everly

Ich betrete den Aufenthaltsraum und habe sofort den süßlichen Duft von Vanille in der Nase. Jemand hier drin trägt ein ziemlich aufdringliches Parfüm. In dem rechteckigen Zimmer sind mehrere Sitzgruppen aus stoffbezogenen, dunklen Möbeln, die jede Menge Platz bieten, um sich zu unterhalten, zu lesen oder zu lernen. Jeder Winkel, vom leicht gemusterten Teppich bis zum Kronleuchter an der Decke, scheint einem ins Gesicht zu schreien, wie viel er schon erlebt hat und wie viele Studenten hier ein- und ausgegangen sind. Die Geschichte ist fest in jeder Ecke verankert und wartet darauf, erzählt zu werden.

Paisley und Selene sitzen auf einem der Sofas und sprechen angeregt miteinander. Vermutlich tauschen sie sich über die Eindrücke aus, die sie im Laufe des Tages gesammelt haben. Ich muss zugeben, die Academy of French & Raven ist wirklich beeindruckend. Und jeder der Professoren lässt uns auch sehr deutlich spüren, was für ein Privileg es ist, dass wir hier sein dürfen. Man kommt sich vor, als hätten sie gleich zu

Beginn des Unterrichts Schilder verteilt, auf denen ›Ich bin elitär‹ steht.

Als Paisley mich entdeckt, winkt sie mich zu sich. Genauso wie ich haben die beiden ihre Schuluniform gegen alltagstaugliche Klamotten getauscht. Außer uns sind noch einige andere Studenten hier, die den Abend ausklingen lassen.

»Spannendes Thema?«, frage ich und setze mich mit überkreuzten Beinen in den erstaunlich gemütlichen Loungesessel.

»Paisley hat mir bis eben von ihren aufregenden Bekanntschaften rund um die Verbindungshäuser der Academy erzählt«, erklärt Selene und spielt nebenbei mit den Spitzen ihrer langen karamellfarbenen Haare. Erstaunt wandert meine Augenbraue nach oben.

»Wie viele hast du dir denn schon am ersten Tag angelacht?« Wie viel Energie für zwischenmenschliche Kontakte kann man bitte haben?

»Also ...« Paisley streckt den Rücken durch, sichtlich erfreut darüber, ihre Geschichte noch mal erzählen zu dürfen. »Da wäre Gideon Gierth, ein sehr netter junger Mann von den Actuaries. Seinem Vater gehört ein Kreditinstitut mit Sitz in Los Angeles.« Sie hebt zwei Finger in die Höhe. »Clementine Velez, sie gehört zu den Wissenschaftsfreaks von Doctrina. Ihre Eltern arbeiten in der Pharmaindustrie. Und dann hätten wir noch Philippa Hull und ihre Schwester Kiana, die interessanterweise in zwei verschiedenen Verbindungen sind. Eine ist bei den zugeknöpften Leuten vom Haus der Wissenschaft und die andere ebenfalls bei den Finanznerds der Actuaries. Tja, eine Hand wäscht wohl wirklich die andere.« Schulterzuckend lässt sie sich ins Polster sinken.

Selene, die im zweiten Jahr an der Academy ist, hat nur ein müdes Lächeln für Paisleys Energie übrig. Vermutlich weil sie weiß, wie schnell diese erlischt, wenn man lang genug in dieser Snobschmiede zu Hause ist.

»Da fehlt aber ein Haus«, bemerke ich neckisch. »Oder hat es United Fellows nicht in deine heutige Sammlung geschafft? Waren die Politiker von French & Raven zu hart zu knacken?«

Selene und ich verfallen simultan in Gelächter, doch Paisley winkt ab, ohne mit der Wimper zu zucken.

»Soll ich euch mal was sagen? Diese Rechtsverdreher halten ihre Nase ganz schön weit oben.«

»O ja, weil alle anderen, inklusive uns selbst, die Bescheidenheit in Person sind«, sagt Selene ironisch und der pikierte Gesichtsausdruck, den sie von Paisley als Reaktion bekommt, ist richtig witzig.

»Die werden auch noch meinem Charme verfallen, mach dir da mal keine Sorgen«, verkündet diese und besiegelt mit einem Zwinkern ihr Vorhaben.

Auch der zweite Tag mit durchgetaktetem Stundenplan ist nicht weniger anspruchsvoll als der erste. Die Professoren vermitteln von vornherein einen sehr genauen Eindruck davon, was sie sich von jedem einzelnen der Anwesenden erhoffen und erwarten. Da jedes Haus auf sich zugeschnittene Fächer hat, gibt es ausgenommen der Wahlfächer nur wenige Überschneidungen mit den anderen Schülern. Spätestens beim für heute angekündigten Get-together, das eine Pflichtveranstaltung für die Erstsemester ist, wird das aber anders sein.

Ich nutze die Freistunde vor meinem Französisch-Unterricht, um mir die Liste der Pflichtlektüren durchzulesen. Jeder bekommt andere Bücher, damit vermieden wird, dass voneinander abgeschrieben werden kann. Mir scheint, als wären die Professoren bereits auf den ein oder anderen Fall eingestellt und dementsprechend mit allen Wassern gewaschen. Die Standardtricks dürften hier nicht mehr funktionieren. Aber was wäre das Leben ohne Herausforderung?

Die Bibliothek der Academy befindet sich vom Hauptgebäude aus gesehen im Westen des Campus und ist genauso imposant wie der Rest. In dem zweistöckigen Haus mit der gewundenen, edlen Steintreppe gibt es kaum eine Wand, die nicht von Regalen verdeckt ist, in die Bücher aller Epochen einsortiert wurden. Die Auswahl macht jedem Versandhändler Konkurrenz. Bereits beim Betreten riecht es nach altem Papier und Tinte. Es ist schier unmöglich, sich in diesem Sammelsurium nicht wohlzufühlen, besonders bei der gesitteten Ruhe, die vorherrscht.

Da ich die Squadron-Mappe, die uns zu Beginn überreicht wurde, verinnerlicht habe, weiß ich, dass die ergraute Dame, auf die mein Blick fällt, Mrs. Kettlebush ist. Die Bibliothekarin sitzt mit strenger Miene hinter einem Pult aus dunklem Holz und blättert in einem dicken Wälzer. Als ich höflich lächelnd an ihr vorbeigehe, nickt sie mir knapp zu. Ganz offensichtlich ist sie nicht von der gesprächigen Sorte. Das soll mir recht sein, während ich in Ruhe durch die Gänge gehe und dabei die Buchrücken betrachte. Es sind viele schöne Stücke dabei. Klassische Literatur und Belletristik reihen sich neben Poesie und Fachliteratur.

Ich ziehe *Clarissa* von Samuel Richardson hervor, auch wenn es nicht auf meiner Liste steht. Das Buch ist leicht verstaubt, als hätte es schon lange keiner mehr ausgeliehen.

»Trotz der überschaubaren Anzahl an Neuankömmlingen war es gar nicht so einfach, dich zu finden«, sagt eine ruhige Stimme und mein Kopf ruckt zur Seite.

»Dann hast du dir wohl nicht besonders viel Mühe gegeben«, entgegne ich und der Ansatz eines Lächelns zupft an meinen Lippen, als ich den hübschen Fremden entdecke, der gentlemanlike einen Uber mit mir geteilt hat.

Er sieht besser aus als in meiner Erinnerung. Die Schuluniform samt Hemd, Weste und Jackett steht ihm ausgesprochen gut und am Revers glänzt ein kleiner goldener Anstecker mit den Buchstaben *UF*. Also ein Rechtsverdreher der United Fellows, wie Paisley sagen würde.

»Touché«, murmelt er und lehnt sich mit verschränkten Armen gegen eines der Regale. Ich bin mir nicht sicher, ob es mir in irgendeiner Form schmeicheln soll, dass er nach mir gesucht hat. Vielleicht wollte er nur seine instinktive Neugier befriedigen.

»Jetzt, da du mich gefunden hast, willst du mich doch bestimmt mit Fragen löchern«, sage ich und laufe mit *Clarissa* im Arm zum nächsten Regal, um meine Pflichtlektüre zu suchen. Sicherlich gibt er sich nicht einfach damit zufrieden, hier zu stehen und mich dabei zu beobachten, wie ich Bücher zusammensammle.

»Eigentlich nur eine«, erwidert er und sein Blick folgt mir bei jedem Schritt.

Fragend wandert meine Augenbraue nach oben. Ich hätte

wirklich erwartet, dass ich mich darauf einstellen kann, bombardiert zu werden.

»Glaubst du, es war die richtige Entscheidung, mich zu küssen, anstatt mir einfach deinen Namen zu verraten?«

Ich nehme mir ein paar Sekunden Zeit, um über die Antwort nachzudenken, und lege die Bücher auf einen runden Tisch vor dem hohen, mit tiefroten Vorhängen versehenen Fenster. Ist der leichte, kaum bemerkbare Hauch von Drohung auch tatsächlich als solcher gemeint? In seiner Frage, die auf den ersten Blick völlig unschuldig klingt, schwingt ein verheißungsvoller Unterton. Nur ist mir seine Intention nicht klar. Aber, das ist ja nichts, was sich nicht herausfinden ließe.

»*Hätte* ich dir meinen Namen verraten, dann hättest du die Nacht bestimmt damit verbracht, alles Mögliche über mich zu recherchieren, und dann wäre es vielleicht nie zu einem Kuss gekommen. So hatten wir wenigstens das Vergnügen.« Ich bleibe eine Armlänge von ihm entfernt stehen und studiere sorgsam die Regung in seinen Augen.

»Glaubst du, ich verbringe so meine Zeit?« Er löst die verschränkten Arme, macht aber keine Anstalten, näher zu kommen.

»Du verbringst deine Zeit ja schließlich auch damit, nach mir zu suchen«, necke ich ihn und schürze die Lippen wegen meiner unbestechlichen Logik.

Und bekomme ein anerkennendes Nicken als Reaktion. »Und wieder: Touché«, sagt er und fast sieht es so aus, als wolle er sich vor mir verbeugen. Doch stattdessen streckt er die Hand in meine Richtung aus. »Raheem Rawlins.« Ein Name, der perfekt passt.

Und obwohl ich dieses Spielchen gern noch ein bisschen

weitertreiben würde, mache ich einen Schritt vor und erwidere seinen Handschlag. »Everly Foster.«

Seine Finger schließen sich fest um meine, und ehe ich mich's versehe, hat Raheem mich mit einer ruckartigen Bewegung zu sich gezogen, sodass ich gegen seinen Körper pralle. Unsere Gesichter trennen nur noch wenige Zentimeter. Ich bin mir sicher, dass Mrs. Kettlebush, wenn sie uns sehen würde, einem Tobsuchtsanfall ein ganzes Stück näher kommen würde.

Raheem hebt seine freie Hand, die andere hält mich immer noch an Ort und Stelle, und umfasst mit sanftem Griff mein Kinn. Das hier ist viel mehr nach meinem Geschmack als Gespräche.

»Glaubst du, *das* ist die richtige Entscheidung?«, stichle ich trotzdem, als er eindeutig im Begriff ist, mich zu küssen, und ich es nicht lassen kann, das zu kommentieren.

»Es ist ohne Zweifel die falsche«, raunt er und verschließt meinen Mund mit seinem.

Hätte ich nur eine Sekunde daran gedacht, dass der Kuss im Uber der Hitze des Moments geschuldet war, dann macht spätestens dieser Augenblick diese Annahme zunichte. Und die Erkenntnis, dass seine Lippen auf meinen sich so verdammt gut anfühlen, dass sich Hitze von meinem Bauch bis zwischen meine Beine ausbreitet, macht es nicht einfacher.

Doch so schnell, wie er mich in den Strudel dieser prickelnden Gefühle gerissen hat, genauso schnell ist es wieder vorbei und Raheem tritt zurück, um wieder Abstand zwischen uns zu bringen. Er lässt mich jetzt einfach so stehen? *Ernsthaft*?

»Guck nicht so traurig«, sagt er zwinkernd. »Du hast

selbst gesagt, ich muss alles über dich herausfinden, bevor wir wieder das Vergnügen haben. Und genau das mache ich jetzt auch, Everly Foster.« Er richtet den Sitz seiner Weste und des Jacketts, bevor er sich mit einem Grinsen in Richtung Ausgang dreht.

»Du kannst mich auch einfach fragen, weißt du?«, rufe ich amüsiert über diesen fast theatralischen Abgang.

Aber Raheem schüttelt den Kopf. »Wo bliebe da der Spaß?«, tönt seine Stimme, als er um die Ecke biegt. Unmittelbar danach höre ich ermahnende Worte von Mrs. Kettlebush.

Ich hebe die Hand an den Mund und fahre mit den Fingerspitzen über meine kribbelnden Lippen. Die zweite Woche an der Academy ist jetzt schon um einiges interessanter, als ich es erwartet hätte.

Als ich den Vorlesungssaal betrete, herrscht durch die Gespräche der anderen Studenten brummendes Stimmengewirr. Von Professorin Dalmasso fehlt noch jede Spur, aber bis zum offiziellen Beginn des Unterrichts sind es noch einige Minuten. Dass wir Französisch als Pflichtkurs haben, ist wohl weniger den Gründern French & Raven geschuldet, als eher dem Fakt, dass der beschauliche Küstenort South Shanton im einzigen Bundesstaat der Vereinigten Staaten liegt, der aufgrund seiner Nähe zu Kanada offiziell zweisprachig ist.

Paisley, die treue Seele, hat mir in einer der hinteren Reihen einen Platz freigehalten und wedelt euphorisch mit der Hand.

»Gibt es einen Grund für das wirre Geplapper, habe ich

was verpasst?«, frage ich sie und lasse mich auf den Stuhl sinken.

»Jeder freut sich auf das Get-together heute Abend. Das ist offenbar das Event, um die ersten, potenziell fruchtbaren Kontakte zu knüpfen«, erklärt Paisley und lässt einen Stift zwischen ihren Fingern kreisen.

»Fruchtbar?«, wiederhole ich. Habe ich das richtig verstanden?

»Du weißt schon«, sagt sie und winkt ab. »Wer einem am ehesten von Nutzen sein kann.«

Wow, ich habe natürlich erwartet, dass die Menschen, die hier angenommen werden, ehrgeizig sind, aber das übersteigt sogar meine Vorstellung.

»Unmittelbar, nachdem man sie offiziell aufeinander losgelassen hat? Manche verlieren wirklich keine Zeit.«

»Vielleicht haben sie Deadlines oder Wetten mit ihren Eltern laufen«, witzelt Paisley, und das klingt gar nicht so unwahrscheinlich, wie es den Anschein hat. Unter den machthungrigen Anwärtern für die nächste Generation der Zukunftsträger gibt es mit Sicherheit einige, die wetteifern. Ich bin jetzt schon gespannt, wie schnell ich zwischen die Fronten solcher Studenten geraten werde. Nichts kann die Stimmung schneller aufheizen als Menschen mit gleichen Interessen, die versuchen sich gegenseitig zu überbieten, bis die Grenze der Moral erreicht ist. Und was danach folgt, ist meistens nichts anderes als Wahnsinn. Die Frage ist nur, wie man diesen Wahnsinn ertragen kann, ohne ihm vollends zu verfallen.

KAPITEL 4

Levi

Man genießt einige Vorteile, wenn man neu an die Academy kommt und die beiden älteren Brüder bereits mit Rang etabliert sind. Ein nicht unerheblicher davon ist, dass man sich innerhalb der Verbindung kaum noch vorstellen muss. Jeder kennt die Familie Rawlins und rein optisch kann ich den Verwandtschaftsgrad auch nicht leugnen. Auch wenn das bedeutet, als Individuum deutlich schwerer wahrgenommen zu werden. Ein weiterer Vorteil ist, dass ich mir hier keinen Namen machen muss. Denn er ist bereits eine Institution und lässt die Mitmenschen bei der bloßen Erwähnung um einige Zentimeter schrumpfen. Als jüngster Sohn von Emilia Rawlins-Porter, einer Parteiführerin im Senat, bekommt man bei der Geburt den Machtstempel durch Politikeinfluss aufgedrückt, zusammen mit einer ganzen Reihe an Privilegien, Regeln und Verboten. An die Academy zu gehen, war nie mein Ziel. Aber wie so oft im Leben der Studenten hier, wurde ich wie die meisten nicht gefragt, ob das mein Wunsch ist, oder nicht. Mein Weg ist seit der ersten Sekunde vorherbestimmt. Der einzige Lichtblick, der mir gewährt wurde, ist die Tatsache, dass ich die nächsten Jahre mit meinen Brüdern verbringen darf. Und damit ist garantiert, dass ich hier nicht eingehe.

Ich schließe die Tür des Verbindungshauses hinter mir und laufe zum Hauptgebäude. Weder Zane noch Raheem waren besonders großzügig in Bezug auf Informationen, was die Planung des heutigen Abends betrifft, also lasse ich die Dinge einfach auf mich zukommen. Ich werde sicher nicht auf meinem Zimmer warten, bis einer der beiden sich bequemt, mich abzuholen, damit wir dann wie eine verdammte Boygroup dort auftauchen. Außerhalb der United Fellows sieht man mir vielleicht nicht ganz so schnell an, wer meine Brüder sind. Und das verschafft mir wiederum Zeit, mich unter die Leute zu mischen und erste Eindrücke zu sammeln, die nicht auf den Vorurteilen seitens Raheem und Zane beruhen.

Im Atrium-Vorraum des Audimax hat sich eine beachtliche Anzahl an Menschen versammelt. Nicht nur die Erstsemester, die ich bei der Rede von Direktorin Whittaker bereits beobachten konnte, sondern auch ältere Studenten. Die Veranstaltung scheint ja doch nicht so uninteressant zu sein, wie Raheem mehrfach betont hat. Jedenfalls lassen zwei lange, nebeneinander aufgestellte Tische, die mit beigen Stoffbahnen bedeckt sind und auf denen gefüllte Gläser stehen, darauf schließen, dass es wenigstens etwas zu trinken gibt. Ich lasse den Blick über die Anwesenden wandern, doch von Raheem und Zane fehlt tatsächlich jede Spur. Wo doch gerade Letzterer immer zur Pünktlichkeit ermahnt.

Auf dem Weg zur improvisierten Bar begrüße ich ein paar bekannte Gesichter, halte mich aber nicht mit längeren

Gesprächen auf. Ich bin hier, um neue Leute kennenzulernen und nicht um mich mit den alten aufzuhalten. Eine Frau mit karamellfarbenem Haar greift nach einem Glas mit prickelnder Flüssigkeit, als ich bei der Theke ankomme.

»Lass den Neuen auch noch was übrig, Selene«, sage ich und schnappe mir ebenfalls ein Glas, das, dem Geruch nach zu urteilen, Cider sein dürfte.

»Auch schön, dich zu sehen, Levi«, entgegnet sie und wirft sich elegant die langen Strähnen über die Schulter. Als wäre ich ihr nicht vor weniger als vierundzwanzig Stunden von Raheem vorgestellt worden, da beide den Literaturkurs als Wahlfach haben.

Ob die hübsche Unbekannte, mit der ich gestern zusammengestoßen bin, schon hier ist? Immerhin ist es eine Pflichtveranstaltung und der Sekretär steht nicht umsonst mit Adleraugen am Eingang und schreibt sich jeden Namen auf, als wäre das hier der exklusivste Club überhaupt. Na ja, so falsch ist diese Aussage nicht.

»Sag mal, du als Squadron-Mitglied hast doch sicherlich alle Erstsemester in deinem Haus schon kennengelernt«, plaudere ich.

»Oh, ich bin bei Weitem nicht so gesellig, wie du glaubst«, sagt sie mit einem Zwinkern. »Spuck's aus, wen suchst du?« Dem messerscharfen Verstand einer Militärstochter kann man wirklich nichts vormachen.

»Lange schwarze Haare, die vorne allerdings silbergrau sind, und Bambi-Blick.«

Sie nippt an ihrem Cider und nickt wissend. »Everly ist nicht Bambi, sie ist der Jäger, der Bambis Mutter erschossen hat«, sagt sie mit einem Lächeln, das vor Stolz nur so strahlt. Die Mitglieder der einzelnen Verbindungshäuser sind jeweils ihre ganz eigene Spezies. Selene deutet in Richtung der Treppen und ich drehe den Kopf, um vor dem Aufstieg eine kleine Personengruppe zu entdecken.

»Merci«, murmle ich und deute eine leichte Verbeugung an, bevor ich kehrtmache.

Selenes Küken steht direkt neben der Wand und unterhält sich. Es ist ein Leichtes, mich hinter ihr vorbeizudrücken und sie dabei, natürlich ganz aus Versehen, anzustoßen. Everlys Kopf schnellt zur Seite und nach einem Augenblick der Verärgerung macht sich Erstaunen in ihren grauen Augen breit.

»Das wird langsam zur Gewohnheit bei uns«, sage ich und schon befinden wir uns ohne viel Aufwand in einer Konversation. Manchmal ist es tatsächlich so einfach.

Sie studiert mein Gesicht, als würde sie irgendwas darin suchen, und streckt den Rücken durch, um wieder ihre ursprüngliche Haltung anzunehmen. Das ist bestimmt so ein Squadron-Ding, weil die Drill-Sergeant-Fraktion innerhalb der Familie ja immer dafür sorgen muss, dass man sich nicht kleiner macht, als man ist.

»Scheint so«, erwidert sie und der Ansatz eines Lächelns bildet sich um ihre glänzenden Lippen. »Bekomme ich denn auch einen Namen zu dem Körper, der schon zum zweiten Mal Kontakt zu mir sucht?«

Ich hebe belehrend einen Zeigefinger in die Höhe. »Also beim ersten Mal hast ja wohl ganz eindeutig du mich angerempelt«, verteidige ich mich mit dem charmantesten Lächeln, das ich zustande bringe. »Und da blieb leider keine Zeit für Gespräche.«

Unschuldig wiegt sie den Kopf hin und her, aber in ihren Augen blitzt etwas auf, dass Selenes Begeisterung erklären könnte. Everly versteht es, mit der nötigen Portion Charme zu spielen.

»Dabei wollte ich dich doch gern fragen, woher du mir so bekannt vorkommst«, sagt sie und meine Laune sinkt ein ganzes Stück in den Keller. Das war es wohl mit dem Individuum. Die Schatten meiner Familie lauern überall. So einfach wie gedacht, werde ich diese nicht los.

Mit einem Seufzen vergrabe ich die Hände in den Taschen meiner Jacke. »Sag's mir, mit welchem meiner Brüder hattest du denn das Vergnügen?«

Ihre schmalen Brauen springen in die Höhe und in den Augen, die wie flüssiges Silber glänzen, herrscht ehrliche Neugier. »*Brüder*?«, wiederholt sie. »Wie viele von eurer Sorte gibt es denn?« Scheint fast so, als hätte Selene noch nicht komplett aus dem Nähkästchen geplaudert. Soll ich lügen? Und mir noch ein bisschen mehr Zeit als Individuum bewahren? Ach, es ist zwecklos.

»Drei«, antworte ich seufzend. »Sofern unsere Mutter nicht noch irgendwelche Geschwister versteckt hält.« Was nicht unwahrscheinlich ist. Vor der Ehe mit unserem Vater war sie als Wahlvorsteherin im ganzen Bundesstaat und darüber hinaus unterwegs. Und wer glaubt, dass es in der Politik züchtig zugeht, der täuscht sich gewaltig.

»Interessant«, kommentiert sie und in ihrem Kopf scheint es bereits zu arbeiten.

»Nicht wirklich«, erwidere ich schulterzuckend und fange an, sie zu ihren Wahlkursen zu löchern, um vom Thema abzulenken. Meine Familie wird noch oft genug im Mittelpunkt stehen. Da kann ich es mir erlauben, mich jetzt ohne die Aura meiner Brüder zu unterhalten.

KAPITEL 5
Everly

Kühle, prickelnde Limonade rinnt mir den Hals hinab. Selene hat uns in die örtliche Kneipe geschleppt, die als Studenten-Hotspot beliebt ist. Zwar bekommt man hier genauso wenig Alkohol wie überall sonst, wenn man minderjährig ist, aber die Atmosphäre ... hat was. Mit Stoff bezogene Sitzecken und holzvertäfelte Wände verleihen dem Lokal etwas Gemütliches. Und die Plakate an der Wand lassen darauf schließen, dass hier hin und wieder Bands auftreten, wie mir Selene bestätigt. Ihre Gesellschaft ist ein Segen. Sie kennt sich sowohl auf dem Campus als auch in South Shanton bestens aus. Es ist immer gut, sich an die alten Hasen zu hängen, bis man selbst genügend Überblick hat, um allein klarzukommen. Fruchtbare Kontakte – wie Paisley es so schön ausgedrückt hat. Wie viel Vorteil kann man aus einem Menschen ziehen, bis er beginnt, es zu hinterfragen?

»Die erste offizielle Woche im neuen Schuljahr und ich bin jetzt schon müde von all dem überschwänglichen Enthusiasmus«, meckert Selene und schlägt elegant die Beine übereinander.

»Mich würde wirklich mal interessieren, wie lange es dauert, bis man so resigniert ist wie du«, erwidert Paisley und versucht, das Schmunzeln zu verstecken, indem sie ihr Getränk durch den Strohhalm zieht.

»Das ist ein Prozess, Süße«, sagt Selene und seufzt schwer. »Manche sind bis zu ihrem Abschluss so übereifrig. Bei anderen sinkt diese Energie nach wenigen Wochen in sich zusammen. Je größer das eigene Netzwerk wird, desto bedachter ist man plötzlich mit der Verteilung seiner Aufmerksamkeit.«

Während meine Augen sorgsam die anwesenden Menschen nach bekannten Gesichtern absuchen, lehne ich mich entspannt zurück und drehe eine Strähne um den Finger. »Nimm Paisley doch nicht jetzt schon die Freude daran, ihre Kontaktliste aufzubessern«, kommentiere ich gelangweilt. Hier zu sitzen und zu plaudern ist zwar ganz nett, aber auch alles andere als spannend. Mir fehlt Action. Einfach nur seine Rolle zu erfüllen und zu versuchen Beziehungen aufzubauen ist ein notwendiges Übel, aber nichtsdestotrotz eines, auf das ich gern verzichten würde. Die beiden sind ein netter Zeitvertreib. Mal sehen, ob sie sich auch dauerhaft als Verbündete erweisen werden. Besonders im Haus Squadron sind Freundschaft und Kalkül meistens nur durch einen dünnen Schleier getrennt.

»Apropos Kontaktliste. Was wollte denn Levi Rawlins von dir? Ihr scheint euch auf dem Get-together ja ziemlich gut verstanden zu haben«, sagt Selene und aus ihrer Stimme tönt unverhohlene Neugier. Und da hätten wir auch schon eine Episode von: ›Dinge, in die man seine Nase nicht stecken sollte.‹ Mit wem ich mich unterhalte, ist definitiv eine davon. Und Selenes Neugier ist vorhersehbar.

»Wer ist Levi?«, fragt Paisley und lehnt sich interessiert nach vorne.

»Er hat sich netterweise bei mir entschuldigt, nachdem er mich nach der Eröffnungsrede von Direktorin Whittaker versehentlich angerempelt hatte. Mehr gibt es nicht zu erzählen.« Ich werde keinem der beiden hier eröffnen, dass ich Levis Bruder bereits zweimal geküsst habe und ganz nebenbei erfahren durfte, dass noch ein dritter Rawlins frei herumläuft.

»Hallo?« Paisley fuchtelt mit der Hand zwischen uns in der Luft. Sie ist ganz offensichtlich *not amused* darüber, ignoriert zu werden. »Wer zum Teufel ist Levi?«

»Einer von den United Fellows«, antwortet Selene ruhig. »So jemand fehlt dir doch noch in deiner Sammlung.«

Glücklicherweise fängt Paisley an zu bohren und mein Gespräch mit Levi ist erst mal kein Thema mehr. Dafür erfahre ich den ein oder anderen Fakt zu seiner Familie. Einflussreich scheint gar kein Ausdruck zu sein. Wenn man dem Glauben schenken darf, was Selene anreißt, dann haben die drei ihren Platz an der Academy redlich verdient. Wobei ich es mir niemals anmaßen würde, über das strenge Auswahlverfahren zu urteilen. Geld und Macht spielen eine primäre Rolle. Mit beidem scheinen die drei über alle Maße ausgestattet zu sein.

Wie lange Raheem wohl brauchen wird, um irgendwelche Informationen über mich zu sammeln, nur um mir dann erneut in der Bibliothek aufzulauern? Die zweite Woche in meinem neuen Leben ist fast vorbei und in mir wächst die leise Hoffnung, dass diese ganze Snob-Schmiede doch nicht so langweilig wird wie gedacht.

Nach dem Kurs für Etikette am Freitag werden wir pünktlich in die Mittagspause entlassen. Natürlich lässt es sich eine so konservative Schule nicht nehmen, Benimmregeln und Umgangsformen zu unterrichten. Nicht dass man sie uns nicht sowieso schon mit dem Babybrei zugefüttert hätte. Die ersten Worte waren nicht »Mom« oder »Dad«, sondern »Bitte« und »Danke«. Dieses Kreuzchen auf der To-do-Liste, wie man das perfekte Kind baut, wird früh gemacht.

Ich verzichte auf das Essen und beschließe, lieber noch ein bisschen den Campus zu erkunden. Es schadet nicht, sich gut auszukennen. Besonders an den Orten, an denen man als Erstsemester nicht unbedingt erwartet wird. Die klare Trennung der Häuser und gewisser Unterrichtseinheiten sorgt auch dafür, dass die United Fellows sich zu dieser Zeit in Grüppchen vor der Paulson Hall herumtreiben, in der ihre Pflichtkurse stattfinden. Levi hat mich neugierig gemacht. Er hat es zwar tunlichst vermieden, über seine Brüder zu sprechen, aber ich kann es trotzdem nicht lassen, nach einem passenden Bild zu dem unbekannten dritten Gesicht zu suchen. Wenn man Selenes Erzählungen Glauben schenken darf, dann wäre eine gewisse Verbindung zur Familie Rawlins nur von Vorteil. Kinder der Senatorin von Washington – unsere Eltern sind sich mit Sicherheit schon bei einem öffentlichen Anlass über den Weg gelaufen. Meinem Vater würde es bestimmt gefallen, wenn ich ihm in der nächsten Nachricht erzähle, dass ich diesen Kontakt aufgebaut habe. Er muss zum Glück ja nicht wissen, wie es zustande kam.

Langsam lösen sich die Grüppchen auf. Einige treten den Weg Richtung Haupthaus an, vermutlich um, wie die meisten, am Mittagessen teilzunehmen. Unzufrieden presse ich die Lippen aufeinander. Keine grünen Augen, keine bekannten Gesichtszüge. Das Glück, den dritten Bruder einfach so zu finden, ist mir offenbar heute nicht vergönnt.

Ich setze mich auf einen der steinernen Vorsprünge, der die perfekte Sicht auf den Eingang der Paulson Hall bietet, als mein Handy vibriert. Obwohl die Academy ein altmodisches Wertesystem hat, sind sie immerhin rechtzeitig in der Neuzeit angekommen, um auf Digitalisierung zu setzen und den Studenten den Zugang zur eigenen App *Opes* zu ermöglichen. Ich bin zwar der unerschütterlichen Meinung, dass man diesen technischen Schritt nur gewagt hat, um auch jeden Einzelnen permanent daran zu erinnern, welchen Erwartungen man ausgesetzt ist, aber man sollte nicht meckern.

In den Chats, in denen ich bereits Paisley und Selene abgespeichert habe, taucht plötzlich ein neuer Name auf. Mein Mundwinkel zuckt amüsiert.

RAHEEM

Suchst du nach mir?

EVERLY

Wie kommst du darauf?

RAHEEM

Du befindest dich auf dem Territorium der United Fellows.

Ich verdrehe die Augen. Prinzipien sind etwas Tolles, solange man sie gegenüber essenziellen Dingen hat. Und nicht gegenüber unnötigen, unangebrachten Besitzansprüchen einer Fläche Beton.

EVERLY

Hat dir jemand schon mal gesagt, dass du dich selbst zu wichtig nimmst?

Möglichst unauffällig drehe ich den Kopf und versuche den Ort auszumachen, von dem aus er mich beobachtet. Das Gelände ist verwinkelt und theoretisch könnte er mich auch aus einem der Fenster des mehrstöckigen Gebäudes sehen. Es ist kaum möglich, ihn zu finden.

Mein Handy vibriert erneut.

RAHEEM

Ansichtssache. Aber so meinte ich das nicht. Squadron-Mitglieder sind hier nicht gern gesehen. Es sei denn, sie sind verabredet mit einem UF. Sind wir verabredet, Everly?

Ich könnte ihm sagen, dass ich nur hier bin, weil mich Levi neugierig auf den dritten Bruder im Bunde gemacht hat. Raheem bietet mir in diesem Moment die perfekte Ausrede, um vielleicht sogar ins Innere der Paulson Hall zu kommen. Aber jetzt schon Gerüchte zu streuen, wäre nicht klug. Außerdem will ich nicht das Gefühl haben, Raheem etwas schuldig zu sein. Gefallen wollen immer sorgsam durchdacht sein.

EVERLY

Nein, sind wir nicht.

Ich muss mich bei meinem Vater bedanken. Er hat mich gut auf meine Zukunft vorbereitet. Oder zumindest auf das, was er als meine Zukunft vorherbestimmt hat. Es ist nicht so, als ob ich eine Wahl gehabt hätte. Aber seine durchstrukturierte Erziehung hilft mir nun, die Intentionen meiner Mitmenschen schneller zu verstehen, als es mit anderen Voraussetzungen möglich gewesen wäre. Eine davon ist Paisleys immer gute Laune, mit der sie mir das ganze Wochenende über begegnet. South Shanton ist keine Party-Hochburg und selbst bei dem schönsten Wetter gibt es nicht viel zu tun. Gesellschaft ist das Einzige, was einen bei Laune hält. Und ich will nicht in den ersten offiziellen Wochen zum Einsiedlerkrebs ernannt werden. Das wäre unklug.

Paisley scheint diese Taktik verinnerlicht zu haben. Sie ist die Geselligkeit in Person und begegnet jedem Menschen mit so viel Fröhlichkeit, dass man ihr sofort aus der Hand frisst. Mein Plan ist ein anderer. Mitschwimmen und sich höflich im Hintergrund halten, bis man die richtigen Kontakte findet. Qualität vor Quantität. Paisley macht schnell neue Bekanntschaften und Selene kennt gefühlt die halbe Schülerschaft. Eine perfekte Kombination, um aus einem ganzen Teich an potenziellen Vorteilen das Beste herauszufischen.

Es ist Sonntagabend, als ich eine kurze Mail an meinen Vater schreibe. Nicht dass es ihn interessieren würde, wie es mir geht, aber immerhin ein Lebenszeichen pro Woche möchte er haben. Eine regelmäßige Erinnerung daran, dass er eine Tochter hat, die fromm die Anweisungen befolgt, die er mir mit auf den Weg gegeben hat: gute Noten, tadellose Bewertungen, keinerlei Verfehlungen. Als ich meinen Laptop schließe, fällt mein Blick auf die Laufschuhe, die ordentlich neben meinem Kleiderschrank stehen. Eine kurze Runde über den Campus? Vielleicht begegne ich jemand Interessantem. Glücklicherweise hat sich Paisley für einen Videocall mit ihrer Schwester in ihrem Zimmer eingeschlossen. Man hört ihr Lachen über den ganzen Flur.

Ich ziehe den Reißverschluss meiner Sportjacke hoch und verlasse das Wohnhaus, um im Laufschritt über das Kopfsteinpflaster zu joggen. Die Sonne liegt in ihren letzten Zügen und taucht das Gelände und ihre Gebäude in mystische Schatten. Die Academy scheint rein optisch in einem vergangenen Jahrhundert stecken geblieben zu sein. Aus jedem Winkel und hinter jedem Haus schimmern Tradition und altehrwürdige Lehren. Meine Mutter ging hier bereits zur Schule. Zu schade, dass sie nicht mehr die Chance hatte, mir ihre Erfahrungen weiterzugeben. Das hätte mir mit Sicherheit geholfen.

Ich laufe am Verbindungshaus der Actuaries vorbei und treffe auf meinem Weg einige Kommilitonen, die gerade von ihren Wochenendaktivitäten zurückkehren, heimlich rauchen oder die letzten Sonnenstrahlen genießen, bevor sie ins Innere des Gebäudes zurückkehren. Mein Weg führt mich über den Vorplatz zum Haus der United Fellows. Auch hier präsentiert sich mir das gleiche Bild, nur mit deutlich weniger Teilnehmern. Eine größere Gruppe kehrt ins Verbindungshaus zurück und unterhält sich angeregt. Keiner nimmt großartig Notiz von mir. Als die Tür sich schließt, bleiben plötzlich zwei Personen stehen und gehen nicht mit den anderen mit. Ich biege um die Ecke und stoppe meinen Lauf. Um keine Aufmerksamkeit zu erregen, lehne ich mich an die Wand und umfasse meinen Knöchel, um den Oberschenkel zu dehnen. Für Vorbeigehende sieht es nun so aus, als würde ich Sport machen und nicht dem Gespräch lauschen, das sich direkt um die Ecke abspielt.

»Das ist mein letztes Wort, Chelsea«, sagt eine männliche Stimme mit unüberhörbarem Nachdruck.

»Wie kann es dein letztes Wort sein, wenn du nicht weißt, was du verpasst?«, fragt seine Gesprächspartnerin.

»Ich verstehe, dass es dir wichtig ist, dass der Kurs für Corporate Entrepreneurship ein Erfolg wird. Aber ich habe mir dieses Jahr weiß Gott genug extracurriculare Aktivitäten aufgehalst.«

Die Frau namens Chelsea lacht hell und ziemlich gekünstelt. »Interessant, wie du deinen Nebenverdienst bezeichnest, Zane«, spottet sie und ich würde zu gern einen Blick um die Ecke werfen, um seine Reaktion zu sehen. »Wissen deine Brüder, womit du dich beschäftigst?« *Oh, es scheint interessant zu werden.*

»Ich habe keine Ahnung, wovon du redest.« Mein Gefühl sagt mir, dass das eine Lüge ist.

»Dann macht es dir doch sicher nichts aus, wenn ich Raheem und Levi einfach frage?«, provoziert Chelsea und meine Augenbrauen springen überrascht nach oben. Sieh mal einer an. Was für ein netter Zufall.

»Tu, was du nicht lassen kannst«, erwidert er und kurz darauf höre ich die Tür ins Schloss fallen.

Es kehrt Stille ein. Offenbar hat auch Chelsea das Weite gesucht. Viel spannender ist jedoch die Tatsache, dass ich den dritten Bruder gefunden habe.

Zane Rawlins – damit ist das Trio komplett.

KAPITEL 6

Zane

Niemanden außerhalb der Familie geht es etwas an, was meine Brüder und ich machen. Chelsea täte gut daran, keine Bemerkungen über etwas abzugeben, was lediglich wie ein fast vergessener Geist durch die Flure von United Fellows wandert. Sie ist ein Politiker-Kind und Getuschel muss an ihr abprallen. Für unsereins ist nur wichtig, was wir mit fundierten Fakten als Wahrheit belegt bekommen oder was wir als solche annehmen und nach außen tragen. Gerüchte können schnell zu einem Lauffeuer werden. Eine durchaus wirksame Waffe, mit der Chelsea nicht umzugehen weiß.

Auf dem Weg zu meinem Zimmer kommt mir Levi entgegen und trägt wie üblich ein sorgloses Grinsen zur Schau. Die anfängliche Freude eines jeden Erstsemesters.

»Du siehst aus, als hättest du jede Menge überschüssige Energie«, sage ich missbilligend, doch sein Gesichtsausdruck verrutscht kein bisschen.

»Was willst du, Bruder? Bekomm ich endlich Action?« Er legt fragend den Kopf schief.

Kopfschüttelnd ziehe ich einen Zettel mit einer Nummer hervor und reiche ihn ihm. »Eine Übergabe. Der Auftrag liegt im Safe. Vermassle es nicht«, erkläre ich streng.

Levi rollt mit den Augen. Für ihn ist unser Geschäft nichts anderes als ein riesiger Spielplatz, auf dem er wie ein kleiner Junge herumtoben kann. Er wird hoffentlich bald erkennen, dass dem nicht so ist. Aktuell steht mir aber noch nicht der Sinn danach, ihm diese Freude zu nehmen.

»Also keine Action«, murmelt er enttäuscht und steckt den Zettel ein, ohne einen Blick darauf zu werfen.

»Du bekommst noch früh genug deine Adrenalinkicks.«

»Ich werde dich daran erinnern, Zane«, sagt Levi und klopft mir auf die Schulter, bevor er die Stufen nach unten nimmt.

Nachdenklich schaue ich ihm hinterher. Was wohl passieren würde, wenn ich meinen Bruder nicht zurückhalten würde? Er hat ein angeborenes Talent, Menschen um den Finger zu wickeln. Wie schnell könnte damit unser Geschäft wachsen und die Umsätze steigen? Levi hat ungeduldig darauf gewartet, an die Academy zu kommen. Die Rawlins-Brüder, endlich vereint zu einer unumstößlichen Einheit, die bereit ist, meinen sorgfältig durchdachten Plan auszuführen. Dieser Plan darf nicht scheitern, nur weil ich zu wenig Vertrauen habe.

Ich greife nach meinem Handy und wähle Raheems Nummer. »Wo bist du?«, frage ich ihn ohne Begrüßung.

»In der Paulson Hall«, antwortet er und ich höre im Hintergrund eine schwere Tür lautstark ins Schloss fallen. »Ich habe etwas im Archiv nachgeschlagen und wollte noch einen Abstecher in die Bibliothek machen, bevor ich in die Werkstatt gehe.«

»Wir treffen uns bei der Baumgruppe auf dem Vorplatz. Es gibt eine Sache, worüber ich mit dir reden muss«, sage ich und lege nach Raheems kurzer Zustimmung auf. Floskeln sind überbewertet. Außer man versucht sich durch geschickte, taktische Gesprächsführung einen Gefallen oder Vorteil zu erschleichen. So etwas habe ich bei meinem Bruder sicher nicht nötig.

Auf dem Vorplatz entdecke ich nur wenige Studenten. Raheem sitzt auf einer Bank unter einer Buche und starrt ins Leere. Er war von uns dreien schon immer der Ruhigste und Zurückgezogenste. Ihn kann man am glücklichsten machen, wenn man ihn in seine Werkstatt schickt und dort stundenlang allein arbeiten lässt. Levis Ankunft an der Academy ist auch für ihn ein Segen. Endlich sind die Tage seiner Außendienst-Tätigkeiten vorbei.

Ich folge seinem Blick zum Objekt seiner Aufmerksamkeit und stutze. Mein Bruder starrt nicht, wie erst angenommen, ins Leere, sondern zwei Personen an, die sich unweit des Rundbogens, der sich neben dem Verbindungshaus der Squadrons befindet, unterhalten. Unverkennbar Selene mit einer schwarzhaarigen Unbekannten, die sehr wahrscheinlich wie Levi ein Erstsemester ist.

»Erinnerst du dich an unsere Vereinbarung? Keine Ablenkungen«, sage ich streng und Raheem zuckt leicht zusammen, als hätte ich ihn bei etwas erwischt.

»Das war keine Vereinbarung«, erinnert er mich, während ich mich neben ihn auf die Bank setze. »Du hast diese Regel beschlossen. Auch wenn sie völlig schwachsinnig ist.«

»Ach, findest du?«, spotte ich, doch Raheem nickt unbeeindruckt.

»Ein bisschen Spaß muss keine Ablenkung sein, Zane. Vielleicht steigert es sogar die Arbeitsmoral.« Raheem zwinkert mir zu, doch ich hebe lediglich skeptisch die Augenbraue.

»Apropos Arbeitsmoral«, sage ich stattdessen und lenke das Thema wieder auf wichtige Dinge. »Ich würde gern den ersten Versuch mit Levi starten. Wie er sich so macht in unserem Geschäft.«

»An was denkst du?«, fragt Raheem und wendet sich endlich von Selene und ihrer Gesprächspartnerin ab.

»Der Auftrag für Coleman. Es gibt in Bangor eine Möglichkeit, da dran zu kommen. Levi müsste sich nur nett mit einer älteren Lady namens Susan Fishman unterhalten. Und ganz nebenbei ihren Enkel bestehlen. Klingt doch kinderleicht.«

»Du willst ihn allein losschicken?«, fragt Raheem mit gerunzelter Stirn und ich verstehe seine Skepsis. Levi mag ein guter Taschendieb sein, aber fürs Erste überzeuge ich mich doch gern persönlich davon, dass er vorsichtig genug ist, um uns nicht in die Scheiße zu reiten.

»Natürlich nicht«, erwidere ich kopfschüttelnd. »Ich werde ihn begleiten. Aber die Arbeit macht er.«

Raheem nimmt einen tiefen Atemzug, sein Kiefer wirkt schlagartig angespannt. Er hat einen übertriebenen Beschützerinstinkt, was den jüngsten Rawlins angeht. Das war schon immer so. Vielleicht ist Levi deswegen auch so sorglos. Weil Raheem ständig eine schützende Hand über ihn hält. Aber so funktioniert unser Business nicht. Jeder muss bereit sein, seinen Teil zu leisten, damit unsere Vision wachsen kann.

»Okay. Ich bin einverstanden. Levi wird hellauf begeistert sein«, sagt Raheem und aus seinem Mund klingt es, als wäre es etwas Schlechtes. Offenbar bin ich nicht der Einzige, der lernen muss, ein bisschen mehr Vertrauen zu haben.

»Das wird er. Ohne Zweifel.« Meine Lippen verziehen sich zu der Andeutung eines Lächelns, als ich mich erhebe. Ich wende mich bereits zum Gehen, doch eine Sache brennt mir dann doch auf der Seele. »Bevor ich es vergesse, Bruder.« Mein skeptischer Blick springt kurz zum Rundbogen, der mittlerweile verlassen ist. »Konzentrier dich auf unser Geschäft. Frauen sind ein netter Zeitvertreib, nicht mehr und nicht weniger. Nichtsdestotrotz ... gönne ich dir hin und wieder ein bisschen Spaß für die Arbeitsmoral.«

Ein trockenes Lachen verlässt Raheems Kehle. Er ist es nicht gewohnt, dass ich ihn aufziehe. Normalerweise ist Pragmatismus mein zweiter Vorname.

»Danke, Zane. Zu gütig«, sagt er ironisch, bevor er sich ebenfalls erhebt und in Richtung der Bibliothek geht.

KAPITEL 7

Everly

Ich bin notorisch gelangweilt. Vielleicht sind die kleinen Geheimnisse rund um die Familie Rawlins deswegen auch so interessant für mich. Bis jetzt hat das Leben an der Academy auf jeden Fall nichts anderes zu bieten, als strengen Gehorsam während der Unterrichtsstunden und das gegenseitige Anbiedern der anderen Studenten. Es ist genauso vorhersehbar, wie ich befürchtet habe. Da ist es doch viel interessanter, mehr über die Brüder herauszufinden.

Während ich im Vorlesungssaal auf den Professor und den Beginn der Vorlesung für Verhaltenspsychologie, auch bekannt als ›Manipulation für Anfänger‹, warte, rekapituliere ich meine bisherigen Kontakte mit den dreien. Was ist der Kern meines aktuellen Wissensstandes? Dank einer gewissen Chelsea weiß ich, dass Zane irgendeinen Nebenverdienst betreibt, von dem die anderen beiden wohl nichts wissen. Und seiner genervten Reaktion zufolge, dürfte es sich hierbei nicht um Nachhilfe handeln. Raheem ist erpicht darauf, mehr über mich herauszufinden, und abgesehen von seinem beeindruckenden Talent beim Küssen, ist die einzige Information, die ich über ihn habe, dass er sich nachts in zwielichtigen Teilen von South Shanton herumtreibt. Bleibt nur noch Levi, über den ich eigentlich gar nichts weiß. Der kurze Small Talk auf dem Get-together hat mir lediglich gezeigt, dass er ein sehr gesprächiger Mensch ist. Und da Selene mir freundlicherweise gezwitschert hat, dass er nach mir gesucht hat, scheint da seinerseits Interesse an mir zu bestehen. *Das könnte man nutzen …*

Mein Kopf ruckt nach oben, als die Tür zum Vorlesungssaal mit einem lauten Knallen ins Schloss fällt, damit auch der letzte Tagträumer schnallt, dass nun die Stunde beginnt. Es ist meine zweite Unterrichtseinheit bei Professor Dr. Mayhem. Abgesehen von Direktorin Whittaker hat der große, breitschultrige Afroamerikaner mit den stahlblauen Augen die beeindruckendste Ausstrahlung im Kollegium. Die Art, wie er während der Vorlesung Führungsmodelle in der Organisationspsychologie beschreibt, lässt einen schnell darauf kommen, wie mühelos Professor Mayhem zwischen Jekyll und Hyde springen kann. Bei jemandem wie ihm kann man sich mit Sicherheit jede Menge hilfreicher Tricks aneignen. Auch welche von der Sorte, die mir dabei helfen werden, mehr über die Gebrüder Rawlins herauszufinden.

Nach einem vollgepackten Morgen entlässt man uns in die Mittagspause. Gerade als ich in den Korridor trete, vibriert mein Handy.

PAISLEY

Treffen wir uns zum Essen?

EVERLY

Ich bin nicht hungrig. Außerdem wollte ich noch schnell ins Archiv und etwas nachschlagen. Wir sehen uns später im Verbindungshaus.

PAISLEY

Hauptsache, du wirst nicht jetzt schon zum Streber. 😀

Ich stoße die Tür auf und frische Septemberluft schlägt mir entgegen. Am Himmel bauschen sich graue Wolken zu einer dicken Decke zusammen. Sieht so aus, als würde es bald regnen. Die Nähe zum Meer macht das Wetter in dieser Stadt unberechenbar. Es kann stürmen und fünf Minuten später herrscht wieder strahlender Sonnenschein. Wenn man allerdings wie ich in Washington aufgewachsen ist, ist das keine große Umstellung. Hitze und andauerndes gutes Wetter würden mir deutlich mehr zu schaffen machen.

Schnellen Schrittes mache ich mich auf den Weg zum Archiv, das unweit des Verbindungshauses liegt. Es ist nach der Bibliothek die beste Quelle, um an Informationen zu kommen, und beherbergt neben Forschungsunterlagen auch Urkunden, Akten, Amtsbücher und Dutzende weitere Originaldokumente. Ein wesentlicher Teil der Ausbildung an der Academy ist es, wichtige Kernereignisse der Vergangenheit zu verinnerlichen, um daraus die Möglichkeiten für die Zukunft zu ermitteln. Nichts ist schlimmer, als Fehler zu wiederholen. Deswegen hat French & Raven auch keine Kosten und Mühen gescheut, um den Studenten den Zugang zu einmaligen Dokumenten zu gewähren. Na ja, eine andere Bildungseinrichtung, die nicht wie diese von Millionären gesponsert wird, hätte es sicher schwerer, so etwas aufzuziehen.

Im Archiv angekommen logge ich mich via *Opes* im System an der Eingangstür ein, denn keiner darf sich hier aufhalten, ohne dass es registriert wird. Ein richtiger Vertrauensbeweis seitens der Direktion. Im Haus herrscht Totenstille, anscheinend bin ich tatsächlich die Einzige, die auf die Idee kommt, etwas für ihre Hausarbeit zu recherchieren, wenn alle anderen gemütlich beim Mittagessen sitzen. Dank der gut durchdachten Katalogisierung finde ich die Akte mit dem prekären Rechtsstreit Anfang der 2000er relativ schnell und kann die nötigen Anmerkungen in meine Notizen übertragen. Gerade als ich aus dem Archiv auf den Flur treten will, vernehme ich zwei Stimmen, von denen mir eine bekannt vorkommt. Die Tür zum Büro der Verwaltung von Mr. Simmons ist angelehnt, dennoch dringen Fetzen der Unterhaltung zu mir durch.

»Danke für ihre Unterstützung, Mr. Simmons. Ich bin mir sicher, dass ich die Details nun besser zur Geltung bringen kann.«

»Sie haben sich ein interessantes Thema ausgesucht, Mr. Rawlins«, erwidert der Archivverwalter mit kratzigem Tonfall. »RCW 56.200 ist nicht gerade etwas, auf das sich die Erstsemester in ihren Anfängen in Strafrecht stürzen.«

Ich bleibe mitten im Flur stehen und klappe mein Notizbuch auf, um wenigstens ein Alibi zu haben, sollten die beiden Herren auf die Idee kommen, das Büro zu verlassen. Nun sieht es für Außenstehende so aus, als hätte ich mich festgelesen und nicht als würde ich lauschen.

»Was soll ich sagen? Ich strebe nach der Herausforderung«, verkündet Levi und verlässt kurz darauf mit Mr. Simmons dessen Büro.

Der alte Archivverwalter schließt die Knöpfe seines Wollmantels und nickt anerkennend. »Begleiten Sie mich zum Mittagessen?«, fragt er und nimmt glücklicherweise keine Notiz von mir, da er mir den Rücken zugewandt hat.

Wer mich allerdings sehr deutlich wahrnimmt, ist Levi. Ich registriere seine Blicke aus dem Augenwinkel und blättere betont lässig eine Seite in meinem Notizbuch um.

»Ein anderes Mal gern. Ich möchte noch ein bisschen Recherche betreiben, wenn Sie nichts dagegen haben«, sagt Levi und klingt dabei so überzeugend, dass jeder ihm das sofort abkaufen würde.

»Nur zu«, brummt Mr. Simmons und schließt die Tür seines Büros ab. »Grüßen Sie Ihre Brüder von mir.« Er läuft in Richtung Ausgang, nickt mir höflich zu und verlässt das Gebäude durch die massive Flügeltür.

Genug des künstlichen Alibis. Ich verstaue mein Notizbuch im Rucksack und setze das charmanteste Lächeln auf, das ich zustande bringe. Levis Augen glänzen. Er scheint sich richtig zu freuen, mich zu sehen.

»Zwei Mal ist Zufall, aber drei Mal könnte man schon als Schicksal bezeichnen, was meinst du?«, fragt er und bleibt eine Armlänge entfernt von mir stehen. Wie wenig Schicksal hier mitmischt, und dass ich sowieso die Absicht hatte, mich mit ihm zu unterhalten, werde ich einfach mal galant verschweigen. »Man könnte fast meinen, du stellst mir nach«, witzle ich und lege neckend den Kopf schief. Wie viel weiblicher Charme ist nötig, damit er mir von Zanes Nebenverdienst erzählt? Ist der jüngste Bruder womöglich tatsächlich klischeehafterweise das schwächste Glied der Kette?

»Oh, das würde ich deutlich geschickter anstellen, Everly. Du würdest es nicht einmal merken.« Er lacht herzhaft und mein Mundwinkel zuckt amüsiert. Ob Levi weiß, dass

Raheem es sich zum Ziel gesetzt hat, mehr über mich herauszufinden, was zwangsläufig dazu führen wird, dass wir uns näherkommen? Ein Umstand, der mir gar nicht so viel ausmacht. Die Frage ist jetzt nur, wer mir schneller von Nutzen sein wird.

»Ich will dich nicht bei deinen Recherchen stören. Man läuft sich bestimmt noch mal *zufällig* über den Weg.« Ich mache Anstalten, an ihm vorbeizugehen, doch Levi umfasst sanft mein Handgelenk und stoppt damit meinen Abgang.

»Eigentlich«, sagt er und lässt mich dabei nicht los, »habe ich sowohl Zeit als auch Interesse an einem kleinen privaten Gespräch. Vor allem mit dir.« Levi ist wirklich ein Charmeur. Er weiß ganz genau, was es braucht, um sein Gegenüber in schwärmerisches Seufzen zu versetzen.

»Privat ist der Vorraum des Archivs nicht gerade«, bemerke ich und schürze die Lippen.

Er legt den Kopf schräg und betrachtet mich einen Moment lang, scheint abzuwägen, was er als Nächstes tun soll.

»Willst du mit mir allein sein, Everly?«, fragt er schließlich und in seinem Tonfall schwingt plötzlich etwas wahnsinnig Provokatives mit. Er will mich wirklich herausfordern und testen, wo die Grenze ist und wie einfach er sie verschieben kann.

In Ordnung, Levi. Ich mache es dir leicht. Seine Finger umschließen immer noch mein Handgelenk. Ich blicke durch meine getuschten Wimpern zu ihm hinauf. *Wie tief muss ich in die Trickkiste greifen, damit du mich ein bisschen mehr hinter deine Fassade blicken lässt?*

»Liebend gern wäre ich mit dir allein«, schnurre ich und

mache einen halben Schritt auf ihn zu. »Aber ich will dir keinen Ärger machen, Levi.«

»Kannst du ein Geheimnis für dich behalten?«, fragt er leise, während meine Augen an seinen Lippen hängen bleiben. Ob er genauso gut küssen kann wie sein Bruder?

Ich nicke.

Levi tritt einen Schritt zur Seite und der prickelnde Hautkontakt endet abrupt. Er läuft zum Eingang, kniet sich vor den Schirmständer, der sich neben der Tür befindet, und hebt ihn an. Zum Vorschein kommt ein kleiner silberner Schlüssel.

»Ein Vögelchen hat mir verraten, dass Simmons immer einen Ersatz hier aufbewahrt, für den Fall, dass er seinen Schlüsselbund mal wieder zu Hause vergessen hat.« Mit einem spielerischen Grinsen auf den Lippen geht er zum Büro der Archivverwaltung zurück und öffnet die Tür.

Ich ziehe skeptisch die Stirn kraus. Er hat keinerlei Skrupel, vor meinen Augen in das Büro eines Angestellten der Academy einzubrechen?

»Willst du mich beeindrucken?«, witzle ich und laufe an ihm vorbei ins Zimmer.

»Funktioniert es?«, fragt er, doch bekommt keine Antwort von mir.

Hinter uns schließt sich die Tür und wir sind tatsächlich ganz privat zwischen dem vollbepackten Bücherregal und einem massiven Schreibtisch aus dunklem Holz.

»Nun, da wir allein und ohne potenzielle Zuhörer sind. Was möchtest du tun?«, frage ich unschuldig und lehne mich gegen die Kante des Tisches. Wie lange braucht Simmons, um sein Mittagessen zu sich zu nehmen und ins Archiv zurückzukehren? Wie viel Zeit bleibt uns?

»Dich etwas fragen«, erwidert er und dieses provokative

Glitzern in seinen Augen sendet kribbelnde Signale an meine Mitte. Die Situation reizt mich. Levi reizt mich. Und hier bietet sich eine reelle Chance, jetzt schon ein kleines bisschen tiefer in die Familie Rawlins vorzudringen.

»Ich bin ganz Ohr«, sage ich.

Meine Augenbraue wandert nach oben, als er mit wenigen Schritten vor mir zum Stehen kommt. Er bräuchte nur seinen Arm auszustrecken, um mich zu berühren.

»Findest du nicht auch, dass wir uns die Mittagspause versüßen könnten?« Levi fährt sich durch die dunkelblonden Haare, die er etwas kürzer trägt als Raheem.

»Denkst du da an etwas Bestimmtes?« Ich lecke mir über die Lippen. Mehr braucht es nicht, um ihn davon zu überzeugen, dass ich mich überaus gern auf dieses Abenteuer einlasse.

Levi wirft einen kurzen, prüfenden Blick über die Schulter zur geschlossenen Tür, als wolle er sich versichern, dass Mr. Simmons nicht plötzlich im Raum steht und unser Geplänkel unterbricht. Seine Hand wandert über mein Kinn zu meinem Nacken. Bestimmend zieht er mich näher, bis unsere Lippen aufeinandertreffen. Dieser Kuss hat nichts mit Zärtlichkeit zu tun. Er ist ein perfektes Beispiel dafür, dass es manchmal nur zwei Menschen zur richtigen Zeit, an einem unerlaubten Ort braucht, um eine Leidenschaft zu entfachen, die einen dazu zwingt, sich ihr hinzugeben. Levi küsst anders als Raheem. Nicht schlechter, aber anders. Ohne jeglichen Zweifel an der Situation oder an seinem Tun. Nichts als rohe Lust, die mir ein zartes Seufzen entlockt, während Levis Zunge über meine Unterlippe fährt. Sein Mund wandert meine Wange entlang, zu meinem Hals und wieder hoch zu meinem Ohr.

»Schalt den Kopf aus und genieß es«, raunt er und im gleichen Moment registriere ich, wie er meine Hose öffnet und sie nach unten schiebt.

Ungeduldig kicke ich mir die Schnürschuhe von den Füßen. Die Uniformen der Academy sind definitiv nicht für ein Stelldichein in der Mittagspause konzipiert worden. Spätestens als meine Hose unter dem Schreibtisch landet und Levi mich mit einem Ruck auf der Platte absetzt, ist die Situation überaus riskant. Ab jetzt kann man sich nicht mehr rausreden. Nicht, wenn ich mit gespreizten Beinen neben dem Computer der Archivleitung sitze und Levi mit einem schelmischen Grinsen meinen Slip zur Seite schiebt, um mit dem Daumen meine Klit zu massieren.

Ich beiße mir auf die Zunge, um keinen Laut von mir zu geben. Nur die Götter allein wissen, ob nicht jemand im Vorraum steht, weil er wie ich die Idee hatte, in seiner Pause das Archiv aufzusuchen. Und wenn, dann bekommt dieser ominöse Jemand sicher kein Konzert geboten, indem ich die berauschenden Gefühle, die Levi in mir auslöst, rauslasse.

Ich vergrabe mein Gesicht in seiner Halsbeuge. Mein Atem wird schneller, als er quälend langsam zwei Finger in mich schiebt, meiner empfindlichsten Stelle aber immer noch diese köstliche Behandlung zukommen lässt, die mich schier schmelzen lässt. Mit einem leisen Keuchen, das sich einfach nicht vermeiden lässt, graben sich meine Nägel in seine Oberarme.

Plötzlich greift seine Hand in meine Haare und zieht meinen Kopf nach hinten. Seine dunkelgrünen Iriden treffen auf meine. Dieser Blick raubt mir den Atem. Kurz darauf küsst er mich wieder und nur die Intensität der Bewegungen seiner Lippen verrät mir, wie sehr ihn das alles anturnt. Seine

Finger treiben mich immer näher an den Rand des Höhepunkts. Ich winde mich auf dem Tisch, bettle stumm darum, dass Levi mich erlöst, und er scheint das zu spüren.

»Schaffst du es, leise zu sein, wenn du kommst, Everly?«, neckt er mich mit anbetungswürdig tiefer Stimme und ich schüttle den Kopf. Der Druck, der sich in meinem Inneren aufbaut, ist viel zu gut.

Ein weiteres Mal versenkt er seine Finger tief in meiner Mitte und presst im gleichen Moment seine Lippen auf meine. Der Kuss schluckt mein Stöhnen, als ich komme und vor meinen Lidern Sternchen tanzen. Ich bete, dass niemand außerhalb dieser vier Wände das gehört hat, und versuche gleichzeitig, die süßen Wellen der Erlösung zu genießen. Meine Atmung geht immer noch unregelmäßig, als ich die Augen öffne und feststelle, dass Levi mir hilfsbereit meine Hose hinhält.

»Danke«, sage ich und er kann sich selbst aussuchen, ob es für die nette Geste oder den Orgasmus war. Schnell schlüpfe ich in meine Kleidung und fahre mir ein paarmal durch die Strähnen, damit meine Haare wieder einigermaßen gut liegen.

»Bedank dich nicht«, sagt Levi grinsend und öffnet die Tür, damit ich durchgehen kann. »Revanchier dich.«

Der restliche Tag besteht nur aus langweiligen Vorlesungen und der kleinen, penetranten Stimme in meinem Kopf, die mir sagt, dass ich trotz der überaus netten Mittagspause nichts Nennenswertes über Levi herausfinden konnte. Na ja, abgesehen von seiner ... Fingerfertigkeit. Und der Tatsache, dass er offenbar keinerlei Skrupel hat, irgendwo einzubrechen, wenn sich die Möglichkeit eines Stelldicheins bietet. Das ist ein Ansatz. Eine Möglichkeit, ihm noch näherzukommen, und so vielleicht herauszufinden, was es mit diesem Nebenverdienst auf sich hat. Aber mir fehlen Hintergrundinformationen. Ich sollte ein bisschen Recherche betreiben …

Im Verbindungshaus herrscht reges Treiben, da alle ungefähr zur gleichen Zeit Unterrichtsschluss haben. Einige sitzen bereits im Aufenthaltsraum in den Sofas mit der Nase in den Lehrbüchern. Das ausgerufene Ziel, ein Zukunftsträger zu werden, nimmt die große Masse hier überaus ernst. Alles unter einem Maximum an Leistung wird von den Familien, die die extrem hohen Studiengebühren bezahlen, auch nicht akzeptiert.

Auf den Stufen ins obere Stockwerk kommt mir Paisley entgegen, die ihre Uniform bereits gegen ein legereres Outfit, bestehend aus einem ärmellosen Kleid über einem cremefarbenen Rollkragenpullover, getauscht hat.

»Hey, Everly«, begrüßt sie mich mit ihrem typischen Lächeln. »Hast du die ganze Mittagspause im Archiv verbracht? Ich habe dich gar nicht mehr gesehen.« Sie legt fragend den Kopf schief und ich ziehe ungerührt die Schultern nach oben.

»Ich habe mich festgelesen«, lüge ich. »Passiert mir öfter, wenn ich ein Thema interessant finde.«

Paisley schiebt sich mit gespitzten Lippen eine Strähne hinter das Ohr und nickt. Entweder sie glaubt mir oder sie lässt es absichtlich auf sich beruhen. Meine Berührungspunkte mit den Rawlins sind aktuell sicher nichts, was sie angehen würde. Bis dato sind und bleiben sie mein kleines, schmutziges Geheimnis.

»Und du hast was vor?«, frage ich, um das Thema von mir abzulenken, und deute auf ihr Outfit.

»Das obligatorische Gespräch mit Direktorin Whittaker«, antwortet sie und rollt mit den Augen. »Als hätte man es nicht auf eine humanere Uhrzeit legen können.«

Ich trete einen Schritt zur Seite, um zwei vorbeigehende Squadrons durchzulassen, und ringe mir ein Lächeln ab.

»Während der Unterrichtszeit, meinst du? Die Professoren wären außer sich.«

»Stattdessen limitieren sie unsere sowieso schon extrem begrenzte Freizeit«, murrt Paisley angefressen. »Hattest du schon das Vergnügen?«

Ich schüttle den Kopf. »Ich habe aber auch noch nicht in die App geschaut. Bestimmt steht der Termin schon drin.« Es ist unserer Direktorin ein besonderes Anliegen, innerhalb der ersten Wochen mit jedem Erstsemester persönlich zu sprechen. Nicht umsonst steht es in den Unterlagen für Neuankömmlinge direkt auf der ersten Seite.

»Bis später dann«, verabschiedet sich Paisley und seufzt schwer. »Ich will ja nicht zu spät kommen.« Sie läuft die Treppe nach unten, dreht sich allerdings auf dem Absatz noch mal in meine Richtung um. »Ach ja, am Wochenende spielt irgendeine Indie-Rock-Band im Helheim. Kommst du auch? Die meisten Erstsemester werden da sein. Und für Alkohol ist auch gesorgt«, sagt sie und zwinkert mir zu.

Bei so einer Art Einladung hätte ich eigentlich große Lust abzulehnen. Diese gängigen sozialen Ereignisse sind nicht unbedingt das, was ich als meine liebste Freizeitbeschäftigung bezeichnen würde. Doch eine kleine Information macht mich stutzig und neugierig zugleich. »Alkohol im Helheim? Bei einer Veranstaltung voller Minderjähriger?« Meine Augenbraue wandert nach oben.

»Das ist auf Selenes Mist gewachsen. Frag sie, sie wird dich genau so erleuchten, wie sie mich erleuchtet hat«, trällert Paisley geheimnisvoll und dreht sich schwungvoll um, sodass ihre rotblonden Haare durch die Luft peitschen.

Okay, meine Neugier ist definitiv geweckt und unter diesen Umständen lasse ich mich sogar dazu herab, zur Erstsemester-Party im Helheim zu gehen. Und ich bin gespannt, wie Selene mich erleuchten wird. Hoffentlich mit etwas, das aufregender ist als Minderjährige bei einem Indie-Rock-Konzert. Andernfalls kann ich ja immer noch abhauen. Und vielleicht treffe ich in der Geborgenheit der Dunkelheit ja wieder auf Raheem.

KAPITEL 8

Raheem

Meine Sicht durch die Vergrößerungsgläser verschwimmt, während ich mit gebotener Sorgfalt die feinen Linien nachfahre, die sich ein gewisser Eliott Berg als Unterschrift angeeignet hat. Mich interessieren weder die Namen noch die Gesichter unserer Aufträge. Sie sind Nummern. Immer dann, wenn Zane mal wieder einen neuen Kunden anschleppt, versuche ich auszublenden, wie einfach es mir die Menschen machen, ihre Identität zu missbrauchen. Jemand, sehr wahrscheinlich dessen Eltern, haben Eliott Berg seinen Namen gegeben. Vermutlich wurden dafür wochenlang irgendwelche Bücher mit langweiligen Vorschlägen und albernen Bedeutungen durchforstet. Ein Name, ein Geburtsdatum, eine Unterschrift – alles Dinge, die einen Menschen einzigartig machen. Vielleicht wurde dieser Kunde nach seinem Großvater oder Urgroßvater benannt. Vielleicht wird seine Unterschrift irgendwann unter einem Vertrag stehen, der eine weltbewegende Erfindung auf den Markt bringt. Trotz alledem hat Eliott Berg sich dazu entschlossen, einen gefälschten Führerschein in Auftrag zu geben, damit er zwei Jahre früher an Alkohol kommt. Ich kann verstehen, dass man sich die Academy erträglich trinken muss. Den Alltag hier kann man nicht gerade als spaßig oder angenehm beschreiben. Aber um bei French & Raven aufgenommen zu werden, bedarf es normalerweise eines Mindest-IQs. Fraglich, wie manche diese Hürde nehmen konnten, wenn sie mir ihre gesamte Identität in die Hand drücken und damit einen Freifahrschein geben, sie zu missbrauchen.

Seufzend nehme ich die Lupenbrille ab und reibe mir die müden Augen. Zane und seine verdammten Deadlines. Nur weil er Aufträge wie am Fließband abwickeln will, sitze ich seit fünf Uhr morgens in der Werkstatt und arbeite. Das ist die Rolle, die ich in unserem Geschäft einnehme: der Fälscher.

Die Vibration meines Handys reißt mich aus den Gedanken und ich werfe einen Blick auf die eingegangene Nachricht.

ZANE

Hat Chelsea mit dir geredet?

Ich rolle mit den Augen. *Auch dir einen guten Morgen, Bruderherz.*

RAHEEM

Nein. Weswegen?

ZANE

Vergiss es. Wie weit ist der aktuelle Auftrag?

Wie immer interessiert ihn nur das Geschäft. Daran habe ich mich schon gewöhnt. Und jetzt, da Levi unser Kollektiv endlich komplett macht, sehe ich in meiner Zukunft nur noch mehr Arbeit. Ich bin bei Weitem kein so guter Dieb, wie mein jüngerer Bruder es ist. Levi wird dem Geschäft guttun und hoffentlich auch unserem Verhältnis als Familie.

RAHEEM

Wird bis heute Abend fertig.

Meine Nachricht wird als *gelesen* angezeigt und kurz darauf verlässt Zane den Chat. Ich weiß, dass ich von ihm kein Lob zu erwarten brauche. Mein Bruder ist kein Mann der großen Worte.

Ich bin viel zu früh dran. Mein Unterricht beginnt erst in einer Stunde, doch im Audimax zu sitzen und die Nase in ein gutes Buch zu stecken, erscheint mir deutlich entspannter, als sich wie alle anderen zum Frühstücksgelage zu versammeln. Kaum trete ich durch die Flügeltür des Hauptgebäudes, meldet *Opes* eine neue Nachricht und der Absender überrascht mich.

EVERLY

Wie läuft die Recherche?

Mein Mundwinkel zuckt. Hat Ms. Foster etwa Sorgen, dass ich ihre kleinen Geheimnisse aufdecke, oder warum interessiert sie sich plötzlich dafür?

RAHEEM

Hervorragend. Willst du ihr etwas hinzufügen?

EVERLY

Vielleicht.

Ich kann mir nicht einmal genau erklären, was in meinem Kopf vorgeht. Möglicherweise ist es der Kuss. Oder die Neugier, warum sich ein Squadron-Mitglied nachts in Spelunken herumtreibt. Aber Everly fasziniert mich. Meine Nachforschungen über sie waren wie erwartet nicht besonders ertragreich. Jede Familie, die mit Macht und Geld gesegnet ist, hinterlässt irgendwo Spuren und glücklicherweise leben wir in einem Zeitalter, in dem sich alles digital nachverfolgen lässt. Doch sie gehen selten tiefer als die Zeitungsartikel der Boulevardblätter. Everlys Vater Russell ist stellvertretender Admiralstabschef der US-Navy. Ihre Mutter starb vor drei Jahren an einer bakteriellen Hirnhautentzündung. Und das sind auch schon die nennenswertesten Infos, die ich über sie herausfinden konnte. Doch es verrät mir nicht, wie sie tickt, was für ein Mensch sie ist, warum sie so handelt, wie sie handelt. Dass ich es überhaupt wissen will, erscheint mir schon überaus ungesund.

RAHEEM

Ich bin dankbar, um jede Ergänzung.

EVERLY

Du weißt ja, wo du mich findest.

In einer Seitenstraße in South Shanton? Wohl kaum.

Ich verstaue mein Handy und verlasse das Hauptgebäude, um mich auf den Weg zur Bibliothek zu machen. Mir brennen einige Fragen auf der Zunge. Doch wir reden hier immer noch von einem Squadron-Mitglied. Und Kinder der Militärs plaudern nicht einfach so ihre gesamte Lebensgeschichte aus, nur weil jemand sie gern wissen will.

Ich entdecke Everlys schwarze Locken, die zu einem hohen Zopf gebunden sind, in einem der Sessel in der Abteilung für klassische Literatur. Sie blättert gerade eine Seite des *Clarissa*-Exemplars um, das sie sich bei unserem letzten Aufeinandertreffen in der Bibliothek ausgeliehen hat. Ich bezweifle, dass Briefromane seit Neustem auf der Liste der Pflichtlektüre für Squadrons stehen. Sie scheint schlichtweg ein Faible für klassische Literatur zu haben.

»Eine Sache habe ich auf jeden Fall schon über dich herausgefunden«, sage ich und setze mich ihr gegenüber in den freien Sessel.

Everlys Augen huschen über die Buchstaben, doch die Andeutung des Lächelns auf ihren pfirsichfarbenen Lippen verrät, dass ihre Aufmerksamkeit auf mir liegt.

»Und die wäre?«, fragt sie mit unschuldigem Wimpernaufschlag.

»Dass du es magst, die Kontrolle zu behalten und die Dinge nur ungern aus der Hand gibst.«

Sie legt sorgsam ein Lesezeichen zwischen die Seiten und verstaut ihr Buch in dem schwarzen Lederrucksack zu ihren Füßen. »Wie kommst du denn darauf?«

Weil es offensichtlich ist, Ms. Foster.

»Warum bin ich hier, Everly?«, frage ich sie und lege den

Kopf schief. »Ganz sicher nicht, weil du es mir leichter machen willst, dich kennenzulernen.«

Neckend, fast provozierend lehnt sie sich zurück und schlägt die Beine übereinander. Aus jeder ihrer Bewegungen strahlt Kalkül. Normalerweise ist das nichts, was mich anspricht oder gar attraktiv auf mich wirkt. Vielleicht hatte Everly bei unserer letzten Begegnung in der Bibliothek recht, als sie sagte: ›Hätte ich dir meinen Namen verraten, dann hättest du die Nacht bestimmt damit verbracht, alles Mögliche über mich rauszufinden, und dann wäre es vielleicht nie zu einem Kuss gekommen. So hatten wir wenigstens das Vergnügen.‹

Ich weiß, wie ihre Lippen sich anfühlen, und ich weiß, dass in ihrer Sinnlichkeit auch Ehrlichkeit liegt. Dieses Feuer in Everlys Augen hatte nichts mit Berechnung zu tun. Sie kann dieses Verlangen nicht verstecken und genau das will ich sehen.

»Wie wäre es, wenn wir das Spiel umdrehen, Raheem?«, fragt sie und fährt sich durch die silbernen Strähnen. »Und du erzählst mir zur Abwechslung etwas über dich.«

Hätte ich je einen Beweis gebraucht, dass sie es nicht leiden kann, die Kontrolle abzugeben, dann hätte Everly mir gerade die perfekte Vorlage gegeben.

»Was willst du wissen?« Ich reiche ihr den sprichwörtlichen kleinen Finger. Vielleicht wird sie gesprächiger, wenn sie das Gefühl hat, dass sich alles zu ihren Gunsten neigt.

»Fährst du öfter nachts durch South Shanton und bietest verirrten Mädchen eine Mitfahrgelegenheit? Ist das das gängige Mittel gegen Langeweile in dieser Stadt?«

Zanes Stimme schallt plötzlich in meinem Kopf wie eine Sirene. *Wir verlieren nie auch nur ein einziges Wort über die*

Company, niemals. Er ist besessen davon, dieses Geheimnis zu schützen. Deswegen knüpft er die Kontakte, während ich und nun auch Levi die Schatten sind, die im Hintergrund arbeiten. Niemand weiß, dass wir als Gemeinschaft funktionieren. Und das ist vor allem für Zane gefährlich, der sich ständig an der risikoreichen Front befindet.

»In dieser Stadt ist man sehr gut beraten, sich eine Beschäftigung zu suchen«, erwidere ich und frage mich gleichzeitig, wie viel sie in meine Aussage hineininterpretiert. »Die meisten stürzen sich ins Studium, den Blick stets fixiert auf den Titel des Zukunftsträgers.«

»Du nicht?«, fragt sie und hebt eine ihrer filigranen Augenbrauen.

Warum soll ich nach etwas streben, das gar nicht erstrebenswert ist? »Ich habe es mir zum Ziel gesetzt, meine Zeit hier vielfältig zu gestalten.« Fast bin ich versucht, mich umzudrehen, um zu sehen, ob Zane hinter mir steht und mir für diese vage Antwort auf die Schulter klopft. Doch meine Aufmerksamkeit ist stur auf Everly gerichtet, die kichernd ihre Finger ineinander verschränkt.

»Wow, jetzt bin ich genauso schlau wie vorher.«

Ich verstecke mein Lächeln hinter einer Faust. Mehr bekommt sie nicht. Nicht, wenn sie keinerlei Anstalten macht, einen Schritt auf mich zuzugehen. Ein Rawlins öffnet keine Türen für eine Frau. Nicht mal für eine, die so schön ist wie Everly.

Sie wirft einen kurzen Blick auf ihre Armbanduhr und erhebt sich. »Direktorin Whittaker erwartet mich zum Erstsemester-Gespräch«, verkündet sie und schultert ihren Rucksack.

Zu diesem Termin sollte niemand zu spät kommen. Wie

alle anderen hatte auch ich letztes Jahr das Vergnügen, mich mit der Direktorin über mein Potenzial und meine Zukunft zu unterhalten. Gehirnwäsche wäre untertrieben als Beschreibung.

»Aber ich würde mich sehr darüber freuen, dieses Gespräch weiterzuführen. Am Wochenende treffen sich ein paar der anderen im Helheim. Sieht man sich dort?« Über ihre zarten Gesichtszüge huscht eine Emotion, die ich nicht zuordnen kann. Es sieht wie Amüsement aus, gemischt mit glühendem Verlangen und etwas Unberechenbarem.

»Ist das etwa eine Einladung?«, frage ich und beobachte fasziniert, wie sie die imaginären Falten aus ihrem Blazer streicht und dabei dessen Sitz richtet.

»Nenn es, wie du willst, aber …«, sagt sie schließlich und über ihre Lippen huscht der Ansatz eines Lächelns. »… ich erwarte dich dort.« Ohne ein weiteres Wort zu verlieren, verlässt sie unter der kritischen Beobachtung von Mrs. Kettlebush die Bibliothek.

Ich rekapituliere die wenigen Minuten unbeschwerten Geplänkels, als mein Handy vibriert.

ZANE

Levi bekommt seine Chance am Samstag. Wenn das funktioniert, dann können wir schon sehr bald über größere Aufträge reden. Es gibt da jemanden in New Brunswick. Der scheint eine wahre Goldgrube zu sein.

Denkt mein Bruder eigentlich auch jemals über etwas anderes nach als die Arbeit? Oder bin ich gezwungen, mir solche Nachrichten bis ans Ende meiner Ausbildung an der Academy durchzulesen?

KAPITEL 9

Everly

Auf die Sekunde pünktlich öffnet sich die Tür zur Leitung der Academy.

»Guten Morgen, Ms. Foster. Kommen Sie rein«, begrüßt mich Direktorin Whittaker ohne den Hauch einer Emotion auf ihren ebenmäßigen Gesichtszügen. Der matte Lippenstift scheint farblich zu ihrem bordeauxroten Kleid ausgewählt worden zu sein.

Es ist das erste Mal, dass ich ihr Büro sehe, und es passt zum Rest des recht altmodischen Interieurs der Academy. Schwere, gemusterte Vorhänge umrahmen die bodentiefen Fenster mit ihren Rundbögen. Auf einem kleinen Beistelltisch befindet sich ein Strauß prächtig blühender weißer Rosen neben einem großen Glas, in dem eine brennende Kerze penetranten Lavendelduft verströmt. Vor dem Massivholz-Schreibtisch aus Akazie stehen zwei schlichte schwarze Stühle. Ich nehme auf einem der beiden Platz und folge mit den Augen der Direktorin, die sich in aller Ruhe in ihren Drehstuhl setzt und meine Akte aufschlägt. Sie hat diese Art von Gesprächen sicherlich bereits Hunderte Male geführt und ihr bedachtes, fast schon taktierendes Verhalten perfektioniert. Ich versuche, mir nicht anmerken zu lassen, dass mich mein Aufenthalt hier verunsichert. Paisley hat mir erzählt, wie es bei ihr ablief, und sollte Direktorin Whittaker nicht vorhaben, ihre komplette Taktik zu ändern, dann steht mir nun die gleiche bedeutungsschwangere Rede bevor.

»Sie waren gar nicht so leicht einzuordnen«, sagt sie und hebt endlich den Blick von meiner Akte, um kurz darauf ihre Lesebrille abzunehmen. Aus ihrem Mund klingt das fast wie ein Kompliment, aber ich werde mich davor hüten, mich zu bedanken. Es ist nicht gern gesehen, wenn Schüler aus der Reihe tanzen, außer es handelt sich dabei um herausragende schulische Leistungen.

»Wie darf ich das verstehen, Direktorin Whittaker?«, frage ich vorsichtig. Mein Plan, unauffällig unter dem Radar zu bleiben und mir dort meine Beziehungen zu suchen, wo ich sie als besonders lukrativ erachte, scheitert doch hoffentlich nicht schon innerhalb der ersten Wochen. Das wäre erbärmlich.

»Sie haben alle typischen Merkmale eines Schülers des House of Squadron«, antwortet sie und faltet die Hände ineinander. »Ihr Eignungstest war herausragend. Sie weisen ein enorm hohes strategisches und logisches Verständnis auf, sprechen fließend Französisch.« Bis jetzt klingt es nicht gerade so, als wäre die Wahl meiner Verbindung sonderlich überraschend. Mein Vater hat nicht umsonst Jahre damit verbracht, mich darauf vorzubereiten. »Was mir etwas Sorgen macht, ist die emotionale Intelligenz«, fährt sie fort und meine Finger, die vorher noch ruhig in meinem Schoß lagen, verkrampfen sich schlagartig.

»Inwiefern?«, frage ich mit bemüht unbedarfter Stimme. Ich weiß genau, worauf sie hinauswill, denn ich muss es mir bereits mein ganzes Leben lang anhören.

Direktorin Whittaker setzt ihre Brille wieder auf und blättert eine Seite in meiner Akte um, um daraus zu zitieren. »Betrachtete in praxisnahen Beispielen den Menschen stets als untergeordnete Ressource, setzte in Empathie und zwischenmenschlichen Beziehungen keine Priorität, Anzeichen von Alexithymie.«

Das psychosomatische Konzept der Gefühlsblindheit, was bei mir oft vermutet, aber niemals nachgewiesen werden konnte. Ich atme tief durch. Was will sie hören? Dass ich ein ungeliebtes Kind bin, das nie die Freuden väterlicher Zuneigung erfahren durfte? Eine Kleinigkeit, wenn man bedenkt, was für einen Menschen es aus mir gemacht hat.

»Bei allem Respekt, Ma'am. Wenn man ein Ziel erreichen will, dann steht das Resultat im Vordergrund. Menschliche Emotionen sind im Zweifelsfall Kollateralschaden«, erkläre ich und es fühlt sich an wie einstudiert. Doch ich lasse mich nicht von jemandem belehren, deren Job es ist, junge Menschen in Schablonen zu pressen, damit sie später besser ins System passen.

Ein Lächeln bildet sich auf ihren schmalen Lippen. Sie scheint in meiner Reaktion etwas zu sehen, das sie nachdenklich stimmt. »Sie haben erst knapp vor Schulbeginn das achtzehnte Lebensjahr vollendet und damit wahrscheinlich weniger Zeit gehabt, sich mit den Verbindungshäusern zu beschäftigen, aber war es für Sie nie eine Option, zu den United Fellows zu gehen?«, fragt sie und ich kneife perplex die Augen zusammen.

Wie bitte? Option? In meinem Leben gibt es keine

Möglichkeit, zu wählen. Die einzige Entscheidungsfreiheit, die mein Vater mir lässt, ist die zwischen der Army, der Navy und der Air Force. Alles andere befindet sich nicht einmal im engeren Kreis.

»Nein, Ma'am«, antworte ich ohne weitere Erklärung. Direktorin Whittaker geht nicht weiter auf das Thema ein und widmet sich stattdessen meinem Stundenplan. Es gibt diverse Wahlkurse, die sie mir ans Herz legt, um Bonuspunkte für den Abschluss zu sammeln. Ich versuche, interessiert auszusehen, aber nachdem wir gemeinsam herausgefunden haben, dass ich bei Squadron gut aufgehoben bin, kommt nun das volle Programm der Zukunftsplanung. Und es ist genauso vorhersehbar, wie ich befürchtet habe.

Zum Ende unseres Gesprächs hin teilt mir die Direktorin wie nebenbei mit, dass mein Vater eine Zusammenfassung dieser Unterhaltung erhalten wird. Natürlich. Alles, was mich betreffend innerhalb der Wände von French & Raven passiert, landet postwendend auf dem Schreibtisch meines Vaters. Wie sollte es auch anders sein?

Obwohl ich große Lust hätte, mich in der Mittagspause wieder ins Archiv zu verkriechen, um dort mit ein bisschen Glück erneut auf Levi zu treffen, lasse ich es bleiben. Routinen zu entwickeln ist die schnellste Möglichkeit, um sich berechenbar zu machen. Meine allmorgendliche Joggingrunde wird da die einzige Ausnahme bleiben. Stattdessen suche ich die Kantine auf und stelle mich wie ein normaler Mensch in die Schlange zur Essensausgabe.

Das Gespräch mit Direktorin Whittaker geistert mir im

Kopf herum. Wie hätte mein Vater reagiert, wenn ich wirklich zu den United Fellows gegangen wäre? Als Teil der US-Navy ist er ein überaus gesetzestreuer Mensch, der große Stücke auf unser Rechtssystem hält. Irgendwie hätte ich ihm das wahrscheinlich schönreden können. Andererseits ist mein Weg vorherbestimmt und jeder Schritt darauf fixiert in einem Notizbuch von Mr. Foster höchstpersönlich. Und es steht außer Frage, dass nach meiner Ausbildung der Wehrdienst auf mich wartet.

Die Küchenhilfe reicht mir einen Teller mit Cuban Mojo Chicken, bevor sie sich mit grimmiger Miene der Person hinter mir zuwendet. Die Tische, die in gerade aufgestellten Blöcken angeordnet wurden, sind fast alle besetzt. Lautstarkes Gelächter oder unangemessenes Verhalten sucht man vergebens. Die Studenten sind nicht umsonst darauf gedrillt worden, sich wie die perfekten schneeweißen Lämmer zu verhalten. Niemand würde hier auf die Idee kommen, aus der Reihe zu tanzen.

Nahe dem Eingang entdecke ich Selene, die lustlos vor einem fast leeren Teller sitzt und sich nur sporadisch an dem Gespräch ihrer beiden Tischnachbarinnen beteiligt. Paisley hat gesagt, dass Selene mich erleuchten wird. Mal sehen, ob sie genau jetzt in der Stimmung dazu ist.

»Ist hier noch frei?«, frage ich in die Runde und das Gespräch der beiden blonden Quasselstrippen verstummt. Selene nickt stumm und deutet auf den Platz ihr gegenüber.

»Willst du uns nicht vorstellen?« Ich mache eine vage Handbewegung in Richtung der beiden Mädels am Tisch und zwinkere Selene zu, die sich seufzend aufrichtet.

»Das ist Everly Foster, Squadron.« Selenes Stimme ist wie Schleifpapier auf sprödem Holz, hinterlegt mit viel kühler Distanz. Wie viele andere hier setzt auch sie bei der Vorstellung das Verbindungshaus automatisch hinter den Namen. Daran muss ich mich wohl oder übel gewöhnen. Squadron ist nun ein Teil von mir und ich bin ein Teil von Squadron. »Ev, das sind Kiana und Philippa Hull und wie es der Zufall so will, wollten sie gerade gehen.« Eigentlich nicht. Aber Selenes Tonfall lässt keinen Platz für Widerworte.

Die beiden blonden Mädchen erheben sich und verlassen mit einem höflichen Nicken in meine Richtung die Kantine. Die Art, wie Selene mit so wenig Einsatz so ausdrucksstark sein kann, landet bei mir definitiv auf der Liste der Dinge, die ich in meiner Nähe haben will, um bei Bedarf darauf zugreifen zu können.

»Wo ist Paisley?« Ich strecke den Hals, um über die Menschenmenge zu blicken, aber der rotblonde Schopf meiner Freundin taucht nirgends auf.

»Bemüh dich nicht«, sagt Selene und greift nach ihrer Wasserflasche, um einen Schluck daraus zu nehmen. »Sie ist nicht da, weil sie ihre Mittagspause damit verbringt, Professor Mayhem nachzustellen. Angeblich aus Recherchegründen, aber das etwas zu begeisterte Lächeln verrät sie.« Wow, dass Pais so schnell dazu übergegangen ist, den Professoren schöne Augen zu machen, hätte ich nicht erwartet. »Hat sie dir von der Party im Helheim erzählt?«, fragt Selene und plötzlich liegt in ihren Augen ein begeisterter Glanz. War sie vorher noch teilnahmslos und gelangweilt von ihrem schnöden Umfeld, wirkt sie nun geradezu euphorisch.

Ich nicke, während ich mir ein Stück meines Hähnchens abschneide. »Was sie mir allerdings nicht verraten hat, ist, wie ihr euch Alkohol besorgen wollt. Kommen etwa Leute aus dem dritten Jahr?« Rein rechnerisch wäre nur dieser Personenkreis bereits volljährig.

Trotz Selenes strahlenden Gesichtsausdrucks bleibe ich skeptisch. Etwas habe ich nämlich bereits feststellen dürfen: Die Studenten, die sich im Abschlussjahr befinden, nutzen ihre Volljährigkeit, um in die umliegenden Großstädte auszufliegen, die deutlich mehr Action zu bieten haben als South Shanton.

»Nein«, sagt Selene und winkt ab. »Aber das ist auch nicht nötig, wenn man einen kleinen Trick anwendet.« Sie beugt sich über den Tisch und verschränkt die Hände ineinander. Es hätte nur noch gefehlt, dass sie auf der Suche nach Lauschern ihren Kopf nach links und rechts gedreht hätte. Doch auch so scheint es mir, als wolle sie mich in ein Geheimnis einweihen. »Man schreibt eine Nachricht an Comte.« *Wie jetzt? Den Grafen?*

»Wer oder was ist Comte?«, frage ich und versuche mir zusammenzureimen, wie man durch eine simple Nachricht plötzlich ein bis zwei Jahre älter wird.

»Comte ist eine SMS an eine Nummer und eine hübsche Summe Bargeld in einem Umschlag und nach nur wenigen Tagen erhält man einen Führerschein oder eine Sozialversicherungskarte mit neuem Geburtsdatum.« Jemand an der Academy erstellt also Fälschungen, um sich sein sicherlich nicht bescheidenes Taschengeld zusätzlich aufzubessern?

Ich schiebe mir ein Stück meines Hähnchens in den Mund und Selene wartet geduldig auf meine Reaktion. »Und was ist mit den Besitzern und Betreibern der Bars und Kneipen? Wird das nicht überprüft?«

Sie zuckt unbeeindruckt mit den Schultern. »Die Leute sind nicht in der Verpflichtung, Ausweisdokumente auf Echtheit zu checken. Man muss als Student lediglich beweisen können, dass man volljährig ist. Ich habe noch nie erlebt, dass die Cops bei einer Kontrolle der Führerscheine darauf geachtet hätten, ob sie nun gefälscht sind oder nicht. Außerdem ist das Produkt sowieso makellos.« So wie sie darüber spricht, klingt das ja fast so, als ob ...

»Du hast einen?«, frage ich leise, während sie erneut an ihrer Wasserflasche nippt.

»Es schadet nie, seine Möglichkeiten zu erweitern«, sagt sie und es ist mir Antwort genug.

Der ganze Aufwand für Alkohol? Das erscheint mir fast lächerlich trivial.

Ich widme mich wieder meinem Mittagessen und wir sitzen uns schweigend gegenüber, bis unsere Pause beendet ist. Es gibt nichts mehr zu besprechen und meine Gedanken kreisen sowieso nur noch um ein Thema.

Könnte dieser ominöse Nebenverdienst, den Chelsea erwähnt hat, etwas damit zu tun haben? Und wenn ja ... ist Zane der berüchtigte Comte?

Als ich am Abend an meinem Schreibtisch sitze und die Notizen der heutigen Unterrichtseinheiten zusammenfasse, regnet es außerhalb der Mauern in Strömen. Die Masse an Tropfen prasselt gegen das geschlossene Fenster und läuft in feinen Rinnsalen am Glas hinab. Mein Laptop steht aufgeklappt vor mir. Die Mail, die mich nur wenige Minuten zuvor erreicht hat, ist immer noch geöffnet und die digitalen, tiefschwarzen Buchstaben leuchten mich voller Hohn an.

Vergiss nicht, aus welcher Familie du kommst. Ich will keine Fehltritte sehen. Wir haben dein Ziel ganz klar definiert und nur das ist das, was zählt. Die Route ist bereits gezeichnet, du musst sie nur noch gehen. Blamier mich nicht.

Mein Vater ist wirklich ein einmaliger Mensch. Besonders, wenn es um die Motivation seiner eigenen Tochter geht. Es interessiert ihn nicht, wie es mir geht, und es interessiert ihn auch nicht, ob ich mich eingelebt habe. Wie meine Kurse, das Wetter, das Essen, die Stimmung und die anderen Studenten sind, spielt keine Rolle für ihn. Es gibt nur das erklärte Ziel: French & Raven zu bestehen und dabei so gut abzuschneiden, dass es mich in meiner durchstrukturierten Karriere beim Militär weiter nach vorne spült. Mein Vater hat ganz klare Vorstellungen davon, wohin ich zu gehen und wie ich mich zu verhalten habe. Manchmal frage ich mich, ob er diesen Plan schon bei meiner Geburt erstellt hat. Und wie viel Mom mitreden durfte …

Ich schüttle den Kopf. Jetzt ist weder die richtige Zeit noch der richtige Ort, um in emotionalem Trübsal zu versinken. Etwas zu energisch lasse ich die Maus über das leicht zerkratzte Holz meines Schreibtischs sausen und schließe die Mail, nur um kurz darauf das System herunterzufahren.

Raheem glaubt, dass ich nur ungern die Kontrolle aus der Hand gebe? Mein ganzes Leben ist fremdbestimmt. Ich habe nichts, aber auch rein gar nichts an meiner Situation selbst entschieden. Die Aura meines Vaters klebt an mir wie ein Stigma. Vielleicht kann ich nichts dagegen tun. Seit meiner Kindheit renne ich der Anerkennung meines Vaters hinterher. Er ist besessen vom maximalen Vorteil für sich selbst und seine Karriere. Niemand weiß, was dieser Vorteil sein soll. Außerdem ... ich soll meine Zeit hier sinnvoll gestalten. Sinnvoll und vielfältig. Und niemand muss wissen, welche Mühen ich bereit bin, auf mich zu nehmen, um herauszufinden, ob der Weg, den ich gehe, tatsächlich der richtige ist.

KAPITEL 10

Levi

Es gibt Tage, da geht mir Zanes Besessenheit von unserem Business ziemlich auf den Zeiger. Aber heute ist keiner davon. Als wir in einem alten, leicht heruntergekommenen Ford in einer Seitengasse stehen bleiben, richte ich den Sitz meiner schwarzen Krawatte, die ich farblich passend zum Anzug gewählt habe. Mein erster richtiger Auftrag als Teil der Company. Es kribbelt mir in den Fingern, endlich zu zeigen, dass meine Brüder sich auf mich verlassen können. Ich bin bereit, alles zu geben, damit es funktioniert und Zanes Pläne endlich in die Tat umgesetzt werden können. Mein Bruder schaut mit leicht skeptischem Blick in meine Richtung. Als er mir kompromisslos eröffnet hat, mich heute zu begleiten, habe ich lediglich mit den Augen gerollt. *Du wirst noch lernen, dich auf mich zu verlassen.*

»Du kennst den Plan?«, fragt er schroff, eine Hand auf dem Lenkrad, die andere auf dem Schalthebel wie ein fucking Fluchtwagenfahrer.

»Reingehen. Mrs. Fishman bezirzen und den Führerschein von ihrem Enkel Donovan in die Finger bekommen. Mach dir keine Sorgen, ich krieg das schon hin.« Ich zwinkere Zane zu, aber er sieht nicht entspannter aus.

»Ich bin in Rufweite, wenn was schiefgehen sollte«, sagt er, als meine Hand nach dem Türöffner greift. »Vermassle es nicht.« *Grenzenloses Vertrauen sieht anders aus.*

»Hör auf, dich ständig zu sorgen. Und vergiss nicht: Wenn du gut in etwas bist ...«

»... mach es nicht umsonst«, vervollständigt Zane unsere Parole. Wir haben sie vor Jahren zu unserem Leitsatz erkoren, ausgeliehen von Heath Ledgers Paraderolle. Seitdem begleitet uns dieses Mantra beim Business. Denn in unserer Welt geht es ausschließlich ums Geld, und wie viel für bestimmte Dienstleistungen geboten wird.

Ich steige aus dem Auto und schaue ihm nicht hinterher, als Zane in der Dunkelheit des späten Abends verschwindet. Entschlossen fahre ich durch meine Strähnen und nehme zwei Abzweigungen, bis ich schließlich vor einem hübschen Stadthaus zum Stehen komme. Auch bekannt als: die Ferienresidenz von Mrs. Fishman. Die gut betuchte alte Lady verbringt ihren Lebensabend eigentlich in Florida und reist nur einmal im Jahr hier nach Bangor in ihre Heimat. Die kurze Zeitspanne ihres Besuchs reicht, um die Kinder und Enkel zu versammeln und im angrenzenden Kulturhaus eine Vernissage zu wohltätigen Zwecken abzuhalten. Der Gebäudekomplex ist ziemlich beeindruckend, sogar für jemanden wie mich, der normalerweise in Georgetown, einem der teuersten Bezirke unserer Hauptstadt wohnt. Vor dem weiß gestrichenen Gebäude haben sich bereits kleine Grüppchen elegant gekleideter Personen gebildet. Da sich allesamt angeregt unterhalten, nimmt glücklicherweise keiner Notiz von mir. Das ist ein enorm großer Vorteil, wenn man sich als Dieb durch die High Society bewegt. Nicht auffallen, sich wie ein Normalo verhalten und keinen Verdacht erregen. Am besten sollte man niemandem im Gedächtnis bleiben, und wenn, dann nur positiv und dezent.

»Guten Abend, Sir«, begrüßt mich eine der Angestellten mit einer unbequem aussehenden Hochsteckfrisur. »Dürfte ich Ihren Namen erfahren, um ihn in die Gästeliste aufzunehmen?« Sie deutet auf das aufgeschlagene Buch, das sie in den Händen trägt, und schaut durch schwarzgetuschte Wimpern zu mir hoch.

»Mihail Sargeant«, erwidere ich und sie notiert meinen falschen Namen in sauberer Schrift.

»Sind Sie auf persönliche Einladung von Mrs. Fishman hier, Mr. Sargeant?«, fragt sie höflich und perfekt einstudiert.

»Eher auf Empfehlung«, antworte ich mit einem freundlichen Lächeln auf den Lippen. »Ich bin Kunstsammler und auf der Suche nach einem ganz besonderen Exponat.«

»Dann wünsche ich Ihnen viel Spaß.« Sie macht einen Schritt zur Seite und lässt mich passieren.

Mein Herz schlägt ruhig, während ich durch den Korridor laufe, der über prächtigen Marmorboden verfügt. Das ist keine neue Situation für mich. Ich bin es gewohnt, mich in einer unnatürlichen Umgebung absolut natürlich zu bewegen. Improvisation ist das A und O.

»Champagner?«

Ich drehe mich zu einer Servicekraft, die augenscheinlich den gleichen Dresscode wie die Frau am Empfang aufgetragen bekommen hat.

»Gern«, sage ich und nehme ein mit prickelnder Flüssigkeit gefülltes Glas vom Tablett. »Sie wissen nicht zufällig, wo ich Mrs. Fishman finde?«

Egal, wie gern ich hier herumstromern würde – besonders mit Blick auf den glänzenden Schmuck, der die anwesenden Damen ziert –, sollte ich den Auftrag besser schnell zu Ende bringen. Und Zane damit einen Grund mehr geben, mit mir zufrieden zu sein.

»Sie befindet sich im Hauptsaal beim Tisch der Kuratoren.«

Ich bedanke mich und laufe durch die mahagonifarbene Flügeltür, den Blick wachsam auf das Ziel gerichtet, das nur wenige Sekunden später vor mir auftaucht. In einem ausladenden Kleid aus bauschigem Stoff steht Mrs. Fishman, die mir Zane auf Pressefotos gezeigt hat, neben einer blonden Frau und unterhält sich angeregt. Fuck, eigentlich würde ich das gern ohne Zeugen durchziehen. Bleibt wohl nur Trick siebzehn.

In einem Zug leere ich mein Glas und stelle es auf einen der Stehtische, die mit weißen Hussen bedeckt sind. Auf dem Weg zu den Kuratoren greife ich nach meinem Handy und gebe vor, einen Anruf entgegenzunehmen. Dieses Mal ist mein Alibi ein erfundener Kerl namens Joe, der sich bei mir beschwert, dass er nicht an der Vernissage teilnehmen kann. Ich imitiere eine hitzige Situation und trete dabei Schritt für Schritt näher an Mrs. Fishman. Die Aufmerksamkeit der beiden Damen liegt bereits auf mir, während ich so tue, als würde ich das Telefonat beenden.

»Entschuldigen Sie vielmals«, sage ich und dränge mich möglichst elegant zwischen die zwei Frauen, um der älteren die Hand zu reichen.

Glücklicherweise versteht die andere den Wink mit dem

Zaunpfahl und sucht freundlich lächelnd das Weite. *Besser so.*

»Mrs. Fishman, dürfte ich eine Minute Ihrer Zeit stehlen?« Ich lasse der alten Dame keine Zeit, um zu antworten, sondern rede einfach weiter. »Ich hatte eben einen Freund von mir am Telefon, der unbedingt an dieser großartigen Veranstaltung teilnehmen wollte, aber es leider nicht schafft. Es gibt nicht zufällig die Möglichkeit, die Ausstellungsstücke auch online anzusehen und gegebenenfalls zu erwerben?«

Sofort blitzt Begeisterung in ihren hellblauen Augen auf und sie umfasst meine Finger mit beiden Händen.

»Aber natürlich. Es wurde extra für diesen Zweck eine Internetseite ins Leben gerufen. Lassen Sie sich gern von den Mädchen am Empfang die Broschüre geben.«

Gespielt gerührt tätschle ich ihre Hand. »Vielen herzlichen Dank, Mrs. Fishman. Ich werde Joe umgehend Bescheid geben. Dieses Event ist so großartig organisiert, ich habe nichts anderes erwartet«, schmeichle ich.

Ihre glänzenden Augen sprechen eine sehr deutliche Sprache, wie gut diese Masche funktioniert. »Gern, Mr. ...«

»Oh, nennen Sie mich Misha«, sage ich und lache leise. »Ich bin ganz aufgeregt, heute hier sein zu dürfen. Nicht nur wegen Ihnen, Mrs. Fishman. Hat Ihr Enkel Donovan Thomson nicht erst vor Kurzem die Weltmeisterschaft im Florett gewonnen?«

»Ganz recht«, erwidert die Dame mit stolzgeschwellter Brust. »Dass er heute hier ist, war mir eine ganz besondere Freude. Eigentlich muss er sehr viele Pressetermine wahrnehmen.« Und einfach so hat sie mir die perfekte Überleitung geliefert.

»Was für ein Zufall. Ich hatte gehofft, ihn zu erwischen

und ein bisschen zu den einzelnen Fechtdisziplinen auszufragen. Um ehrlich zu sein, bin ich mir noch nicht sicher, welche davon die richtige für mich ist. Sie wissen nicht zufällig, wo ich ihn finden kann?« Donovan sonst in diesem Menschenauflauf zu erspähen, würde unnötig viel meiner kostbaren Zeit beanspruchen. Zane trommelt mit Sicherheit bereits ungeduldig auf das Lenkrad und wartet auf meine Nachricht.

»Er war eben auf dem Weg zu den Toiletten. Gönnen Sie sich gern noch ein Glas Champagner. Er wird sicher gleich wieder da sein.« Ein letzter warmer Blick in mein Gesicht, dann rafft Mrs. Fishman ihr Kleid und schreitet Richtung Flügeltür. Vermutlich, um weitere Gäste zu begrüßen.

Für Schaumwein bleibt vielleicht später noch Zeit. Stattdessen laufe ich am Tisch der Kuratoren vorbei und folge den Hinweisschildern zu den Sanitärräumen. Vielleicht ist das Glück mir heute hold. Die Herrentoiletten sind genauso pompös wie die Haupthalle. Der polierte Boden glänzt mit den Marmor-Waschbecken um die Wette. Akkurat gerollte weiße Handtücher sind zu einer Pyramide aufgetürmt, direkt neben einer Schale voller einzeln verpackter Seifenstücke. Die Kabinen sind fast alle leer. Nur in der hintersten ist die Tür geschlossen und trotz der penetrant lauten Klaviermusik, die durch die eingelassenen Lautsprecher tönt, höre ich seltsame Geräusche daraus klingen. Ich werfe einen kurzen, prüfenden Blick zur Eingangstür und schließe mich dann in der nächsten freien Kabine ein. Die Geräusche nebenan sprechen mittlerweile eine ziemlich deutliche Sprache – leises Stöhnen und schmatzende Geräusche.

Möglichst ohne Aufmerksamkeit zu erregen, stelle ich mich mit den sündhaft teuren Lackschuhen auf die Toilettenschüssel und hole mein Handy hervor. Vorsichtig, um nicht aufzufliegen, knipse ich ein Foto und begutachte die Aufnahme. Wow, da steht Donovan Thomson, der amtierende Fechtweltmeister, Enkel der Privatiere Mrs. Susan Fishman und lässt sich von einer der Serviceangestellten einen blasen. Seine Großmutter wäre mit Sicherheit wahnsinnig stolz auf ihn, wenn sie das wüsste.

Ich unterdrücke das Verlangen, mit den Augen zu rollen. Natürlich ist es hier schwer, den Moralapostel zu spielen, schließlich habe ich selbst erst vor ein paar Tagen die hübsche Everly auf dem Schreibtisch der Archivverwaltung gefingert. Und auch sonst sucht man Moral vermutlich vergebens bei mir, denn mein Auftrag ist es schließlich, ihn zu bestehlen. Und trotzdem spiele ich mit dem Gedanken, das Bild an Mrs. Fishman zu schicken. Einfach nur, um Chaos zu erzeugen.

Doch statt mir darüber weiter den Kopf zu zerbrechen, bemerke ich ein nettes Detail auf dem Bild. Während Donovan es sich gutgehen lässt, ist seine Hose zu Boden gerutscht und zwischen dem Stoff blitzt eine Ecke edlen braunen Leders hervor, das verdächtig nach Geldbeutel aussieht. In mir regt sich der Instinkt einer Elster. Ich bin eben doch ein kleiner Kleptomane.

Schnell und präzise steige ich von der Schüssel, bücke mich und erspähe sofort das Objekt der Begierde. Glücklicherweise haben die Trennwände der Kabinen genügend Abstand zum Boden, sodass es mir ein Leichtes ist, den Geldbeutel an mich zu nehmen. Donovans Stöhnen wird immer lauter, offenbar hat die Lady, die es ihm besorgt, einen ziemlich talentierten Mund. So schnell wie möglich ziehe ich seinen Führerschein hervor, mache einige Bilder und verstaue ihn wieder im Geldbeutel. Dann landet er neben der Hose, sodass Donovan glauben dürfte, dass er ihm aus der Tasche gerutscht ist. Er ist so oder so mit den Gedanken ganz woanders.

Während ich am Straßenrand auf Zane warte, rauche ich eine Zigarette. Ein warmes Gefühl von Euphorie füllt meinen Brustkorb, wie immer, wenn solch eine Aktion erfolgreich war. Ich habe darauf gewartet, meinen Brüdern in die Academy zu folgen. Hier können wir die Company endlich zu der Größe aufbauen, von der Zane schon seit Beginn unserer Aktivitäten träumt. Der heutige Abend war nur der Anfang. Es ist der Beginn von etwas Großem.

Der Ford taucht in meinem Blickfeld auf und hält am Bordstein. Ich puste einen Schwall Rauch aus meiner Lunge, lasse den Kippenstummel auf den Boden fallen und trete ihn aus. Mit einem selbstgerechten Grinsen lasse ich mich auf den weichen Sitz des Autos sinken.

»Und?«, fragt Zane drängend.

Ohne etwas zu erwidern, halte ich ihm mein Handy mit dem Bild von Donovans Führerschein vors Gesicht.

»Schick es gleich an Raheem«, sagt er und drückt bereits wieder aufs Gas. Auf uns wartet noch eine Stunde Fahrt bis in die Academy.

»Bekomme ich wenigstens ein ›Gut gemacht‹?«, frage ich, wohlwissend, dass eher die Hölle zufriert.

Zane dreht seinen Kopf für eine Sekunde in meine Richtung und schenkt mir einen eisigen Blick. Das wird mit Sicherheit unsere letzte Kommunikation für den Rest des Abends bleiben.

KAPITEL 11

Everly

So ziemlich jeder einzelne Erstsemester hat sich zur Party im Helheim eingefunden. Die urige Kneipe ist bis auf den letzten Platz voll, und das ist besonders für mein Einsiedlerkrebs-Gemüt nicht angenehm. Von Paisley und Selene fehlt bis jetzt noch jede Spur, doch Letztere hat recht behalten: Alkohol fließt in Strömen. Ich vermute sehr stark, dass nicht nur Selene einen gefälschten Führerschein besitzt.

Mein Blick gleitet über die besetzten Stühle an der Bar und die Studenten, die sich volllaufen lassen. Die Band soll erst in einer Stunde auftreten und die meisten dürften ihren Pegel bis zu diesem Zeitpunkt bereits erreicht, wenn nicht sogar überschritten haben.

Ich quetsche mich zwischen zwei Gruppen hindurch und trete durch die Eingangstür auf den Gehweg in den kühlen Abend. Erleichtert, nicht mehr von Menschen zerdrückt zu werden, greife ich in die Tasche meines Mantels und ziehe ein Zigarettenetui hervor. Die flackernden Laternen tauchen die Straße in grelles Licht. Ich beobachte die Autos, die in regelmäßigen Abständen an mir vorbeifahren, bis ein dunkelblauer Wagen am Bordstein zum Stehen kommt. Während ich mir eine Zigarette zwischen die Lippen stecke und anzünde, steigt Paisley gefolgt von zwei weiteren Personen aus. Mit einem breiten Grinsen kommt meine Freundin auf mich zu und die anderen folgen ihr wie Motten dem Licht.

»Hey, Everly. Warum bist du nicht drin?«, fragt Pais und wartet, bis ich einen tiefen Zug an meiner Kippe beendet habe.

»Zu viel Geplapper auf einem Haufen«, antworte ich schulterzuckend. »Außerdem habe ich auf Selene und dich gewartet.«

»Unser Moonshine verspätet sich«, erklärt sie und tritt beiseite, um ihre Begleiter in den Vordergrund zu rücken. Interessant, dass Selene sich verspätet, nachdem sie alle möglichen Leute dazu angestachelt hat, zur Party zu kommen. Vermutlich hat sie als Retourkutsche dafür diesen albernen Spitznamen von Paisley bekommen. »Aber ich habe Gideon und Clementine auf dem Campus aufgesammelt und wir haben beschlossen, uns ein Uber zu teilen.«

Gideon tritt vor und reicht mir übermotiviert die Hand. Sein spitzes Gesicht, das über und über mit Sommersprossen bedeckt ist, erinnert mich irgendwie an eine Maus. Nur die Schnurrhaare fehlen.

Clementine ist deutlich zurückhaltender und mir damit um einiges sympathischer. »Freut mich, dich kennenzulernen, Everly«, sagt sie mit ruhiger, fast melodischer Stimme. Der schwarze, leicht schimmernde Hijab betont ihre hypnotisierend blauen Augen. Sie wirkt nicht wie jemand, der es auf Biegen und Brechen darauf anlegt, möglichst einnehmend zu sein. Möglicherweise hat die Besessenheit nach Macht sie noch nicht befallen.

»Lasst uns reingehen, die erste Runde geht auf mich«, ruft Paisley und tänzelt Richtung Eingang.

Ich nehme einen letzten Zug von meiner Zigarette und werfe sie schließlich in den Rinnstein. Dann folge ich den dreien zurück ins Innere des Gebäudes. Weder am Lautstärke-Pegel noch an der Anzahl der Anwesenden hat sich etwas geändert. Während alle ihre Jacken an der Garderobe abgeben, lasse ich meinen Mantel an, um gegebenenfalls schnell einen Abgang machen zu können. In so einer Umgebung will ich mich eigentlich nicht länger als nötig aufhalten. Paisley kämpft sich bis zur Bar vor und quetscht sich zwischen zwei Typen, um zum Tresen zu gelangen. Die beiden Bartender dahinter schenken im Akkord Getränke aus.

»Was trinkt ihr?«, fragt Pais und muss dabei fast schreien, um überhaupt verstanden zu werden.

»Tonic«, antworte ich und halte wenige Minuten später ein hohes Glas mit farbloser Flüssigkeit in den Händen. Da keiner unserer kleinen Gruppe über Volljährigkeit oder ein gefälschtes Ausweisdokument verfügt, bleibt es erst mal nur bei Softdrinks.

Ob die Direktorin von diesem Gelage weiß? Vielleicht ist das eine tolerierte Aktion, um den Studenten die Möglichkeit zu geben, sich frei und unbeobachtet zu fühlen? Je enger die Fesseln, desto eher hat man das Bedürfnis, sich daraus zu befreien.

Paisley schreitet voran, um uns einen Sitzplatz zu suchen, was hier ein absolut aussichtsloses Unterfangen darstellt. Sie mimt den Leader bereits perfekt. Mich würde es nicht wundern, wenn sie selbst eines der Kinder wäre, die mit ihren Eltern Wetten über nützliche soziale Kontakte abgeschlossen haben, über die sie sich selbst vor dem Get-together noch lustig gemacht hat. Ihr Enthusiasmus ist jedenfalls kaum zu bremsen.

Ich nippe an meinem Tonic und schaue interessiert zu einer Gruppe Erstsemester, die sich hitzig unterhalten. Ein erstes Anzeichen dafür, dass manchen der Alkohol bereits zu Kopf steigt. In solchen Situationen nimmt das Aggressionspotenzial stetig zu.

»Puh, keine Chance«, ruft Paisley, die plötzlich neben mir steht und sich leicht verzweifelt umschaut. »Ich fürchte, wir müssen uns mit Stehplätzen begnügen bis zum Auftritt. Dann ist es sowieso egal, weil sich alle zum Tanzen vor der Bühne versammeln.«

Ich nicke, auch wenn ich immer mehr die Vermutung habe, dass ich den Auftritt der Band verpassen und mir stattdessen eine spannendere Beschäftigung suchen werde. Ich führe mein Glas erneut an die Lippen für einen weiteren Schluck meines Aperitifs und entdecke ein bekanntes Gesicht an der Bar.

»Da ist Selene. Ich sag ihr kurz Bescheid, dass wir hier sind«, erkläre ich Paisley, die lächelnd den Daumen nach oben streckt.

Auf dem Weg leere ich mein Glas und stelle es auf dem Tresen ab. Der herbe Geschmack kribbelt auf meiner Zunge. Selene, die mich bereits entdeckt hat, kommt mir entgegen.

»Pais hat jetzt schon Anhängsel?«, spottet sie mit einem skeptischen Blick zum Dreiergespann.

Erstaunt wandern meine Augenbrauen in die Höhe. »Stört es dich?«, frage ich und lege den Kopf schräg. Bis jetzt hat Selene Paisleys Eifer nur belächelt, doch gerade wirkt sie regelrecht genervt.

»Connections sind gut.« Selene zuckt mit den Schultern. »Nur täte sie besser daran, in ihrer Freizeit mit Squadrons abzuhängen. Loyal sind nur die eigenen Leute.«

Über Selenes Schulter trifft mich ein Blick aus dunkelgrünen Augen und es interessiert mich schlagartig deutlich weniger, was sie von Paisleys Gefolge hält.

»Geh ihr den Kopf waschen«, sage ich zwinkernd. »Wir sehen uns später.«

Selene dreht sich nicht einmal um, als ich mich an ihr vorbeischiebe. Sie verschwindet in der Menge. Mir bleibt keine Zeit, um mich über sie zu wundern. Stattdessen folge ich dem Schatten bis zum Korridor, der zu den Toiletten führt.

»Du bist tatsächlich gekommen«, begrüße ich Raheem, der offenbar die einzige Ecke im ganzen Helheim gefunden hat, die nicht von Menschen überrannt wurde.

»Dass du daran gezweifelt hast, verletzt mich«, sagt er und kneift gespielt beleidigt die Augen zusammen.

»Ich nehme es als Kompliment.« Meine Mundwinkel verziehen sich leicht nach oben. »Willst du dir dieses Mainstream-Event geben oder kennst du einen Ort, an dem man ungestörter sein kann?«

Schmunzelnd fährt er sich durch die Haare und greift schließlich in die Innentasche seines dunkelgrauen Kaschmirmantels. Hervor kommt ein silberner Schlüssel samt Anhänger, auf dem die Nummer drei geprägt wurde.

»Tatsächlich ja«, sagt Raheem und legt mir vertrauensvoll eine Hand auf den Rücken, um mich den Korridor entlangzuschieben, bis wir bei einem Treppenaufgang stoppen. »Im oberen Stockwerk befinden sich eine Handvoll Gästezimmer, die nur noch selten genutzt werden.«

Wir steigen die Stufen aus hellem Holz nach oben, die unter unseren Schritten knarzend nachgeben. Das Geländer ist an einigen Stellen gesprungen, sodass ich lieber darauf verzichte, mich dort festzuhalten und mir womöglich einen Splitter einzufangen.

»Und du hast zufälligerweise einen Schlüssel für ein Zimmer?«, frage ich unschuldig und lasse mich von ihm nach rechts durch den Flur führen, der mit fleckigem, verblichenem Teppich ausgelegt ist.

»Zufälligerweise«, bestätigt Raheem und bleibt vor einer Tür mit passender Nummernplakette stehen, die er kurzerhand aufschließt. »Also, Everly?« Es ist keine richtige Frage und doch weiß ich, dass er eine Antwort möchte. In dieses Zimmer zu gehen bedeutet auch, dass ich damit den zweiten Rawlins-Bruder sehr, sehr nah an mich heranlassen werde. Ob ich das will, steht außer Frage, das verrät mir ein Blick auf Raheems Lippen und die Erinnerung daran, wie er küsst.

Ich gehe an ihm vorbei ins Innere. Hinter mir ertönt das Klicken des Türschlosses. Ein sanftes Kribbeln, die prickelnde Vorfreude darauf, mit Raheem allein zu sein, vibriert in meinem Körper. Ich bleibe auf dem mittig liegenden Hochflor-Teppich stehen und betrachte für einen Augenblick die Einrichtung. Genau wie der Rest des Helheim, ist *altmodisch* und *in die Jahre gekommen* wohl die beste Beschreibung für das Interieur. Ein Bett, das gerade so Platz für zwei Personen bietet, stellt den Mittelpunkt dar. Auf der blaugestreiften Bettwäsche liegt eine dicke Decke aus grob gestrickter Wolle.

Raheem knipst eine der beiden Nachttischlampen mit

geblümtem Schirm an, sodass der Raum in diffuses Licht getaucht wird. Ich folge ihm mit den Augen. Ist er meiner Einladung nur gefolgt, weil er mich in einem schäbigen Hotelzimmer ficken will? Wohl kaum. Dafür hätte er mich letztes Mal in der Bibliothek nicht stehen lassen brauchen. Und auch jetzt, wo meine Signale ihm überdeutlich wie ein Leuchtfeuer entgegenstrahlen, setzt er sich ohne einen Hauch von Hektik auf die Kante des Bettes und wartet ab, was passiert.

»Ich habe dir deine Frage nicht beantwortet«, sagt er plötzlich und ich lege verwirrt den Kopf schräg.

»Welche?«

»Ob ich mich nachts öfter in South Shanton herumtreibe und dort hübschen Mädchen eine Mitfahrgelegenheit biete.«

Fast hätte ich gelacht, doch ich belasse es bei einem Schmunzeln und trete direkt vor ihn. Das flackernde Licht glänzt in seinen dunkelblonden Haaren. Es ist unübersehbar, dass Levi sein kleiner Bruder ist. Die identischen Züge in ihren Gesichtern sind faszinierend.

»Ich hätte ehrlich gesagt nicht damit gerechnet, noch eine Antwort zu bekommen«, erwidere ich und lege den Kopf schief. »Geschweige denn, eine ehrliche.«

»Du glaubst, ich würde es vorziehen, zu lügen?«, fragt Raheem erstaunt und lehnt sich nach hinten, um sich mit den Unterarmen auf der Matratze abzustützen.

»Ist das nicht gang und gäbe bei den United Fellows?«

Plötzlich verengen sich seine dunkelgrünen Augen zu Schlitzen, doch das spielerische Glitzern darin bleibt. »Vorsicht, Everly.« In seiner tiefen Stimme schwingt ein Hauch von Drohung. Wie einfach es ist, die Politikerkinder zu provozieren.

»Ich glaube, dass wir beide keine Antwort brauchen«, sage ich als Reaktion auf seine Frage und trete einen Schritt vor. Meine Hände liegen am Revers meines Mantels, den ich mir mit einer fließenden Bewegung von den Schultern schiebe, um ihn auf einen schwarzen Stuhl mit rostigen Metallfüßen zu werfen. »Und wir sind sicher nicht hier, um zu reden.«

Raheem beendet den Blickkontakt abrupt, wendet seine Aufmerksamkeit meinem Körper zu. Langsam, als würde er versuchen, mich nur mit der Kraft seiner Gedanken aus den Klamotten zu schälen. Nach einer gefühlten Ewigkeit kehren seine Augen zu meinen zurück. Seine Lippen formen eine elektrisierende Frage. »Willst du dich für mich ausziehen?«

Ohne ein Nicken oder ein weiteres Wort entledige ich mich des Pullovers und bringe damit die blütenweiße Bluse zum Vorschein. Während meine Finger einen Knopf nach dem anderen öffnen, schlüpfe ich aus den Loafers und schiebe sie mit dem Fuß beiseite. Ich höre dumpfes Grölen aus dem unteren Stockwerk. Wahrscheinlich hat die Band gerade die Bühne betreten. Gut, denn je besser die Stimmung im Gastraum ist, desto lauter kann ich mich hier Raheem hingeben, ohne dass es neugierige Lauscher auf den Plan ruft.

Kaum ist meine Bluse geöffnet, rutscht sie mir von den Schultern. Kurz darauf landet auch meine High-Waist-Hose auf demselben Stuhl wie der Mantel. Raheem presst die Lippen zusammen. Seine Finger schließen sich zur Faust, nur um diese kurz darauf wieder zu öffnen. Er will mich. Alles an seiner Körpersprache signalisiert mir, dass sowohl der erste Kuss als auch der zweite nur ein schwaches Glühen, ein dezenter Vorgeschmack auf das tatsächliche Feuer waren. Ehe ich mich's versehe, ist er bis an die äußerste Kante des

Bettes gerutscht. Seine Hände greifen nach meiner Hüfte. Obwohl mir mehr als warm ist, bildet sich eine zarte Gänsehaut auf meinem nackten Bauch, als seine Berührung mich erreicht.

»Ich habe getan, was du wolltest«, flüstere ich unschuldig und nur noch mit Unterwäsche bekleidet. »Tust du nun das, was ich will?«

Raheem lacht leise. Sein heißer Atem trifft auf meine empfindliche Haut. »Was möchtest du denn? Ich bin mir sicher, dass ich dir deinen Wunsch kaum abschlagen werde.«

Erzähl mir von dem Nebenverdienst, den Chelsea vor Zane erwähnt hat. Wer ist Comte*? Was hat es mit den gefälschten Ausweisen auf sich, die im großen Stil die Runde machen?* Das auszusprechen ist zu verführerisch. Doch noch verführerischer ist der Gedanke, Raheem nackt in diesem Bett zu haben. Und alles von ihm zu bekommen, wonach mein Körper schreit.

»Küss mich.«

»Ein Kuss?«, fragt er ungläubig. »Das ist alles, was du willst?«

Kopfschüttelnd öffne ich den Frontverschluss meines BHs und lasse ihn zu Boden gleiten. »Ich hab nichts von *einem* gesagt«, sage ich und setze mich breitbeinig auf seinen Schoß. »Und ich habe auch nicht gesagt, wo. Das musst du schon selbst herausfinden.«

KAPITEL 12

Raheem

Als Zane und Levi am Abend aufgebrochen sind, um Mrs. Fishman einen Besuch abzustatten, habe ich tatsächlich fünf Minuten lang überlegt, ob ich die Einladung für das Konzert im Helheim absagen soll. Zanes Stimme der Vernunft kann manchmal überaus penetrant sein. Und leider hat er meistens recht. Wir haben ein Ziel und dieses Ziel erfordert ungeteilte Aufmerksamkeit und keine spontanen Abenteuer mit Erstsemestern. Doch etwas in meinem Inneren war lauter. Und nun, mit Everly auf meinem Schoß und ihren wohlgeformten Brüsten, deren Nippel sich mir keck entgegenstrecken, , bin ich diesem *Etwas* mehr als dankbar. Was ich alles verpasst hätte, wenn ich mich wie so oft dazu entschlossen hätte, mich in der Werkstatt zu verkriechen.

Ich greife nach ihrer Taille und ziehe sie näher. Ihre Aussage ist unmissverständlich und lässt keinen Zweifel daran, dass wir uns so lange in diesem Zimmer aufhalten werden, bis sie bebt und darum bettelt, zu kommen.

Mein Mund landet auf ihrem. Spätestens jetzt ist mein Schwanz steinhart, denn ihre Zunge fährt gierig über meine Lippen und provoziert mich. Sie ist keine zarte Blume, die verführt und gestreichelt werden will. Everly gibt mir mit nur einem Kuss zu verstehen, dass sie mir den letzten Rest meines Verstandes rauben wird. Und ich werde mich nicht wehren.

Meine Hand wandert in ihr Haar und zieht ihren Kopf nach hinten, entblößt ihren zarten Hals. Ich lasse meine Lippen über ihre helle Haut wandern und verweile ein paar Sekunden an der Stelle, an der ihr Puls überdeutlich pocht. Sie geht in der Rolle der Femme fatale vollkommen auf, aber ihr zierlicher Körper verrät sie gnadenlos. Meine Finger vergraben sich tiefer in ihre Strähnen, sodass sie sich nach hinten lehnen muss. Eine Spur aus prickelnden Küssen folgt ihrem markanten Schlüsselbein zu den perfekten Brüsten. Alles an Everly wirkt filigran, geradezu zerbrechlich, sodass man fast Sorge haben muss, sie zu hart anzupacken. Doch diese Bedenken scheint sie nicht zu haben, sie windet sich leidenschaftlich auf meinem Schoß, sodass meine Härte vehement darum bettelt, aus der viel zu engen Hose befreit zu werden. Wie viel Zeit bleibt uns, bis der alte Wirt herausfindet, dass ein Zimmerschlüssel an seinem Hakenbrett fehlt? Wie viel Spaß kann ich mit der Schönheit in meinen Händen haben, bevor wir unterbrochen werden?

Meine Zunge umspielt ihre Brustwarze, reizt diese mit den Zähnen, bis Everly wimmert. Aber das reicht mir nicht. Stattdessen schlinge ich einen Arm um ihre Hüfte und drehe uns einmal um die eigene Achse, sodass sie mit dem Rücken auf der Matratze landet. Trotz ihres Fliegengewichts geben die Federn quietschend nach. Hoffentlich ist die Musik ein Stockwerk tiefer gleich laut genug.

Unter ihrem provokanten Blick schäle ich mich aus dem Mantel und lasse das Hemd folgen. Kühle Luft trifft auf meine Brust und meinen Bauch. Ich beobachte fasziniert, wie Everly jeden Zentimeter meines Oberkörpers mit den Augen erforscht, und ich bilde mir ein, ihre Gedanken lesen zu können. Ohne Zweifel, sie wird mir den Verstand rauben. Unter ihrer aufmerksamen Beobachtung lehne ich mich über sie und setze meine Erkundungstour fort. Meine Berührungen wandern von der Unterseite ihrer Brüste über den Ansatz ihrer Rippenbögen und den Bauch immer tiefer. Ihre Hüftknochen laden schier dazu ein, sie zu küssen, während meine freie Hand ihr das schwarze Höschen aus verführerischer Spitze über die Beine zieht. Dann liegt sie vor mir – komplett nackt und mit einer zarten Röte auf ihren Wangen, die sie viel unschuldiger wirken lässt, als sie sich gibt. Dieser Kontrast weckt etwas tief Verborgenes in mir, etwas Unberechenbares.

Everly gibt ein hinreißendes Seufzen von sich, als ich ihre Beine spreize und meinen Kopf dazwischen vergrabe. Egal, wie viel Zeit uns bleibt, sie soll jede Sekunde davon das Gefühl haben, wie Wachs in meinen Händen zu zergehen. Mit zwei Fingern teile ich ihre Lippen und sauge an ihrer Klit. Ihre Atmung wirkt hektischer und ein kurzer Blick nach oben verrät mir, dass sie ihre Beobachtung aufgegeben und stattdessen den Kopf nach hinten in die Laken gelegt hat, um sich mir hinzugeben. Während meine Zunge ihre Perle reizt, versenke ich meinen Finger tief in ihrer Mitte. *Fuck, sie ist so verdammt feucht.* Ich kann es kaum erwarten, sie zu nehmen.

Mir wird erneut schmerzlich bewusst, wie hart ich bin, und ich löse eine Hand von ihr, um meine Hose zu öffnen und meinem Schwanz endlich den Platz einzuräumen, um den er bettelt.

Plötzlich ertönt durch die Vibration des Basses das Geräusch knarzender Treppenstufen. Jemand befindet sich im Flur des oberen Stockwerks. Everlys Aufmerksamkeit liegt, vorbildlich für ein Squadron-Mitglied, sofort auf der Tür. Wir haben nicht abgeschlossen, theoretisch könnte jeden Moment jemand hereinspazieren. Und dann läge der Blick des ungewollten Besuchers direkt auf meinem Hinterkopf zwischen Everlys Schenkeln. Trotz der Möglichkeit, entdeckt zu werden, und dem Knarzen der Dielen, das klingt, als wäre es direkt vor der Tür, höre ich nicht auf, Everly zu lecken. Sie schmeckt wie die süßeste Droge. Ich schiebe einen zweiten Finger in sie, treibe sie ihrem Höhepunkt entgegen. Ihre kleine Hand krallt sich in meine Haare. Entgegen meiner Vermutung, dass sie das Ganze abbricht, aus Angst davor, aufzufliegen, zieht sie mich näher an ihre Pussy.

Die Schritte im Flur enden abrupt. Lauscht etwa jemand, wie ich hier eine aus dem ersten Semester lecke? Everly hat ihre Lippen fest aufeinandergepresst, um ja kein Geräusch entkommen zu lassen. Lediglich ihr schneller Atem lässt darauf schließen, wie nah sie der Erlösung ist. Aber dieses Spiel lässt sich auch weitertreiben. Ich entziehe ihr meine süße Tortur und spüre förmlich ihren Protest. Ihre Augen funkeln wütend. Doch statt das in irgendeiner Form zu kommentieren, ziehe ich ein Kondom aus meinem Geldbeutel hervor und steige aus Hose und Boxer, die ohnehin beide mittlerweile auf den Boden gerutscht waren.

Everly erhebt sich und nimmt mir das quadratische Päckchen aus der Hand. Von der Wut ist nichts mehr zu spüren. Stattdessen sieht sie fest entschlossen aus, als sie es öffnet und mir das Kondom überzieht. Ihre Hände verweilen länger als nötig an meiner Länge und ich schließe genießend die Augen. *Irgendwann wirst du in meinem Bett, im Haus der United Fellows, liegen und mich genauso verwöhnen wie ich dich, Everly.*

Erneut höre ich knarzende Dielen im Flur, doch nun scheint die Person sich zu entfernen. Umso besser.

Mit einem beherzten Ruck lade ich Everly auf meine Arme, sodass sie ihre Beine um meine Hüfte schlingen muss, um den Halt nicht zu verlieren. Die beiden silbernen Strähnen ihres Ponys umrahmen ihr Gesicht und sie lächelt mich hinreißend an, als ich sie nach nur wenigen Schritten gegen die Wand drücke. Was sich außerhalb dieser vier Wände abspielt, ist nun völlig zweitrangig. Die Flamme in meinen Händen ist alles, was mich interessiert.

Meine Lippen finden ihre, während sie Stück für Stück meinen Schwanz in sich aufnimmt und dabei anbetungswürdige Geräusche von sich gibt. Meine Zunge öffnet ihren Mund, vertieft den Kuss und saugt jedes Stöhnen auf, als wäre es mein persönliches Lebenselixier. Ihre Pussy umschließt mich eng und elektrisierend. Mein Herz pumpt schwindelerregend schnell Blut durch meine Adern und lässt es kochen. Wann hat sich eine Frau das letzte Mal so perfekt in meinen Armen angefühlt?

Ich schiebe immer wieder meine Hüfte vor. Everlys Rücken reibt über die hässlich geblümte Tapete, doch sie stört es nicht. Sie reißt sich von meinem brennenden Kuss los und stöhnt leidenschaftlich.

»Fuck, Raheem. Tiefer«, keucht sie und ich erfülle ihr diesen Wunsch mit Vergnügen, nehme sie härter gegen die Wand, während meine Finger in ihrer zarten Haut versinken.

Gottverdammt, das ist gut. Scheiß auf Zane und seine Prinzipien, wenn man sich in Everly verlieren kann, deren Mitte sich erbarmungslos um meinen Schwanz schließt, sodass uns kurze Zeit später der Orgasmus überflutet.

Ihr Seufzen trifft auf meine erhitzte Haut, als ich sie wieder auf die Füße stelle.

»Willst du dir jetzt das Konzert ansehen?«, frage ich neckisch und ihr Kichern erfüllt das Zimmer.

»Ich hoffe stark, dass wir den anderen kein Konzert geboten haben«, erwidert sie amüsiert. »Sonst kommt ja jeder auf die Idee, ein Stück von diesem Vergnügen haben zu wollen.« Sie streicht sanft über meine Brust und meinen Bauch, bevor sie sich zwinkernd abwendet, um sich wieder ihre Klamotten anzuziehen.

Oh, Everly. Mach so weiter und du hast mich ganz für dich allein.

KAPITEL 13
Everly

PAISLEY

Sag bloß, du bist abgehauen. Jetzt, wo es Shots gibt! :O

SELENE

Scheint fast so, als hätte keiner der Erstsemester sonderlich lang gewartet, bis er die Dienste von Comte in Anspruch genommen hat. Die ersten Alkoholleichen liegen schon auf dem Parkplatz.

GIDEON

Wir sollten mal zusammen zu Mittag essen, Everly. Ich kenne mich super mit Hedgefonds aus. Das ist sicher auch für dich interessant.

Ich beende am Montag meine morgendliche Laufrunde, springe kurz unter die Dusche und ziehe die Schuluniform an. Heute flechte ich meine langen Haare zu einem Fischgrätenzopf und lasse einzelne Strähnen in mein Gesicht fallen. Vor dem Verbindungshaus wartet Paisley auf mich. Ihre Laune ist wie so oft tadellos und sie lächelt breit, als sie mir eine Zigarette reicht, die ich auf dem Weg zu meinem ersten Kurs heute rauche. Augenscheinlich hegt sie keinen Groll darüber, dass ich am Samstag einfach sang- und klanglos abgehauen bin und weder auf ihre noch auf Selenes Nachrichten reagiert habe. Immerhin teilen diese ein besseres Schicksal als der aufdringliche Text von Rotschopf Gideon, der postwendend gelöscht wurde. Zu schade, dass *Opes* es nicht zulässt, einzelne Personen zu blockieren. Dummerweise ist dieses Programm ja darauf ausgelegt, die Kommunikation und Verbindung zwischen den Studenten zu stärken. Das kommt mir allerdings auch zugute.

Denn als ich mir den ganzen Sonntag lang den Kopf darüber zerbrochen habe, wie ich an Zane herankomme, kam mir irgendwann unweigerlich der Gedanke, dass die einzige Möglichkeit wohl oder übel nur während des Unterrichts besteht. Und wie es das Schicksal so will, zeigt die Pseudo-Kontroll-App *Opes* auch die Stundenpläne der einzelnen Schüler an. Da Zane vor Chelsea gejammert hat, wie viele freiwillige Kurse er sich dieses Jahr angetan hat, ist es ein Leichtes gewesen, einen zu finden, bei dem ich mich spontan einschreiben kann.

Nach der kleinen Episode mit Levi im Raum der Archivverwaltung und dem Intermezzo mit Raheem im Gästezimmer des Helheim ist mir klar, dass es einfach wird, die beiden an mich zu binden. Raheems Blick, als er mich gegen die Wand der schäbigen Unterkunft gevögelt hat, hat mir alles verraten, was ich wissen muss. Für ihn war es keine einmalige Sache. Ich gebe ihm noch maximal drei Tage Zeit, bis er sich bei mir meldet.

Doch den ältesten Rawlins kann ich nach wie vor nicht einschätzen.

»Ich werde heute nach dem Unterricht wahrscheinlich den ganzen Abend im Gemeinschaftsraum sein, um meine Hausarbeit zu schreiben. Die Professoren geben ja direkt Gas damit, uns mit Aufgaben einzudecken«, sagt Paisley, während wir durch den Rosengarten von Professor Hayek gehen. Trotz der kühlen Jahreszeit blühen die Blumen immer noch in voller Pracht.

»Was erwartest du?«, frage ich amüsiert und ziehe an meiner Kippe. »Sie formen Zukunftsträger. Keine Versager.«

Pais rollt theatralisch mit den Augen. »Selene wollte auch in ein paar Stunden kommen. Sie sitzt bereits am Konzept für ihre Abschlussarbeit. Und du nennst mich übereilt ambitioniert?«

Wir bleiben vor dem Hauptgebäude stehen, um unsere Zigaretten im Rinnstein zu löschen. Ein Wunder, dass wir noch nicht beim unerlaubten Rauchen auf dem Gelände erwischt und gerügt wurden. Das ist wohl eine der wenigen Regeln, die die Professoren nicht mit aller Vehemenz durchsetzen wollen. Immerhin sieht man sie selbst auch oft genug mit einer Zigarette in der Hand. Oder wie in Professor Sinans Fall mit einer Pfeife.

»Wie dem auch sei ...« Paisley zieht ihren rotblonden Pferdeschwanz straff. »Komm vorbei, wenn du auch die

Absicht hast, auf Büchern einzuschlafen. Denn das wird ohne Zweifel das Ziel dieser ganzen Aktion sein.«

»Ich überlege es mir«, erwidere ich und nicke ihr zu, bevor sie ins Innere des Gebäudes geht, um ihr Wahlfach Englische Literatur zu besuchen. Wobei der Begriff *Wahl* ziemlich vermessen ist, wenn man bedenkt, wie lächerlich hoch die Anzahl an absolvierten Kursen zum Ende des Schuljahres sein muss.

Ich sollte mich heute Abend ebenfalls an meine Notizen setzen. Den Rawlins-Brüdern hinterherzuspionieren kann schließlich nicht meine einzige Beschäftigung sein, besonders wenn ich meinem Vater auch weiterhin brav Berichte schreiben will. Die Professoren erstellen regelmäßig Beurteilungen der einzelnen Studenten und ich würde alles darauf wetten, dass die Eltern diese noch am gleichen Tag per Mail erhalten, um gegebenenfalls ihre Kinder nachzujustieren. Aus der Reihe zu tanzen ist okay, dabei negativ aufzufallen sicher nicht.

Im Treppenhaus, auf meinem Weg ins obere Stockwerk, kommt mir Professor Mayhem entgegen und blättert konzentriert in einer dicken Akte. Ich grüße ihn höflich. Direktorin Whittaker mag mir mangelnde soziale Kompetenz vorwerfen, doch die Etikette habe ich schon vor meiner Aufnahme an der Academy verinnerlicht.

»Ach, Ms. Foster«, sagt Professor Mayhem und ich bleibe abrupt stehen, um mich zu ihm zu drehen. Obwohl er sich mehrere Stufen unter mir befindet, ist seine Präsenz nach wie vor Respekt einflößend. Besonders jetzt, wenn der strenge Ausdruck in seinen Augen mich zu durchbohren versucht. »Mir ist zu Ohren gekommen, dass einige Erstsemester sich am Wochenende in dieser Kneipe in der Innenstadt versammelt haben.« Oh, wenn er einen Spitzel sucht, dann ist er bei mir an der falschen Adresse. Ich kooperiere grundsätzlich mit niemandem.

»Sir?«, erwidere ich, denn bis jetzt hat er nur Aussagen und keine Fragen in den Raum geworfen.

»Mir ist durchaus bewusst, dass es nicht verboten ist, sich im Rahmen der Gesetzgebung auszutoben.« Er klemmt sich die Akte unter den Arm und nimmt eine Stufe nach oben, um mit mir auf Augenhöhe zu sein. »Aber ich hoffe sehr stark, dass alle Neuankömmlinge dieses Privileg mit dem nötigen Respekt ausüben.« Auch das war keine Frage, deswegen nicke ich lediglich. Wie viel wissen die Professoren von den Alkoholexzessen der Schüler? Und warum empfindet es Professor Mayhem als nötig, ausgerechnet mich über seine Bedenken in Kenntnis zu setzen?

»Ich kann Ihnen bedauerlicherweise nicht viel dazu sagen. An besagtem Samstag war ich zwar vor Ort, habe mich aber auch relativ schnell wieder verabschiedet. Die ganze Veranstaltung war nicht mein Fall«, erkläre ich und versuche, möglichst viel Betonung auf den Fakt zu legen, dass ich mit der Party nicht viel am Hut hatte. Nur die Tatsache, dass ich mich stattdessen von einem United Fellow habe flachlegen lassen, werde ich Professor Mayhem nicht aufs Brot schmieren.

»Die Augen stets auf das Ziel, Ms. Foster«, verkündet er mit erhobenem Zeigefinger, macht auf dem Absatz kehrt und nimmt die Treppe nach unten. Wie oft ich mir diesen Satz in den nächsten drei Jahren anhören muss, will ich mir nicht einmal vorstellen.

Wegen eines kurzfristigen Krankheitsfalls von Professorin Dalmasso entfallen meine letzten beiden Unterrichtsstunden. Ein perfekter Moment, um das Center of Julienne zu besuchen, in dem sich ein Academy-eigenes Trainingszentrum befindet. Ich bin erstaunt, dass man darauf verzichtet hat, die vier Häuser in konkurrierende Teams aufzuteilen, die sich bei einer dieser grauenhaften Mannschaftssportarten zum Affen machen. Stattdessen gibt es die Möglichkeit, individuelle Fitnessprogramme zu absolvieren und sich entsprechend körperlich zu betätigen. Sogar Personal Trainer stehen hier zur Verfügung. Kein Wunder, dass French & Raven als Snobschmiede verschrien ist. Dass es niemanden gibt, der mir eine Wasserflasche reicht, damit ich mir keinen Fingernagel abbreche, gleicht fast einem Wunder.

Durch meinen Vater bin ich regelmäßiges Training gewöhnt. Ich erinnere mich viel zu gut daran, dass er mich vor ein paar Jahren *aus Spaß* zu einem Bootcamp mitgenommen hat und ich das komplette Programm absolvieren durfte. Die Wahrscheinlichkeit, dass ich meine eigenen Organe erbreche, war an diesem Tag besonders hoch. Aber etwas anderes kann man auch nicht als typische Freizeitaktivität in der Familie Foster bezeichnen. Man hat mich auf meine militärische Laufbahn vorbereitet, deswegen standen Ausdauer, Koordination und Schnelligkeit auf der Prioritätenliste sehr weit oben. Das eine ist die geistige Überlegenheit, das andere sich in einer Welt voller Gewalt zu verteidigen.

Ich entdecke eine dieser modernen Trainingspuppen, mit denen man Kicks üben kann, auf der rechten Seite des weitläufigen Raumes. Außer mir sind rund ein Dutzend andere Studenten im Zentrum und dennoch herrscht eine ungewöhnliche Stille, gelegentlich unterbrochen durch das

Klappern der Geräte. Jeder ist auf sich fokussiert und mein Blick bleibt einen Moment an einer Frau in dunkelroter Kombination aus Sport-BH und Leggings hängen, die sich an der Rudermaschine austobt. Mein Gedächtnis für Gesichter ist ziemlich gut, nur deshalb erkenne ich die hohen Wangenknochen, das schmale Gesicht und die kleine, symmetrische Nase wieder. Chelsea, die mir indirekt Zanes Nebenverdienst verraten hat, nimmt keinerlei Notiz von mir. Mit den kabellosen Kopfhörern im Ohr und die Augen starr auf einen Punkt in der Ferne fokussiert, scheint sie von überhaupt nichts Notiz zu nehmen. Es ist verlockend, zu ihr hinüber zu gehen, um sie ein wenig über die Brüder auszuquetschen, vor allem, da sie ja zu Zane ein engeres Verhältnis zu pflegen scheint. Immerhin so nah, dass sie sich herausnimmt, über seine privaten Angelegenheiten zu urteilen. Vielleicht ist das aber auch so ein United Fellows Ding.

Ohne meiner Gedanken Taten folgen zu lassen, gehe ich zu der Trainingspuppe, stelle das Programm ein und beobachte kurz, in welchem Rhythmus sich die gepolsterten Stangen auf verschiedenen Höhen von links nach rechts und wieder zurückdrehen, bevor ich mein Kicktraining beginne.

Als ich am Abend mit meinem Rucksack den Gemeinschaftsraum betrete, sind Paisley und Selene schon da und haben sich eine gemütliche Ecke nahe der Fensterfront ausgesucht. Letztere, die es sich längs auf der Couch bequem gemacht hat, zieht ihre Beine an, damit ich Platz nehmen kann.

»Sieh mal einer an, wer uns beehrt«, trällert sie und Pais kichert albern.

»Wenn ich ständig bei euch wäre, dann würdet ihr doch gar nicht auf die Idee kommen, mich zu vermissen«, sage ich und zwinkere Selene zu, die amüsiert mit den Augen rollt.

Beide sind in ihre Bücher vertieft, sodass ich ungestört meine Notizen aus dem Rucksack holen und sortieren kann. Ein Blick in *Opes* verrät mir, welche Abgaben als Nächstes anstehen, und ich ziehe das Buch über Verhaltenspsychologie hervor. Professor Mayhem hat uns eine Ausarbeitung aufgetragen, die zwar nicht so umfangreich ist wie eine ganze Hausarbeit, aber dennoch Konzentration erfordert.

»Was sind eure Themen?«, frage ich in die Runde, um wenigstens ein bisschen soziale Kompetenz vorzutäuschen. Mir soll ja keiner vorwerfen, dass ich mir keine Mühe geben würde.

»*Mariana* von Monica Dickens«, erwidert Paisley und seufzt. »Warum auch immer wir uns nicht *Jane Eyre* als erstes Exemplar aussuchen konnten.«

»Hey, du darfst nette Bücher lesen«, erinnert Selene sie und wedelt mit ihrem Kugelschreiber in der Luft herum, bevor sie energisch auf ihr Buch tippt. »Ich darf Internationales Recht büffeln und mir Fallbeispiele zu Gemüte führen. Als ob mich der Sonderbundskrieg der Schweiz so brennend interessiert.«

Paisley streckt ihr die Zunge entgegen, bevor sie sich wieder ihrem Buch widmet. Einige Zeit sitzen wir so nebeneinander, jede in ihre Arbeit vertieft, und das ist eigentlich sogar ganz angenehm. Hin und wieder ertönt leicht genervtes Seufzen, doch das ist bis auf wenige Zwischenfragen die einzige Geräuschkulisse. Ruhige Mitmenschen lassen sich viel besser ertragen.

»Wenn ich noch einen einzigen Satz lesen muss, dann platzt mir der Kopf«, verkündet Paisley irgendwann, klappt ihre Lektüre zu und hebt die Arme über den Kopf, um sich zu strecken. »Haben eure Eltern euch eigentlich auch schon ausgefragt, wie es so läuft?« Sie schaut zuerst zu Selene, dann zu mir.

»Meinen Vater interessiert das nicht sonderlich«, antworte ich schulterzuckend. »Solange alles nach Plan läuft.«

»Dito«, sagt Selene, die mittlerweile ihre Beine zum Schneidersitz auf die Couch gezogen hat.

»Als ob jemand weiß, wie dieser Plan aussieht«, murmelt Paisley und verstaut ihre Sachen in ihrem Rucksack.

»Wehrdienst«, antworten Selene und ich unisono. Nichts anderes wartet nach dem Abschluss auf die Squadron-Mitglieder. Auf der Academy werden wir geformt wie Lehm und beim Militär schließlich gebrannt, bis wir unsere finale Form erhalten.

»Ja, aber danach. Macht ihr euch keine Gedanken, wo wir landen werden? Es gibt zig Varianten, beim Militär Karriere zu machen. Und nicht alle davon sind erstrebenswert.« Paisley stützt ihren Kopf auf ihrer Faust und richtet den Blick ihrer hellbraunen Augen auf uns.

»Lass mich überlegen«, sagt Selene und schiebt sich das karamellfarbene Haar über die Schulter, bevor sie sich mit dem Zeigefinger gegen das Kinn tippt. »Dein Vater ist Admiral und Befehlshaber des United States Indo-Pacific Command, also wirst du ohne Zweifel bei der Navy landen, Pais. Und Everly höchstwahrscheinlich ebenfalls. Mein Dad ist Offizier bei der US Air Force, ergo bleibt mir nur Luftwaffe. Damit haben wir schon alle Varianten durchgespielt.«

»Findet ihr es nicht auch manchmal unfassbar langweilig, wie vorherbestimmt unser Leben ist?«, frage ich und wundere mich gleichzeitig darüber, dass diese Worte so unverblümt meinen Mund verlassen haben.

»So darfst du das nicht sehen, Ev.« Selene tätschelt spielerisch meine Schulter. »Wir werden Zukunftsträger. Auf uns wartet Großes.«

»Und was?« Ich hoffe ja immer noch, dass mir jemand jemals eine vernünftige Antwort auf diese Frage geben wird.

»Direktorin Whitaker sagt immer: In einer Welt voller Chaos braucht es jemanden, der sie ordnet. Und das ist die nächste Generation ›French & Raven‹-Absolventen. Wir sind der Grund, warum das System funktioniert.« In Selenes Stimme hallt nichts anderes als grenzenlose Überzeugung. Niemand würde ihren fast patriotisch klingenden Worten nicht zustimmen. Wir werden zu Führungskräften erzogen. Dazu gedrillt, das System, wie verkorkst und fehleranfällig es auch sein mag, zu beschützen und dem höheren Wohl zu dienen. Das ist unsere Bestimmung. Das ist unser Ziel. Das ist der einzige Grund, warum wir hier sind.

KAPITEL 14

Zane

Eine melodische, ruhige Abfolge von Klaviertönen hallt durch den quadratischen Raum. Es ist eines von Raheems liebsten Stücken, Morceaux von Tschaikowski. Bei klassischer Musik kann er sich am besten konzentrieren. Besonders dann, wenn niemand ihm über die Schulter sieht, wie ich es gern tue.

»Willst du mir auf die Nerven gehen?«, fragt er, ohne den Kopf von seiner Arbeit zu heben. Ich bin mir sicher, keinen Mucks gemacht zu haben, aber Raheem hat mich natürlich trotzdem registriert. Entweder ist sein Gehör überaus empfindlich oder es besteht doch irgendeine seltsame geschwisterliche Verbindung zwischen uns.

»Ich wollte nur wissen, warum es so lange dauert, die Unterschrift von Donovan Thompson zu fälschen«, sage ich und bleibe eine Armlänge hinter ihm stehen. »Der Kunde wartet.«

»Sag deinem Kunden, Kunst braucht seine Zeit.« Raheem legt eine Zange beiseite und erst jetzt sehe ich, dass er nicht an einer Fälschung arbeitet, sondern Kupferdrähte ineinander gedreht hat, sodass sie nun eine verschnörkelte Brosche bilden. Im grellen Licht seiner Tischlampe sehe ich die filigranen Feinheiten, Windungen, die wie kleine Blumen aussehen. Eine ungewohnt verspielte Arbeit meines Bruders.

»Der Thompson-Auftrag liegt bereits im Safe«, verkündet Raheem, während er das Stück Metall in seinen Händen begutachtet. »Dein Kunde hätte genauso gut mit links unterschreiben können und es wäre nicht aufgefallen. Thompsons Unterschrift gleicht der eines Vorschülers.«

Mit deutlich besserer Laune setze ich mich auf den freien Stuhl ihm gegenüber. »Ja, aber man will ja auf Nummer sicher gehen. Immerhin geht es dabei um hohe Beträge.«

Sein Kopf zuckt für ein paar Sekunden nach oben, als wolle er weitere Fragen zu diesem Auftrag stellen, doch offenbar scheint er es sich anders überlegt zu haben. »Dieser Kerl ... in New Brunswick«, sagt er stattdessen und legt sein Schmuckstück vorsichtig auf einem weichen Tuch ab. »Was will der genau?«

Ich stütze mich mit den Unterarmen auf dem massiven Holztisch ab und lehne mich vor. Nichts erweckt den kleinen Funken Leidenschaft in mir schneller, als wenn man über das Geschäft redet. »Er hat Kunden in Übersee. Welche von der Sorte, die bereit sind, für gute Fälschungen sehr viel Geld zu zahlen.«

Raheem hebt skeptisch eine Augenbraue. »Wir unterstützen doch hoffentlich keine Menschenhändler«, sagt er und mein Mundwinkel zuckt amüsiert. Komisch, dass er sich bei allem, was wir gemeinsam über die Bühne gebracht haben, immer noch über die Gratwanderung zwischen Illegalem und moralischer Boshaftigkeit sorgt.

»Quatsch. Es geht um Frachtpapiere und Zollunterlagen, eine Kleinigkeit für dich. Aber er könnte unsere Dienste weitervermitteln und dann hätten wir plötzlich einen völlig neuen Kundenkreis.« Wie viel Prestige das mit sich bringen würde, ganz zu schweigen vom Umsatz. Comte wäre in aller Munde. Der Mythos ohne Gesicht.

»Und wie sollen die Fälschungen verschickt werden? Per FedEx?«, witzelt Raheem und streicht sich müde die Haare nach hinten.

»Amüsant«, erwidere ich humorlos. »Mach dir darüber keine Gedanken, mir fällt schon etwas ein.«

Raheem sieht bei Weitem nicht so optimistisch aus, wie ich es gern an ihm sehen würde. Sein Blick huscht hektisch zwischen meinen Augen hin und her. Schließlich wirft er mit einem Seufzen einen Blick auf seine Uhr.

»Wir sollten los. Die Vorlesungen beginnt bald.«

Dem Debattierkurs beizutreten war wirklich nicht meine beste Idee. Es sieht bei einem United Fellow zwar überaus gut im Abschlusszeugnis aus, aber dadurch, dass es ein jahrgangsstufenfreier Kurs ist, tummeln sich für meinen Geschmack eindeutig zu viele Erstsemester im Unterrichtszimmer von Direktorin Whittaker, die den Kurs höchstpersönlich leitet. Das Thema ist heute eher einfallslos: *Sollte die Nachlasssteuer in den Vereinigten Staaten abgeschafft werden?* So etwas Trockenes hätte ich der Direktorin fast nicht zugetraut. Besonders als Literatur-Professorin.

Wir werden in kleine Grüppchen aufgeteilt und bekommen zehn Minuten Zeit, um Argumente zu recherchieren, die wir dann vortragen müssen. Die anderen sollten im besten Fall mit einem guten Gegenargument reagieren. So die Theorie. In der Praxis scheitern die meisten bereits an der Fragestellung und verlieren sich in der Definition des Wortes.

Dieser Kurs langweilt mich jetzt schon bis aufs Äußerste. Es ist so anstrengend, mit Dilettanten zu debattieren, dass ich bereits nach der ersten Runde jemanden so heftig zurechtweisen muss, dass derjenige eingeschnappt die Gruppe wechselt. Direktorin Whittaker hebt missbilligend eine Augenbraue, kommentiert diesen Zwischenfall aber glücklicherweise nicht.

Danach geht es in die von ihr geführte Fragerunde, in der jeder noch mal die Chance bekommt, zu glänzen, und fast alle dabei gnadenlos versagen.

»Ms. Foster«, ruft die Direktorin eine Studentin auf, die einige Reihen hinter mir sitzt, sodass ich mich umdrehen muss. »Was ist Ihre Meinung zur Nachlasssteuer?«

Eine Erinnerung rückt in den Vordergrund meiner Gedanken, während Ms. Foster ihre Erklärung abgibt. Die ungewöhnliche Kombination ihrer Haarfarben ... das ist ohne Zweifel die Person, die sich mit Selene unterhalten hat, während sie von Raheem beobachtet wurde. Zufälle gibt es.

»Zuallererst muss man betrachten, welchen angeblichen Vorteil es hätte, die Nachlasssteuer abzuschaffen. Wie jede Abgabe, die im Internal Revenue Code fixiert ist, spült sie wichtige Einnahmen in die Haushaltskassen der Bundesstaaten. Und die Unterteilung der Freibeträge, der Ansässigkeit und die Einführung des Qualified Domestic Trust sorgen für eine gewisse soziale Fairness ...« Sie beendet ihre Argumentation mit einem cleveren Vergleich zur Erbschaftssteuer und nicht nur die Direktorin nickt anerkennend. Na, immerhin gibt es noch jemanden mit Verstand in diesem Unterrichtszimmer.

Dieser Eindruck ändert sich schlagartig, als der Kerl neben Ms. Foster aufgerufen wird und zusammenhangloses Zeug faselt. Dabei rollt sie unmerklich mit den Augen und fast muss ich darüber lächeln. Kurze Zeit später wird meine Quälerei endlich für beendet erklärt.

Als kleine Belohnung für eine gute Argumentation werden die Studenten aufgerufen, die die beste Leistung erbracht haben. Diese dürfen sich dann für die nächste Stunde ein Thema aussuchen. Als würde man einer Schar Hunde einen Knochen hinwerfen.

»Unsere Auserkorenen sind heute Ms. Zeltin, Ms. Foster, Mr. Rawlins und Mr. Beck. Bis nächste Woche«, verkündet Direktorin Whittaker und schließt ihre Schreibmappe.

Kurz darauf sammeln die Studenten ihre Unterlagen zusammen und stürmen aus dem Raum. Lediglich Ms. Foster läuft mit deutlich gemächlicherem Schritttempo an mir vorbei und ihre Lippen verziehen sich zum Ansatz eines Lächelns. Meine Miene bleibt steinern, doch in meinem Kopf arbeitet es. Wen von den beiden hat Raheem angestarrt? War es tatsächlich wie erwartet Selene? Oder Ms. Foster?

KAPITEL 15
Everly

Entgegen meiner Vermutung meldet sich Raheem die ganze Woche über nicht. Dabei hätte ich ziemlich viel Geld darauf gewettet, dass er mir bereits willenlos ins Netz gegangen ist. Meine Kunst, Menschen auf meine Seite zu ziehen, ist offenbar nicht ganz so fehlerfrei, wie ich angenommen hatte. Aber vielleicht braucht es nur ein paar Brotkrumen, um Raheem schnurstracks wieder auf den Weg zu mir zu führen.

Nach der gemeinsamen Stunde Debattierclub mit Zane ist mir bewusst geworden, dass ich meine Taktik ändern muss. Es bringt nichts, den ältesten Rawlins-Bruder zu bezirzen. In Zanes Augen glänzt unüberwindbarer Ehrgeiz. Er hat keine Zeit, um sich mit irgendwelchen Studentinnen zu vergnügen. Und obwohl ich einen kleinen Funken Anerkennung gespürt habe, als ich Direktorin Whittaker eloquent Antwort gegeben habe, ist etwas ohne Zweifel geblieben: Eine Frau hat keine Priorität im Leben von Zane Rawlins. Er ist mit hundertprozentigem Eifer bei dem, was er tut, und er kann es nicht leiden, wenn ihm jemand in seine Methoden pfuscht. Na gut, da mag viel Interpretation meinerseits mitspielen, aber ich muss schließlich einschätzen, wie viel Energie ich in welche Aktion investiere und wie viele Früchte das trägt. Bei Zane landen zu wollen ist von vornherein zum Scheitern verurteilt. Deswegen konzentriere ich mich auf meine ursprünglichen Ziele: Levi und Raheem.

Als alle zur Mittagspause aufbrechen, suche ich mir ein ruhiges Plätzchen, um heimlich eine zu rauchen und Letzterem zu schreiben.

EVERLY

Willst du mir verraten, wie du an den Schlüssel für das Gästezimmer gekommen bist?

Nur wenige Sekunden später wird er als *online* angezeigt. Meine Frage ist lediglich ein unauffälliger Einstieg. Ich erwarte keine Antwort darauf. Wenn Raheem und Levi sich nur ein kleines Stück ähnlich sind, und davon gehe ich bei Brüdern aus, dann wird er dieses Geheimnis genauso wenig verraten wie Levi die Lösung dafür, woher er den Ort kennt, an dem der Zweitschlüssel zum Büro der Archivverwaltung liegt.

RAHEEM

Neugier ist eine ganz gefährliche Eigenschaft, süße Everly.

EVERLY

Und das von dem Mann, der nach nur einem Kuss alles auf den Kopf gestellt hat, um mich zu finden?

Provokation ist ein ziemlich effektives Mittel, um Menschen aus der Reserve zu locken. Besonders jemanden wie Raheem, der sich schon deswegen verrät, weil er immer wieder meine Nähe sucht.

RAHEEM

Sieh es als Kompliment.

Oh, das tue ich. In erster Linie sehe ich es allerdings als Chance.

EVERLY

Trifft man sich beim Mittagessen?

RAHEEM

Ich ziehe eine ruhigere Umgebung vor.

Angehängt zu dieser Nachricht sendet er mir ein Bild der Bibliothek, allerdings des hinteren Bereichs, der neben diversen Sitzmöglichkeiten auch über zwei Schachtische verfügt. Will ich ihm hinterherlaufen und um Aufmerksamkeit betteln? Eher nicht. Aber ich *will* seine Aufmerksamkeit und ich will, dass er Vertrauen zu mir schöpft. Nur so komme ich an den Mythos Comte heran.

EVERLY

So ruhig, dass keine Gesellschaft erwünscht ist?

Es dauert ein paar Sekunden länger, bis ich eine Antwort bekomme.

RAHEEM

Das habe ich nicht gesagt …

Ohne etwas darauf zu erwidern, lösche ich meine Zigarette und mache mich auf den Weg zur Bibliothek.

Mrs. Kettlebush sitzt, mit der Nase in einem Buch vergraben, an ihrem Platz. Ich frage mich, ob sie jemals nach Hause geht oder so sehr mit diesem Ort verwachsen ist, dass sie schon zum Interieur zählt. Ich widerstehe der Versuchung, zu ihr hinüberzugehen und zu überprüfen, ob sie bereits Moos ansetzt, und laufe stattdessen in den hinteren Bereich, der dank der einfallenden Sonne durch die großen Fenster in goldgelbes Licht getaucht wird. Raheem hat sich einen Platz an einem der Schachtische in der rechten Ecke ausgesucht. Gemütlich, aber leider auch direkt in Mrs. Kettlebushs Blickfeld. Ich mag das Gefühl nicht, unter der Beobachtung der Angestellten zu stehen.

Während ich meinen Rucksack auf den Boden stelle und aus meiner Jacke schlüpfe, um sie über die Lehne des zweiten Stuhls zu hängen, schiebt Raheem eine der weißen Figuren über das Brett.

»Ich habe noch nie verstanden, was Menschen an Schach interessant finden«, sage ich und blicke naserümpfend auf das karierte Spielfeld. Mein Vater hat mir das taktische Denken eher mit militärischen Simulationen beigebracht und nicht mit Brettspielen.

»Dabei ist es eine großartige Möglichkeit, um zu entspannen«, erwidert Raheem mit einem milden Lächeln. »Es hat schon fast etwas Meditatives.«

Ich beobachte skeptisch, wie er einen weiteren Zug macht. »Wenn du Probleme hast, dich zu entspannen, dann finden wir bestimmt eine andere Möglichkeit und du bist nicht gezwungen, alberne Figuren von A nach B zu schieben.« Ich hebe eine Augenbraue und Raheem presst die Lippen aufeinander.

»Gib Schach eine Chance«, sagt er, ohne auf meine Aussage einzugehen. »Ich kann es dir beibringen, wenn du magst.«

Das klingt nicht gerade verlockend. Andererseits ist die Ruhe hier wirklich angenehm und ich genieße Raheems Gesellschaft, auch wenn mir bei seinem bloßen Anblick bereits Erinnerungsfetzen unseres Abenteuers vor dem inneren Auge aufblitzen.

»Versuch's.« Ich schlage die Beine übereinander und richte meine Aufmerksamkeit auf das Schachbrett.

In Raheems dunkelgrünen Iriden glänzt plötzlich ein ungewohnter Enthusiasmus. Anscheinend habe ich etwas gefunden, das ihn begeistert. Er tippt eine der weißen Figuren an, die in der Mitte des Spielfeldes steht. »Also, Weiß zieht immer zuerst. In diesem Fall habe ich den Bauern auf E4 gesetzt. Als Beispiel könntest du nun deinen Bauern auf D5 setzen, bedenke, dass diese Figur diagonal schlägt.«

Ich ziehe verwirrt die Augenbrauen zusammen, mache aber den Zug, wie Raheem es mir erklärt hat. »Aber dann bin ich doch im Wirkungsbereich deines Bauern. Du kannst ihn schlagen«, sage ich und versuche herauszufinden, was er mit diesem Zug bewirken wollte.

Raheem nickt anerkennend. »Kluges Mädchen«, bemerkt er und stupst mit seiner Figur meine um, bevor er sie vom Brett nimmt. »Damit hast du zwar eine Figur verloren, aber dir diverse Optionen zur Ausführung weiterer Schachstrategien ermöglicht. Das nennt man skandinavische Verteidigung.«

Ich öffne den Mund und schließe ihn wieder. Wow, das ist … interessanter, als ich dachte.

»Willst du noch mehr lernen?«, fragt Raheem schmunzelnd. Man scheint mir anzusehen, dass meine Wissbegier geködert wurde.

Und obwohl es eigentlich mein Ziel war, Raheem weiter zu provozieren, um ihn eventuell in eine Lage zu bringen, in der er mir mehr über seine Brüder verrät, nicke ich. Es ist schon länger her, dass ich etwas Neues lernen konnte und dabei nicht das Gefühl hatte, es nur für ein künstliches Ziel zu tun. Und Raheem hat recht, es hat fast etwas Meditatives.

Wir verbringen die ganze Mittagspause und unsere darauffolgende Freistunde damit, Schach zu spielen. Raheem ist ein geduldiger Lehrer, der mir nicht nur mehrere Eröffnungen beibringt, sondern mich auch einmal gewinnen lässt, damit ich wenigstens ein kleines Erfolgserlebnis aus dieser ganzen Aktion mitnehme.

Den Rest des Tages brüte ich in meinem Zimmer über Hausarbeiten und Recherchen, doch in den Kopfhörern, die normalerweise Musik abspielen, erzählt mir der Sprecher die Regeln von Schach, gut durchdachte Züge und Taktiken. Mir fällt es erstaunlich leicht, mich auf zwei Dinge gleichzeitig zu konzentrieren, und kurz vor zehn beende ich nicht nur meine Hausarbeit, sondern auch das Kapitel ›Die sechs goldenen Regeln beim Schach‹.

Nachdenklich werfe ich einen Blick auf mein Handy. Es ist Freitag und weder Paisley noch Selene haben einen Versuch unternommen, mich zu irgendeiner Party überreden zu wollen. Entweder sie haben es jetzt schon aufgegeben, was ich eher nicht glaube, oder sie hängen genauso tief im Academy-Trott wie ich. Das Pensum ist nicht auf die leichte

Schulter zu nehmen, nicht umsonst wird French & Raven als die härteste Academy des Landes bezeichnet. Man will das Beste aus den Studenten herauskitzeln.

Trotz der leichten Kopfschmerzen, die sich anschleichen, ist an Schlaf nicht zu denken. Stattdessen greife ich nach meiner gepackten Sporttasche und mache mich auf ins Trainingszentrum. Glücklicherweise funktioniert hier auch nach den gängigen Besuchszeiten alles autonom und ohne Personal, sodass ich mich leicht via *Opes* einchecken kann und den Weg in den Trainingsraum antrete. Wie erwartet begegnet mir kein einziger Mensch. Meine Kommilitonen haben an einem Freitag wahrlich Besseres zu tun, als zum Sport zu gehen. Besonders um diese Uhrzeit. Ich genieße die vollkommene Stille so sehr, dass ich auf meine Kopfhörer verzichte. Stattdessen gehe ich zur Trainingspuppe und stelle sie auf eine leichte Übungseinheit ein, sodass ich mich langsam aufwärmen kann. Nach zwei Sets steigere ich die Intensität.

»Und ich dachte immer, ich bin der einzige Idiot, der sich spätabends dazu entschließt, den Körper auszupowern«, ertönt eine amüsierte männliche Stimme und meine Lippen verziehen sich zu einem leichten Lächeln.

Als Levi sich neben die Trainingspuppe stellt, um mich verschmitzt anzugrinsen, beende ich meine Einheit nicht sofort. Stattdessen trete ich noch heftiger zu und die Sensoren an den gepolsterten Stangen schlagen aus. »Dann hat man wenigstens seine Ruhe«, necke ich ihn und mein Blick springt ein paarmal zu ihm, bevor er sich wieder fokussiert.

Levi sieht viel zu gut aus, das eng anliegende schwarze T-Shirt betont seinen trainierten Oberkörper. Ich brenne darauf, herauszufinden, was sich darunter verbirgt.

»Autsch«, klagt er und fasst sich an die Brust, direkt an

die Stelle, unter der sein Herz schlägt. »Den Wink mit dem Zaunpfahl habe ich verstanden. Dann werde ich einfach dahin gehen und mein Trainingsprogramm durchziehen. Beachte mich gar nicht weiter.« Levi zwinkert mir zu, stößt sich von der Wand ab und geht auf die andere Seite des Raumes. Dort ist er direkt in meinem Blickfeld.

Ich versuche mich auf mein Training zu konzentrieren, aber meine Aufmerksamkeit huscht immer wieder vorbei an der Puppe, zu dem Mann, der selbst beim Seilspringen sexy aussieht. Unser Blickkontakt scheint fast zufällig, aber ich fühle, wie viel Absicht darin steckt. Wahrscheinlich macht Levi noch ein paar zusätzliche Tricks, um mich zu beeindrucken.

Irgendwann wechselt er vom Seil auf das Laufband, das etwas abseits in einer Reihe steht. Er drückt auf der Anzeige herum, doch bevor sich das Gerät in Bewegung setzt, zieht er sich mit einer geschmeidigen Bewegung das T-Shirt aus. Sein Blick liegt unentwegt auf mir, während er seine Laufeinheit absolviert. *Du warst im Büro der Archivverwaltung bereit, so weit zu gehen. Wie ist es jetzt?*

Ich setze zu einem Sprung an, drehe mich in der Luft einmal um die eigene Achse und treffe mit dem Fußrücken hart auf die obere Stange der Trainingspuppe. Mein Scoring springt rasant in die Höhe, doch ich achte nicht auf die blinkenden Zahlen der Anzeige, sondern beende das Programm und schnappe mir mein Handtuch. Unter Levis anerkennendem Gesichtsausdruck laufe ich selbstsicher zum Latzug und stelle das Gewicht ein, bevor ich nach der Stange greife und mich auf die Bank setze, um diese nach unten zu ziehen. Der jüngste Rawlins-Bruder befindet sich außerhalb meiner Reichweite, doch ich höre genau, wie er das Laufband abstellt und seine Schritte näher kommen. Einen Moment später gibt das Polster hinter mir nach. Levi legt seine Hände auf meine Taille, während ich seelenruhig meine Übung absolviere. Seine heißen Innenflächen brennen sich schier durch den dünnen Stoff meiner Leggings.

»Ich würde ja fragen, ob du Hilfe brauchst, aber du siehst nicht so aus, als hättest du das nötig, Bullet«, raunt er von hinten in mein Ohr und eine zarte Gänsehaut schleicht sich auf meinen Nacken und die Arme.

»Bullet?« Ich ziehe skeptisch die Augenbrauen zusammen.

»Dein Kick eben war wie ein Kanonenschuss. Da erscheint mir der Name passend«, erklärt Levi und ich schürze die Lippen. Irgendwie mag ich ihn.

Mit kleinen Bewegungen rutsche ich immer weiter nach hinten, bis sich mein Rücken gegen Levis Brust presst. Seine Finger drücken sich tiefer in meine Taille. Gleichzeitig zu atmen und mit seiner Präsenz hinter mir Sport zu machen wird plötzlich unmöglich. Ich erhebe mich minimal, um die Zugstange loslassen zu können, ohne dass die Gewichte aufeinanderkrachen, und lehne mich nach hinten. Levis Lippen tanzen auf meinem Hals, sein warmer Atem erzeugt Schauer, die mein Rückgrat herabrieseln. Ich habe ein Déjà-vu von unserer Begegnung im Archiv. Die Erinnerung daran, wie seine Finger mich zum Kommen gebracht haben, überfällt mich und lässt mich mit rasendem Herzen zurück. Seine Hände fahren langsam nach vorn und oben, berühren den Ansatz meiner Brüste, die nur von einem engen Top verdeckt werden.

»Was hältst du davon …«, flüstert Levi mit rauer Stimme. Allein sein Tonfall sorgt dafür, dass Hitze in meine Mitte schießt. »… wenn wir kurz unter die Dusche springen und dann von hier verschwinden?«

Ich lege meinen Kopf auf seine Schulter. »Und was willst du dann mit mir machen?«, frage ich ihn neckend und mir entfährt ein lautes Seufzen, als Levis Zähne die Stelle streifen, an der mein Puls pocht.

»Mir fällt schon etwas ein«, erwidert er und zieht mich noch näher an sich.

Ich winde mich in seiner Umarmung. Mein ganzer Körper verlangt nach ihm. »Okay«, wispere ich. »Ich bin dabei.«

KAPITEL 16

Levi

Ich schlinge mir ein Handtuch um die Hüfte und binde einen Knoten, um es auf dem Weg in die Umkleideräumlichkeiten nicht zu verlieren. Selbst die kalte Dusche hat nicht geholfen, meine Fantasien herunterzukühlen. Im Gegenteil. Mein Gedanken brennen lichterloh, voller Everly und der Erinnerung an ihr zartes Seufzen in meinem Ohr. Ich kann es kaum erwarten, sie gleich wiederzusehen und mit ihr an irgendeinen Ort zu verschwinden, an dem es möglich ist, ungestört zu sein. Meine Fingerspitzen kribbeln bei dem Gedanken daran, sie ihrer Klamotten zu entledigen und endlich das zu Ende zu bringen, wozu es beim letzten Mal nicht gereicht hat.

Ich gehe zu den Spinden und öffne das Exemplar, in dem ich meine Sachen verstaut habe. Mein Handy liegt auf dem eingeschobenen Metallboden und das kleine Lämpchen in der Ecke blinkt als Zeichen für eine eingegangene Nachricht. Ich strecke die Hand danach aus, doch meine Bewegung stockt, als ich das Öffnen der Tür und näher kommende

Schritte wahrnehme. Es ist nach elf an einem Freitag. Wer kommt jetzt noch auf die Idee zu trainieren?

Neugierig drehe ich mich um, doch statt eines fitnesswütigen Kommilitonen erblicke ich Everly, die mit einem verschmitzten Grinsen auf mich zukommt.

»Was machst du hier drin? Das ist die Männerumkleide«, sage ich und werfe einen schnellen Blick zur Tür, die hinter ihr ins Schloss fällt.

»Ich weiß«, raunt sie, presst ihren zierlichen Körper an meinen und vergräbt eine Hand in meinem noch feuchten Haar. »Ich bin ein böses Mädchen.«

In ihrer Stimme hallt unüberhörbares Amüsement, doch ich komme nicht einmal dazu, darüber zu lachen, denn nur einen Wimpernschlag später küsst sie mich. Ihre Lippen schmecken genauso süß wie beim letzten Mal. Der leicht blumige Duft ihres Duschgels steigt mir in die Nase. Gepaart mit ihrer Zunge, die über meine Lippen fährt, wird es zu einem gefährlichen Gefühlscocktail, der innerhalb von Sekunden dafür sorgt, dass ich hart werde. Fuck, wie sehr mich diese Frau anturnt, lässt sich kaum in Worte fassen.

Everlys glühende Handflächen fahren über meinen vom Duschen kühlen Oberkörper und verbrennen mich regelrecht, bis sie das Handtuch erreichen. Ich umfasse ihren Nacken. Die zarten Strähnen ihrer schwarzen Haare, die offen über ihre Schultern fallen, kitzeln meine Finger.

Mit wenigen Handgriffen löst sie den Knoten an meiner Hüfte und das einzige Stück Stoff, das mich bedeckt, fällt zu Boden und wird irrelevant. Was auch immer sie mit mir vorhat, ich bin bereit, alles mitzumachen, auch auf die Gefahr hin, dass sich wirklich noch unerwarteterweise jemand ins Fitnesszentrum verirrt.

Everlys Küsse wandern von meinem Kiefer zu meinem Hals bis zu meinem Ohr.

»Ich muss mich schließlich noch revanchieren.« Nichts ist attraktiver als eine Frau, die zu einer Vereinbarung steht. Obwohl meine Worte im Archiv damals nur Wunschdenken waren, jubiliert mein Körper bei dem Gedanken an das Kommende.

Mit einem Zwinkern sinkt sie vor mir auf die Knie. Ich versuche, dieses Bild in meinem Kopf abzuspeichern, um es später jederzeit abrufen zu können. Meine Augen fahren über ihre Gestalt und nehmen jedes Detail auf. Sie umfasst die Basis meines Schwanzes, lehnt sich nach vorne und leckt in kreisenden Bewegungen über meine Spitze, um danach die volle Länge nachzufahren. Everly ist absolut teuflisch. Die Neckereien ihrer zarten Finger und ihrer talentierten Zunge treiben mich in kürzester Zeit in den Wahnsinn. Ich greife in ihr seidiges Haar und wickle es in einem Strang um meine Hand. Als sie meine Härte endlich in ihren sündigen Mund gleiten lässt, verwandelt sich mein unterdrücktes Seufzen in ein dunkles Stöhnen, das mit Sicherheit jeder, der sich potenziell noch im Fitnesszentrum aufhalten könnte, gehört haben dürfte.

Mein Griff wird fester, aber Everly weiß auch ohne große Worte, was ich will. Sie nimmt meinen Schwanz tief in sich auf, saugt daran, sodass meine Hüfte immer wieder nach vorne zuckt und nach mehr verlangt. Sie lässt mich keine Sekunden lang aus den Augen. *Fuck, das ist gut. Verdammt gut sogar.*

Mein Höhepunkt kündigt sich an. Blut rauscht heiß wie Lava durch meine Adern. Doch plötzlich hört dieses Biest einfach auf. Sie erhebt sich mit einem sexy Lächeln auf ihren vollen Lippen und ihre grauen Iriden funkeln mich provokant an. Ich weiß, wonach sie sich sehnt, weil es mir nicht anders geht.

»Werd die Klamotten los, Bullet«, befehle ich ihr und krame in meiner Sporttasche nach meinem Portemonnaie, um ein Kondom herauszuholen.

Kaum habe ich mich umgedreht, steht Everly mir bereits nackt gegenüber. Sie wirkt wie gemalt, zierlich, doch mit Kurven an den richtigen Stellen. Wenn man sie so sieht, könnte man nicht erahnen, mit welcher Härte sie der Trainingspuppe vorher einen Spinningkick verpasst hat.

»Willst du nur starren?«, fragt sie und wirft sich die seidigen Haare über die Schulter. Momentan ziehe ich das in Erwägung, doch meine Erektion erinnert mich pulsierend daran, dass ich noch viel mehr Spaß haben kann, also reiße ich die Verpackung auf und ziehe mir das Kondom über.

Mit wenigen Schritten stehe ich ihr gegenüber, greife nach ihrer Hand und ziehe sie zu der niedrigen Bank, die in der Mitte der Umkleide steht. Es gibt sicherlich gemütlichere Orte, um Sex zu haben, aber das ist gerade zweitrangig. Als ich mich, ein Bein zu jeder Seite abstellend, setze und Everly auf meinen Schoß ziehe, sind meine Augen auf ihre fixiert. Alles an ihr umgibt eine glühende Aura aus Leidenschaft und Tiefe. Irgendwie bin ich in diese Affäre hineingerutscht und ich bereue es keine einzige Sekunde lang.

Meine Lippen finden ihren Hals, während sie sich auf meinem Schwanz niederlässt. Stück für Stück nimmt sie ihn auf. Der Druck, der sich aufbaut, quält mich und sorgt gleichzeitig dafür, dass sich meine Finger tiefer in ihre Haut graben. Sie wird sich schon melden, wenn ich ihr wehtue.

Everlys Nägel krallen sich in meine Oberarme, während sie mich reitet.

»Oh, du weißt, wie man sich revanchiert«, raune ich nahe an ihrem Ohr und erhalte ein hinreißendes Kichern, das in ein sinnliches Stöhnen übergeht. Beide Geräusche brennen sich in meinen Kopf. Gepaart mit meinem Keuchen, hallt es durch den Raum, als würde uns Musik umgeben.

Ich schlinge meinen Arm um Everlys Taille und ziehe sie näher. Ihr Becken wippt auf meinem Schoß und treibt mich erneut an die Klippe zur Erlösung. Ihr Mund findet meinen zu einem Kuss, der die Laute schluckt, die sich ihren Weg bahnen wollen.

Ich umfasse ihre Brüste und necke mit den Daumen die aufgerichteten Nippel, bis sie zitternd kommt. Alles an Everly glüht und ihr unterdrücktes Stöhnen bringt mich wenige Augenblicke später dazu, ihr ins Nirwana zu folgen. Atemlos lässt Everly sich nach hinten auf die Bank sinken. Ihre Augen glänzen wie Diamanten, in denen sich das Sonnenlicht bricht. Ein umwerfender Anblick. Beinahe traurig, mich davon losreißen zu müssen, erhebe ich mich und werfe das benutzte Kondom in den Mülleimer neben der Tür. »Es geht doch nichts über eine gute Trainingseinheit, nicht wahr?«, witzle ich und reiche ihr ihre Klamotten, die auf dem Boden liegen.

Ohne zu zögern, zieht sie sich wieder an, während ich es gerade so schaffe, den Blick von ihr loszureißen und an den Spind zu treten, um meine Boxershorts hervorzuholen. Kaum ist meine Mitte wieder bedeckt, spüre ich Everlys Körper und dessen Wärme hinter mir.

»Wir sehen uns, Levi«, wispert sie und platziert einen

Kuss auf meiner rechten Schulter, bevor sie ohne ein weiteres Wort die Umkleide verlässt.

Ein dämliches Grinsen schleicht sich auf meine Lippen. Gibt es sie wirklich noch? Die Frauen, die Sex unverbindlich haben und danach nicht direkt Hochzeitspläne schmieden? Scheint mir fast zu schön, um wahr zu sein.

Das Blinken meines Handys fällt wieder in den Fokus meiner Aufmerksamkeit. Ich wurde vorher ja auf die angenehmste Art und Weise davon abgehalten, die eingegangene Nachricht zu lesen. Das lässt sich nun nachholen. Doch kaum haben meine Augen die Buchstaben im Gruppenchat überflogen, verschwindet auch mein zufriedenes Lächeln.

ZANE

Wir treffen uns morgen früh in der Werkstatt.
Es gibt ein Problem.

KAPITEL 17
Everly

Welcher der beiden Brüder würde mich eher in die heiligen Hallen der United Fellows einladen? Diese Frage beschäftigt mich unmittelbar nach dem Aufstehen und verfolgt mich, während ich mich anziehe und meine Haare flechte. Höchstwahrscheinlich habe ich sowohl Levi als auch Raheem mittlerweile so weit, dass die beiden mir vermutlich irgendeinen Vorwand abkaufen würden. Doch dann bleibt ein Problem bestehen: Es wäre suboptimal, wenn der eine Bruder mich mit dem anderen sieht. So schnell will ich es mir dann doch nicht mit den beiden verscherzen. Und ich schätze sie eigentlich nicht so ein, dass sie es kommentarlos abnicken, wenn ich sowohl die Affäre mit Levi als auch die Affäre mit Raheem aufrechterhalten würde. *Wobei …*

»Everly!«

Ich drehe mich mitten auf dem Vorplatz um. Mein Mundwinkel zuckt nach oben, als ich Selene erblicke, die in einem schwarzen Ledermantel mit Fellapplikationen auf mich zukommt. »Gehst du zur Bibliothek?«

»Ja, ich wollte ein paar Bücher abgeben«, antworte ich und hebe zur Verdeutlichung den Stapel in die Höhe, den ich in beiden Händen balanciere.

»Ich begleite dich, wenn du nichts dagegen hast«, erwidert Selene und ich nicke, ehe sie sich mir anschließt.

»Hast du Paisley mittlerweile verziehen, dass sie sich mit dem Fußvolk angefreundet hat?«, frage ich und Selene verdreht die Augen.

»Paisley will zu viel auf einmal«, erwidert sie und zieht den Kragen ihres Mantels höher. Die Temperaturen sind für einen Herbst in Maine durchaus erträglich, nur der Wind zeigt sich von seiner unerbittlichen Seite. »Ich nehme es ihr nicht übel, aber sie sollte vorher wirklich mal checken, ob Gideon und Clementine ihr von Vorteil sind.«

»Müssen sie das denn?« Die ewige Suche nach den besten Kontakten geht mir jetzt schon auf den Zeiger. Wann mein hochgeschätzter Vater wohl auf die Idee kommt, eine Kontaktliste mit meinen geknüpften Freundschaften zu verlangen?

»Warum sollte sie sonst mit ihnen abhängen?« Selene legt fragend den Kopf schräg.

Okay, das Konzept der Freundschaft außerhalb des eigenen Verbindungshauses werde ich ihr jetzt sicher nicht erklären. Vor allem, da ich in Bezug auf dieses Thema sowieso im Glashaus sitze. Zwischenmenschliche Beziehungen, die keinen Mehrwert bringen, genießen bei mir keinerlei Priorität. Das muss aber nicht bei allen so sein.

»Wie dem auch sei. Ich verrate dir ein Geheimnis, Ev. Jeder an dieser Academy denkt ausschließlich an seinen eigenen Hintern. Und die anderen Häuser sind durchweg toxisch.« Wie viel eigene Erfahrung wohl in dieser Aussage mitschwingt? Immerhin ist Selene bereits im dritten Semester und hat im vergangenen Jahr sicher einiges erlebt. Es schadet nie, sich die Erfahrungen anderer wenigstens einmal anzuhören. Sie könnten nützlich sein.

Während wir zum Bibliotheksgebäude laufen, führt Selene ihre Äußerung weiter aus. »Nehmen wir die Doctrina. Ihr Sektor ist Wissenschaft und Forschung, aber im Großen und Ganzen sind alle nur Pharmazie-Kinder. Von hundert Absolventen erhält vielleicht einer den Nobelpreis. Das ist eine ziemlich schlechte Quote.« In ihrer Stimme schwingt so viel Abscheu, dass ich mich unweigerlich frage, wie sie überhaupt Beziehungen aufgebaut hat. »Dann die Actuaries. Großmäuler mit mehr Geld als Gott. Nur weil ihre Mommys und Daddys in den großen Konzernen der Welt im Vorstand sitzen und sie hin und wieder Glück mit ihrem Aktienfond haben, halten sie sich für superschlau«, erklärt sie und wirft sich ihre glatten Haare über die Schulter.

»Kommt jetzt noch die UF-Predigt?«, frage ich, belustigt darüber, wie sehr sie die anderen Häuser anwidern.

Selene seufzt und öffnet die Tür zur Bibliothek, um mich durchgehen zu lassen. »Die United Fellows sind ganz okay. Klar, sie strotzen nur so vor Arroganz und Selbstüberschätzung, aber wie will man sonst in der Politik überleben?«, sagt sie und stockt, ebenso wie ich, als hinter der Tür niemand Geringeres als Chelsea auftaucht.

»Was für ein netter Kommentar von der großen Selene McPhey. Seit wann gibst du dich denn mit Erstsemestern ab?«, spottet diese und wirft mir einen giftigen Blick zu. Offiziell hatten wir beide noch nicht das Vergnügen, aber das werde ich nun ändern.

»Everly Foster«, stelle ich mich vor, strecke ihr die Hand entgegen und warte ein paar Sekunden, bis Chelsea sie schließlich ergreift und kurz schüttelt. »Du bist Chelsea, richtig? Deine Mutter ist Vizeaußenministerin Penelope Harrison.«

Erstaunt wandert eine ihrer gezupften Augenbrauen in die Höhe. Ihr Blick springt zwischen mir und Selene hin und her. Letztere hält sich vornehm zurück. Sie weiß ganz genau, dass sie für eine Squadron-Kommilitonin keine Schlacht schlagen muss.

»Deine Freundin ist ja top informiert«, sagt Chelsea an Selene gewandt, die ein zufriedenes, fast stolzes Lächeln zur Schau stellt. Mit bedachten Schritten geht die United Fellow schließlich an uns vorbei. »War schön, dich kennenzulernen, Everly.« Nichts an ihrem Tonfall lässt auf ehrliche Freude schließen, aber alles andere hätte mich auch überrascht. Kurz darauf verschwindet Chelsea durch die Flügeltür nach draußen.

»Wie ich gesagt habe«, trällert Selene, lehnt sich gegen die Wand und überkreuzt die Knöchel, die in hochhackigen Lederboots stecken. »Arroganz und Selbstüberschätzung.«

Als ich am Nachmittag nach einer schier endlosen Lernsession mein Zimmer verlasse, um frische Luft zu schnappen, ist auch die Entscheidung gefallen, bei wem ich den ersten Versuch starten werde, ins Verbindungshaus der United Fellows zu gelangen. Doch zuerst muss ich herausfinden, wie ernst Raheem diese zarte Verbindung zwischen uns ist. Anders als bei Levi habe ich nämlich nicht das Gefühl, dass es nur um Sex geht.

Raheem war es ein Anliegen, mich nach unserem ersten Kuss zu finden. Er war es, der es nach unserer zweiten Begegnung nicht darauf angelegt hat, mich ins Bett zu bekommen. Auch wenn dann unweigerlich eins zum anderen geführt hat. Wenn meine Intuition mich nicht im Stich lässt, dann habe ich bei ihm deutlich mehr Chancen, tiefer zu gehen, als bei Levi.

Für den jüngsten Rawlins fühle ich mich bis dato wie ein angenehmer Zeitvertreib. Ein Zustand, der momentan keinerlei negative Gefühle in mir auslöst. Im Gegenteil. So steht mir nämlich die Option offen, dass Levi mich nicht zum Teufel schickt, wenn er erfährt, dass ich es parallel mit seinem Bruder treibe.

Ich stecke den Saum meines Rollkragenpullovers in die taillierte Hose und schlüpfe in meinen Wollmantel, bevor ich den Fußmarsch zum nahegelegenen Café Pacifique antrete. Selene hat mich bereits am ersten Tag darauf hingewiesen, wie voll das Café am Wochenende für gewöhnlich ist. Und wenn ich eines hasse, dann sind es überfüllte Räume. Also hoffe ich einfach für heute auf das Beste.

Ich betrete das Café durch die verglaste Tür und atme erleichtert aus. Ein paar Grüppchen sind im Gastraum verstreut, doch zwischen ihnen herrscht noch mehr als genug Platz, um nicht durch triviale Gespräche dauerbeschallt zu werden. Ich bestelle mir am Tresen ein Kännchen Schwarztee und lasse mich an einem Zweiertisch auf der anderen Seite des Raumes nieder. Die Einrichtung hier ist alles in allem etwas moderner als beispielsweise im Helheim, verliert aber dennoch nicht seinen urigen Charme. Die knarzenden Holzstühle sind mit bunten Sitzkissen versehen und auf den Tischen, die im Raum verteilt sind, finden sich Menagen aus geflochtenem Draht, die mit Salz- und Pfefferstreuern sowie einer Zuckerdose bestückt wurden. Im Hintergrund spielen ganz leise Jazz-Klänge, die dem Café zusätzlich eine gemütliche Stimmung verleihen. Wenn es um diese Uhrzeit immer so ruhig ist, dann könnte ich mir sogar vorstellen, meine Lernsessions hierher zu verlegen. Auf Dauer ist es zwischendurch doch mal ganz nett, sich von seinem Leben als Einsiedlerkrebs zu lösen.

Die Bedienung erscheint an meinem Tisch und stellt mit einem höflichen Lächeln das georderte Kännchen und eine leere Tasse samt Unterteller vor mir ab.

Ob es funktionieren würde, einen Köder auszuwerfen? Schätze ich Raheem so ein, dass er einer Frau hinterherrennt? Einen Versuch ist es wert. Ich fische mein Buch über Eröffnungsfallen beim Schach aus dem Rucksack und lege es neben mein Heißgetränk, bevor ich ein Foto schieße und es Raheem schicke.

EVERLY

Du hast mich angesteckt, Rawlins.

Während ich auf seine Antwort warte, werfe ich zwei Stückchen Würfelzucker in meine Tasse und gieße heißen Tee darüber. Dann lehne ich mich zurück und blättere in meiner Lektüre. Ein paar Minuten später leuchtet mein Handy auf.

RAHEEM

Schön, zu sehen. Beim nächsten Mal lasse ich dich nicht gewinnen. Da kannst du dir sicher sein.

Der Ehrgeiz eines Mannes. So leicht zu kitzeln wie sonst nichts anderes auf der Welt. In solch einer Situation schadet es nicht, dem männlichen Geschlecht noch ein bisschen Honig ums Maul zu schmieren.

EVERLY

Ich gebe mir lediglich Mühe, meinem fabelhaften Lehrer gerecht zu werden.

Das ist sogar für meine Verhältnisse ein bisschen zu viel Honig, aber es wird seinen Zweck erfüllen.

Ich nippe an meinem Tee und warte auf seine Antwort. Doch sie bleibt aus. Minuten vergehen und ich lege mein Handy wieder auf den Tisch, lese stattdessen weiter in dem Buch, das ich in der Bibliothek ausgeliehen habe. Irgendwann beschleicht mich das Gefühl, dass es möglicherweise doch etwas zu dick aufgetragen war.

Doch diese Sorge verschwindet in dem Moment, als Raheem das Café betritt und nach mir Ausschau hält. Ich schenke ihm quer durch den Raum ein kleines Lächeln und widme mich dann wieder dem Lesen, bis ich die zarte Berührung seiner Finger an meiner Wange wahrnehme.

»Dein fabelhafter Lehrer«, wiederholt er mit einem neckenden Unterton, »ist sehr stolz darauf, dass du dich so reinhängst.«

»Oh, ich kann sehr verbissen sein, wenn ich etwas will. Besonders wenn es darum geht, Neues zu lernen.«

Raheem setzt sich auf den freien Stuhl mir gegenüber.

Unter seiner schwarzen Jacke blitzt ein cognacfarbener Strickpullover hervor, der dem dunklen Grün seiner Augen eine besondere Intensität verleiht.

Ich lege mein Buch beiseite, als erneut die Bedienung an den Tisch kommt und Raheems Bestellung, einen Caffè Americano, aufnimmt.

»Sag mal ...«, murmle ich gedehnt und schlage die Beine übereinander. »Dein Bruder. Zane.«

»Was ist mit ihm?« Raheem scheint über den plötzlichen Themenwechsel mehr als nur erstaunt. Er wartet neugierig darauf, dass ich meinen Satz weiterführe.

»Kann es sein, dass er nicht gerade, na ja, die Ruhe in Person ist? Wir sind im selben Debattierclub und haben uns gewissermaßen kennengelernt.« Kleine Schritte in Richtung Wahrheit. Nur so weit vorfühlen, wie es nötig ist, damit Raheem auch weiterhin auf meiner Seite bleibt.

»Ich wusste, dass ich dich nicht lange für mich allein behalten würde. Mein hübsches Geheimnis«, erwidert Raheem und zwinkert mir zu, während ich mir auf die Zunge beiße.

Es ist noch zu früh, um ihm von Levi zu erzählen. Egal, wie intensiv diese Verbindung zwischen uns ist, sie ist immer noch fragil.

»Zane ist ein Einzelstück. Es ist schier unmöglich, seine Gedanken nachzuvollziehen. Er trägt neben den United-Fellows-Attributen auch einige Squadron-Eigenschaften mit sich, auch wenn er das nicht gern hört, und kalkuliert zu jeder Diskussion mindestens ein Dutzend Möglichkeiten.«

»Das habe ich am eigenen Leib erfahren«, sage ich schmunzelnd und gieße den Rest meines Schwarztees in die Tasse.

»Sei froh, dass du meinen jüngeren Bruder Levi nicht kennst. Man könnte manchmal meinen, dass wir von drei verschiedenen Planeten kommen. Wenn du glaubst, Zane wäre unorthodox, dann warte mal ab, bis du uns zu dritt in einem Raum erlebst. Dabei trennt uns nur jeweils ein Lebensjahr«, erzählt Raheem und ich öffne den Mund, um etwas Triviales zu erwidern, werde aber von der Bedienung unterbrochen, die Raheems Kaffee vor ihm abstellt.

»Levi Rawlins«, murmle ich und nehme einen Schluck meines Tees. »Wir hatten auch schon das Vergnügen.«

Raheems Augen weiten sich überrascht. Okay, da musste ich jetzt doch deutlich schneller mit der Tür ins Haus fallen als geplant. Noch läuft es gut. Er scheint weder die Flucht zu ergreifen noch mit mir Streit anfangen zu wollen.

»Ach ja? Wie kam das denn zustande?«, fragt Raheem und nippt an seinem Kaffee.

Die Sekunden verstreichen in Stille, und gerade als ich mir eine einigermaßen adäquate Antwort zurechtgelegt habe, vibriert Raheems Handy. Er zieht es aus der Manteltasche, wirft stirnrunzelnd einen Blick auf das Display und nimmt dann den Anruf entgegen.

»Was ist?«, fragt er ohne Begrüßung und lässt dabei seine taxierenden Augen fest auf meinem Gesicht. »Erinnerst du dich, dass du dich um dieses Problem kümmern wolltest?«, fragt er seinen Gesprächspartner. Plötzlich glänzt eine Spur von Wut in seinen Iriden und ich bin mir ziemlich sicher, dass dieses Gefühl aufgrund des Anrufers aufgekommen ist und nicht meinetwegen. Raheem seufzt resigniert und leert seinen Kaffee in einem Zug. Kurz darauf beendet er das Telefonat. »Ich muss los«, verkündet er genervt und klemmt einen zwanzig Dollar Schein unter die Tasse. Mehr als genug Geld, um unsere beiden Getränke zu bezahlen. Dann erhebt er sich und bleibt direkt neben mir stehen.

Mit großen Augen schaue ich zu ihm hoch. Wie in Zeitlupe hebt er die Hand und umfasst mein Kinn. Sein Daumen gleitet sanft über meine Unterlippe und ein tiefes Gefühl von Sehnsucht überfällt mich. Ich würde mich mit Vergnügen von ihm küssen lassen, doch hier ist eindeutig zu viel Publikum dafür.

»Dieses Gespräch ist noch nicht zu Ende, Everly.«

KAPITEL 18

Raheem

Ich drehe die Verschlüsse der kleinen Silberringe zu und hänge sie aneinander, sodass eine Kette entsteht. In die Lücken werde ich später Fassungen setzen, die für Glassteine vorgesehen sind. Vielleicht komme ich ja eines schönen Tages dazu, mit Edelsteinen zu werkeln und Diamanten, Saphire und Rubine verarbeiten zu dürfen. Vielleicht sollte ich Levi bitten, mir bei der nächsten Diebestour etwas mitzubringen. So sehr können die Reichen ihre Schmuckstücke gar nicht vermissen, dass es ihnen auffallen würde, wenn etwas fehlt.

Ich lege meine Arbeit beiseite und strecke meinen Rücken durch, im gleichen Moment als die Musikanlage auf Chopin umschaltet. Wie lange sitze ich schon hier? Es müssen definitiv mehrere Stunden sein. Levi und Zane sollten eigentlich auch jede Minute hier auftauchen. Letzterer wollte ja am Telefon partout nicht verraten, was er an Neuigkeiten erfahren hat, die plötzlich die Company gefährden. Zane hatte schon immer einen Hang dazu, die Dinge dramatischer zu sehen, als sie sind. Doch für ihn ist es nun mal seine erklärte Priorität, jede noch so kleine Gefahr im Keim zu ersticken.

Ich lege die Lupenbrille ab und begutachte mein Werk. Zum Schluss soll es ein aufwendiges Collier werden, das elegant gewunden dem Dekolleté schmeichelt. Unweigerlich kommt mir der Gedanke, wie es wohl an Everly aussehen würde. Und vor meinem inneren Auge entsteht das Bild ihrer zierlichen Gestalt mit nichts am Körper außer meinem Schmuck. Verziert mit Diamanten, als das Kunstwerk, das sie ist.

Ich schüttle den Kopf und versuche, diese Vorstellung zu vertreiben. Ein einziger Kuss in einem Uber vor den Pforten von French & Raven hat gereicht, um mich in einen tiefen Sog zu ziehen. Seitdem wird mein Kopf von Everly Foster beherrscht. Sie ist wie eine gottverdammte Droge, bei der man nach jedem Rausch nur noch gieriger wird. Ich verkrieche mich nicht umsonst immer öfter in der Werkstatt. Nicht nur, um Zanes stetig eintrudelnde Aufträge abzuarbeiten, sondern meistens, um an neuen Schmuckstücken zu werkeln und dabei irgendwie zu verdrängen, dass ich mich in jeder Sekunde danach sehne, Everly ganz für mich allein zu haben. Seit unserem kleinen Abenteuer im Helheim springen Dutzende Szenarien in meinem Kopf hin und her und eine penetrante Stimme flüstert mir immer wieder zu, dass es die beste Option wäre, sie in mein Zimmer zu locken und einfach nie wieder gehen zu lassen.

Ein lauter Knall schallt durch den Raum und ich zucke erschrocken zusammen. Tief in Gedanken versunken, habe ich nicht gemerkt, dass meine Brüder mittlerweile eingetroffen sind.

»Du bist ein echter Griesgram, Zane. Hätten wir auf dem Weg nicht noch für Donuts anhalten können? Ich bin am Verhungern«, meckert Levi und setzt sich auf die freie Fläche des Tisches, die nicht von meinen Arbeitsmitteln belegt wird.

Wütend funkle ich ihn an. Er weiß genau, dass ich das nicht leiden kann.

»Denkst du eigentlich auch mal an etwas anderes als ans Essen? Wir haben hier ein echtes Problem, das besprochen werden muss«, sagt Zane und setzt sich auf den Stuhl neben mir.

Levi rollt genervt mit den Augen. »Oh, ich denke an viele Dinge, Bruderherz. Wie die Frau, die ich wegen deiner Panikmache zur Geisterstunde nicht über Nacht behalten konnte«, sagt er und verzieht das Gesicht zu einer Grimasse, bevor er sich mir zuwendet. »Darf ich wenigstens eine rauchen?«

»Tu dir keinen Zwang an«, erwidere ich schulterzuckend. Nikotin ist wohl das Einzige, was Levi davon abbringt, weiter rumzuzicken wie eine Diva.

Während er eine Schachtel Zigaretten aus der Tasche seiner Lederjacke zieht und sich eine anzündet, suche ich Zanes Blick.

»Also«, sage ich auffordernd. »Was ist das Problem?«

Zane nimmt einen tiefen Atemzug und fährt sich über das Gesicht. Die dunklen Ringe unter seinen Augen fallen mir auf. Ist das schon länger so und ich habe nur nicht darauf geachtet?

»Diese Party im Helheim hat höchstwahrscheinlich Konsequenzen«, erklärt er langsam und ich ziehe verwirrt die Augenbrauen zusammen. Meint er etwa …? Nein, Zane weiß nichts von Everly. »Ich habe mich mit ein paar Leuten unterhalten, die dort waren, und es gab einige Studenten, die sich abgeschossen haben, mehr als normalerweise. Zwei wurden mit leichten Alkoholvergiftungen ins Krankenhaus eingeliefert. Und die Direktion hat das auch mitbekommen«, erzählt Zane weiter und in meinem Kopf beginnen die Rädchen zu rattern.

»Lass mich raten, die beiden waren minderjährig?«, frage ich und stütze mich mit den Ellenbogen auf meinem Arbeitstisch auf.

»Einer von ihnen, ja.« Zane nickt bestätigend und ich begreife, was seine Befürchtung ist.

»Und warum ist das ein Problem für uns?«, fragt Levi und zieht an seiner Kippe. Er macht sich deutlich weniger schwerwiegende Gedanken, als Zane es tut. In der Stimme meines jüngeren Bruders schwingt unverhohlener Leichtsinn und Unbeschwertheit. Er würde Konsequenzen nicht einmal dann sehen, wenn man sie ihm auf dem Silbertablett serviert.

»Wenn Direktorin Whittaker oder einer der Professoren darauf aufmerksam wird, wie viele Minderjährige im Helheim Alkohol ausgeschenkt bekommen haben, könnten sie auf die Idee kommen, die Polizei und die Barbesitzer zu sensibilisieren, öfter auf die Ausweise der Studenten zu schauen«, versuche ich die Situation zusammenzufassen.

»Sollen sie doch«, sagt Levi schulterzuckend und wedelt mit der Hand, die seine Zigarette hält, in meine Richtung. »Deine Arbeit grenzt an Perfektion, Bruder. Selbst wenn die darauf kommen, dass die Ausweise gefälscht sind ... Wer sollte schon uns im Verdacht haben?«

»Also erstens, meine Arbeit *ist* Perfektion«, korrigiere ich ihn angepisst. »Und zweitens hat Zane recht, wir sollten alles vermeiden, was unnötige Aufmerksamkeit auf uns zieht.«

Mit gelangweiltem Blick bläst Levi einen Schwall Rauch

aus. »No risk, no fun«, entgegnet er schließlich und ich wende mich Zane zu.

»Was schlägst du vor?«, frage ich ihn und er legt sich nachdenklich eine Hand ans Kinn.

»Weniger Aufträge in der Academy. Zumindest bis die Wogen sich ein bisschen geglättet haben. Noch eine Alkoholvergiftung bei einem Minderjährigen und ich traue Direktorin Whittaker zu, dass sie Ausgangssperren verhängt. Das können wir nun wirklich nicht gebrauchen.«

Ich nicke, während Levi den Rauchwölkchen in der Luft mehr Beachtung schenkt als dem Gespräch. Zane erhebt sich und rückt den Stuhl wieder in seine ursprüngliche Position. »Ich werde versuchen, mit dem Kunden in New Brunswick zu sprechen. Es muss irgendeine Möglichkeit geben, Fälschungen auch außerhalb von South Shanton anzubieten.« Wie auch immer er das anstellen will. Doch ich gebe keine Widerworte. Wenn man gegen etwas niemals wetten sollte, dann ist es der Tatendrang meines Bruders. Er wird Himmel und Hölle in Bewegung setzen, damit das funktioniert. Und ich vertraue ihm voll und ganz.

Kurz darauf verabschiedet sich Zane und Levi schließt sich ihm an. Erstaunlicherweise werden meine Gedanken nicht von der lauernden Bedrohung beherrscht. Zane hat alles im Griff. So wie immer.

Mein Blick fällt wieder auf das Collier, das nur darauf wartet, mit Steinen versehen zu werden. Ich stelle mir eine Kombination aus Rot und Schwarz vor, passend zu sturmgrauen Augen.

KAPITEL 19
Everly

Ich bin kein Mensch, der Probleme mit dem Einschlafen oder gar Durchschlafen hat. Dank des morgendlichen Sportprogramms, das mir seit Jahren von meinem Vater vorgegeben wird, komme ich auch mit wenig Nachtruhe sehr gut zurecht. Doch nach dem Gespräch mit Raheem ist an Schlaf nicht zu denken und ich drehe mich stundenlang von einer Seite auf die andere, bis ich es im Morgengrauen schließlich aufgebe und aus dem Bett schlüpfe, um mich fertig zu machen und anzuziehen.

Mein Plan, den ich mir so sorgsam zurechtgelegt habe, hängt am seidenen Faden. Gleichzeitig rüge ich mich selbst dafür, dass ich Raheem habe gehen lassen, ohne ihm die ganze Wahrheit zu sagen. Denn so hat er genug Zeit, um Levi aufzusuchen und sich von seinem Bruder erklären zu lassen, wie genau die Beziehung zwischen uns beiden aussieht. Mindestens einer der beiden wird wütend sein, und wenn diese Wut sich gegen mich richtet, dann ist alles, was ich mir zurechtgelegt habe, um hinter das Geheimnis der drei Brüder zu kommen, nichtig. Die einzige Möglichkeit, die mir bleibt, ist es, gnadenlos ehrlich zu sein. Zumindest so weit, dass keiner Verdacht schöpft und man sich bestenfalls einigen kann.

Mein Großvater hat im Vietnamkrieg gedient und mir auf seine alten Tage öfter von den Taktiken der beiden Konfliktparteien erzählt. Er hatte seine ganz eigene Art, die einzelnen Manöver zu interpretieren, und obwohl sein Gerede von Zeit zu Zeit sehr verworren war, so war ich doch immer fasziniert davon, wie das menschliche Gehirn funktioniert. Schließlich muss es in der Lage sein, Dinge vorauszusehen und schnelle, taktisch kluge Entscheidungen zu treffen. Doch noch während ich alle Möglichkeiten des ersten Schrittes durchgehe, wird mir diese Entscheidung abgenommen, indem mein Handy vibriert.

RAHEEM

Verbindungshaus der United Fellows.
Hintertür auf der Nordseite. Jetzt.

Bilde ich es mir nur ein oder wird der Ton langsam rauer? Es scheint fast so, als hätte ich einen schlechten Einfluss auf Raheem. Wie viel Provokation erträgt er in einer solchen Stimmung?

EVERLY

Ich war eigentlich gerade dabei, mir eine
Zimtschnecke und einen Pumpkin Spice
Latte zu holen.

Das entspricht zwar nicht der Wahrheit, aber er muss nicht wissen, dass ich mir eigentlich den Kopf darüber zerbreche, wie ich es schaffe, sowohl ihn als auch Levi dauerhaft in meiner Nähe zu behalten.

RAHEEM

Everly. Das war weder eine Frage noch findest du in meiner Aufforderung eine Option, zu wählen.

Uh, Raheem ist definitiv wütend. Entweder er hat bereits mit Levi gesprochen oder es immer noch nicht verdaut, dass wir gestern unterbrochen wurden.

Meine Finger tippen eine weitere Provokation, die ich doch wieder lösche. Ich sollte dieses Mal lieber nicht zu sehr mit dem Feuer spielen. Stattdessen lege ich wenige Spritzer meines Parfums auf und schlüpfe in den Wintermantel, bevor ich mein Zimmer verlasse und mich auf den Weg zu den United Fellows mache.

Als ich nach einem kurzen Fußmarsch beim Verbindungshaus ankomme und es umrunde, um zur Hintertür zu gelangen, steigt ein kleines bisschen Vorfreude in mir auf. Vielleicht bringt Raheem mich ja in sein Zimmer, um das Verlangen zu stillen, das in mir pulsiert. Er wird mich wohl kaum in die heiligen Hallen der United Fellows einladen, nur um dann mit mir zu streiten. Zumindest hoffe ich das.

Kaum biege ich um die Ecke, erscheint Raheems dunkelblonder Schopf in meinem Blickfeld. Er lehnt mit dem Rücken zu mir gewandt an der Tür, als wolle er mit allen Mitteln verhindern, dass jemand ohne sein Wissen hineingeht. Meine Absätze erzeugen bei jedem Schritt klackernde Geräusche auf dem Asphalt, die Raheem dazu bringen, sich umzudrehen. Der Ansatz eines Lächelns zupft an seinen Lippen. So wütend kann er nicht sein.

»Komm mit«, sagt er ohne eine Begrüßung oder Ähnliches und greift nach meinem Handgelenk, bevor er die Hintertür aufstößt und mich mit hineinzieht.

Mein Kopf schnellt hin und her in dem Versuch, möglichst viele Details aufzunehmen, während wir durch ein kurzes Stück Flur laufen, dessen beigefarbener Teppich unsere Schritte abfedert. Das Innere des Hauses scheint wie verlassen. Ob Raheem seine Kommilitonen hinausgejagt hat, um mit mir allein sein zu können? Dieser Gedanke bringt mich zum Schmunzeln.

Wir steigen die Stufen einer massiven Holztreppe nach oben und biegen nach rechts in einen langen Korridor ab. Tür an Tür dürften sich hier die Schlafzimmer der United Fellows befinden. Raheems Griff bleibt unerbittlich fest, bis wir am Ende des Ganges ankommen.

»Wenn du mich für dich allein haben willst, hättest du nur lieb fragen brauchen«, necke ich ihn, doch statt etwas darauf zu erwidern, öffnet er die Tür und schiebt mich ins Innere des Zimmers.

Ich weiß selbst nicht so genau, mit was ich eigentlich gerechnet habe, als ich mir die Inneneinrichtung der nächsten Generation Politiker vorgestellt habe. Wahrscheinlich wäre in meiner Fantasie weder ein tiefschwarzer Flokatiteppich noch ein Bett mit Rückenteil aus gestepptem Leder aufgetaucht. Vor dem Fenster befindet sich ein schlichter Schreibtisch mit mehreren übereinandergestapelten Briefkörben aus Metall.

»Setz dich«, sagt Raheem und lässt endlich meine Hand los. Ich bilde mir ein, einen schroffen Unterton aus seiner Stimme heraushören zu können.

Bedacht mache ich ein paar Schritte ins Innere seines Zimmers, werfe einen kurzen Blick auf die schlichte Tagesdecke, die auf seinem Bett liegt, und nehme schließlich im Ledersessel Platz, der in der Ecke platziert wurde. Raheem bleibt steif mitten im Raum stehen.

»Jetzt, da wir unter uns sind und keiner stören kann«, sagt er und öffnet die Manschetten seines dunkelblauen Hemdes und krempelt die Ärmel nach oben. »Erzähl mir, welches *Vergnügen* genau du mit Levi hattest.«

Ich lehne mich zurück und schlage die Beine übereinander. Egal, wie abhängig ich vom Wohlwollen der Brüder bin, um herauszufinden, wer Comte ist, ich werde sicher nicht das Ruder aus der Hand geben, nur weil Raheem schlechte Laune hat.

»Das klingt so verdächtig nach Eifersucht«, erwidere ich mit erhobener Augenbraue.

Sein tiefes Lachen löst eine Gänsehaut auf meinen Armen und ein Kribbeln in meinem Nacken aus. Fühle ich mich wohl mit so viel Unberechenbarkeit innerhalb dieser vier Wände? Durchaus. Irgendetwas scheint wirklich nicht mit mir zu stimmen.

Raheem setzt sich in Bewegung, bleibt unmittelbar vor mir stehen und stützt sich auf den Armlehnen des Sessels ab. Damit bleibt mir kaum eine Fluchtmöglichkeit.

»Glaubst du wirklich, dass ich einfach tatenlos dabei zusehe, wie jemand dir näherkommt? Diese Tür hat sich geschlossen, als du im Helheim meinen Namen gestöhnt hast.«

Ich presse die Lippen zusammen. Raheems glühender Blick hält mich gefangen, ich habe keinerlei Chance, dem zu entkommen. Und doch werde ich jetzt sicher nicht anfangen, kleinlaut zu werden. Wenn er glaubt, dass er mich durch seine einnehmende Präsenz einschüchtern kann, dann hat er sich die falsche ›French & Raven‹-Studentin ausgesucht.

Ich lehne mich vor, sodass unsere Nasenspitzen sich fast berühren. Zwischen uns knistert eine explosive Mischung aus Verlangen und Anspannung. Ich habe keine Ahnung, was Raheem von mir hören will, und setze alles auf eine Karte. »Ich hatte Sex mit deinem Bruder.«

Sein Kiefer ist so angespannt, dass ich seine Zähne knirschen hören kann. In seinen Augen strahlt ein wilder Glanz, der mich anzieht. Wie ein Löwe im Käfig.

»Wann?«, presst er zwischen den zusammengepressten Lippen hervor.

»Ist das wichtig?« Mit nichts kann man Menschen schneller provozieren als mit permanenten Gegenfragen.

Raheem rührt sich keinen Zentimeter. Ich habe sogar die Befürchtung, dass er sowohl das Atmen als auch das Blinzeln eingestellt hat, da sein Blick mich fast durchdringt.

Wie in Zeitlupe lehne ich mich wieder zurück ins weiche Polster.

»Eins muss man dir lassen. Ich hätte nicht erwartet, dass du mir bezüglich Levi die Wahrheit sagen würdest.« Er richtet sich auf und fährt sich seufzend durch die Haare.

»Warum sollte ich lügen? Es wäre weder besonders klug noch fair euch beide im Dunkeln tappen zu lassen.« Außerdem heiligt der Zweck die Mittel.

»Dann weiß er auch Bescheid?«, fragt Raheem und ich verschränke die Arme vor der Brust.

»Noch nicht«, antworte ich ruhig. »Du bist der Erste.«

Er nickt langsam und beginnt im Zimmer auf und ab zu laufen. Was in seinem Kopf wohl vorgeht? Ich fühle seine

Wut, die ihn umgibt wie eine Aura, und doch scheint er nicht außer sich zu sein, wie ich es am Anfang befürchtet habe.

»Und du willst das nicht kommentieren?«, frage ich nach Minuten der Stille. Seine Reaktion passt nicht in die Schablone, die ich eigens dafür kreiert habe. Alles in allem ist er viel zu … ruhig.

»Ich spiele Möglichkeiten durch, Everly«, sagt er und verschränkt die Finger, um sich mit der Spitze seiner Zeigefinger gegen die Unterlippe zu tippen.

Und ich dachte immer, Squadron-Mitglieder wären die Taktik-Genies. Aber wen wundert es, dass ausgerechnet ein versierter Schachspieler wie Raheem über die nächsten Züge nachdenkt.

Plötzlich bleibt er stehen und nimmt mich wieder ins Visier.

»Was müsste ich tun … damit du dich nicht mehr mit Levi triffst?«, fragt er und ich platziere eine Hand auf meinen Lippen, um mein Schmunzeln zu verbergen.

»Raheem …«, hauche ich und atme tief durch. »Das steht nicht zur Debatte.«

Seine Augen verengen sich zu Schlitzen. Ich will keinen Streit vom Zaun brechen, aber auf Levi verzichten will ich auch nicht. Diese Anziehung zwischen uns lässt sich genauso wenig leugnen, wie die zwischen Raheem und mir. Niemand kann mich zwingen zu wählen. Besonders jetzt, wenn alles an diesen Beziehungen noch so frisch und fragil ist wie Morgentau.

»Du willst zweigleisig fahren, Everly? Das ist dein Plan?«, giftet er und beginnt wieder auf und ab zu laufen.

»Ich habe keinen Plan«, erwidere ich schärfer als beabsichtigt und beiße mir auf die Innenseite meiner Wange, als die Lüge sich wie Säure auf meine Zunge legt. »Aber ich kann es nun mal nicht ändern, dass ich euch beide mag.« Diese Antwort scheint Raheem nicht zu gefallen.

Er öffnet den Mund, um etwas zu erwidern, doch ein Klopfen unterbricht unsere Konversation. Genervt rollt er mit den Augen.

»Du bewegst dich nicht von der Stelle«, befiehlt er und öffnet seine Zimmertür, um hinaus auf den Flur zu treten. Ein Spalt bleibt dabei offen und ich höre Raheems Stimme, wie er sich leise mit jemandem unterhält. Hoffentlich ist es nicht Levi. Seine Anwesenheit würde der bereits angespannten Stimmung nicht gerade helfen.

Entgegen Raheems Anweisung stehe ich auf und schleiche zur Tür, in der Hoffnung, ein paar Gesprächsfetzen aufzuschnappen.

»Lass uns später darüber sprechen«, sagt Raheem barsch. »Ich habe gerade andere Probleme als die Company.«

»Was für Probleme können denn wichtiger sein als das Business?« Zane. Irgendwas scheint den Jungs aktuell Steine in den Weg zu legen. Es ist nicht das erste Mal, dass jemand Raheem gegenüber Probleme anspricht. Bestimmt war es Zane, der mit ihm telefoniert hat, als wir uns im Café getroffen haben.

»Falls du dich erinnerst, Bruder, dieser Kontakt in New Brunswick ist auf deinem Mist gewachsen. Wir können uns gern bei einem Kaffee darüber unterhalten, wie wir die Aufträge über die Grenze bekommen, aber *nicht jetzt.*« In Raheems Stimme schwingt eine Wut, die noch intensiver ist als eben im Gespräch mit mir. Fast so, als wäre es Gewohnheit, dass er die Interessen seiner Brüder über seine eigenen stellen muss. Wenn man seiner Beschreibung von Zane

Glauben schenken mag, und auch nach meiner Begegnung mit ihm im Debattierclub, wundert mich das nicht. Die drei ziehen etwas auf, etwas Großes. Und was noch viel interessanter ist ... sie scheinen Lieferschwierigkeiten zu haben. Das Fälschen von Ausweisen auf dem Campus scheint nicht so lukrativ zu sein wie das Annehmen externer Aufträge. Und was auch immer Zane in schlechte Stimmung versetzt, lässt sich nicht so einfach beheben, wie das selbsternannte Taktikgenie es gern hätte.

Ich höre nicht, was er auf Raheems Aussage erwidert. Sie scheinen sich von der Tür entfernt zu haben. Bevor ich noch beim Lauschen erwischt werde, drehe ich mich um und will zurück zum Sessel gehen, in den Raheem mich geordert hatte, doch ein Glitzern im Augenwinkel lenkt mich ab. Die einzelnen Sonnenstrahlen, die durch das Fenster dringen, tauchen den Raum in weiches Gold. Mein Blick fällt auf das schmale Regal neben dem Schreibtisch. Unscheinbar zwischen den dort stehenden Bücher entdecke ich einen schwarzen Modellkopf. Um dessen Mund, Kiefer, Nase und Wangen liegen filigrane Ornamente aus Metall, die von dünnen Ketten zusammengehalten werden. Eine Maske, die ich in dieser Form noch nie gesehen habe. Sie sieht selten aus. Und unbenutzt. Ich hebe die Hand, um mit den Fingerkuppen über das glänzende Metall zu fahren, doch im selben Moment knallt die Tür zu und ich zucke erschrocken zusammen, als Raheem wieder im Raum steht. Seine Lippen sind zu einer schmalen Linie zusammengepresst. Er sieht richtig sauer aus.

»Hatte ich dich nicht gebeten, dich nicht von der Stelle zu bewegen?«, fragt er und seine dunkelgrünen Augen blicken hektisch zwischen mir und der Maske hin und her.

Als Bitte hatte ich seinen eindeutigen Befehl eigentlich nicht interpretiert.

»Was ist das?« Ich deute auf den Modellkopf mit der Maske und antworte absichtlich nicht auf seine ohnehin rhetorisch gemeinte Frage.

Er tritt vor und schiebt sich zwischen mich und das Regal, sodass mir der Anblick des Schmuckstücks verwehrt wird. »Ein Familienerbstück. Nichts, was für dich von Interesse wäre«, antwortet er schroff.

Mhm, so vorlaut ist Raheem ja noch reizvoller als sowieso schon. Man könnte es auf die Spitze treiben.

»Was ist die Company?« Ich weiß selbst nicht so genau, warum ich diese Frage einfach so über die Zunge rollen lasse, obwohl ich bis eben noch so erpicht darauf war, nicht beim Lauschen erwischt zu werden.

»Nichts, was für dich von Interesse wäre«, wiederholt Raheem fast bedrohlich und senkt seinen Kopf zu mir. Wird das nun zu seiner Standard-Antwort?

»Je weniger du erzählst, desto mehr will ich wissen«, sage ich lächelnd und lege eine Hand auf seine Brust, direkt auf die Stelle, unter der sein Herz kraftvoll schlägt. Trotz all der Wut strahlt er immer noch etwas Warmes aus. Etwas, das uns beide daran erinnert, dass diese Anziehung zwischen uns omnipräsent ist. Und würde Raheem das nicht auch spüren, dann hätte er mich schon längst hochkant aus seinem Zimmer geworfen. Doch diese Entscheidung nehme ich ihm ab.

»Ich werde jetzt gehen«, flüstere ich und meine Aufmerksamkeit bleibt kurz an seinen Lippen hängen. »Und ich verspreche dir, dass ich mit Levi reden werde. Aber du kannst mich nicht zwingen, mich zwischen euch beiden zu entscheiden.« Raheems Miene bleibt eisern. Ihm gefällt dieser

Gedanke überhaupt nicht, aber er hat sich immerhin noch nicht komplett dagegen ausgesprochen, also scheint Hoffnung zu bestehen. Was soll ich tun? Ich mag sie beide. Wahrscheinlich um einiges mehr, als ich sollte oder als klug für mich wäre.

Ich drehe mich um, doch sein Griff, der sich plötzlich eng um mein Handgelenk legt, verhindert es, dass ich auch nur einen Schritt näher zur Tür komme. Raheem stellt sich vor mich und hebt mit der freien Hand mein Kinn an. Kommt sie jetzt? Die feierliche Ansprache, in der er mir sagt, dass er mich nie wiedersehen will?

Mit bedachten Bewegungen legt er seine Finger um meinen Hals und mein Puls schießt in die Höhe. Dann presst er seine Lippen auf meine. Nicht lang genug, um es wirklich ausgiebig genießen zu können, aber so intensiv, dass ein Schauer über mein Rückgrat rieselt. Plötzlich verschwindet jede Berührung. Mein Handgelenk, meine Lippen und mein Hals verlieren die Wärme seiner Haut und es bleibt nichts außer dem funkelnden Blick seiner tiefgrünen Augen.

Ich gehe an ihm vorbei und wir wechseln kein weiteres Wort mehr. Doch als ich die Tür seines Zimmers hinter mir schließe, verzieht sich mein Mund zu einem Lächeln.

KAPITEL 20

Zane

Ich betrete den Gemeinschaftsraum der United Fellows, der glücklicherweise komplett leer ist, und lasse mich in einen der Sessel fallen. Mein Kiefer ist so angespannt, dass meine Zähne knirschen. Unruhig falte ich immer wieder die Hände.

Raheems Aussage macht mich rasend. Wie kann etwas wichtiger sein als die Company? French & Raven bringt dir bei, Beziehungen zu knüpfen und zu pflegen, die lukrativ und vorteilhaft sind. Aber die Company ist Familie und diese lässt man weder warten noch priorisiert man etwas anderes, Unwichtigeres.

Ich starre zum Rundbogen, durch den man einen guten Blick in Richtung Flur und Treppe hat, in der Hoffnung, dass Raheem sich besonnen hat und nun doch über das Business sprechen will. Die Minuten vergehen und irgendwann höre ich das charakteristische Quietschen der drittletzten Stufe vor dem Absatz. Ich kneife die Augen zusammen, doch wider Erwarten ist es nicht mein Bruder, der das obere Stockwerk verlassen hat, sondern eine zierliche Frau, deren silberne und schwarze Haare ich nur ganz kurz sehe, bevor sie Richtung Hintertür verschwindet. Everly Foster. Daran besteht kein Zweifel. Sie ist es also, die meinen Bruder so sehr ablenkt, dass er sich weigert, mit mir über einen neuen Auftrag zu sprechen. Meine Vermutung scheint sich zu bestätigen. Raheem hat sie damals angestarrt und offenbar haben die beiden irgendwas miteinander zu schaffen. Das gefällt mir nicht. Alles, was Ablenkung darstellt, sollte sofort eliminiert werden. Aber nicht unbedingt jetzt, wenn Raheem ohnehin schon angepisst ist. Dieses Gespräch will in Ruhe und mit der nötigen Selbstreflexion geführt werden.

Ich ziehe mein Handy hervor, um Levi zu schreiben, als eine eingegangene Nachricht meine Aufmerksamkeit auf sich zieht.

UNBEKANNT

Wann kannst du liefern? Unsere Geduld ist begrenzt.

Fuck. Die lassen nicht locker. Mir muss dringend etwas einfallen. Jede Fälschung, die Raheem herstellt, ist Gold wert, wenn man den richtigen Händler dafür findet. Ich darf nicht zulassen, dass uns diese Chance durch die Lappen geht. Aber alles, was sich in dieser gottverdammten Stadt als Kuriermöglichkeit zur Verfügung stellen könnte, ist gebunden an menschliche Ressourcen. Und ich werde den Teufel tun und jemanden einweihen, nur um dann Prozente abgeben zu müssen. Jeder Cent der Company bleibt in der Company. Ich brauche eine Lösung. Wahrscheinlich muss ich auf irgendetwas Unorthodoxes zurückgreifen.

Die Treppenstufe quietscht erneut und dieses Mal ist es

tatsächlich Raheem, der einen kurzen Blick in den Gemeinschaftsraum wirft, sich aber ohne jegliche Reaktion bezüglich meiner Anwesenheit wieder umdreht. Kurz darauf hört man die Eingangstür ins Schloss fallen. In so schlechter Laune erlebe ich meinen Bruder selten. Er ist normalerweise der Ruhepol unseres Kollektivs. Etwas oder jemand scheint ihm zuzusetzen und ich bin mir sehr sicher, dass es Everly ist. Sie ist die einzige Veränderung, die ich registriert habe. Vielleicht sollte ich mich wirklich ein bisschen öfter außerhalb des Business-Themas mit meinen Brüdern unterhalten. Ganz offensichtlich scheint hier ein Störfaktor zu existieren, den ich unterschätzt habe. Und das wird mir sicher nicht noch einmal passieren.

KAPITEL 21

Levi

»Fuck!«, fluche ich und betrachte meine Hand, die langsam anfängt zu pochen, genau an der Stelle, an der der Griff des Springseils sie erwischt hat. Neue Tricks zu lernen ist Segen und Fluch zugleich. Einerseits macht es Spaß, seinen eigenen Erfolg zu sehen, wenn etwas gelingt. Andererseits ist so was immer mit Rückschlägen verbunden, und das ist in diesem Fall sehr wörtlich zu nehmen.

Ich laufe ein paar Schritte weiter, bis ich meine Wasserflasche erreiche, greife nach ihr und nehme einen großen Schluck. Obwohl das Schuljahr noch nicht allzu alt ist, weiß ich bereits, dass die Trainingshalle mein Zufluchtsort sein wird, wenn mir alles andere zu sehr auf den Zeiger geht. Bis dato ist French & Raven genauso langweilig und durchstrukturiert, wie meine Brüder es mir prophezeit haben. Es gibt keinen Raum für Überraschungen. Ich hebe den Kopf und lasse die Wasserflasche sinken, als ein bekanntes Gesicht den Trainingsraum betritt. Heute haben sich rund ein halbes

Dutzend Studenten eingefunden, um sich körperlich zu betätigen. Doch Everly nimmt nur mit ihrer Ausstrahlung die ganze Räumlichkeit ein.

»Schön, dich zu sehen, Bullet«, begrüße ich sie lächelnd. Schlagartig ruft meine Erinnerung die Episode in der Umkleide auf, die mich vollkommen um den Verstand gebracht hat. Hätte ich je einen Beweis dafür gebraucht, wie umwerfend diese Frau ist, dann hätte ich ihn spätestens dort bekommen.

»Ich wusste, dass ich dich hier finden würde«, sagt sie und schaut kurz zu meinem Springseil, das sich auf dem Boden befindet.

»Bin ich so vorhersehbar?« Ich zwinkere ihr zu, nehme mein Handtuch von dem Kurzhantelständer, der sich neben uns befindet, und wische mir den Schweiß von Stirn und Nacken. »Sag bloß, du hast mich gesucht, weil du mich vermisst hast. Zu schade, dass wir heute nicht allein hier sind.«

Ihr Mundwinkel zuckt, aber für ein Lächeln reicht es nicht. Irgendwas ist heute anders an ihr.

»Tatsächlich wäre ich wahnsinnig gern mit dir allein, aber vorher sollten wir uns unterhalten.« Sie nickt in Richtung der Fahrräder, die in einer Reihe stehen und allesamt frei sind. Wir machen ein paar Schritte und haben nun genug Abstand zu den anderen, sodass uns niemand belauschen kann.

»Was brennt dir auf der Seele?«, frage ich, weil ich mir beim besten Willen nicht vorstellen kann, was sie in so bedrückte Stimmung versetzt.

Sie fährt sich durch den silbernen Pony und atmet tief aus. »Es geht um Raheem«, beginnt sie langsam.

»Meinen Bruder? Was ist mit ihm?«, frage ich verwirrt. Es

ist mir neu, dass die beiden sich überhaupt kennen. Aber gut, French & Raven hat nicht gerade zigtausende Studenten und man könnte sich leicht bei einem der Wahlkurse über den Weg laufen.

»Es hat sich herausgestellt, dass ich euch beide kennengelernt habe, ohne zu wissen, dass ihr verwandt seid. Und daraus hat sich etwas entwickelt. Nicht nur bei dir, sondern auch bei Raheem.«

Ich blinzle mehrmals, während langsam zu mir durchdringt, was sie damit meint. »Und mit *entwickelt* meinst du, dass ihr beide was am Laufen habt?«, frage ich und suche in ihren Augen fragwürdige Absichten, doch ich finde keine.

Everly scheint betroffen zu sein. Ihre glänzenden Augen springen zwischen meinen hin und her und es scheint sie einiges an Überwindung gekostet zu haben, mich aufzusuchen.

»So könnte man das sagen«, erwidert sie und nickt.

»Und was möchtest du mir nun mitteilen? Dass unser Verhältnis beendet ist?« Wenn sie mehr für Raheem übrighat als für mich, wird meine Laune in den Keller sinken, so viel steht fest.

»Nein!« Everly zieht die Augenbrauen zusammen und aus ihrem Nicken wird ein heftiges Kopfschütteln. »Ganz sicher nicht. Eher, dass ich momentan nicht zwischen euch beiden wählen möchte.« *Ach, daher weht der Wind …*

»Dann sehe ich kein Problem«, verkünde ich und lache leise, in der Hoffnung, dass sie sich wieder entspannen kann. Dieses Geständnis hat sie so in Aufruhr versetzt?

Ich rubble mir mit dem Handtuch über die feuchten Haare, während Everly den Kopf schräg legt, als könnte sie nicht glauben, was sie da hört.

»Es macht dir nichts aus?« Sie lehnt sich in ihren eng anliegenden Sportklamotten gegen eines der Fahrräder.

»Warum sollte es?«, frage ich schulterzuckend. »Wir führen keine Exklusiv-Beziehung, Bullet. Und du bist ein freier Mensch, der seine Bedürfnisse genauso überall stillen kann wie ich. Ich hoffe allerdings, dass ich trotzdem noch eine kleine Priorität in deinem Herzen habe.«

Dieses Mal reicht es für ein echtes Lachen von ihr und ihre Schultern sinken leicht nach unten, als die Anspannung nachlässt. »Die hast du, Levi. Ohne jeden Zweifel«, erwidert sie schmunzelnd.

»Dann ist alles geklärt«, sage ich und werfe einen Blick auf meine Uhr, nur um festzustellen, dass ich langsam losmuss, um noch pünktlich zu meiner Verabredung mit Zane zu kommen. Mein großer Bruder mag es nicht besonders, wenn man ihn warten lässt.

Ich mache zwei Schritte vor, stehe nun direkt neben Everly und beuge mich nach unten, sodass meine Lippen ihr Ohr streifen. »Ich muss leider gehen, sonst hätten wir uns ein ruhigeres Plätzchen suchen können. Aber du kannst mir jederzeit texten, wenn du Lust auf ein bisschen ... sportliche Betätigung hast.«

»Bringst du mir nächstes Mal ein paar Tricks mit dem Springseil bei? Ich werde mich auch gebührend revanchieren«, flirtet sie und in ihrer Stimme klingt so viel Doppeldeutigkeit, dass ich nur bei der Erinnerung an ihre letzte Revanche hart werde.

»Deal«, erwidere ich und drücke mich eng an ihr vorbei, um mir meine Wasserflasche zu schnappen und ohne einen Blick zurück in Richtung der Umkleiden zu gehen.

Trotz des unerwarteten Treffens mit Everly bin ich noch einige Minuten früher als verabredet bei unserer Fälscherwerkstatt, deren Tür ich aufstoße. Schummriges Licht und Klaviergeklimper kommen mir entgegen. Raheem ist also auch hier.

»Hat Zane dich auch hierher bestellt, Bruder?«, rufe ich in den Raum hinein und kurz darauf tritt er aus dem angrenzenden Lager.

»Nein«, erwidert er knapp und stellt sich neben seinen Arbeitsbereich. »Ich bin eigentlich hier, weil ich meine Ruhe haben wollte.«

»Wer hat dir denn die Stimmung verhagelt?«, frage ich und verschränke die Arme vor Brust. Kann es wirklich sein, dass ihm die Situation mit Bullet so wenig behagt?

»Oh, ich weiß nicht …« Er kratzt sich am Kinn und tut so, als würde er nachdenken. »Hat Everly schon mit dir gesprochen?« *Wow, ich habe tatsächlich recht.*

»Ja, hat sie«, bestätige ich. »Und ich verstehe nicht, warum du dich deswegen so aufregst. Dann treibt sie es halt mit uns beiden, was ist groß dabei?« Solange wir uns nicht ein Bett teilen müssen, sehe ich überhaupt keine Schwierigkeiten. Alles andere lässt sich arrangieren.

»Es war schlichtweg dämlich, zu glauben, dass ich ein einziges Mal in meinem Leben etwas nur für mich allein habe«, wettert Raheem und fährt sich entnervt durch die Haare. Warum reagiert er so verdammt emotional? Es geht nur um Sex. Und nicht um die Suche nach einer zukünftigen Braut.

»Everly ist aber kein Gegenstand, und ob es dir passt oder

nicht, sie ist zum jetzigen Zeitpunkt nicht bereit, zwischen uns zu wählen. Komm damit klar, Raheem«, erwidere ich lauter als beabsichtigt.

Sofort steht mein Bruder direkt vor mir. »Sie ist vielleicht *jetzt* nicht bereit, aber meinst du wirklich, dass es auch in Zukunft so sein wird? Glaubst du, dass ich einfach so das Feld räume, wenn Everly sich für dich entscheidet?« In Raheems Augen glänzt eine ungewohnte Wut und fast hätte ich laut aufgelacht. Er ist deswegen so emotional, weil es für ihn ganz offensichtlich nicht nur um Sex geht.

»Ich lebe in der Gegenwart, Bruder. Und wir können nichts daran ändern, was sie will.« Ich hebe trotzig den Kopf und tippe mit dem Zeigefinger auf seine Brust. »Also. Komm. Damit. Klar.«

»Hey!«, tönt es aus Richtung der Tür und ich drehe mich zu Zane um. »Ihr streitet euch um eine Frau? Ist das euer Scheißernst? Haben wir nicht weiß Gott genug andere Probleme?«

»Du weißt von ihr?«, frage ich perplex und nehme etwas Abstand zu Raheem, der mir immer noch geladen scheint. Dabei ist er doch sonst die Ruhe in Person. Aber wen wundert es, dass Everly es ihm offenbar genauso angetan hat wie mir.

»Es war nicht schwer, eins und eins zusammenzuzählen«, erwidert er und rollt mit den Augen. »Und nun wäre ich euch überaus dankbar, wenn ihr euch wieder auf das Wesentliche konzentrieren würdet.« Er setzt sich auf einen der Stühle und fixiert uns mit strengem Blick.

»Everly weiß von der Company«, platzt es plötzlich aus Raheem heraus und dieses Mal kann ich mir ein fast hysterisches Auflachen tatsächlich nicht verkneifen.

»Wie zum Teufel konnte das denn passieren?«, knurrt Zane, ballt die Hand zur Faust und schlägt auf die Armlehne des Stuhls.

Plötzlich wirkt Raheem gar nicht mehr so angriffslustig, sondern eher kleinlaut. »Als du mich vorhin im Verbindungshaus aufgesucht hast, war sie in meinem Zimmer und hat uns belauscht.« Dass der so besonnene Raheem Rawlins einen solchen Fehler begeht, löst in mir ein Hauch von Schadenfreude aus. Sonst darf ich mir immer anhören, wie leichtsinnig ich wäre, und jetzt offenbart mein Bruder unser Geheimnis ausgerechnet der Person, mit der wir beide eine Affäre haben. Eine geradezu lächerlich ironische Fügung der Dinge.

»Und du willst dich mit mir darüber streiten, wer ein idiotisches Alleinrecht auf Everly hat?«, frage ich und lache erneut. »Dabei hast du ihr ja innerhalb kürzester Zeit Tür und Tor geöffnet.«

»Sie wird uns schon nicht verraten«, murrt Raheem mit zusammengekniffenen Augen und dieses Mal ist es Zane, der theatralisch stöhnt.

»Was macht dich da so sicher?«, frage ich neugierig. Er scheint ja ein enormes Vertrauen in ihre Beziehung zu haben.

»Weil sie gar nichts Konkretes weiß«, erwidert er. »Und sie klang auch nicht verängstigt oder so etwas. Eher neugierig. Vielleicht könnte sie auch die Lösung unseres Problems sein.«

»Okay, stopp!« Zane erhebt sich und stellt sich mit erhobenen Händen vor ihn. »Treibt es in eurer Freizeit, mit wem ihr wollt, aber die Company bleibt eine Bruderschaft. Eine, mit der wir kurz davor sind, ins nächste Level aufzusteigen. Und du, Raheem, wirst Ms. Foster höchstpersönlich mundtot machen, verstanden?« In Zanes Stimme vibriert eine unumstößliche Entschlossenheit. Die Stimmung ist geladen.

Und obwohl ich an Raheems Blick erkennen kann, dass er ganz und gar nicht einverstanden ist mit Zanes Befehl, sagt er nichts mehr und funkelt ihn stattdessen wütend an.

»Das Gespräch ist beendet«, sagt Zane schließlich und verlässt kurz darauf die Fälscherwerkstatt.

Raheem und ich stehen uns immer noch gegenüber, doch mein Ärger über diese ganze verzwickte Situation ist mittlerweile verflogen. Stattdessen betrachte ich nachdenklich, wie im Kopf meines Bruders die Rädchen rattern.

»Du glaubst wirklich, sie könnte uns helfen?«, frage ich vorsichtig.

Er atmet tief durch. »Ich bin bereit, es zu versuchen.«

KAPITEL 22

Everly

Ich binde meine Haare zu einem hohen Pferdeschwanz und schlüpfe kurz darauf in die Sportschuhe, die ordentlich neben meinem Bett stehen. Auf meinem Handybildschirm leuchtet immer noch der Ausschnitt der Karte, den ich mir markiert habe. Ich habe zwei Tage mit Recherchen verbracht, um einzugrenzen, welche Möglichkeiten bestehen, um beliebige Güter aus South Shanton hinauszubekommen. Die Stadt hat zwar diverse Anbindungen an Schnellstraßen und auch einen Highway, doch der nächstgrößere Ort führt letzten Endes auch nur dazu, dass illegale Waren eine Odyssee hinter sich bringen müssen, nur um überhaupt mal den Bundesstaat zu verlassen. Die Jungs werden außerdem wohl kaum die Post nutzen oder auf einen Kurierdienst zurückgreifen. Es bleibt nur ein Flugplatz, der weit außerhalb der Stadtgrenze liegt, oder der Hafen.

Ich ziehe den Reißverschluss meiner Jacke hoch und verstaue mein Handy in der Tasche. Für Außenstehende dürfte ich nun wie eine ganz normale Joggerin aussehen. Die perfekte Tarnung, um mich etwas in South Shanton umzusehen. Ich verlasse mein Zimmer, laufe über das Gelände und nehme eine schmale Gasse in Richtung der Docks. Unweigerlich kommt mir die Frage, wie leichtsinnig die ganze Aktion hier ist. Ich habe keinerlei Anhaltspunkt, nur einen groben Verdacht, dass der Hafen eine gute Möglichkeit für die Brüder sein könnte. Wenn ich es nur irgendwie schaffen würde, eine Lösung für ihr Problem zu finden, dann hätte ich bereits einen Fuß in der Tür der Company.

Levis Reaktion auf mein Geständnis hat mich beruhigt. Und meine Aussage, dass er einen Platz in meinem Herzen hat, war auch genauso gemeint. Er scheint in der Situation keinerlei Probleme zu sehen. Ganz im Gegensatz zu Raheem, der schier Feuer gespuckt hat, als ich ihm von meiner Affäre mit seinem Bruder berichtet habe. Momentan ist es wohl wirklich wie der berüchtigte Ritt auf der Rasierklinge. Ich kann mich weder darauf verlassen, dass Levi dauerhaft so entspannt bleibt, noch darauf, dass Raheem nicht tatsächlich noch anfängt, irgendwelche Besitzansprüche zu stellen. Wahrscheinlich sollte ich mir mehr Gedanken darüber machen, dass Zane den beiden bei einem potenziellen Platzhirsch-Kampf die Köpfe wäscht, als darüber, mit leeren Händen dazustehen und Comte kein Stück näher zu kommen.

Ich laufe über das Kopfsteinpflaster einer wenig belebten Passage, bis ich das Rauschen des Wassers höre. South Shanton liegt direkt am Golf von Maine. Vielleicht hat man deswegen diesen Ort für ein Snob-Internat ausgewählt. Das Spannendste hier sind Touristen-Touren, die über die Historie von Schifffahrt und Fischfang berichten. Für junge Erwachsene gibt es kaum etwas zu tun und für Menschen mit chronischer Langeweile, wie ich es bin, noch weniger. Wenn man nicht gerade wegen Alkoholeskapaden, herbeigeführt durch gefälschte Ausweise, auffällt.

Langsam wechseln die Häuser von heruntergekommenen Wohneinheiten zu leer stehender Industrie. Eine Lagerhalle reiht sich an die andere. Ich bleibe stehen, um einen kurzen Blick auf mein Handy und die darauf leuchtende Karte zu werfen. Ich müsste mich an der Ostseite des Hafens befinden. In der Ferne und dank der Beleuchtung der Straßenlaternen entdecke ich die Silhouette der Werft. In einem der zwei Türme, die direkt vorne stehen, brennt Licht. Ich laufe weiter, umrunde das Gelände, bis mir ein Zaun den Weg versperrt und unmissverständlich klarmacht, dass es sich ab hier nicht mehr um öffentliches Gelände handelt. Erneut entsperre ich mein Handy. Es muss doch einen anderen Weg geben, um näher heranzukommen ...

Die Lichtkegel von Scheinwerfern biegen um die Ecke und ich bemühe mich, nicht allzu auffällig auf das Auto zu starren, das die Straße entlangfährt und kurz vor der Kurve in das Gelände des Hafens abbiegt. Ich nehme meine Joggingrunde wieder auf, folge dem Wagen und entdecke tatsächlich ein geöffnetes Schiebetor. Dahinter befindet sich eine geschlossene Schranke, die nur mit Zugangskarte geöffnet werden kann. Ich schlüpfe darunter hindurch und suche nach dem Auto, doch es scheint von der Dunkelheit verschluckt worden zu sein. Auf der linken Seite befinden sich in mehreren Reihen übereinandergestapelte Schiffscontainer. Alles in allem ist nichts an diesem Areal sonderlich übersichtlich. Man könnte fast sagen, dass hier ein wahnsinnig guter Ort wäre, um illegale Deals abzuschließen. Und auch die Konsequenzen zu tragen, wenn es schiefgeht, denn so fernab vom Schuss hört sicher niemand Schreie oder Rufe. Besonders dann nicht, wenn das Wasser gegen die Abtrennung peitscht und das mit Abstand lauteste Geräusch neben dem aufbrausenden Wind ist.

Ich laufe zu den Schiffscontainern, um nicht wie auf dem Präsentierteller in der Mitte einer freien Fläche zu stehen. Unweit des Turms, in dem sich noch Personen befinden dürften, erspähe ich das Auto, das kurz vorher die Schranke passiert hat. Leider stehe ich zu weit entfernt, um das Kennzeichen zu erkennen, doch ich höre den laufenden Motor. Die Scheinwerfer hat man offenbar ausgeschaltet.

»Mist«, fluche ich leise, weil sich mir keine Chance bietet, um mich irgendwie zu nähern. Ich will ... nein, ich *muss* wissen, was dort vor sich geht. Besonders dann, wenn sich der Hafen als potenzielle Versandmöglichkeit für die Brüder erweist.

Mit wild klopfendem Herzen presse ich mich mit dem Rücken an den Container und laufe seitwärts, um der Szenerie noch ein bisschen näher zu kommen. Mein Adrenalinpegel steigt rasant an, denn ich weiß, dass ich mich auf verbotenem Territorium befinde. Und die Geschichte, dass ich dummes Püppchen mich verlaufen habe, kauft man mir wahrscheinlich nur einmal ab.

Ein Mann mit Glatze steigt aus dem Auto, lehnt sich gegen die Fahrertür und zündet sich eine Zigarette an. Er scheint auf etwas oder jemanden zu warten. Ich schleiche in die nächste Containerreihe und versuche, einen Blick auf das Gesicht des Unbekannten zu erhaschen, doch es ist zu dunkel und noch näher kann ich kaum gehen, ohne erwischt zu werden. Hastig hole ich mein Handy hervor und schieße ein Foto von der Szenerie. Nur für den Fall der Fälle.

Im Turm huschen Schatten mehrerer Personen hin und her. Das hat so keinen Wert. Ich sollte mich zurückziehen und vielleicht an einem anderen Tag zurückkommen. Hier sind aktuell zu viele Menschen und zu viele potenzielle Gefahren, entdeckt zu werden.

Ich trete den Rückzug an und biege um eine Reihe Container, die schließlich zur Schranke führt. Plötzlich trifft mich etwas hart am Kopf. Ich taumle zurück und kollidiere samt ohrenbetäubendem Knall mit einem der Container. Meine Sicht verschwimmt und mir wird schwarz vor Augen. Nur mit Mühe halte ich mich auf den Beinen, während sich in meinem Kopf ein pochender Schmerz ausbreitet. Ich versuche, den Blick zu fokussieren. Meine Augen huschen hektisch hin und her, bis ich einen Schemen entdeckte, der sich im Sprint entfernt, bis er in der Dunkelheit verschwindet.

Immer noch perplex schüttle ich den Kopf. Die Schmerzen werden heftiger, und als ich mir an die Schläfe fasse, spüren meine Finger etwas Feuchtes – Blut.

Trotz Schmerzen und Kopfwunde schaffe ich es irgendwie, vom Gelände des Hafens zu flüchten, ohne ein weiteres Mal entdeckt oder gar niedergeschlagen zu werden. Wer auch immer mich da attackiert hat, hat unmissverständlich klargemacht, dass ich nicht erwünscht bin. Was noch viel interessanter dabei ist, ist, dass er nicht gesehen werden wollte. Ein Hafenarbeiter hätte sicher keinerlei Skrupel gehabt, mich freundlich, aber bestimmt des Geländes zu verweisen. Dafür hätte es keine potenzielle Gehirnerschütterung gebraucht.

Auf dem Weg zurück zur Academy presse ich mir ein

Taschentuch, das ich glücklicherweise noch in der Jacke hatte, gegen die Stirn, um die Blutung zu stoppen. Ich hoffe inständig, dass mir auf dem Weg zurück in mein Zimmer niemand begegnet und ich in die Bredouille komme, das erklären zu müssen. Mir fällt gerade rein gar nichts ein, was die Wunde in irgendeiner Form rechtfertigen könnte. Dank des pochenden Drucks an der Schläfe bemerke ich erst, dass ich eine Abzweigung verpasst habe, als ich die Nordseite des Verbindungshauses der United Fellows wiedererkenne. Die Hintertür öffnet sich und am liebsten hätte ich theatralisch aufgestöhnt, als ausgerechnet Raheem ins Licht der Straßenlaterne tritt.

»Everly?«, ruft er perplex und macht einen Satz vor, als ich ein paar Schritte zur Seite stolpere.

Die Kopfverletzung verursacht nicht nur ekelhafte Schmerzen, sondern offensichtlich auch Schwindel und Gleichgewichtsprobleme. Der Angreifer hat mich übel erwischt.

Raheem greift nach meiner Hand und zieht sie von der Wunde weg. Das dürfte alles andere als schön aussehen.

»Verdammt, wo hast du dich jetzt schon wieder herumgetrieben?«, fragt er und in seiner Stimme schwingt eine seltsame Mischung aus Sorge und Wut.

»Hafen«, murmle ich und beiße mir nur einen Wimpernschlag später auf die Zunge. Verdammt, das hätte ich vielleicht lieber nicht einfach so herausposaunen sollen.

Raheem starrt mich mehrere Sekunden lang an und schüttelt schließlich den Kopf. »Komm mit«, sagt er und schiebt mich zur Hintertür.

Wenige Minuten später sitze ich im Lesezimmer der United Fellows, das ich nur deshalb als solches erkenne, weil das Squadron-Haus das Pendant dazu hat. Raheem setzt mich auf eines der bequemen Ledersofas und verlässt den Raum, um Verbandszeug zu holen. Mein Kopf schmerzt zu sehr, um überhaupt etwas zu kommentieren oder mich gar zu wehren. Und auch als er wenige Minuten später zurückkehrt und seine beiden Brüder im Schlepptau hat, sagt niemand auch nur ein einziges Wort. Die Stille im Raum ist nahezu erdrückend und die geballte Anzahl und Intensität an Emotionen lässt mich schwerer atmen.

Levi sitzt mir gegenüber und hat auf dem kleinen Tisch die notwendigen Utensilien ausgebreitet. Mit zusammengezogenen Augenbrauen betrachtet er meine Stirn, während er die Wunde an meiner Schläfe tapt. Er sieht so konzentriert aus, als würde er einen Streifschuss versorgen wollen und keinen kleinen Cut.

»Sag mir nur eins«, murmelt er. »Bist du lebensmüde?«

Ich starre in seine dunkelgrünen Augen und versuche herauszufinden, ob er mich aufzieht oder seine Frage tatsächlich ernst meint.

»Ich glaube eher, dass sie einen neuen Weg gefunden hat, um sich unsere Aufmerksamkeit zu erschleichen«, tönt es von hinten. Zane sitzt gelangweilt in dem Ledersessel vor dem Bücherregal und wirft sein Feuerzeug in die Höhe, um es dann präzise aufzufangen. Er macht zu keiner Sekunde den Eindruck, dass ihn irgendetwas an dieser Situation sonderlich interessiert. Aber warum auch. Für ihn bin ich nichts anderes als ein unnötiges, nicht kalkulierbares Risiko. Wie viel seine Brüder ihm wohl verraten haben?

»Deine Sorge ist wahnsinnig rührend«, erwidert Levi und rollt mit den Augen, bevor er Zane einen kurzen vernichtenden Blick schenkt.

Dieser schnalzt mit der Zunge und widmet sich wieder seiner Beschäftigung.

Kopfschüttelnd dreht sich Levi wieder zu mir. »Was zum Teufel hattest du unten im Hafen verloren?«

Ich presse die Lippen aufeinander. Nicht, weil ich ihm nicht antworten will, sondern weil ich nicht weiß, wie ich das erklären soll. Hier zu sitzen, mit allen drei Rawlins-Brüdern, fühlt sich an wie in einem Verhörraum. Es fehlt nur noch das grelle Licht einer Lampe, die mir ins Gesicht strahlt. Hätte ich mehr Zeit gehabt, hätte ich mir sicher eine gute Lüge ausdenken können. Doch so ...

»Okay«, seufzt Levi und erhebt sich, um zu Raheem zu treten, der gegen die einzige Tür lehnt, die mir eine Fluchtmöglichkeit bieten könnte. Ich bin gefangen, wie eine Ratte im Käfig. »Versuch du es. Schließlich ist sie deine Freundin.« *Wow, diese Karte willst du spielen, Levi? Wirklich? Mich zum Nächsten zu reichen, in der Hoffnung, dass dieser mehr aus mir rausbekommt?*

»Wie vermessen von jemandem, der mindestens genauso oft das Vergnügen hatte«, murmle ich, als er sich auf die Armlehne des Sessels setzt, der von seinem älteren Bruder blockiert wird. Levis Mundwinkel zucken bei meinem Kommentar.

»Sieh an, sie kann doch noch sprechen«, stichelt Zane und am liebsten würde ich ihm irgendein Schimpfwort an den Kopf werfen, doch mir steht nicht der Sinn nach einer Provokation. Das würde ihn nur bestärken. Und Zane jetzt schon gegen mich aufzubringen, wäre alles andere als klug.

Raheem stößt sich von der Tür ab und nimmt auf dem Hocker mir gegenüber Platz, den eben noch sein Bruder besetzt hatte. Die dunkelblonden Strähnen fallen in seine

Stirn und es erinnert mich an unsere letzte Begegnung, als er mich geküsst hat und ich kurz darauf sein Zimmer verlassen habe. Es kommt mir vor, als wäre das eine halbe Ewigkeit her. Zu dem Zeitpunkt hatte ich ein bittersüßes Gefühl von Abschied und gleichzeitig die prickelnde Vorfreude darauf, wieder ins Verbindungshaus der United Fellows zurückzukehren. Mittlerweile kommt es mir so vor, als würde das Chaos, das ich anziehe, mich eher davon entfernen. Raheem und ich haben uns nach wie vor nicht richtig ausgesprochen. Ob er immer noch wütend auf mich ist, weil ich die Affäre mit seinem Bruder nicht beenden will?

»Levi hat dir eine Frage gestellt«, sagt Raheem ruhig und platziert die Unterarme auf seinen Schenkeln. Er lehnt sich vor und fixiert mich mit seinem Blick. Es fällt mir schwer, ihm standzuhalten, wenn ich das Gefühl habe, er könne bis in mein Inneres schauen.

»Er hat mir sogar mehrere Fragen gestellt«, feixe ich und ignoriere das Ziehen an meiner Stirn. »Und es ist ja nicht so, als wäre ich sonderlich bekannt dafür, immer zu tun, was jemand mir sagt.«

»Jemand?«, wiederholt er und kneift die Augen zusammen.

Ich seufze schwer. Ich wusste, dass Raheem früher oder später diese Karte spielen würde. Dass er sich auf diese Verbindung zwischen uns beruft. Bei unserem letzten Gespräch wurde auf unangenehme Weise hervorgehoben, wie zerbrechlich das Vertrauen zwischen uns ist. Nur dass die drei nicht irgendjemand sind. Sie haben den Schlüssel zu der Voliere, in der ich meine Runden drehe, in dem wahnwitzigen Glauben, frei zu sein. Wobei Zane besagten Käfig wohl gerade lieber in Brand stecken würde.

Ich gebe nach und meine angespannten Schultern fallen nach unten. »Ich habe nach etwas gesucht.«

»Nach was?«

»Das spielt keine Rolle«, antworte ich. »Meine Suche war nicht erfolgreich.« Erschöpft sinke ich in das Polster der Couch. Plötzlich scheinen all das Adrenalin und die Anspannung von mir abzufallen und hinterlassen nichts als Leere.

»Und du hast es für eine gute Idee gehalten, nachts allein dorthin zu gehen? Du hättest wenigstens einen von uns fragen können«, sagt Raheem streng.

»Ich wollte Zane bitten, in der Hoffnung, dass er auch meinem Charme verfällt und meine Rawlins-Galerie vollzählig macht. Aber die Gefahr, dass er mich kopfüber im Golf von Maine versenkt, war mir dann doch zu groß.« Sarkasmus ist der einzige Weg, wie ich mit dieser Situation umgehen kann. Außerdem spielt es nun sowieso keine Rolle mehr, wie viel Zane weiß. Seine Brüder wollen sicher nichts dauerhaft vor ihm verheimlichen.

»Die Sorge ist berechtigt«, murmelt Zane und ich lächle Raheem an, weil sein Bruder meine Aussage bestätigt hat.

Doch er geht auf meinen Versuch, witzig zu sein, überhaupt nicht ein. Ich hätte wissen sollen, dass es keinen Sinn hat, abzulenken.

»Lasst ihr uns kurz allein?«, bittet Raheem an Zane und Levi gewandt, die kurz darauf das Zimmer verlassen. Letzterer rollt grummelnd mit den Augen. Wahrscheinlich ist er sauer darüber, dass man ihm die weitere Show verwehrt.

Ich hätte erwartet, dass es mich beruhigt, nur noch mit Raheem allein zu sein. Seine Anwesenheit ist mir vertraut und ich weiß, wie ich mich verhalten muss. Doch tatsächlich werde ich noch nervöser. Zanes Kaltschnäuzigkeit und Levis

Art, nicht immer alles ganz ernst nehmen zu können, sind Dinge, die der Stimmung etwas Berechenbares verliehen haben. Aber wie Raheem den Hocker nach vorne schiebt und das Knie zwischen meine Beine drängt, ist ganz und gar nicht berechenbar.

»Glaubst du, du kriegst mehr aus mir heraus, wenn du mich alleine bearbeitest?«, frage ich und hebe eine Augenbraue. Meine Fingerspitzen kribbeln wegen des Verlangens, durch seine Haare zu fahren.

»Ich habe nicht vor, weiterzubohren, Everly.« Wie er meinen Namen ausspricht, weckt Erinnerungen an die Begegnungen, die nichts mit Kopfverletzungen zu tun haben. Es wäre mir lieber, wenn wir wieder auf nonverbale Kommunikation umsteigen würden.

»Was willst du dann?«, frage ich und verschränke die Finger ineinander, um der Versuchung zu widerstehen.

»Dich daran erinnern, was du haben könntest, wenn du ehrlich wärst.« Er lehnt sich noch ein bisschen weiter vor. Ich spüre seinen Atem, der nach dem frischen Minzgeruch eines Kaugummis duftet. »Was auch immer da im Hafen passiert ist. Du hättest *meine* Unterstützung. Und wenn es nötig ist, auch sicher die von Levi und Zane.«

»Zane kann mich nicht ausstehen«, erinnere ich ihn, aber Raheem zuckt mit den Schultern. Die offensichtliche Abneigung seines Bruders scheint für ihn tatsächlich keine Rolle zu spielen. Ich glaube kaum, dass Raheem sich die Mühe machen würde, Zanes unumstößliche Meinung zu ändern.

»Alles eine Frage der Zeit«, sagt er.

Ich weiß noch nicht, wie ich seine Hartnäckigkeit interpretieren soll. Auf der einen Seite schmeichelt es mir, dass Raheem mich überzeugen will. Aber mir ist immer noch nicht ganz klar, warum. Vielleicht ist jetzt der richtige Zeitpunkt gekommen, um das zu erfahren.

»Warum ist dir das so wichtig?« Ich beuge mich vor, unsere Nasenspitzen berühren sich fast. Wenn Raheem glaubt, dass ich mich in ein Schneckenhaus zurückziehe, dann hat er sich getäuscht. »Du warst vor zwei Tagen noch ganz schön wütend auf mich, weil ich dir mein Verhältnis mit Levi verheimlicht habe. Und nun soll ich hier sitzen und trällern?«

»Eure ... Beziehung tut hier nichts zur Sache«, erwidert er, doch ich glaube ihm nicht. »Ich bin lediglich der Meinung, dass wir ein gutes Team abgeben würden.« Der Ansatz eines Lächelns zupft an seinem Mundwinkel.

Einfach so? Nachdem er zähneknirschend betont hat, dass mich nichts von seinen Privatangelegenheiten etwas angeht?

»Weil ich mit dir geschlafen habe? Und mit deinem Bruder? Das reicht schon aus, um dich zu überzeugen, mich einzubeziehen? Glaubst du, ich kenne die Gerüchte nicht, die auf der Academy die Runde machen? Man muss kein Detektiv sein, um herauszufinden, dass du da knietief drinsteckst, Raheem.«

Er schüttelt den Kopf. Ich weiß genau, wie weit ich mich aus dem Fenster lehne. Aber ein Teil des Plans ist es nun mal auch, ihn zu überzeugen, dass ich mich so lange hineinsteigern werde, bis er *mir gegenüber* ehrlich ist.

»Wenn es mir hier in irgendeiner Form um die Company ginge, hätten wir niemals Sex gehabt«, erklärt er und seine Miene ist erneut eisern. »Und wenn ich nur an deinem hübschen Körper interessiert wäre, würde mein Angebot deutlich anders aussehen.«

Ich lege die Spitze meines Zeigefingers auf die Unterlippe. »Bestechende Logik«, erwidere ich, obwohl seine Aussage mich kein bisschen schlauer macht als vorher. Ich kenne immer noch weder seine Intention noch das ganze Ausmaß von Comte. Und dummerweise sieht Raheem gerade nicht so aus, als würde er es näher ausführen wollen.

»Es ist deine Entscheidung«, sagt er und erhebt sich. Der plötzliche Verlust seiner Nähe verstärkt nur die Leere in meiner Brust.

Ich sollte dringend ins Bett, um die Ereignisse der letzten Stunden zu verdauen. Mein Kopf hat so viel gearbeitet, dass die Müdigkeit nun mit voller Wucht zuschlägt. Ich erhebe mich und laufe an ihm vorbei zur Tür. Meine Hand ruht auf dem Knauf, als ich mich ein letztes Mal zu Raheem umdrehe. Er steht inzwischen vor dem Fenster und sieht hinaus in den wolkenlosen Nachthimmel.

»Ich werde darüber nachdenken«, verspreche ich und verlasse das Lesezimmer der United Fellows.

KAPITEL 23
Raheem

Als ich in den Gemeinschaftsraum zurückkehre, warten meine Brüder auf mich. Zane schenkt sich Whiskey in einen Tumbler ein und hält mir stumm die Karaffe entgegen, doch ich winke ab. Meine Gedanken sind auch so ein einziges Chaos, das Alkohol nur verschlimmern würde.

»Everly verheimlicht uns etwas«, sagt Levi, der es sich auf der eingelassenen Sitzbank vor dem Fenster bequem gemacht hat.

»Weil wir ja bis dato immer so grenzenlos ehrlich zu ihr gewesen sind«, erwidere ich zynisch und lasse mich ins weiche Polster des Sofas neben dem Kamin fallen. Das Holz knistert und knackt in einer beruhigenden Gleichmäßigkeit, während sich die Wärme im Raum verteilt.

»Wen interessiert's? Wir brauchen sie nicht«, meint Zane und ich verkneife mir das Schnauben. Ich kenne seine Meinung nur zu gut. »Raheem«, sagt Zane hart und ich verlagere meine Aufmerksamkeit von den tänzelnden Flammen zu ihm. »Sie mag wahnsinnig gut im Bett sein, aber im Ernst: Sie ist eine wandelnde Gefahr für die Company. Und sie hat uns nichts, aber auch rein gar nichts zu bieten.«

Ich schüttle den Kopf. »Es war deine Idee, die Bruderschaft auf das nächste Level zu heben. Wir haben nie über die Bedingungen und Konsequenzen gesprochen. Und jetzt komm mir nicht damit, dass wir uns irgendwie reinfuchsen. Everly hat sich sicher nicht einfach so am Hafen herumgetrieben. Sie ist uns schon viel nähergekommen, als eigentlich beabsichtigt«, erwidere ich ruhig und hoffe, damit an seine Vernunft zu appellieren.

»Sie ist euch zu nahegekommen«, entgegnet Zane mit erhobenem Glas. »Diesen Fehler habt ihr allein zu verantworten. Außerdem, was willst du nun von mir hören? Soll ich sie in Schutzgewahrsam nehmen? Es gibt Tausende Gründe, warum sie am Hafen war, und die müssen nicht zwangsläufig etwas mit uns zu tun haben.«

»Du glaubst also wirklich, dass das Zufall war? Nur zwei Tage nachdem sie gehört hat, dass die Company existiert?«

Zane glaubt grundsätzlich nicht an Zufälle. Und obwohl ich immer noch ein Grummeln im Magen verspüre, weil Everlys Zuneigung zwischen Levi und mir schwankt, so werde ich sicher nicht ignorieren, dass ihre Verletzung etwas mit uns zu tun haben *muss*. Zane selbst hat den Hafen als potenzielle Möglichkeit ins Auge gefasst, meine Fälschungen zu verschiffen. Er muss den Zusammenhang erkennen.

Zane leert seinen Whiskey und dreht sich zu Levi. »Hast du auch eine Meinung dazu, Bruder?«

Hoffnungsvoll schaue ich zu ihm. Bei meinem jüngeren Bruder ist die Wahrscheinlichkeit, dass er meinem Vorschlag zustimmt, deutlich höher als bei Zane. Er atmet tief durch, als müsse er sich seine Worte ganz genau zurechtlegen.

»Wir sollten es abwägen«, sagt er und hebt die rechte Hand in die Höhe. »Auf der einen Seite verfehlt es irgendwie den Sinn einer Bruderschaft, wenn wir eine Frau reinlassen. Und ich stimme Zane zu: Wir bräuchten Everly nicht unbedingt dafür.« Mein Kiefer ist so angespannt, dass meine Zähne anfangen dürften zu knirschen. Währenddessen hebt Levi die linke Hand. »Auf der anderen Seite könnten wir aus der Bruderschaft genauso gut eine Körperschaft machen. Und damit wäre sie, ihre Power, ihr unkonventionelles Denken und die Beziehungen, die sie als Squadron hat, möglicherweise ein echter Benefit.« Das klingt wenigstens, als wäre er nicht komplett abgeneigt.

»Wir sind uns also einig, dass wir uns uneinig sind«, stellt Zane fest und läuft zurück zur Bar, um sich einen weiteren Whiskey einzuschenken.

»Ich bin nicht per se dagegen, Everly mit ins Boot zu holen«, erklärt Levi und der Anflug eines Lächelns schleicht sich auf mein Gesicht. Langsam entwickelt sich dieses Gespräch in ein zwei zu eins und Zane scheint das gar nicht zu schmecken.

»Everlys Vater ist stellvertretender Stabschef der U.S. Navy«, erinnere ich die beiden. »Wie groß ist die Chance, dass sie Knöpfe drücken kann, die uns helfen?«

Zane schüttelt den Kopf. »Ich habe das Gefühl, ihr überschätzt ihren Einfluss grenzenlos.« Er nimmt einen weiteren Schluck seines Whiskeys. »Sofern es nicht eure Intention ist, euch eine Fickpuppe anzuschaffen«, sagt er hart, »habe ich ein elementares Problem: Loyalität. Woher wissen wir, dass wir ihr zu einhundert Prozent vertrauen können?«

Ich ignoriere seinen ersten Satz und denke darüber nach, was ihm den ultimativen Beweis liefern könnte. Doch leider besteht alles, was ich sagen könnte, nur aus Mutmaßungen. Die Wahrheit ist, dass ich es selbst nicht weiß.

Die Stille zwischen uns wird drückend, bis Levi plötzlich den Kopf hebt.

»Wir könnten sie testen«, sagt er und ich ziehe die Augenbrauen zusammen. *Ein Test?*

»Und wie stellst du dir das vor?«, frage ich skeptisch. Levi kommt nicht zum ersten Mal mit unkonventionellen Ideen um die Ecke. Und egal, wie verrückt sie sich manchmal anhören, so ist es oftmals nicht die schlechteste Variante, *out of the box* zu denken.

»Ich müsste ein paar Dinge arrangieren«, erwidert er und wiegt den Kopf hin und her. »Und ich bräuchte einen Köder.«

»Einen Köder?«, frage ich und hebe eine Augenbraue.

»Ja, etwas, das ihre Aufmerksamkeit erregt. Aber danach hätten wir den Beweis, ob sie loyal wäre oder nicht.«

Ich werde gedanklich zurückkatapultiert zu dem Moment, als Everly zum ersten Mal in meinem Zimmer war. Ein Köder ... Doch es gefällt mir ganz und gar nicht, dass Levi keine Details preisgibt. Andererseits gilt es ja nicht, mich zu überzeugen, sondern Zane.

Dieser lässt die bernsteinfarbene Flüssigkeit in seinem Glas kreisen und kippt den Whiskey schließlich auf Ex. »Einverstanden.«

KAPITEL 24

Everly

Mein strikter Unterrichtsplan erlaubt mir nur wenige Stunden erholsamen Schlafs, bevor ich wieder funktionieren muss. Ich schließe die Knöpfe an meiner Bluse und schlüpfe in den taillierten Blazer, der ebenfalls Teil der Schuluniform ist. Ein Blick in den Spiegel verrät mir, dass meine schwarzen Strähnen, die ich sorgsam zu einem französischen Zopf gebunden habe, so sitzen, wie sie sollen. Der silberne Pony verdeckt die Wunde an meiner Stirn, sodass ich heute hoffentlich keine lästigen Fragen dazu beantworten muss.

Die letzte Nacht blitzt in Bruchstücken in meinem Kopf auf und ich schiebe die Erinnerung daran mühsam beiseite. Ich will weder an meinen missglückten Besuch im Hafen denken noch an meinen kurzen Aufenthalt bei den Brüdern. Raheem und sein gottverdammtes Charisma. Ich habe mir geschworen, mich nicht emotional einwickeln zu lassen. Meine Zeit an der Academy sollte voller Fokus auf Bildung und eventuellen Nebenaktivitäten sein. Ich habe nicht damit gerechnet, wie schnell man meine Pläne in Tausend Einzelteile zerschießen kann, sodass ich gezwungen bin, sie mühsam wieder zusammenzusammeln. Denn eine Sache ist mir nach dem kurzen Aufenthalt im Lesezimmer der United Fellows bewusst geworden: Raheem hat mich aus einem ganz bestimmten Grund bequatscht und mich gebeten, ihm gegenüber ehrlich zu sein. Und dabei ging es sicher nicht darum, dass er sich Sorgen um die Company macht. Wenn dem so wäre, dann hätte er sich gar nicht erst die Mühe gemacht, mich zu seinen Brüdern zu schleppen, damit ich dort verarztet werde. Nein, er hat sich Sorgen um mich gemacht, und das ist ein brandgefährlicher Faktor.

Ein Klopfen an meiner Zimmertür reißt mich aus den Gedanken. Ich schlüpfe in meine Jacke und öffne dem Besucher. Es ist halb acht, also kann es nur Paisley sein.

»Guten Morgen«, sagt sie und wirft einen skeptischen Blick auf die Schatten unter meinen Augen. »Lange Nacht gehabt?«

»Sehe ich so beschissen aus?«, frage ich schmunzelnd und greife nach dem Rucksack aus schwarzem Leder, der neben meinem Bett steht.

»Das habe ich nicht gesagt«, erwidert sie und rollt mit den Augen. »Du siehst aus, als hättest du … eine lange Nacht gehabt.« Hoffentlich weiß Paisley, dass sie auf ihre ursprüngliche Frage keine Antwort bekommen wird.

Ich laufe an ihr vorbei und schließe meine Zimmertür ab. »Hast du noch Zigaretten?«, frage ich und hoffe, das Thema damit zu beenden.

»Mhm«, murrt sie bestätigend, doch die Enttäuschung in ihrer Stimme ist unüberhörbar. Ich kenne ihre Neugier und Gossip-Geilheit. Doch was soll ich ihr erzählen? Dass ich mich aufgrund einer vagen Vermutung nachts am Hafen herumgetrieben habe, nur um durch einen dummen Zufall im Lesezimmer der United Fellows zu landen, wo einer der Rawlins-Brüder meine Stirnwunde versorgt hat? Ich richte erneut den Sitz meines Ponys. Paisley würde mir ja sowieso nicht glauben.

Wir verlassen unser Wohnhaus und nehmen die Abkürzung über den Rosengarten von Professor Hayek, um zu unserem Klassenraum zu kommen. Der Herbst wird mit jedem Tag ungemütlicher und kalter Wind erschwert uns das Betätigen des Feuerzeugs. Als wir vor dem Eingang des alten Gemäuers unsere Zigaretten löschen, sind die Gesichter rot von der Kälte und meine schmerzenden Finger lassen es mich bedauern, dass ich meine Handschuhe nicht mitgenommen habe.

»Kommst du heute Nachmittag mit in die Stadt?«, fragt Paisley, als wir den Raum betreten, in dem in wenigen Minuten unsere Vorlesung in Praktischer Philosophie beginnen wird.

»Ich weiß noch nicht«, zögere ich, während wir Plätze vor den Fenstern beziehen. »Wer kommt denn alles mit?« Eigentlich habe ich andere Pläne, nämlich den Kerl zu finden, dem ich die Verletzung an der Stirn zu verdanken habe. Andererseits täte es mir vielleicht ganz gut, mich mal wieder mit Menschen zu umgeben, die keinerlei Absichten in meiner Freundschaft hegen.

»Selene, Clementine und ein paar der Jungs. Wir wollten ins Helheim, was trinken, und dann zu den Docks.«

»Den Docks?«, wiederhole ich hellhörig. Vielleicht bekomme ich ja doch die Chance, mich noch mal im Hafen umzusehen, während die anderen beschäftigt sind.

Paisley nickt, während sie ihre Schreibmappe und das Stifte-Set aus ihrer Tasche kramt. »An den Ständen in der Nähe sollen sich Straßenhändler herumtreiben, die allerlei Zeug verkaufen. Selene liegt mir schon seit Tagen in den Ohren, dass sie da vorbeischauen will.«

Damit wären die anderen beschäftigt und ich könnte mich in Ruhe an der Werft umsehen. Vielleicht ergibt sich so ein Hinweis. »Klar, ich komme gern mit.«

Paisley schenkt mir ein zufriedenes Lächeln. Nur wenige Sekunden später betritt Professor Sinan den Raum und die angeregten Gespräche verstummen.

»Guten Morgen«, ruft er, damit auch der Letzte mitbekommt, dass der Unterricht begonnen hat. Seine schulterlangen, grau melierten Haare sind heute zu einem strengen Zopf gebunden. Trotzdem sieht er in dem Seidenhemd, der Nadelstreifenhose und den Hosenträgern aus, als wäre er einem Mafia-Film entsprungen. Während er das heutige Thema an die Tafel schreibt, richtet jeder seine Unterlagen, um sich Notizen machen zu können.

»Wir sprechen in dieser Stunde über das Verhältnis von Ethik und Ökonomie. Dafür betrachten wir diverse wirtschaftsethische Konzepte und erarbeiten uns Beispiele zu dessen Bewertung.«

Während Professor Sinan über verschiedene Thesen sinniert, spüre ich mein Handy in der Jackentasche vibrieren. Der Null-Toleranz-Politik der Schule von Mobiltelefonen im Unterricht sei Dank, werde ich die Nachricht erst später lesen können. Doch ich habe jetzt schon eine sehr genaue Vorstellung davon, wer mich mitten am Tag anschreibt.

Kaum haben Paisley und ich Professor Sinans ausschweifende Ausführungen nach knapp einer Stunde verlassen, werfe ich einen Blick auf mein Handy und ziehe den Mundwinkel nach oben, als sich meine Vermutung bestätigt.

LEVI

Hawkings schließt nie sein Musikzimmer ab.

Noch offensichtlicher kann man nicht mit dem Zaunpfahl winken.

Ich drehe mich zu Paisley, die in ihrer Tasche wühlt und in dem überfüllten Ding nach irgendetwas sucht.

»Sehen wir uns später?«, frage ich sie und verstaue mein Handy in der Hosentasche.

Sie legt fragend den Kopf schief. »Laufen wir nicht zusammen zur Heidsiek Hall?«

»Ich nehme einen Umweg«, erwidere ich und zwinkere ihr zu.

Paisley weiß, dass Nachfragen ohne Antwort bleiben. Sie hat keine Ahnung, wo ich mich ständig herumtreibe, und das ist auch besser so. Trotz ihrer Neugier ist sie Freundin genug, mich meine Geheimnisse haben zu lassen. Immer mit der festen Überzeugung, dass ich mich ihr anvertraue, wenn es mich überkommt.

»In Ordnung«, sagt sie und seufzt. »Bis später.«

Statt den Korridor entlang zum Ausgang zu gehen, laufe ich in die entgegengesetzte Richtung und betrete durch die geschwungene Flügeltür das Nebengebäude. Hier im westlichen Teil des riesigen Komplexes befinden sich diverse Klassenzimmer sowie der Proberaum für die Musiker, die sich zu einer Band zusammengefunden haben. Irgendwo hier trifft sich außerdem eine Gruppe talentierter Sänger, die in der Mittagspause ihre Medleys zum Besten geben. Man hört ihre Stimmen bis ins obere Stockwerk. Das Zimmer von Professor Hawkings ist in einer Abzweigung hinten links, direkt gegenüber dem kleinen Lager. Das Erkunden der Gebäude vor Vorlesungsbeginn zahlt sich wieder einmal eindeutig aus.

Wie erwartet ist die Tür unverschlossen. Alles andere hätte mich auch schwer gewundert. Ich betrete den Raum, in dem Tische in versetzten Reihen vor einem Pult aufgebaut stehen. Dahinter befinden sich auf einem niedrigen Podest verschiedene Instrumente in ihren Halterungen.

»Ich dachte schon, du kommst nicht mehr«, tönt eine Stimme von rechts.

Ich drehe mich um und blicke direkt in das jugendlich grinsende Gesicht von Levi, der in der hintersten Ecke auf einem der Tische sitzt und die Beine angezogen hat.

»Als ob ich für dich den Unterricht schwänze«, erwidere ich mit erhobener Augenbraue.

Levi fasst sich theatralisch stöhnend an die Brust, als hätte meine Aussage ihm soeben das Herz gebrochen. Dabei erkenne ich mittlerweile, dass es ihn nicht im mindesten trifft. Er kann sich denken, nach welchen Kategorien ich meine Prioritäten setze.

»Warum wolltest du mich sehen?«, frage ich und setze mich auf die Kante des Tisches, direkt neben ihn. Ich könnte mich nun theoretisch bequem gegen sein angewinkeltes Bein lehnen. »Nach heute Nacht hatte ich eher das Gefühl, dass du sauer auf mich bist.«

Levi schüttelt den Kopf, aber ich bleibe skeptisch. Dass ich ihm partout nicht erzählen wollte, was ich im Hafen zu suchen hatte, schien ihn zu stören. Mein Gefühl trügt mich selten.

»Was hat Raheem dir gesagt, als ihr allein wart?«, fragt er und ich presse die Lippen aufeinander, um nicht zu grinsen. Ach, daher weht der Wind.

»Warum fragst du ihn nicht selbst?« Gelegentlich kommt es mir so vor, als wäre es eine meiner schlechtesten Entscheidung gewesen, sowohl mit Raheem als auch mit Levi anzubandeln. Das Letzte, was ich will, ist ein Krieg zwischen Brüdern, die sich wie im Mittelalter um die einzige Jungfer duellieren. Nur leider haben beide ihren ganz eigenen Reiz. Und ich kann es nicht lassen, dem immer wieder nachzugeben.

»Weil ich es aus deinem Mund hören will. Damit ich entscheiden kann, auf welche Seite ich mich stelle«, antwortet er und ein diebisches Funkeln liegt in seinen Augen.

»Du würdest dich niemals gegen deinen eigenen Bruder stellen«, sage ich überzeugt. »Deswegen solltest du lieber etwas tun, was zufriedener macht, als mit mir Gespräche zu führen, die völlig sinnfrei sind.« Besonders weil er in dieser Pose nicht nur so gut aussieht, dass mein Mund trocken wird, sondern weil ich mir sicher bin, dass Professor Hawkings Unterricht für die Schüler im zweiten Jahr jeden Moment beginnen dürfte. Und das verleiht der Situation einen einzigartigen Kick.

»Hast du eine Idee?«, fragt Levi und in seiner Stimme vibriert die Aufforderung, herauszufinden, wie weit ich in diesem Umfeld gehen würde. Keine abgeschlossenen Räume bei den United Fellows, in die niemals jemand ohne Erlaubnis eintreten würde.

Ich krabble auf die Platte und pirsche mich an ihn heran wie eine Raubkatze auf der Jagd. Dadurch, dass der Tisch an der Wand steht, kann sich Levi bequem gegen diese lehnen, als ich mich zwischen seinen Beinen positioniere. Meine Lippen schweben über seinen.

»Mir gefällt, wo das hinführt«, raunt er, lässt seine Hand zu meinem Nacken gleiten und umfasst ihn. Als sein Mund auf meinen trifft und mich küsst, tief und verzehrend, intensiviert es das Kribbeln in meinem Unterleib. Das ist definitiv um einiges besser, als über irgendwelche unausgesprochenen Geheimnisse zu plaudern.

Levi greift nach meiner Taille und dreht mich so, dass mein Rücken gegen seine Brust gepresst wird. Sein Atem tanzt über mein Ohr. »Der Nächste, der reinkommt, bekommt eine Show geboten«, sagt er, während er meine Hose öffnet.

Meine Augen huschen zur Tür, die genau in unsere Richtung aufgehen würde. Sollte tatsächlich jemand den Raum betreten, könnten wir uns nicht verstecken. Und es turnt mich wahnsinnig an. Als mein Herzschlag kapiert, welchem Risiko wir uns aussetzen, verdoppelt es seine Schlaggeschwindigkeit.

Levi schiebt seine Hand in meine Hose, direkt unter den Bund meines Slips, und legt sie auf meine glühende Mitte. Meine Hüfte zuckt nach vorne. Heißes Blut rauscht durch meine Adern, als er mit den Fingern auf meine Klit trifft und diese massiert. Mit einem erregten Keuchen landet mein Kopf auf seiner Schulter und nur eine Sekunde später liegt Levis Hand auf meinem Mund.

»Still sein, Bullet. Du willst doch nicht, dass wir erwischt werden«, neckt er mich und am liebsten würde ich in seine

Finger beißen. Wie soll ich bitte ruhig bleiben, wenn die Tortur mich mit einer teuflischen Präzision an den Rand des Höhepunkts treibt?

Seine Finger wandern tiefer und ich spüre, wie meine Beine anfangen zu beben. Es ist die süßeste Qual, wie Levi mich immer weitertreibt, nur um kurz vorher zu stoppen. Ich bohre die Nägel in seinen Unterarm, während seine Hand auf meinem Mund dem Stöhnen und Fluchen keine Möglichkeit bietet zu entkommen. Jedes Geräusch lässt meinen Blick zur Tür huschen und der Adrenalinspiegel steigt immer höher. Als Levi einen Finger in mir versenkt und sein Daumen gleichzeitig meine Perle reizt, presse ich die Lider zusammen und komme so intensiv, dass ich das Blut in meinen Ohren rauschen höre. Kaum lässt er mich los, rutsche ich vom Tisch und schließe meine Hose. Wir sollten dem Spiel mit dem Feuer nicht noch zusätzlich Kerosin beifügen. Es reicht, dass im Korridor Stimmengewirr lauter wird.

»Ich habe dir eigentlich getextet, weil ich dich zu einer kleinen Party bei den United Fellows einladen wollte, heute Abend«, sagt Levi und richtet den Sitz seiner Hose, in der es mit Sicherheit ziemlich eng geworden sein dürfte.

»Ich komme gern«, erwidere ich und ziehe einen Mundwinkel nach oben, als die Doppeldeutigkeit durchklingt.

»Dann bekommst du auch Gelegenheit, dich für die Episode eben zu bedanken.« Das scheint ja fast zur Routine zwischen uns zu werden.

Mein Kichern wird untermalt von dem klatschenden Geräusch, das entsteht, als Levis Schlag auf meinen Hintern trifft. Wie sollte ich dieser charmanten Einladung widerstehen können?

Als wir in kleiner Gruppe das Helheim verlassen, ist früher Abend und die Straßen von South Shanton werden durch altmodische Laternen beleuchtet. Auf dem Weg zu den Docks unterhalten wir uns über die Winterferien und die Reiseziele, die einige von uns auserkoren haben. Paisley und ich laufen hinter Clementine, Selene, einem Typ namens Puck und Gideon. Jeder von uns hatte zwei bis drei alkoholfreie Drinks und die Stimmung ist ausgelassen. Fast könnte ich mich daran gewöhnen, Teil eines normalen Freundeskreises zu sein. Aber auch nur fast.

»Du willst wirklich nicht noch mit zu den Straßenhändlern? Da gibt es so viel Nippes, du wirst sicher auch etwas finden«, sagt Paisley, während wir nach links abbiegen und den Weg zum Hafen einschlagen. Schon von Weitem hört man das Rauschen des Wassers.

»Wenn du etwas Schönes entdeckst, dann nimm es gern für mich mit. Aber ich muss noch etwas erledigen und das lässt sich leider nicht aufschieben.«

»Okay«, erwidert sie, wirkt allerdings nicht wirklich zufrieden mit meiner Antwort. »Pass auf dich auf, ja?«

»Immer«, sage ich und ziehe sie in eine kurze Umarmung, bevor ich den anderen zum Abschied zuwinke. »Wir sehen uns später.«

Mit deutlich weniger skeptischen Mienen verabschieden sie sich von mir und ziehen unbedarft ihrer Wege.

Ich laufe in die entgegengesetzte Richtung, bis ich die andere Seite des Hafens erreiche. Ich dürfte mich nun genau gegenüber der Schranke befinden, an der ich gestern vorbeigelaufen bin. Dieses Mal versperrt mir ein geschlossenes

Metalltor den Weg, neben dem ein großes Schild mit dem Aufdruck »Zutritt nur für Befugte« steht. Kurzerhand ernenne ich mich selbst zur Befugten und klettere über den Zaun auf die andere Seite. Vor mir liegt ein weitläufiges Gelände, bis man die Halle der Werft erreicht, und ich ziehe mir die Kapuze meiner Jacke über den Kopf. Weit und breit keine Überwachungskameras, als würden die Betreiber wollen, dass man sich Zutritt verschafft und keine Konsequenzen zu befürchten hat. Aus der Ferne entdecke ich die zwei Türme, doch heute brennt in keinem von beiden Licht. Ich laufe zum Verwaltungsgebäude, in dem sich zu dieser Uhrzeit niemand mehr befinden dürfte, und halte Ausschau nach möglicherweise patrouillierendem Sicherheitspersonal. Es ist nicht mein Ziel, mir noch eine Verletzung einzufangen.

Der Zugang zum Gebäude ist über eine Stahltreppe zu erreichen, die klappernde Geräusche von sich gibt, sobald man eine Stufe nimmt. Zum Glück bin ich heute nicht auf Absätzen unterwegs, was mein Unterfangen hier nur noch schwieriger gemacht hätte. Ich weiß nicht einmal genau, was ich eigentlich suche. Der Kerl, der mir eine verpasst hat, wird kaum mit offenen Armen auf mich warten. Und selbst wenn, würde ich dann vermutlich noch eine kassieren. Das ließe sich weder durch einen geschickt frisierten Pony kaschieren noch durch ein nettes Lächeln bei den Rawlins-Brüdern schönreden.

Auf Zehenspitzen schleiche ich nach oben und hoffe, dass die Kombination aus dem pfeifenden Wind und dem rauschenden Wasser meine unvermeidbaren Geräusche schluckt. Mein Herz pumpt, dank des Adrenalinschubs, jede Menge Blut durch meine Adern und ich atme gierig die kühle Luft ein. Mit spitzen Ohren orientiere ich mich an der Wand und bewege mich schnell, aber bedacht, bis ich die Tür erreiche. Sachte rüttle ich daran, doch sie öffnet sich nicht.

»Verschlossen, was sonst?«, murmle ich verärgert. Wie lange es wohl dauern würde, das Schloss zu knacken? Es ist nie ratsam, sich längere Zeit an einem Ort aufzuhalten, wenn man sich auf unbefugtem Gelände befindet. Aber mit leeren Händen ins Wohnheim zurückkehren, das wäre mehr als frustrierend.

Doch bevor ich die Entscheidung treffen kann, ob sich das Risiko lohnt, diese Tür zu knacken, deren Schließzylinder ich nicht kenne und deren Schlüsselkarte ich nicht habe, ertönen die gleichen Trittgeräusche, die ich eben auf der Treppe verursacht habe, und lassen mich zusammenzucken. *Fuck, es kommt jemand hoch!* Ich suche nach einem Anzeichen, ob die Person sich in meine Richtung bewegt und sprinte geduckt um die Ecke, als Stimmen lauter werden.

»Ich sage es dir, Mitch, ein Besuch im Lolas und du fühlst dich wieder wie ein echter Kerl«, sagt jemand mit kratziger Männerstimme und stampft unüberhörbar über das stählerne Gerüst. »Dort gibt es eine Nutte namens Nadja. Die macht für Geld wirklich alles. Wenn du auf abgefahrene Sachen stehst, ist sie die Hure deines Vertrauens.«

Wie nett.

Der Kerl lacht dreckig und dröhnend, bevor es in einen extrem ungesund klingenden Raucherhusten übergeht.

»Mir reicht der Standardscheiß, Hauptsache, sie hält die Klappe. Joanne redet beim Sex so viel, dass mir die Ohren abfallen. Wie soll ein Mann sich da noch auf seinen Ständer konzentrieren?«, erwidert sein Kumpel Mitch, der ganz offensichtlich einen nicht weniger frauenverachtenden Ton an den

Tag legt. Mehr als gekaufter Beischlaf dürfte für die zwei Charmebolzen sicher nicht rausspringen.

Neben dem extrem ekelerregenden Gespräch der beiden ist ein Geräusch viel interessanter: das Klimpern von Schlüsseln, die gegeneinanderstoßen. Diese Kerle gehören also zu dem erlesenen Kreis der Befugten.

Die Tür wird geöffnet und kurz darauf schiebt sich direkt neben meinem Kopf quietschend ein Fenster auf. Ich wäre in der idealen Situation, die beiden zu belauschen, denn ich höre ihren Small Talk bis aufs letzte Wort perfekt. Riskant, aber …

»Erklärst du mir jetzt vielleicht endlich, warum wir Überstunden machen müssen, um auf irgendeine Lieferung zu warten, Frank? Als ob die Nachtschicht das nicht erledigen könnte«, meckert Mitch und das Kratzen eines über den Boden geschobenen Stuhls mischt sich zu dem Grunzen seines Kollegen.

»Das ist nicht irgendeine Lieferung. Du erinnerst dich daran, dass die Anzugträger letzte Woche hier waren und nach dem Chef gefragt haben? Die wollten einen Deal für Sonderleistungen aushandeln und haben wohl eine Menge Geld geboten, um eine Fracht zu löschen, die nicht über die normale Kontrolle gehen sollte.«

Um wie viel ich wetten würde, dass es sich um etwas Illegales handelt. Aber wen meint Frank mit ›Anzugträgern‹? South Shanton ist kein Ort, an den sich Geschäftsmänner verirren. Auch keine von der Sorte, deren Business sich jenseits des Legalen befindet. Wobei es auch nur Tarnung sein könnte. Der glatzköpfige Kerl, den ich bei meinem letzten Besuch fotografiert habe, sah auf jeden Fall so aus, als könnte er Dreck am Stecken haben.

»Und da haben die sich ausgerechnet eine ehemalige Marine-Werft ausgesucht, die sich nur noch mit dem Abwracken und Reparieren von Schiffen beschäftigt? Klar, bei uns werden jede Menge Ersatzteile angeliefert und ausgeliefert. Wir sind trotzdem kein klassischer Umschlaghafen.« Entweder hat Mitch beim Vögeln mit Joanne alle Gehirnzellen verloren oder er sieht den Zusammenhang wirklich nicht. Selbst ich mit meinem geringen Verständnis von Schmuggel erkenne das Potenzial der Werft, die ohne Probleme den Handel mit illegalen Gütern verschleiern könnte. Durch ihre direkte Anbindung an diverse Küstenorte ist sie geradezu prädestiniert.

»Ist nur eine einmalige Sache«, brummt Frank und ich höre das verräterische Klicken eines Feuerzeugs, das ich überall wiedererkennen würde. »Die werden selbst wissen, welchen Nutzen sie davon haben, und wir bekommen einen fetten Zuschlag auf unseren Gehaltsscheck, dafür, dass wir hier unsere Zeit absitzen. Mehr Dollar, um sie in den Tanga von Nadja zu stecken.« Erneut hallt sein dröhnendes Lachen durch den Raum des Verwaltungsgebäudes.

Wow, die beiden sind wirklich die Mitarbeiter des Jahres. Aber jetzt sollte ich schleunigst von hier verschwinden, bevor noch mehr von ihrer Sorte auftauchen und ich mich in eine Lage bringe, die ich nicht erklären kann. Zwar konnte ich meinen Angreifer nicht identifizieren, aber die Information, die ich eben erhalten habe, ist vielleicht sogar noch besser. Und ich bin mir noch unschlüssig, ob ich sie für mich behalten sollte.

Augenscheinlich ohne jemandes Aufmerksamkeit auf mich zu ziehen, schaffe ich es, das Hafengelände zu verlassen, und kehre ins Wohnheim zurück. Ein Blick auf meine Armbanduhr verrät mir, dass noch genug Zeit bleibt, um mich für die Party bei den United Fellows fertig zu machen. Ich krame einen schwarzen Rock aus dem Schrank und tausche meinen Pullover gegen ein ärmelloses Oberteil mit Rollkragen. Meine Haare lasse ich, wie sie sind, und bürste lediglich den Pony ein wenig zurecht, damit die Wunde nicht auffällt. Ich schmeiße das Notwendigste an Utensilien in eine Gürteltasche und schlüpfe in die kniehohen Stiefel mit Plateau, für die mich die superkonservative Professorin Dalmasso bestimmt gern auf dem Scheiterhaufen verbrennen würde. Ein Glück müssen wir uns außerhalb der Klassenräume nicht an Dresscodes halten. Sonst würden wir alle aussehen wie adrett gekleidete Roboter. Wie sollte man uns da noch großartig auseinanderhalten können?

Mittlerweile hat sich die Nacht schwer über South Shanton gelegt und lässt die Schatten auf dem Campusgelände tanzen. Ich habe noch nie verstanden, wie man Angst vor der Dunkelheit haben kann. In ihr verbergen sich doch erst die schönsten Abenteuer und die größten Geheimnisse, die nur darauf warten, aufgedeckt zu werden. Die meisten fürchten sich vor dem Unvorhersehbaren, dabei merken sie nicht, dass nur, weil etwas im hellsten Licht strahlt, es nicht genauso erschreckend und verlogen sein kann wie die Dinge, die sie nicht sehen. Manchmal ist es sogar besser, die Wahrheit nicht zu sehen und sich in der Finsternis zu verstecken.

Bei den United Fellows angekommen laufe ich an einigen Studenten vorbei, die vor dem Haus stehen und rauchen. Ich verfluche mich selbst dafür, dass ich meine Zigaretten im

Zimmer vergessen habe. Im Inneren hänge ich den Mantel, der mich vor der Kälte geschützt hat, an den überfüllten Garderobenständer.

Die Partys auf dem Campus unterscheiden sich extrem von den üblichen Studentenexzessen, wie beispielsweise denen im Helheim. Das muss ich erneut feststellen, als mein Blick für einen kurzen Moment den Gemeinschaftsraum abscannt und nach einem der Brüder sucht. Zwischen all den gut situierten jungen Erwachsenen gibt es niemanden, der hier bewusst aus der Reihe tanzen würde. Man findet keine Alkoholleichen im Flur oder übertrieben laute Musik, die die Wände vibrieren lässt. Nichtsdestotrotz bin ich mir sicher, dass gut die Hälfte der bestens gelaunten Menschen, die sich unterhalten oder Billard spielen, mindestens eine Pille intus haben muss, um das perfekte Lächeln dauerhaft aufrechtzuerhalten.

»Wen man nicht so alles auf einer kleinen privaten Feier trifft«, tönt die zum Erbrechen süße Stimme von Chelsea Harrison an mein Ohr. Es erfordert mir beinahe übermenschliche Kraft, nicht mit den Augen zu rollen, als ich mich in ihre Richtung drehe.

»Ja, Zufälle gibt es«, erwidere ich lächelnd, während sie mit einem Olivenspieß in ihrem Martiniglas herumrührt. Immer, wenn ich auf sie treffe und sie mir ansehe, von den perfekt gezupften Augenbrauen bis zu den rot lackierten Zehen, die durch die offenen Stilettos zu sehen sind, wird mir klar, was das Wort *privilegiert* bedeutet. Sie hatte den goldenen Löffel nicht nur bei der Geburt im Mund. Ich bin mir sicher, dass sie ihn auch jeden Abend mit ins Bett nimmt.

»Du willst mir doch bestimmt verraten, wie eine Squadron wie du sich hierher verirrt hat«, sagt sie.

Ich öffne den Mund, um ihr zu antworten, dass es ihr herzlich am Arsch vorbeigehen kann, was ich hier mache, als eine sanfte und doch ausdrucksstarke Stimme mir zuvorkommt.

»Auf persönliche Einladung von mir.« Levi stellt sich neben mich und haucht mir einen Kuss auf die Wange. Körperliche Zutraulichkeitsbekundungen in der Öffentlichkeit sind eine echte Seltenheit bei ihm und Raheem, also vermute ich, dass er Chelsea in die Schranken weisen will.

»Wer bin ich, die Gästeliste der Familie Rawlins zu kommentieren«, erwidert sie und ihr vorher noch perfektes Lächeln gleicht nun einer Grimasse. Ihr passt es ganz und gar nicht, dass ich willkommen bin in ihrem makellosen Verbindungshaus. »Ich wünsche euch einen schönen Abend«, sagt Chelsea mit klimpernden Wimpern und bedenkt mich mit einem giftigen Blick, bevor sie das Weite sucht.

Levi deutet mit dem Kopf in Richtung Nebenzimmer und ich folge ihm durch den Gang.

»Eine Privatparty, Levi? Wirf mich doch gleich den Haien zum Fraß vor«, kommentiere ich den Abgang seiner Kommilitonin. Zeitgleich wundert es mich, dass sie die Einzige ist, die sich über mein Erscheinen echauffiert hat. United Fellows und Squadron sind nicht gerade das, was man als gute Freunde bezeichnen kann. Denn zwischen diesen Mauern ist es letzten Endes nicht anders als in der echten, großen, bösen Welt. Politik und Militär führen eine toxische Beziehung.

»Sag bloß, Everly Foster hat Angst vor einem Püppchen wie Chelsea.«

Ich übergehe seinen blöden Spruch, weil ich weiß, dass er mich nur provozieren will. Im Nebenzimmer sitzt einzig ein

Paar auf der Couch, das sich unterhält und von Levi mit einem strengen Blick vertrieben wird. Er lässt die Tür hinter den beiden ins Schloss fallen und wir sind allein.

»Willst du etwas trinken?«, fragt er zuvorkommend, geht zum Barschrank mit Zahlenschloss und holt eine angebrochene Flasche Scotch hervor.

»Gern«, erwidere ich und lasse den Blick durch den Raum schweifen. Wie auch der Rest des Hauses ist das Nebenzimmer stilvoll eingerichtet mit dunkelbraunen Ledersofas und modernen Stehlampen. Levi, mit seinem minimalistischen Kleidungsstil, ist fast schon zu schlicht für das hochwertige Ambiente. Vor den zugezogenen Vorhängen steht ein Sideboard. Darauf, als wäre es von einer fucking Interior-Designerin platziert, befindet sich ein silbernes Tablet mit weißen Stumpenkerzen und einer verschnörkelten Schale, in der etwas verräterisch glänzt. Ich kneife die Augen zusammen. *Kann das sein?*

»Hier.« Ich drehe mich wieder zu Levi, der mir ein Glas mit goldgelber Flüssigkeit hinhält, das ich dankend annehme. Er schenkt sich ebenfalls ein und hebt seinen Drink, um mit mir anzustoßen. »Auf uns.«

Der herbe Geschmack des Scotchs kribbelt mir im Hals, als ich ihn in einem Zug hinunterkippe. Der Alkohol wärmt zwar mein Inneres, doch er kann den Gedanken nicht verdrängen, dass ich mich bei dem Blick in die Schale nicht verguckt habe.

»Wo hast du deine Brüder gelassen?«, frage ich und schlendere gemütlich zum Sideboard, um mich mit dem Rücken dagegen zu lehnen. Mit den Fingerspitzen stelle ich das Glas darauf ab.

»Bin ich dir nicht Gesellschaft genug? Kannst du nicht

ohne Raheem und Zane?«, entgegnet er und schiebt gespielt beleidigt die Unterlippe nach vorne.

Ich schnaube amüsiert. »Ja, vor allem Zane. Seine Anwesenheit erhellt meinen Tag.«

Levi lacht leise und kommt auf mich zu. Mit dem Möbelstück hinter mir ist es unmöglich, zu entkommen. Wenn ich das denn gewollt hätte.

»Und um auf deine Frage zu antworten: Du bist eine fantastische Gesellschaft«, säusle ich, als er direkt vor mir stehen bleibt.

Mit festem Griff legt er die Hände an meine Taille und setzt mich mit einem beherzten Ruck auf das Sideboard. In seinen Augen glänzt das gleiche Verlangen, das auch mein Nervensystem benetzt, als er meine Beine auseinanderschiebt, um bequem dazwischen stehen zu können. Mein Rock rutscht bedenklich hoch, aber ich kann mich nicht dazu aufraffen, ihn zu stoppen. Nicht, wenn seine Finger langsam über meine Oberschenkel und unter den Stoff wandern. Seine Lippen schweben über meinen, während er jede noch so kleine Regung in meinen Augen studiert.

»Levi, die Tür ist nicht abgeschlossen«, wispere ich mit dem letzten Rest an gesundem Menschenverstand.

»Das hat dich heute Morgen doch auch nicht gestört«, raunt er und neigt den Kopf, um meinen Hals zu küssen. »So feucht, wie du warst, hat dich der Gedanke, erwischt zu werden, eher angemacht.« Touché. Besonders, weil ich hoffe, dass Chelsea sich hierher verirrt und mit eigenen Augen sieht, *wie* erwünscht ich bin.

Levis Mund ist an meinem Kiefer angekommen und ich winde mich genießerisch unter seinen Berührungen, die einige Etagen tiefer an der Innenseite meiner Oberschenkel angekommen sind. Ich vergrabe die linke Hand in seinen Haaren, während die andere sich auf dem lackierten Holz abstützt, direkt neben der kitschigen Deko. Wie auf Autopilot linse ich nach unten und fühle mich bestätigt. In der Schale liegt die verschnörkelte Gesichtsmaske aus Metall, die ich haben will, seit ich sie bei Raheem gesehen habe. Levi ist damit beschäftigt, mich in den Wahnsinn zu treiben. Ein kurzer Griff und die Maske wäre in meiner Tasche. Er würde es nicht einmal merken. Und eine noch bessere Gelegenheit, dieses Stück in meinen Besitz zu bringen, werde ich kaum bekommen.

Es ist zu einfach.

KAPITEL 25

Levi

Everly ist eine Elster. Ihre Augen leuchten, wenn sie etwas sieht, das sie unbedingt haben will. Und obwohl ihr Körper sich auf der Kommode unter meinen Berührungen windet und stumm nach mehr verlangt, ist ihr Verstand voll und ganz auf das Ziel fokussiert. Sie will diese Maske. Wie einfach kann ich es ihr machen, ohne dass es auffällt?

Meine Hände finden unter dem Rock den Saum ihres Strings, den ich ihr über die Beine ziehe, um ihn dann in meiner Hosentasche verschwinden zu lassen. Egal, wie gern ich Chelsea dabei sehen würde, wie sie mit knallrotem Kopf dieses Schmuckstück findet, sollten wir die Gerüchteküche dennoch nicht unnötig befeuern. Bei all dem Gossip an der Academy wäre es nicht vorteilhaft, wenn jemand Everly zur Mätresse degradierte. Das würde ihr in keiner Weise gerecht werden.

Ich umfasse ihren Nacken und drehe ihren Kopf zu mir, um sie zu küssen. Ein zartes Seufzen vibriert auf ihren

Lippen. Vielleicht genieße ich es ein bisschen zu sehr, sie hier in die Falle zu locken, aber ihre glühende Haut unter meinen Händen ist das Einzige, worauf ich mich konzentrieren will, während außerhalb der Wände die anderen Party machen. Es könnte jede Sekunde jemand hereinkommen und nicht nur Everlys Puls befindet sich in einem ungesunden Tempo.

Während meine Zunge ihren Mund öffnet und den Kuss vertieft, öffne ich meinen Gürtel und den Verschluss meiner Jeans. Wie es der Zufall, oder eher meine sorgsame Planung, so will, habe ich auf dem Weg hierher ein Kondom eingesteckt. Wenn ich schon den Lockvogel gebe, dann kann ich doch wenigstens meinen Spaß haben.

Ich lasse von ihr ab und zerre Hose und Boxershorts nach unten. Mit den Zähnen öffne ich das quadratische Päckchen und ziehe das Kondom über meinen harten Schwanz, der nur darauf wartet, sich in Everly versenken zu dürfen. Hektisch springt mein Blick für einen Moment zur Tür. Einerseits weil ich wirklich sichergehen will, dass noch keiner im Raum steht und uns beobachtet, andererseits, um Everly eine Möglichkeit mehr zu geben, die Maske einzustecken.

»Komm her«, raune ich und umfasse mit festem Griff ihre Hüfte, um sie an den Rand des Sideboards zu ziehen. »Du solltest öfter Röcke tragen. Das ist so viel praktischer.«

Ihr unschuldiges Kichern geht in ein Keuchen über, als ich ihre Schenkel auseinanderschiebe und mit einer fließenden Bewegung bis zum Anschlag in sie stoße. Nur einen Wimpernschlag später schlägt sie sich die Hand vor den Mund und dämpft die Geräusche, die sich unweigerlich bei jeder Bewegung meines Beckens den Weg nach draußen bahnen wollen. Uns bleibt sicher nicht viel Zeit, bis die nächsten Störenfriede sich hierher verirren, also steigere ich mein Tempo und vergrabe das Gesicht in ihrer Halsbeuge. Mit jedem Stoß prallt das Sideboard gegen die Wand, bis mit einem lauten Scheppern dieses hässliche Tablett samt Kerzen und Schale zu Boden geht. *Bei Gott, hoffentlich hat das keiner gehört und kommt auf die Idee nachzusehen.*

Everlys Mitte zieht sich verheerend eng um meinen Schaft. Sie ist so kurz davor zu kommen, dass ihre Atmung unregelmäßig wird. Ich ziehe ihr die Hand vom Mund und presse meine Lippen auf ihre, küsse sie und schlucke ihr Stöhnen, als ich komme und sie mit mir reiße.

»Fuck«, keucht sie, als ich mich entferne, um das Kondom zu entsorgen und meine Hose zu schließen. »Das war intensiv.«

Meine Lippen verziehen sich zu einem Grinsen, als ich kurz zu ihr hinübersehe. Everly, mit zitternden und gespreizten Beinen auf diesem Sideboard, ist wahrlich ein Bild für die Götter.

Nach einem tiefen Atemzug gleitet sie vom Möbelstück und richtet ihren Rock. »Bekomme ich meinen String wieder?«, fragt sie und klimpert mit den Wimpern, aber ich schüttle den Kopf. Mit wenigen Schritten ist sie bei mir und lässt ihre Finger durch meine Haare fahren.

»Gegenvorschlag: Du kommst mit mir hoch in mein Zimmer und ich sorge dafür, dass dir jedes einzelne Kleidungsstück an deinem Körper egal sein wird«, erwidere ich und hoffe inständig, dass sie zustimmt. Ich will Everly für mich allein haben, in einer Umgebung, in der sie so laut sein kann, wie sie will, und ich mich in jedem einzelnen Ton verlieren kann.

»Du gehst vor«, sagt sie schmunzelnd. »Wir wollen doch keine Gerüchte streuen.«

Wohl wahr, Bullet.

Als ich am Morgen wach werde, ist mein Bett wie erwartet leer. Von Everly fehlt jede Spur, aber das habe ich mir gedacht. Sie ist nicht der Typ Frau, der morgens mit einem kuschelt.

Nach einer kurzen Dusche mache ich mich fertig, schlüpfe in dunkle Jeans und ein schwarzes T-Shirt, bevor ich mich in die Gemeinschaftsküche begebe, um mir einen Kaffee zuzubereiten. Der herbe Duft meines Koffein-Boosters verbreitet sich im Raum und macht mich um einiges wacher. Ein Blick auf meine Uhr verrät mir, dass Zane und Raheem bestimmt schon auf mich warten. Wir haben uns im Lesezimmer verabredet, um über den Erfolg unserer Mission zu sprechen. Ich für meinen Teil wäre enttäuscht, wenn Everly tatsächlich durch die Prüfung gefallen wäre. Ich hätte sie wirklich gern an unserer Seite, um aus der Bruderschaft eine Körperschaft zu machen. Außerdem wäre Zanes angepisstes Gesicht, wenn er falschliegen würde, ein Genuss. Nur leider befürchte ich, dass Bullet in die Falle getappt ist und sich damit unbewusst ihre Chance verspielt hat. Das Glitzern in ihren Augen war zu ausdrucksstark. Sie würde sich eine solche Gelegenheit nicht entgehen lassen. Raheem wird am Boden zerstört sein.

Als ich die Tür zum Lesezimmer aufstoße, erwarten mich meine Brüder bereits. Während der eine aussieht, als wäre er kurz davor, auf etwas einzuschlagen, hat Zane einen selbstgerechten, fast fröhlichen Gesichtsausdruck.

»Guten Morgen«, begrüße ich die beiden und setze mich

in den breiten Ledersessel. »Was ist das Fazit?« Ich kann es mir denken. Sie behaupten zwar immer, dass sie ein Buch mit sieben Siegeln wären, zu verschlossen, um es jemals zu entziffern, aber ich kann sie lesen wie ein Verkehrsschild.

»Wie ich es euch prophezeit habe. Everly hat die Maske eingesteckt«, sagt Zane und zuckt mit den Schultern.

Die Enttäuschung, die mit seiner Aussage einhergeht, kommt nicht unerwartet, ist aber trotz allem wie ein spitzer Stich in die Nieren. »Ohne Zweifel?« Der letzte Funke Hoffnung spricht aus mir.

»Die Überwachungskamera hat sie ertappt, während du ihr die Zunge in den Hals gesteckt hast«, erwidert Raheem und aus seiner Stimme speit das Gift.

Mein Mundwinkel zuckt in die Höhe. »Wir waren uns doch einig, dass ich derjenige bin, der den Lockvogel spielt, weil du ja ganz eindeutig nicht objektiv bist.«

Er wendet den Blick ab und schnaubt genervt. Leugnung sieht anders aus. Wie kommt es eigentlich, dass er deutlich emotionaler an die ganze Sache herangeht als ich?

»Ich will ja nicht sagen, dass ich von vornherein recht hatte und wir uns die ganze Diskussion rund um Everly Foster hätten sparen können, aber ...« Zane beendet seinen Satz nicht, aber es ist klar, was er sagen will. Es wäre auch zu viel verlangt, dass er nur ein einziges Mal in Stillschweigen seinen Triumph genießen würde.

»Wir sollten sie herbitten. Dann darf sie uns die Maske zurückgeben und wir klären die Situation auf«, schlage ich versöhnlich vor, weil die Blitze, die aus Raheems Augen schießen, darauf hindeuten, dass er kurz davor ist, unserem Bruder eine zu verpassen. Und ich könnte es ihm nicht einmal verübeln.

Entspannt nehme ich einen Schluck meines Kaffees und warte geduldig, bis die beiden ihren Anstarr-Wettbewerb aufgeben.

Schließlich greift Raheem seufzend in seine Hosentasche und zieht sein Handy hervor, um Everly zu schreiben. »Sie ist in der Nähe und wird in etwa zehn Minuten da sein.«

»Zieh doch nicht so ein Gesicht«, stichelt Zane. »Du kannst auch weiterhin mit ihr vögeln. Dagegen habe ich nichts einzuwenden.« Sein provokantes Lachen hallt durch den Raum und Raheems Laune wird, wenn überhaupt möglich, noch schlechter.

»Wie überaus großzügig von dir«, knurrt er und ich kann seinen Ärger sogar nachvollziehen. Zane versteht nicht, was uns an Everly reizt und warum wir trotz seiner Abneigung immer wieder ihre Nähe suchen. Na ja, eigentlich verstehe ich es selbst nicht. Aber so ist das bei einer Sucht. Man wird abhängig von etwas, ohne den tatsächlichen Grund zu kennen.

Zwischen uns legt sich eine drückende Stille. Eine von der Sorte, die die berüchtigte Ruhe vor dem Sturm symbolisiert. Als es schließlich an der Tür klopft, ohne einen Hauch von Angst oder Vorsicht, ist meine Kaffeetasse leer. Und stattdessen wünsche ich mir Popcorn für die Show, die mir mit Sicherheit gleich geboten wird.

Everly betritt das Lesezimmer mit einer Ausstrahlung, als wäre sie die fucking Königin von French & Raven. Ihre zarten Gesichtszüge sind eine Maske der vollkommenen Arroganz. Als könnte nichts, was gleich passiert, sie aus dem Konzept bringen.

»Und ich dachte, ich könnte hier ein bisschen Spaß

erwarten, nachdem Raheem mir geschrieben hat«, sagt sie locker und bleibt mitten im Raum stehen.

Wie Hyänen, die um ihre Beute kreisen, sind wir an jeweils einer Wand positioniert und flankieren sie. Wobei der Vergleich hinkt, denn Everly ist alles andere als wehrlos.

»Hattest du gestern nicht genug?«, fragt Zane mit seiner typisch gelangweilten Tonlage.

»Nicht eifersüchtig werden, Süßer. Vielleicht lasse ich dich auch mal ran, du musst nur auf die Knie gehen und ganz lieb bitten.« Sie zwinkert ihm zu und stemmt die Hände in die Hüften. Es ist mir ein Rätsel, wie Zane ihr nicht erliegen kann. Everly ist die perfekte Schwarze Witwe und es ist nur eine Frage der Zeit, wann man ihr ins Netz geht. Vielleicht bin ich schwach, weil ich nicht einmal die kleinste Anstrengung unternehme, mich von ihr fernzuhalten. Dieser Konflikt zwischen der Anziehung zu ihr und Zanes ständig erhobenem Zeigefinger hat ohne Zweifel das Potenzial, zu einem treuen Begleiter zu werden.

»Wir sind *nicht* zum Spaß hier, Bullet«, mische ich mich in ihr kleines Wortgefecht ein. »Auch wenn ich persönlich es gern anders gehabt hätte. Aber die Fakten liegen leider auf dem Tisch.«

Fragend legt sie den Kopf schief. »Und die wären?«, säuselt sie und fast hätte ich gelacht. Würde die brutale Wahrheit nicht jegliche Komik im Raum ersticken.

»Angefangen damit, dass du ein Familienerbstück gestohlen hast«, verkündet Zane und gibt seine Position neben dem Bücherregal auf, um sich direkt vor sie zu stellen. Everly ist einen ganzen Kopf kleiner als er, sogar auf Absätzen, und starrt trotzdem ohne einen Hauch von Einschüchterung in sein Gesicht. »Und aufgehört damit, dass ich recht hatte und wir dir nicht trauen können.«

Die Sekunden vergehen. Es ist so still im Raum, dass man die sprichwörtliche Stecknadel auf den Boden fallen hören könnte. Plötzlich gibt Everly ihren trotzigen Blick auf und läuft mit bedachten Schritten zu Raheem, der wie eine Statue gegen den Fensterrahmen lehnt und in diesem Szenario noch kein einziges Wort gesagt hat.

»Möchtest du deine Meinung dazu äußern?«, fragt sie ihn und ich ziehe verwirrt die Stirn in Falten. Warum kämpft sie immer noch, obwohl die Schlacht schon längst verloren ist? Versucht sie, auszuloten, wie viel Wohlwollen sie von unserer Seite noch genießt?

Ich starre in das Gesicht meines Bruders, der Everly ansieht, als könne ihn nichts erschüttern. Als könnte sie ihm hier und jetzt einen Mord gestehen und er würde das abnicken. Wo Zane mit übertriebener Vorsicht und Misstrauen durch das Leben geht, legt Raheem zwischendurch eine seltsame Golden-Retriever-Mentalität an den Tag. Man muss nur mit dem richtigen Leckerli vor seiner Nase wedeln und er folgt dir bis ans Ende der Welt.

»Du weißt, wie ich über uns denke. Daran hat sich nichts geändert«, sagt er.

Ich höre die Flüche in Zanes Kopf. Er hält Raheem für naiv und ganz ehrlich ... er hat damit nicht so ganz unrecht.

»Du bist immer noch der Meinung, dass wir ein gutes Team wären?«, fragt sie.

Ich rolle mit den Augen. Will ich wirklich wissen, was Raheem ihr alles vorgezwitschert hat?

Er erwidert nichts, aber um seine Lippen bildet sich die

Andeutung eines Lächelns und das scheint Everly als Antwort zu genügen.

Ohne einen von uns auch nur eines Blickes zu würdigen, läuft sie quer durch den Raum zu dem Beistelltisch, auf dem die Fernbedienung liegt, welche die Musikanlage und noch einiges mehr reguliert. Als sie danach greift, spannt sich jeder Muskel in meinem Körper an. Was zum Teufel hat sie vor? Sie tippt ein paar Zahlen auf dem Tastenfeld ein und kurz darauf ertönt das altbekannte Klicken an dem Wandspiegel neben der Tür, das mir das Herz in die Hose sacken lässt. Das kann nicht sein! Everly lässt sich durch das kollektiv schockierte Einatmen unsererseits nicht beirren und klappt an der richtigen Stelle den Riegel um, um den Spiegel aufschwingen zu lassen und den dahinter verborgenen Safe zu offenbaren. Ohne es zu wollen, bin ich auf den Beinen, mühsam bedacht mein Gesicht zu wahren, aber die Szene, die sich mir bietet, ist grotesk. Sie schiebt sich die sanften Wellen ihrer schwarzen Haare über die Schultern und macht sich am Zahlenschloss zu schaffen, das sich nach wenigen Handgriffen klickend öffnet.

»Was zur Hölle?«, murmle ich, als Everly in den Safe greift und die Maske herausholt, die sich nun silbern glänzend um ihre Hand schmiegt.

»Wie hast du …«

»… das gemacht?«, unterbricht sie Zane mit einem Engelsgesicht und lässt das Stück Metall zwischen ihren Fingern gleiten. Ich werfe, immer noch fassungslos, einen Blick zu Raheem, der die Augen geschlossen hat, als könne er nicht fassen, was hier passiert. Und zu dem Schock mischt sich das bittere, fast ätzende Gefühl der Demütigung.

Everly legt die Maske sorgsam wieder zurück und

schnalzt missbilligend mit der Zunge. »Ganz offensichtlich geht es nicht darum, ob *ihr* mir vertrauen könnt«, sagt sie und schließt die Tür aus zentimeterdickem Stahl. »Sondern darum, ob *ich* euch vertrauen kann. Denn wie sollen wir zusammenarbeiten, wenn ihr mich doch so gern versagen sehen wollt?« Ihr Kichern schwingt durch den Raum. Sie steht hinter dem Vorhang und zieht die Fäden, die wir als ihre Marionetten angelegt bekommen haben, ohne es zu merken. »Du hast immer noch die Option, auf die Knie zu gehen«, neckt sie Zane.

Mein Bruder hat den Kiefer so hart angespannt, dass ich mir einbilde, seine Zähne knirschen zu hören. Als keiner von uns Anstalten macht, diesen Auftritt zu kommentieren, schließt Everly, ohne ihr süffisantes Lächeln zu verlieren, den Wandspiegel.

»Wenn ihr eure Einstellung überdacht habt, bin ich gern bereit zu reden.« Mit einem Handkuss verabschiedet sie sich und verlässt das Lesezimmer, während in ihm nichts anderes zurückbleibt, als die sprachlosen, selbsternannten Herrscher der United Fellows.

KAPITEL 26

Everly

Bis zum Wochenende meldet sich keiner der Rawlins-Brüder bei mir. Ich treffe sie weder beim Essen noch in der Bibliothek oder im Archiv, Levi nicht im Trainingszentrum und Raheem nicht beim Schachspielen. Sie scheinen alle drei wie vom Erdboden verschluckt zu sein. Ich suhle mich währenddessen in meinem Triumph. Offenbar habe ich den Glauben der Herren zum Beben gebracht und besonders Zanes aus dem Rahmen gefallene Gesichtszüge sind eine wahnsinnig befriedigende Erinnerung. Wie konnten die Brüder ein Business aufziehen, das wohl so erfolgreich ist, dass sie bereits überlegen zu expandieren, dann aber nicht einmal merken, wenn ihnen jemand die Überwachungskamera aus dem Lesezimmer ihrer Verbindung stiehlt? Amateure. Ich weiß, dass einer von ihnen auf mich zukommen wird. Früher oder später. Sicherlich nicht Zane, dafür ist er eindeutig zu stolz. Ich wäre ja zu gern Mäuschen bei dem Gespräch gewesen, das sich unmittelbar nach meinem Abgang zwischen den dreien abgespielt hat.

Wahrscheinlich durften sich Raheem und Levi ganz schön etwas anhören. Da funktioniert die Company so gut und es braucht nur ein bisschen Nähe zu einem unschuldigen Squadron-Mädchen, um sie daran zu erinnern, wie anfällig sie sind. Die Herren Rawlins müssen noch einiges lernen. Besonders die Lektion, wie man sein Unternehmen vor einer solchen Infiltration schützt.

In einer kurzen Mail schicke ich meinem Vater am Wochenende ein Statusupdate über meinen unspektakulären Alltag. Irgendwann sollte ich ihm danken. Das viele Wissen über Taktik und militärische Kriegsführung lässt sich wunderbar in meinem Umgang mit den anderen Studenten anwenden. Vielleicht habe ich in meiner Vergangenheit nie gelernt, wie man Mitleid mit einem Kind hat, das hingefallen ist und sich das Knie aufgeschürft hat. Aber ich habe gelernt, wie man Menschen so lange und geschickt manipuliert, bis sie genau das tun, was man will, und sich dabei auch noch so fühlen, als wäre es ihr freier Wille.

Ich betrete den Squadron-Gemeinschaftsraum und entdecke Selene, die es sich in einem der Sessel bequem gemacht hat und in ein Buch vertieft ist. Vor ihr steht eine Tasse mit dampfendem Kaffee auf einem Untersetzer. Jemand sollte ein Bild von dieser Szene machen und es auf eine Postkarte drucken.

»So verbringst du deine Freizeit, Moonshine?« Der Spitzname, den Paisley ihr verpasst hat, hat es mir irgendwie angetan. Ich setze mich auf die Couch und schlage die Beine übereinander, während Selene lässig eine Seite umblättert.

»Wäre es dir lieber, wenn ich in meiner Freizeit Essays über das Zarenreich in der Mitte des neunzehnten Jahrhunderts schreiben würde, Ev?« Sie hebt ihr Buch an, sodass ich das Cover sehen kann, und meine Augen weiten sich überrascht.

»Du liest Anna Karenina? Das ist ganz schön harter Tobak«, sage ich und Selene legt ein Lesezeichen in ihr Buch, bevor sie es zuklappt.

»Sag das mal Professor Hayek. Ich dachte, Paisley hätte es mit Monica Dickens schon hart erwischt. Jetzt darf ich meine Zeit mit Tolstoi verbringen.« Sie seufzt theatralisch und wirft sich die Haare über die Schulter. »Wie geht es dir?«

»Mich beschäftigt etwas«, gebe ich zu und eine von Selenes gezupften Augenbrauen wandert in die Höhe.

»Und was?« Sie lehnt sich interessiert vor und verschränkt die Finger.

»Dieser Mythos, der durch die Flure geistert – Comte. Ist an der Academy keiner so neugierig und ambitioniert, um herauszufinden, wer er ist?« Diese Frage treibt mich seit einigen Tagen um. Vor allem deshalb, weil Chelseas süffisantes Lächeln auf der Privatparty der United Fellows mir nicht mehr aus dem Kopf geht. Als ich sie das allererste Mal gesehen habe, hat sie sich mit Zane gestritten ... und seinen Nebenverdienst erwähnt. Zählen womöglich doch mehr Menschen zur Company, als ich ursprünglich angenommen habe? Wie viele United Fellows hängen da mit drin? Und warum glaubt Chelsea, Zane mit ihrem halb garen Wissen erpressen zu können?

»Warum fragst du?« Selenes helle Stimme reißt mich aus den Gedanken.

Ich schüttle unmerklich den Kopf. »Professor Mayhem hat mir nach dem Auftritt dieser Band im Helheim eine Art Standpauke gehalten«, erzähle ich und hoffe, sie damit auf eine Spur zu locken, die von meinen tatsächlichen Absichten ablenkt. »Mit irgendeiner Floskel darüber, dass man das Ziel nicht aus den Augen verlieren soll. In meinen Augen klang es wie eine freundliche Warnung.«

Selene seufzt und lehnt sich wieder zurück in ihren Sessel. »Mayhem und die Direktorin haben den verstärkten Alkoholkonsum der Studenten seit etwa sechs Monaten auf dem Schirm«, erklärt sie und greift nach ihrer Tasse, um einen Schluck ihres Kaffees zu nehmen. »Als es Anfang letzten Jahres die Runde machte, dass man gefälschte Ausweise bekommt, wenn man nur die richtige Nummer anschreibt, waren logischerweise einige scharf darauf. Ein Actuaries-Mitglied hat sich damals auf einer Veranstaltung der Academy mit gepanschter Bowle so dermaßen abgefüllt, dass er ohnmächtig wurde. Mayhem hat ihn ins Krankenhaus gefahren.« Interessant. Das würde auf jeden Fall erklären, warum mich sein Blick damals fast durchbohrt hat, als er mich auf die Party im Helheim angesprochen hat. Offenbar reagiert er ziemlich empfindlich auf die regelmäßigen Eskapaden der Studenten.

»Und der Actuaries hat Comte verraten?«, frage ich neugierig.

»Nope«, antwortet sie und schnalzt mit der Zunge. »Weil es da, genau genommen, auch nichts zu verraten gibt. Wie du bereits sagtest, Comte ist ein Geist. Niemand weiß, wie man an ihn herankommt, und es würde auch keiner versuchen.« Sie prostet mir mit ihrem Kaffee zu und nippt erneut daran.

»Ich soll dir also glauben, dass es keinen einzigen Denunzianten bei French & Raven gibt?« Das erscheint mir auf einer Schule voller goldener Kinder etwas unrealistisch.

»Oh, doch! Die gibt es zur Genüge«, protestiert Selene amüsiert. »Aber die anderen Studenten sind lauter und überzeugender.« Den Geist zu schützen, der einen selbst mit der Verfügbarkeit von Alkohol und Partys lockt, das hat fast etwas Poetisches.

»Ich muss sagen, langsam beginne ich mit der Mentalität an der Academy warm zu werden«, sage ich und stimme in Selenes leises Lachen ein.

Als der Abend in die Nacht übergeht und ich mein Lernpensum für den heutigen Tag erreicht habe, beschließe ich, das Schicksal ein wenig herauszufordern, und greife nach meinem Handy. Dank Selene habe ich die Nummer von Comte. Und wer auch immer am anderen Ende sitzt, wird auf eine Nachricht von mir eingehen müssen.

EVERLY

Will keiner von euch mit mir spielen?

Ich lege mein Handy mit entsperrtem Bildschirm auf meinen Schreibtisch und warte, während ich in meiner Ausgabe Clarissa blättere und mir Notizen mache. Plötzlich erscheint eine neue Nachricht auf dem Display, aber nicht von Comte, sondern von Raheem. Doch darin finde ich keinen Text. Lediglich ein Bild von dem Schachbrett in der Bibliothek. Es ist eine stumme Aufforderung, der ich nur zu gern nachkomme.

Ich schlüpfe in Leinenhose und Pullover, werfe mir meinen Mantel über und verlasse mein Zimmer in Richtung Bibliothek. Von Mrs. Kettlebush fehlt weit und breit jede Spur. Kann es tatsächlich sein, dass ausgerechnet heute ihr freier Tag ist? Ich passiere ein paar Bücherregale, bis ich die

Schachbretter erreiche, und bleibe abrupt stehen. Raheem sitzt wie erwartet allein, mit dem Rücken zu mir gewandt, auf einem der Stühle. Ich kann mir nicht erklären, warum, doch allein sein Anblick sorgt dafür, dass mein Herzschlag sich verlangsamt. Beruhigt es mich, wieder auf ihn zu treffen, nachdem tagelang Funkstille herrschte? Ich schüttle den Kopf. Bestimmt ist es nur mein innerer Drang, alles unter Kontrolle zu haben, der eine Zeit lang nicht befriedigt werden konnte, und sich nun legt. Auf etwas zu warten ist keine Stärke von mir. Doch je näher meine Füße mich zu ihm tragen, desto mehr schiebt sich eine andere Emotion in den Vordergrund. Eine, die sich vor allem dadurch bemerkbar macht, dass mein Körper langsam immer wärmer wird. Ich habe Raheem vermisst. Sehr sogar. Und ihn zu sehen schürt die Sehnsucht.

Gerade als er seinen Bauern bewegt, setze ich mich auf den Stuhl, der ihm gegenübersteht. Sein Blick ist fest auf die Figuren vor ihm fixiert. Er scheint über seinen nächsten Zug nachzudenken und mich gar nicht richtig wahrzunehmen. Seine langen Finger greifen zuerst den weißen König, dann den weißen Turm und verschieben sie unmittelbar hintereinander.

»Seit wann darf man zwei Züge hintereinander machen?«, frage ich neugierig und beobachte aufmerksam sein Spiel.

»Das nennt man Rochade«, erklärt er ruhig. »Du schützt den König und aktivierst gleichzeitig den Turm. Dieser Zug darf pro Spieler allerdings nur einmal während einer Partie angewendet werden.«

Ich versuche, mir diese Strategie einzuprägen. Vielleicht

komme ich irgendwann einmal in den Genuss, Raheem mit eben diesem Zug in die Ecke zu drängen.

»Ich habe ehrlicherweise nicht damit gerechnet, dass du auf meine Nachricht antwortest«, sage ich und schiebe alle Figuren wieder an ihren ursprünglichen Platz, damit wir eine neue Partie starten können.

»Zane ist immer noch angepisst«, erklärt Raheem schulterzuckend. »Sogar ein bisschen mehr wegen mir als dir.«

»Wieso das denn?«, frage ich überrascht, während er seine Eröffnung macht. Nach der Aktion, die ich mir geleistet habe, hätte ich damit gerechnet, dass Zane mich postwendend zum Staatsfeind Nummer eins erklärt.

»In seinen Augen ist es nicht das Hauptproblem, dass du innerhalb einer Nacht sein so sorgsam hochgezogenes System schier zerstört hast. Sondern, dass ich dich so nah an mich herangelassen habe, dass du es konntest.«

Ich presse meine Lippen aufeinander, um das Grinsen zu verbergen, und bewege meinen Springer. Zane hat ein ziemlich fragiles Ego, wenn er die Schuld bei seinem kleinen Bruder sucht. »Und was meint Levi dazu?« Ob er unsere leichte und unkomplizierte Affäre aufgibt, nur weil sein großer Bruder schlechte Laune hat? Ich kann es mir kaum vorstellen.

»Levi sieht es so selten, dass Zane den Kürzeren zieht, dass er es momentan richtig genießt.«

Dieses Mal kann ich mir das Glucksen nicht verkneifen und auch an Raheems Mundwinkel zuckt der Ansatz eines Lächelns.

Bis jetzt ist dieses Gespräch von deutlich weniger Aggressivität geprägt, als ich es erwartet habe. Raheem scheint völlig entspannt. Andererseits hat er ja auch immer betont, für welch gutes Team er uns hält. Es ist eine Erleichterung zu wissen, dass er nicht wütend auf mich ist. Das macht mein Unterfangen deutlich einfacher.

»Was ist mit dir?«, frage ich trotzdem und warte so lange mit meinem nächsten Zug, bis er mir antwortet. Zum ersten Mal, seit ich die Bibliothek betreten habe, sieht Raheem mir direkt in die Augen. In seinen dunkelgrünen Iriden liegt ein verführerischer Glanz, der mich daran erinnert, dass sich nichts zwischen uns geändert hat. Selbst nachdem ich ihn und seine Brüder in den Grundfesten erschüttert habe.

»Ich versuche, dich zu verstehen«, sagt Raheem schließlich und fährt sich seufzend durch die Haare. »Und dass es mir nicht gelingt, macht mich, um ehrlich zu sein, wahnsinnig.«

Ich schürze die Lippen. Auf eine seltsame Art ist es schmeichelnd, dass es ihn so sehr beschäftigt, welche unausgesprochenen Wahrheiten mich ausmachen. Doch dumm für ihn, sind sie gut versteckt hinter einer dicken Schutzschicht.

»Wenn ich dir verrate, wie ich an die Kombination zum Entriegeln eures Safes gekommen bin, erzählst du mir dann auch etwas, was ich wissen will?«, sage ich und zupfe an den Strähnen meines silbernen Ponys.

Raheem scheint mit sich zu hadern. Zanes Standpauke muss ja ziemlich heftig gewesen sein, wenn selbst jetzt noch nicht alle Karten offengelegt werden wollen. Dabei habe ich einen Teil des Blattes ja bereits gesehen.

»Versuchen wir es«, erwidert er und bewegt seinen Läufer diagonal über das Feld. »Aber ich kann nichts versprechen.« Damit muss ich mich wohl oder übel zufriedengeben. Auch wenn es eine nicht gerade befriedigende Antwort ist.

Ich schlage die Beine übereinander und lehne mich

zurück. Unser Schachspiel verliert an Relevanz, denn das Gespräch jetzt wird um einiges interessanter.

»Als ich verletzt im Lesezimmer der United Fellows gelandet bin, war ich zugegebenermaßen etwas durch den Wind. Doch trotz schlimmer werdender Kopfschmerzen ist mir eine Sache nicht entgangen, als du mich allein gelassen hast, um deine Brüder zu holen«, beginne ich zu erzählen und versuche, jede noch so kleine Reaktion seinerseits zu registrieren.

»Und die wäre?«

Ich lege den Kopf schief. »Dass du mich nicht nach oben in dein Schlafzimmer gebracht hast. Sondern in einen Raum, in den trotz der Uhrzeit jederzeit ein United Fellow hätte reinkommen können. Es sei denn, ihr wärt euch sicher gewesen, dass genau das nicht passiert. Das Lesezimmer ist euch wichtig, es gibt euch Sicherheit. Und diese Sicherheit beschützt man.«

Langsam scheint es ihm zu dämmern und er fährt sich nachdenklich mit der Hand über das Gesicht. »Du hast die Überwachungskamera gefunden«, stellt er fest und ich zucke mit den Schultern.

»Sie war nicht besonders gut versteckt, das musst du schon zugeben. Um die Fassung eines Kerzenständers gewickelt.« Für ungeschulte Augen schnell zu übersehen, aber sicher nicht für mich.

»Es hat immerhin gereicht, um Dutzende United Fellows zu täuschen«, ruft er mir ins Gedächtnis, aber ich schnalze mit der Zunge.

»Nur leider bin ich eine Squadron.«

»Das ist wahr«, erwidert er und wedelt mit der Hand, um mich dazu zu bewegen fortzufahren. Wenn mich nicht alles täuscht, blitzt ein Anflug von Anerkennung in seinen Gesichtszügen auf.

»Bei dieser Privatparty hat mich Levi ziemlich abgelenkt …«, erzähle ich weiter und halte kurz inne, um seine Reaktion einzuschätzen, doch er verzieht keine Miene. Hat er mittlerweile etwa verstanden, dass er sich dieses Konkurrenzdenken bei seinem eigenen Bruder sparen kann? »Ich wollte diese Maske, aber mit deiner Erklärung im Kopf, dass sie ein Familienerbstück ist, ist mir dann doch bewusst geworden, dass ihr sie nicht einfach so irgendwo liegen lassen würdet, nur damit ich sie zufällig einstecken kann. Also habe ich sie nach meiner gemeinsamen Nacht mit Levi in euren Safe zurückgebracht.« Auch wenn das Gefühl des kühlen Metalls an meinen Fingern mich immer noch fasziniert. Ich kam leider nicht mehr in den Genuss, sie anzuprobieren, in der Angst, damit gesehen zu werden. Doch vielleicht irgendwann …

»Wer hat dir die Wunde an der Stirn verpasst?«, fragt Raheem plötzlich und ich brauche einen Moment, um darauf zu antworten. Eigentlich habe ich erwartet, dass er auf die Tatsache eingeht, wie einfach ich mit dem System der Company spielen konnte.

»Ich weiß es nicht«, antworte ich und Raheem verschränkt indes die Arme.

»Everly«, knurrt er fast und hebt eine Augenbraue.

»Ich weiß es wirklich nicht, Raheem.« Seufzend lehne ich mich in seine Richtung. »Aber ich werde denjenigen finden. Mach dir darüber keine Sorgen.«

»Was hattest du überhaupt am Hafen verloren?«

Ich schüttle vehement den Kopf. »O nein. Jetzt bin ich

dran mit den Fragen. Wir hatten einen Deal«, sage ich streng und nehme unser Schachspiel wieder auf.

Raheem sieht nicht überzeugt aus. Er wirkt eher so, als wolle er unsere Vereinbarung jetzt und sofort abblasen, nur um mich dann mit noch mehr Fragen zu bombardieren. Doch so viel möchte ich ihm nicht preisgeben. Noch nicht.

Ich stupse den König an und er macht schnaubend seinen Zug.

»Wer ist Comte?«

Raheem wendet den Blick ab. Er glaubt doch nicht wirklich, dass er jetzt irgendwie aus dieser Nummer herauskommt. Irgendwas hat ihn schließlich dazu bewogen, auf meine Nachricht, die ich der Handynummer geschickt habe, zu antworten. Was bedeutet, dass er sie nicht nur gelesen, sondern auch das Bedürfnis verspürt hat, meine Nähe zu suchen.

»Raheem, du willst, dass das zwischen uns funktioniert, oder? Dann musst du wenigstens bis zu einem gewissen Grad ehrlich zu mir sein. Sonst hat das hier keine Chance«, appelliere ich an seine Vernunft und würde am liebsten die Hand ausstrecken, um ihn zu berühren, doch das erscheint mir zu früh.

»Unter einer Bedingung«, murmelt er und lenkt seinen Blick wieder auf mich. Der Ausdruck in seinen Augen ist fast weich. Ein deutlicher Gegensatz zu seinem angespannten Kiefer.

»Das hier ist keine Verhandlung«, erinnere ich ihn steif.

»Für mich schon.« Seine Stimme lässt keine Widerworte zu.

Ich beiße mir auf die Zunge und nicke schließlich.

»Du treibst dich nicht mehr nachts allein am Hafen

herum. Und wenn du es vorhast, dann will ich das wissen.« Er ... scheint sich wirklich um mich zu sorgen. Ich weiß nicht, was ich davon halten soll.

Die Sekunden verstreichen, dann hebe ich beide Hände in die Höhe. Ein stummes Zeichen der Kapitulation. »In Ordnung«, murmle ich ergeben. Ob ich mich an dieses Versprechen halten werde, wird die Zukunft zeigen. Eine hoffentlich sehr nahe Zukunft, denn mit jedem Tag, der verstreicht, sinkt auch meine Chance, meinen Angreifer zu finden. Dabei weiß ich selbst nicht so genau, wo ich suchen soll.

»Comte ist keine Person. Es ist ein Alter Ego«, sagt Raheem.

Ich lehne mich zurück und lasse das Schachbrett dabei unbeachtet. »Von dir?«

Er schüttelt den Kopf. »Nein, von Zane.« Natürlich hat der Bruder mit dem größten Ego auch ein entsprechendes Alter Ego, das er zum Flaggschiff der Company gemacht hat. Alles andere hätte mich auch wirklich gewundert.

»Verstehe ich das richtig? Zane ist der große Mythos Comte und ihr seid nur die Handlanger?« Ich kann den Spott nicht aus meiner Stimme verdrängen.

Doch Raheem, anders als ich es erwartet hätte, lacht leise und bewegt seine Figur präzise über das Schachfeld. Ich schaffe es kaum mehr, mich auf meine Taktik zu konzentrieren. Zu sehr reizt es mich, mehr darüber herauszufinden, was die Brüder geschaffen haben und wie ihre Company funktioniert.

»Oh, das ist viel komplizierter, als du glaubst«, sagt Raheem geheimnisvoll und am liebsten hätte ich erneut mit den Augen gerollt.

»Dann erkläre es mir«, fordere ich ihn auf, doch statt etwas zu sagen, starrt er mich hypnotisierend lange an. Warum traut er sich nicht, mir mehr preiszugeben? Hat er etwa Angst davor, wieder von Zane die Leviten gelesen zu bekommen? Wie viel Überredungskunst braucht es noch, damit die Brüder ihre Pforten für mich öffnen?

»Schachmatt«, verkündet Raheem plötzlich und ich blinzle mehrmals, bis ich begreife, was er mir damit sagen will. Mein Blick wandert auf das Spielbrett und tatsächlich steht mein König im Schach und ich habe keine Chance, diese Stellung aufzuheben. Raheem steht auf und greift nach seinem Mantel, der vorher über der Lehne seines Stuhls gehangen hat, um ihn sich anzuziehen. Das war es? Damit ist das Gespräch beendet?

Aus Reflex springe ich ebenfalls auf, doch mir fehlen die Worte, um ihn zum Bleiben zu überreden. Ich will Raheem nicht in die Ecke drängen. Besonders jetzt, wo ich so nah dran bin, ihn und die Company zu durchschauen.

»Ich weiß immer noch nicht, was mich eigentlich mehr nervt«, sagt er lächelnd, doch sein Ton zeugt von Anspannung. »Dass du uns ausgetrickst hast oder dass du willst, dass ich mich mit Levi in deinem Bett arrangieren soll.« Es ist nicht notwendig, Raheem zu erzählen, dass Levi es noch nicht in mein Bett geschafft hat. Denn die Möglichkeit besteht. Ohne jeden Zweifel.

»Du könntest versuchen, mit beidem deinen Frieden zu machen«, erwidere ich und lege den Kopf schräg. Es ist Provokation und Bitte in einem. Weil ich will, dass es funktioniert. Wie auch immer man unsere Situation benennen mag.

Raheem vergräbt seine Hand in meinen Haaren und zieht mich so ruckartig an sich, dass mein Körper gegen seinen prallt. Sofort sind alle Rezeptoren in meinem Inneren auf Empfang gestellt. Ich verzehre mich nach diesem Mann und ich weiß, dass es ihm genauso geht. Er will mich nur nicht teilen.

Einen Wimpernschlag später küsst er mich. Seine Lippen umspielen meine, während er seinen Arm um meine Taille schlingt und mich noch näher an sich zieht. Diese prickelnde Sehnsucht lässt mich seufzen. Seine Zunge, die meinen Mund öffnet, ist so viel von dem, was ich mir wünsche, und doch nicht mal im Ansatz genug. Ich verschränke die Arme in seinem Nacken und flehe stumm, dass er einfach vergisst, was zwischen uns steht und mich hier auf diesem verdammten Schachbrett fickt. Warum hat er so viele Bedenken? Wie kann er an etwas zweifeln, das sich so verdammt gut anfühlt?

Plötzlich lässt Raheem von mir ab, gerade als ich dachte, dass er diese unsichtbare Hürde überwinden würde. Er macht zwei Schritte zurück und die Distanz, die er damit schafft, trifft mich mitten in den Magen.

»Die Betonung liegt auf *könnte*«, raunt er und in dieser Aussage, die von einem dunklen Tonfall umgeben wird, liegen schier unzählige Interpretationsmöglichkeiten. Doch bevor ich auch nur eine davon in Worte fassen kann, macht Raheem auf dem Absatz kehrt und verlässt die Bibliothek.

KAPITEL 27

Zane

Normalerweise erkenne ich die Ausweglosigkeit einer Situation sofort. Schließlich ist es meine Funktion in der Company, Risiken einzuschätzen und auch zu beurteilen, ob es sich lohnt, diese einzugehen. Kein Auftrag gleicht dem anderen und auch jeder Kunde ist anders. Mit wem man sich einlässt, will wohl überlegt sein. Hätte ich Everly vor meinen Brüdern kennengelernt, hätte ich die beiden direkt vorwarnen können, dass man sich an einer Frau wie ihr die Finger verbrennt. Zum einen, weil sie ein Kind des Militärs ist, und zum anderen, weil sie Ärger ja geradezu magisch anzuziehen scheint. Ich hätte es verhindern können, dass meine Brüder sie so nah an sich heranlassen. Jetzt haben wir den Schlamassel, den ich natürlich wieder ausbaden darf. Denn nun stehe ich mit dem Rücken zur Wand. Everly *könnte* zwar unser Zugriff zu Exportmöglichkeiten im Hafen sein, aber allein zu meinen Bedingungen. Ich lasse mich nicht noch mal so vorführen, vollkommen egal, wie sinnvoll es Raheem und Levi finden, eine Frau in die Bruderschaft aufzunehmen. Momentan bin ich derjenige, der mit seinem Kopf denkt. Die beiden denken mit ihrem Schwanz.

Auf dem Weg zum Debattierkurs entdecke ich Levi rauchend vor der Heidsiek Hall. Offensichtlich interessiert ihn das Rauchverbot genauso wenig wie die meisten hier. Ich habe mir mittlerweile einen Plan zurechtgelegt, von dem meine Brüder noch nichts wissen. Einer, der hoffentlich dafür sorgen wird, dass die Dinge wieder in geregelten Bahnen verlaufen. Da sie offensichtlich kein bisschen objektiv zu sein scheinen, muss ich versuchen, das Beste aus der Situation zu machen. Die Bürde des großen Bruders.

»Ich will, dass du mit Everly redest«, sage ich ohne eine Begrüßung.

Levi zieht schmunzelnd an seiner Zigarette. »Auch dir einen wunderschönen, guten Morgen, Zane«, erwidert er übertrieben freundlich. »Warum sprichst du nicht selbst mit ihr?«

Ich kneife die Augen zusammen. Die Frage kann er sich sparen. Everly und ich sind uns nicht grün, und das auch zu Recht. »Sag ihr, dass ich bereit bin, mir anzuhören, was sie will. Aber nur dann, wenn sie dafür sorgt, dass wir Zugang zum Hafen bekommen. Ohne irgendeine Leistung werde ich kein Wort verraten. Und wir werden sie auch sicher nicht in die Company aufnehmen. Ich bin lediglich bereit, von Konsequenzen abzusehen, für die Aktion mit der Maske.« Ihr bleiben die Folgen für ihre Dreistigkeit erspart. Das allein sollte schon Anreiz genug sein, zu kooperieren.

»Du willst sie also ausnutzen? Das ist dein Plan?«, fragt Levi ungläubig. Als ob er einen besseren hätte …

»Die Alternative wäre es, sie doch noch im Golf von Maine zu versenken, weil Raheem seine Klappe nicht halten konnte«, erwidere ich und möchte meinen Bruder dafür immer noch am liebsten packen und schütteln. Wir haben uns versprochen, dieses Geheimnis zu schützen und es nicht bei der erstbesten Gelegenheit auszuplaudern.

»Zane, dein Ärger ist verständlich, aber da spricht nicht gerade die Rationalität aus dir. Everly wird den Teufel tun und sich ausnutzen lassen, nachdem wir es gewagt haben, ihr zu misstrauen. Hast du vergessen, was im Lesezimmer passiert ist? Ein Vertrauensbeweis wäre angebrachter, wenn wir wirklich ihre Hilfe wollen.« Er wirft seine Zigarette auf den Boden und tritt sie mit den teuren Lederschuhen aus. Wenn Mom das sehen würde, hätte er sich schon längst eine Standpauke eingefangen.

»Also erstens, ich will ihre Hilfe nicht«, knurre ich zähneknirschend. »Und zweitens, ist es mir egal, wie du es anstellst oder wie lange du sie durchnehmen musst. Ich will, dass sie kooperiert.« Mit diesen Worten lasse ich ihn stehen und nehme die Stufen nach oben ins Innere des Gebäudes.

Levi bleibt mit mattem Gesichtsausdruck zurück. Wann verstehen meine Brüder endlich, dass es in diesem Business keinen Platz für Nettigkeiten gibt? In einem Haifischbecken, in dem es heißt ›Fressen oder gefressen werden‹ überlebt nur, wer den längeren Atem und die geringere Rücksicht hat. Ich habe schon alle Hände voll zu tun, die Company am Laufen zu halten und unsere Identität zu schützen. Da kann ich nicht auch noch auf eine dahergelaufene Squadron aufpassen.

Ich betrete den Raum, in dem der Debattierclub stattfindet, und lasse den Blick über die anwesenden Studenten schweifen. Von Everly fehlt bis dato jede Spur. Ich wäre mehr als dankbar, wenn sie heute gar nicht auftauchen würde. Wenn sie mir noch mehr Provokation entgegenbringt, ist es durchaus wahrscheinlich, dass ich richtig ungemütlich werde.

Ich nehme in der letzten Reihe Platz und warte auf die Ankunft von Direktorin Whittaker. Als ich wenige Minuten später meinen Kopf von meinen Unterlagen hebe, betritt Everly mit einem entspannten Lächeln auf den Lippen den Raum. Unsere Augen treffen sich für den Bruchteil einer Sekunde, doch ich werte das Glänzen in ihren bereits als Provokation. Hoffentlich kann Levi sie dazu bringen, ihren Wissensstand mit uns zu teilen. Denn sonst habe ich nicht nur den Kontakt aus New Brunswick im Nacken, sondern auch ihre Nase, die sich permanent in unsere Angelegenheiten einmischt.

Everly sucht sich einen Platz in der mittleren Reihe und setzt sich auf einen der Stühle. Was fasziniert meine Brüder bitte so an ihr, dass sie sich in der Werkstatt fast an die Gurgel gegangen sind? Besonders Raheem scheint unnatürlich stark auf sie fixiert zu sein, und das zu einem denkbar ungünstigen Zeitpunkt. Ich brauche seine volle Aufmerksamkeit bei neuen Aufträgen und nicht bei irgendwelchen unbrauchbaren Liebeleien. Wie gefährlich das werden kann, mussten wir ja am eigenen Leib feststellen, als Everly es gewagt hat, an den Safe zu gehen, in dem Raheem normalerweise fertige Fälschungen bis zur Auslieferung verwahrt. Ich habe zu einem gewissen Grad ebenfalls darin versagt, unser Business zu schützen.

KAPITEL 28

Everly

»Eine Party?«, frage ich perplex und starre die Benachrichtigung an, die *Opes* soeben eingeblendet hat. Darauf ist eine minimalistisch gestaltete Einladung zu einer Veranstaltung am letzten Samstag des Monats zu sehen.

»Die Academy feiert sechzigjähriges Bestehen«, erklärt Selene und stochert in ihrem Salat herum. Sie sieht alles andere als zufrieden mit ihrer Wahl aus, doch die Alternativen der Mensaküche scheinen ihr noch weniger zugesagt zu haben.

»Ich verstehe Everlys Verwunderung«, sagt Paisley, die neben mir sitzt und mindestens genauso skeptisch auf mein Handydisplay starrt. »French & Raven schätzt man nicht unbedingt als Ort für Partys ein.«

Ich stelle meinen Teller, in dem sich vorher Reisnudeln mit Pilzen befunden haben, zur Seite und betrachte die filigranen Buchstaben, die alle Studenten der Academy zu einer Feierlichkeit einlädt. Dresscode: Cravate Noire. Ich weiß, dass ich in meinem Kleiderschrank aktuell kein Abendkleid finden werde, also werde ich mir wohl eins von Zuhause schicken lassen.

»Was mich viel mehr wundert, ist die Tatsache, dass Direktorin Whittaker nach dem Gelage im Helheim solche Zusammenkünfte erlaubt. Ich hätte eher erwartet, dass sie die Jubiläumsfeier absagt, als Strafe dafür, dass so viele alkoholbedingt abgestürzt sind«, sagt Selene und nippt an ihrem Eistee.

Ich versuche währenddessen, die Fetzen der umliegenden Gespräche in der Mensa aufzuschnappen. Nicht selten geht es ebenfalls um die Feier.

»Als ob sie sich das Prestige entgehen lassen würde«, kommentiert Paisley augenrollend.

»Wahrscheinlich nicht.« Selene zuckt mit den Schultern und widmet sich wieder ihrem Mittagessen.

»Das ist aber keine Schulveranstaltung von der Sorte, bei der man warten muss, bis einer der Jungs einen bittet, seine Begleitung zu sein, oder? Und dann bekommt man ein Blumenbouquet an die Hand gesteckt?« Paisley schüttelt sich bei der bloßen Vorstellung und entlockt Selene damit tatsächlich ein leises Lachen.

»Wir sind nicht mehr auf der Highschool, Pais. Also nein.«

Während die beiden weiter über peinliche Traditionen sinnieren, richte ich die Strähnen meines Ponys. Die Wunde an meiner Schläfe verheilt gut. Und ich bin überaus dankbar, dass weder Selene noch Paisley nachgefragt haben, was passiert ist, obwohl beide sie mittlerweile bemerkt haben. Offenbar trägt meine Taktik, immer nur das Nötigste preiszugeben, mittlerweile Früchte und die beiden wissen, dass sie keine Antwort bekommen würden.

Plötzlich erscheint eine neue Nachricht auf dem Bildschirm meines Handys. Ich drehe mich weit genug von Paisley weg, damit sie sie nicht sehen kann.

LEVI

Deine Haare sehen auch so gut aus, Bullet.

Mein Kopf schnellt in die Höhe und ich versuche, ihn im Getümmel der Studenten, die sich vor der Essensausgabe drängen, zu entdecken. Doch von dem dunkelblonden Schopf fehlt jede Spur. Immerhin bekomme ich ein Lebenszeichen von ihm. Nach der gestrigen Schachpartie mit Raheem habe ich gedacht, dass es fürs Erste die einzige Annäherung bleiben würde. Auch wenn er mir bestätigt hat, dass Levi nicht so wütend auf mich ist, wie ich es am Anfang befürchtet habe.

EVERLY

Wo versteckst du dich?

LEVI

Bist du heute Abend verfügbar?

Es wundert mich nicht, dass er meine Frage übergeht. Mittlerweile weiß ich, dass alle Mitglieder der Familie Rawlins ein Problem damit haben, Informationen zu teilen. Aber ich werde auch nicht müde zu versuchen, welche zu bekommen.

EVERLY

Für was? Ein Date? Trainingsrunde?
Selbstgeißelung seitens Zane?

Letzteres wäre das Highlight meines Tages. Aber vermutlich kann ich darauf warten, bis die Hölle zufriert.

LEVI

Ein Gespräch. Mit mir. Allein.

Das klingt überaus verlockend. Allerdings bezweifle ich doch stark, dass wir beide *business as usual* betreiben können, nachdem Zane mich vorhin im Debattierkurs mit seinen Blicken fast erdolcht hat. Er nimmt es mir immer noch übel, dass ich ihn bloßgestellt habe. Schickt er jetzt Levi als Schlichter vor? Oder versucht sich der jüngste Rawlins aus persönlichen Gründen, mit mir gutzustellen? Ich sollte aufhören, alles zu hinterfragen. Letzten Endes gibt es nur eine Möglichkeit, herauszufinden, was Levis Intention ist.

EVERLY

Klingt verführerisch. Schreib mir, wann und wo.

LEVI

Ich finde dich.

Kurz darauf verlässt er den Chat und ich beschließe, nicht zu bohren. Stattdessen bin ich auf eine seltsame Art dankbar, dass er sich gemeldet hat. Ohne dass ich auf ihn zukommen musste. Das bedeutet immerhin, dass ihm etwas daran liegt, dass es weitergeht. Auch wenn ich mich zu tief in ihre Angelegenheiten eingemischt habe.

»Was meinst du, Ev?« Ich richte meine Aufmerksamkeit von meinem Handy zu Paisley, die mich erwartungsvoll ansieht und dabei eine rotblonde Strähne um ihren Finger wickelt.

»Sorry, war gerade abgelenkt. Was hast du gesagt?«

»Ob wir uns vor unseren Nachmittagskursen noch einen Kaffee im Pacifique holen sollen. Genügend Zeit hätten wir noch«, wiederholt sie ihren Satz und zieht die Stirn in Falten, offenbar skeptisch wegen meiner Unkonzentriertheit.

Ich sollte mich mehr bemühen, nicht allzu zerstreut auszusehen. Nicht, dass mir noch Fragen gestellt werden, auf die ich keine Antwort weiß.

Ich laufe in meinem Zimmer auf und ab wie ein Tiger im Käfig. Diese Unruhe bin ich absolut nicht gewohnt und sie macht mich verrückt. Die Dunkelheit der Nacht hat sich bereits schwer über South Shanton gelegt, doch Levi hat sich immer noch nicht gemeldet. Ich habe meine Schuluniform gegen ein bequemes Blazerkleid getauscht und tapse nun mit nackten Füßen über den edlen Teppich, der Teil aller Zimmer im Hause Squadron ist. Alle Möglichkeiten, mich abzulenken, enden doch wieder damit, dass ich ins Leere starre und mir ausmale, wie das Treffen mit Levi ausgehen wird. Und genauso wie bei Raheem ist da noch ein anderer Teil in meinem Inneren, der alles andere als leise ist. Sehnsucht. Ich vermisse ihn und seine Berührungen. Innerhalb kürzester Zeit haben die beiden Brüder es geschafft, mich in einen emotionalen Käfig meines eigenen Verlangens zu setzen. Es lässt sich aushalten in diesem Gefängnis, doch gelegentlicher Besuch von den Wärtern wäre überaus angenehm.

Ein Klopfen an meiner Tür reißt mich aus den Gedanken. Verdammt, wer kommt denn bitte jetzt auf die Idee, bei mir vorbeizuschauen? Paisley hat sich nach den Nachmittagskursen verabschiedet, um in der Bibliothek zu lernen. Also kann es eigentlich nur Selene sein. Soll ich es ignorieren? Es klopft erneut.

Seufzend gehe ich zur Tür und greife mit einer Floskel auf den Lippen nach dem Knauf. Sollte es wirklich Selene sein, dann muss ich sie schnell loswerden, denn heute wartet wichtigere Gesellschaft auf mich. Doch kaum öffne ich mein Zimmer, bleiben mir meine sorgsam zurechtgelegten Worte im Hals stecken. Levi steht im Flur, als wäre es das Normalste der Welt, sich um diese Uhrzeit im Squadron-Verbindungshaus aufzuhalten. Wie üblich ist er monochrom gekleidet samt Lederjacke, die ihn vor dem Regen geschützt hat, der draußen seit geraumer Zeit fällt. Seine Haare glänzen feucht und von den Spitzen fallen einzelne Tropfen auf seine Schultern. Reflexartig greife ich nach dem Kragen seiner Jacke und ziehe ihn ins Innere, bevor ich hektisch die Tür schließe und den Schlüssel im Schloss umdrehe.

»Wir hätten uns an jedem anderen Ort treffen können, Rawlins. Auch ohne dass du meinen Boden ruinierst«, keife ich und deute auf die Pfützen, die sich bereits zu seinen Füßen gebildet haben.

»Excuse-moi«, trällert er und schlüpft aus den Schuhen, um sie vor die Wand zu stellen. »Ich dachte, du fühlst dich wohler, wenn du in einer sicheren Umgebung bist.« Levi zwinkert mir zu und ich weiß, dass er mich veräppelt. Er war schließlich derjenige, der mich verarztet hat, nachdem ich mich in einer absolut nicht sicheren Umgebung aufgehalten habe.

Ohne etwas darauf zu erwidern, starre ich ihn mit zusammengekniffenen Augen an, während er sich in meinem kleinen Zimmer umsieht.

»Nett hast du es hier«, plaudert er und hebt mein Notizbuch mit dem verschnörkelten Einband hoch, um es zu betrachten.

»Bist du gekommen, um Small Talk zu führen?«, frage ich gelangweilt. Meine Einrichtung ist sicher alles andere als spannend. Ich bevorzuge Minimalismus, weswegen man Nippes oder kitschiges Dekor vergeblich bei mir sucht.

Levi bleibt direkt vor meinem Bett stehen und grinst mich auf seine einzigartige Art an, die meine Mitte zum Pulsieren bringt. Es ist nicht gut, dass wir beide allein in meinem Zimmer sind und uns theoretisch niemand stören kann. Das senkt meine Konzentration.

»Ich spiele Brieftaube«, verkündet Levi schließlich und seufzt. »Zane hat mich gebeten, dir etwas auszurichten.«

Meine Augenbraue wandert überrascht in die Höhe. Er schickt ernsthaft seinen kleinen Bruder dafür vor?

»Ich bin ganz Ohr«, erwidere ich neugierig.

»Er möchte, dass du die richtigen Hebel bewegst, damit er Sendungen von der Werft aus verschicken kann. Im Gegenzug ist er bereit, sich anzuhören, was du möchtest.«

Fassungslos verlässt mich ein Schnauben und ich mache ein paar Schritte in die Mitte des Raumes, bis ich direkt vor Levi stehen bleibe. »Verstehe ich das richtig, dass *ich* hier in Vorleistung gehen soll? Dein Bruder verlangt ganz schön viel, ohne mir auch nur den geringsten Anreiz zu geben, ihm zu helfen.« Das ist dreist. Sogar für Zanes Verhältnisse.

»Das habe ich ihm auch gesagt«, sagt Levi und zuckt mit den Schultern. Er dürfte dieses Verhalten ja bereits von ihm gewohnt sein. Ich würde zu gern wissen, warum Levi und Raheem das so unbedarft mitmachen. Nur weil Zane einen Mythos erschaffen hat? Nun müssen die anderen beiden nach seiner Pfeife tanzen, um diesen aufrechtzuerhalten. Das erscheint mir nicht besonders fair.

»Sagen wir mal, rein hypothetisch, dass ich tatsächlich imstande wäre, ihm sein Anliegen zu erfüllen. Unabhängig davon, welches Risiko ich dabei auf mich nehme, was ihm ja herzlich egal zu sein scheint«, sage ich und fühle, wie sich mit jedem Wort heiße Wut durch meine Eingeweide frisst. Ich hatte wirklich gedacht, dass Zane nach der Aktion mit dem Safe etwas gelernt hätte und versuchen würde, auf einer vernünftigen Ebene mit mir zu verhandeln. Doch das kann ich ja offensichtlich nicht erwarten. »Ich will eine Gegenleistung. Eine von der Sorte, die nicht auf Willkür beruht.« Auch wenn das in seinen Augen wahrscheinlich wahnsinnig großzügig wirken mag. Vermutlich müsste ich ihm bereits dankbar sein, dass er mich nicht einen Kopf kürzer gemacht hat, dafür, dass ich es gewagt habe, in sein Spielfeld einzudringen.

»Und die wäre?«, fragt Levi und legt den Kopf schräg.

Ich lege einen Finger auf meine Lippen und denke nach. Wie kann ich meinen Wunsch so formulieren, dass Zane darauf eingeht? Er will mich nicht in seiner kostbaren Company. So viel steht fest. Und so wie die Karten jetzt liegen, ist mein einziger Trumpf, dass Raheem und Levi bereit sind, mit mir darüber zu diskutieren. Weil beiden etwas an unserer Beziehung liegt. Obwohl Raheem eine völlig andere Meinung dazu hat.

»Zane soll aufhören, dich als Laufburschen zu missbrauchen«, erwidere ich entschieden. »Ich werde selbst mit ihm reden. Und ich will, dass du und Raheem dabei seid.«

»Als Schutzschilde, wenn ihr beide anfangt, Feuer zu speien?«, fragt Levi amüsiert.

»Sicher nicht«, erwidere ich kopfschüttelnd. Ich kann

mich benehmen. Ob das bei Zane der Fall ist, wird sich zeigen. Doch meine Intention ist kein Konflikt. Dafür bin ich zu nahe dran, hinter die Fassade der Company zu blicken. Nur Zanes Sturkopf steht mir im Weg.

»Komm morgen Nacht zum Verbindungshaus der United Fellows. Ich bin sicher, dass mein Bruder sich freuen wird, mit dir zu verhandeln.« *Belüg dich selbst, Levi.*

Die plötzliche Stille zwischen uns macht mir bewusst, wie schnell mein Herz schlägt. Doch ich bin nicht nervös wegen der Aussicht auf ein Gespräch mit dem großen Comte. Sondern weil mir klar wird, wie nah Levi an meinem Bett steht. In einer Kombination aus Schwarz und Anthrazit. Er sieht nach Sünde aus. Und man würde mich in die Hölle schicken, wenn ich dem nicht nachgeben würde.

»Wenn du deine Tätigkeit als Brieftaube hiermit beendet hast«, sage ich und trete näher an ihn heran, »dann könnten wir es nutzen, dass du in meinem Zimmer bist.«

»Versuchst du dir mein Wohlwollen zu erschleichen, Bullet?«, fragt er amüsiert und beobachtet mit Argusaugen, wie ich direkt vor ihm stehen bleibe und einen Kuss auf seinen Hals drücke, während meine Finger an dem Verschluss seiner Jacke nesteln.

»Funktioniert es denn?« Die Berührung wandert von seinem Hals zur definierten Linie seines Kiefers, bis meine Lippen über seinen schweben. Den fehlenden Absätzen geschuldet muss ich mich auf die Zehenspitzen stellen, um ihn zu erreichen.

»Mit jeder Sekunde mehr«, erwidert er und legt seine Hände auf meine Hüfte.

Ich strecke mich noch ein bisschen mehr, um ihn endlich zu küssen. Das Verlangen nimmt mich ein, wie eine Gänsehaut, die jeden Zentimeter überfällt. Zane und seine verdammte Sturheit rücken weit in den Hintergrund meiner Gedanken. Ich will diesen Moment mit Levi genießen. Völlig egal, wie viel Chaos außerhalb meines Zimmers auf uns wartet.

Mit einem Ruck dreht er uns einmal um seine eigene Achse. Ich spüre das kühle Holz des Bettgestells an meinen Waden.

»Setz dich«, befiehlt er leise und ich leiste dem Folge.

Seine Gestalt direkt vor mir und der Blick auf seine talentierten Finger, die den Reißverschluss seiner Jacke öffnen, stellen elektrisierende Dinge mit mir an. Ich greife in den weichen Stoff meiner Bettdecke und presse die Lippen aufeinander, während Levi sich seines Pullovers entledigt. Die Muskelpartien an Bauch und Brust sind so fein definiert, dass sie dazu einladen, sie zu berühren. Man sieht jedem Zentimeter von Levi an, dass er viel Zeit im Trainingszentrum verbringt.

»Zane hat gesagt, ich täte besser daran, diese Sache zwischen uns zu beenden. Ich bin mir sicher, dass Raheem die gleiche Ansage bekommen hat«, erzählt er und beugt sich über mich. Die Stoffhose hängt tief auf seinen Hüften und bietet die perfekte Aussicht auf das ausgeprägte V an seiner Leiste.

»Und was war deine Reaktion darauf?«, frage ich und lehne mich nach hinten, bis mein unterer Rücken auf die Liegefläche trifft und ich mich mit den Unterarmen abstützen muss.

»Ich habe geantwortet, dass ich ihm nicht vorschreibe, wen er fickt. Dann soll er es auch nicht bei mir tun« erwidert

Levi und presst seine Lippen auf meine. Ich bezweifle, dass Raheem ähnlich lässig reagiert hat.

Ein genießerisches Seufzen entkommt mir, als Levi mit einer Hand meine Beine spreizt, um sich bequem dazwischen zu positionieren. Er vertieft den Kuss, sucht mit seiner Zunge meine und verwickelt sie in einen Tanz aus Feuer und Lust. Das ist so viel besser, als über Zanes dreistes Angebot zu sprechen.

Ich falle in die weichen Laken und Levi folgt mir wie ein Schatten, öffnet nach und nach die Knöpfe meines Kleides und schiebt den Stoff beiseite.

»Verdammt, Everly«, raunt er, als er erkennt, dass ich auf Unterwäsche verzichtet habe. Ein kleiner Teil in meinem Inneren hat wohl irgendwie auf diese Situation gehofft. »Du willst mich wirklich umbringen.«

Ich ziehe meine Arme aus den Ärmeln und lasse den Stoff lächelnd neben das Bett fallen. Nun bin ich völlig nackt und meine Fingerspitzen fahren hauchzart über den Bauch und die Rippenbögen zu meinen Brüsten. Es ist fast unerträglich warm in meinem Zimmer und trotzdem rieselt mir ein sanfter Schauer über das Rückgrat und sorgt dafür, dass meine Brustwarzen sich verhärten. Ich suhle mich in Levis Aufmerksamkeit. Seine Blicke brennen sich in meine Haut und hinterlassen unsichtbare Spuren.

Plötzlich greift er nach meinen Händen und drückt sie links und rechts neben meinem Körper in die Matratze. In seinen dunkelgrünen Augen blitzt der Schalk, als er den Kopf senkt und einen Nippel mit dem Mund umschließt, um daran zu saugen. Mein Rücken verliert den Kontakt zur Matratze, als ich mich ihm keuchend entgegenstrecke. Seine Zähne reizen mich und senden die richtigen Signale in Richtung Unterleib. Alles in mir scheint zu glühen. Und ich bin wirklich dankbar, dass wir offenbar in stiller Vereinbarung beschlossen haben, auf weiteren Small Talk zu verzichten. Nicht dass ich nicht gern Levis dunkler Stimme lausche, die mir verführerische Dinge ins Ohr flüstert, aber sein Mund ist gerade mehr als ausreichend beschäftigt damit, meinen gesamten Oberkörper mit mal mehr, mal weniger zärtlichen Küssen zu übersähen. Ich winde mich in seinem eisernen Griff und wimmere seinen Namen. Diese Behandlung ist eine Tortur. Ich will ihn anfassen, ihn ausziehen, ihn in mir spüren, bis sich die Anspannung entlädt. Doch Levi lässt mich nicht. Stattdessen wandert er tiefer und drückt seine Lippen direkt unter meinen Bauchnabel. Ich zwinge meine Augen, sich zu öffnen, und schaue nach unten, um mit seinem dunkelblonden Kopf konfrontiert zu werden, der sich zwischen meinen Beinen befindet. Allein dieser Anblick hat das Potenzial, mich zum Kommen zu bringen.

»Weißt du eigentlich, wie scharf das ist, wenn du so ungeduldig zappelst?«, raunt Levi und ich höre das Grinsen heraus.

»Bastard«, hauche ich halb wütend, halb angetan und drehe meine Handgelenke, doch das macht seinen Griff nur umso fester.

Doch statt mich weiter leiden zu lassen, gibt er mir endlich, was ich will, und leckt absolut teuflisch über meine Spalte. Ich presse die Lippen aufeinander, um dem Stöhnen, das nach außen zu dringen droht, keine Möglichkeit zu bieten. Die Wände im Verbindungshaus sind nicht besonders dick, und auch wenn ich sicherlich nicht die einzige Squadron bin, die in den heiligen Hallen Sex hat, so soll kein unnötiges Getuschel entstehen. Besonders, wenn es Levi

Rawlins, Sohn der Senatorin von Washington, ist, der mir diese Geräusche entlockt. Erst als einer seiner Finger sich tief in meiner Mitte versenkt, fällt mir auf, dass er dafür meine Hand freigeben musste. Schlagartig presse ich sie mir auf den Mund, um die leidenschaftlichen Laute zu dämpfen. Levi nimmt einen zweiten Finger hinzu, saugt an meiner Perle und treibt mich immer weiter, bis ich an der sinnbildlichen Klippe taumle. Er gibt meine zweite Hand frei und legt seine wiederum auf meinen Unterbauch, übt sanften Druck aus und schiebt gleichzeitig seine Finger ein letztes Mal in mich, sodass der Höhepunkt mein Nervensystem flutet, wie ein verdammter Tsunami. Mein schneller Atem hallt im Zimmer wider und untermalt die Szene auf seltsam melodische Weise. Das Rascheln von Stoff dringt an mein Ohr, und als ich die Augen wieder öffne, steht Levi vor meinem Bett und zieht sich ein Kondom über den steifen Schwanz.

»Ich könnte dir immer wieder dabei zusehen, wenn du kommst, Bullet. Besonders dann, wenn ich dafür verantwortlich bin«, sagt er und zwinkert mir zu.

Ich lache leise. »Da spricht das absolut bescheidene Ego eines United Fellow«, erwidere ich und richte mich auf. Mit einem provokanten Lächeln auf den Lippen drehe ich mich und stemme die Knie in die Matratze, um ihm meinen Hintern zu präsentieren. Wenn er mich bis aufs Blut reizen kann, dann kann ich das auch. Besonders dann, wenn ich weiß, dass ich dafür auch noch belohnt werde.

Levi geht auf meinen flapsigen Spruch gar nicht weiter ein. Seine Hände fahren über meinen Arsch und den Ansatz meiner Schenkel. Ich drücke die Knie weiter auseinander und bettle stumm um mehr. Seine Härte berührt meine empfindlichste Stelle und schiebt sich Stück für Stück weiter, bis er mich vollkommen ausfüllt. Ich atme tief aus und genieße jede Sekunde der süßen Kontraktion. Der Druck in meinem Bauch wird immer intensiver. Ich grabe meine Nägel in die Laken und kann das langgezogene Stöhnen nicht mehr verhindern, als Levi sich erst vollständig zurückzieht, nur um seine Hüfte dann ruckartig nach vorne zu schieben. Seine Bewegungen sind gemächlich, aber hart. Sie treffen immer wieder den köstlichen Punkt in meiner Mitte, der mich allmählich Sternchen sehen lässt. Er legt die Hände an meine Hüften und gibt den Takt vor. Ich dränge mich ihm entgegen und spüre, dass seine Bewegungen immer heftiger werden, je näher er seinem eigenen Höhepunkt kommt. Haut klatscht an Haut. Die dünnen Wände können absolut nichts verbergen. Meine Schenkel fangen an zu zittern, als die Anstrengung überhandnimmt. Ich vergrabe das Gesicht in der Bettdecke und versuche, mein Keuchen und Stöhnen zu dämpfen, während Levi mich immer schneller nimmt, bis meine Pussy sich eng um seinen Schwanz zusammenzieht und uns fast gleichzeitig über die Klippe stößt. Sämtliche Nervenbahnen befinden sich im Ausnahmezustand. Mein ganzer Körper vibriert. Levi verharrt ein paar selige Sekunden, bevor er sich zurückzieht und ich mich auf die weiche Decke fallen lasse. Währenddessen entsorgt Levi das Kondom und sammelt seine Klamotten vom Boden zusammen, um sich anzuziehen. Er bleibt nicht für eine zweite Runde, aber das hätte mich auch gewundert. Man soll gehen, wenn es am schönsten ist.

»Morgen um Mitternacht bei uns«, sagt er und tritt an das Bett heran, um sich zu mir zu beugen und seine Hand an meinen Hals zu legen. Am liebsten würde ich ihn wieder in die Kissen ziehen. Seine Lippen treffen erneut auf meine. Ich bilde mir ein, mich selbst zu schmecken, und seufze verzückt auf.

»Wenn Zane sich kurzhält, haben wir danach immer noch genügend Zeit, um zu spielen«, raunt er und streichelt mit dem Daumen meinen Kiefer. Ich schenke ihm einen glühenden Blick, der ihn verfolgt, bis sich die Tür meines Zimmers wieder schließt.

Nach wie vor nackt werfe ich die Decke über mich und strecke mich, um die beanspruchten Muskeln zu lockern. Meine Finger streichen über den weichen Stoff. In einer perfekten Welt würde ich mir dieses Bett teilen. Mit Levi ... und Raheem.

KAPITEL 29

Raheem

Ich öffne das Zahlenschloss am Schrank im Nebenzimmer und hole die Karaffe mit Scotch hervor, um mir etwas von der goldenen Flüssigkeit in einen Tumbler einzuschenken.

»Bekomme ich auch einen?«, tönt es von der Tür und ich seufze schwer. Natürlich ist es zu viel verlangt, einmal allein zu sein, um sich in trübseligen Gedanken zu suhlen.

Ohne mich umzudrehen, greife ich nach einem weiteren Glas und fülle dieses ebenfalls mit dem edlen Tropfen. Keine Ahnung, wo Zane den herhat, aber er schmeckt gut. Für einen Scotch.

»Du siehst aus, als würdest du irgendwas zerdenken, Raheem.« Chelsea stellt sich neben mich und nimmt ihr Getränk entgegen. »Kann ich dir helfen? Ich bin eine ziemlich gute Zuhörerin.« Sie fährt sich durch die blonden Strähnen und lächelt mich auf eine ungewohnt süßliche Art an. Versucht Chelsea jetzt etwa, bei mir zu landen, nachdem ihre amateurhaften Versuche an Zane abgeprallt sind? Er hat mir von ihrer schäbigen Erpressung erzählt, weil sie sich aufgrund von Hörensagen und vagen Vermutungen zusammengereimt hat, dass Zane etwas mit den gefälschten Ausweisen zu tun haben könnte. Zum Glück ist dieser Teil unseres Systems tatsächlich wasserdicht und schützt die Identitäten, die sich hinter Comte verbergen.

»Gib dir keine Mühe«, erwidere ich und nehme einen Schluck. »Ich versuche lediglich, verschiedene Meinungen unterschiedlichster Charaktere zusammenzuführen, und das endet dann doch nur damit, dass mindestens eine Partei nicht zufrieden ist.« In den meisten Fällen bin ich besagte Partei. Dass Levi Everly für heute einbestellt hat, um wie bei einem verdammten Kaffeekränzchen über gegenseitige Interessen zu sprechen, macht es nicht besser. Zane will über das Business reden und objektiv an etwas herangehen, das in meinen Augen schon längst mit Emotionen vermischt wurde.

»Und du bist dir sicher, dass du alle Optionen bedacht hast? Manchmal ist das Offensichtlichste das, was man am wenigsten in Betracht zieht«, plappert sie und es klingt wie ein Spruch aus einem Glückskeks.

»Ich bin mir sicher«, erwidere ich knapp und leere mein Glas. »Oder glaubst du, man kann sich dauerhaft damit arrangieren, etwas, was man unbedingt haben will, gezwungenermaßen zu teilen?« Es ist dämlich, diese Frage ausgerechnet Chelsea zu stellen. Sie interessiert sich einzig und allein für ihre eigenen Interessen. Andererseits wäre es ganz nett, mal eine dritte Meinung zu hören, denn mein Dilemma mit Everly wurde bis dato nur mit einem Schulterzucken seitens Levi und einem Augenrollen seitens Zane kommentiert. Beide machen auf ihre ganz eigene Art mit der Situation ihren Frieden.

»Etwas zu teilen, ist doch immer noch besser, als es gar nicht zu haben, oder?« Sie legt fragend den Kopf schief und ich kann ihr weder zustimmen noch es abstreiten. Ich höre Levis Stimme aus ihrem Pragmatismus. Meine Besessenheit Everly gegenüber ist sicher nicht mehr rational, aber vielleicht sollte man genau das versuchen. Es rational betrachten.

»Möglich«, murmle ich und beobachte wenige Sekunden lang, wie sie mir mit einem zufriedenen Lächeln zuprostet und schließlich ihren Scotch leert. »Gute Nacht, Chelsea.«

Ich kehre in mein Zimmer zurück und schließe die Tür hinter mir. Es ist noch zu früh, um auf Everlys Ankunft zu warten. Seufzend setze ich mich an meinen Schreibtisch und vergrabe das Gesicht in den Händen. Am liebsten würde ich in die Werkstatt gehen und arbeiten. Umgeben von den Melodien Chopins wäre es momentan das Einzige, was mich ablenken könnte. Stattdessen öffne ich meinen Laptop und melde mich unter dem Login der Company an. Zane hat lange an dem System gefeilt. Irgendwann wird es genug sein, um auf dessen Basis einen Marktplatz für Fälschungen zu programmieren. Und ab diesem Tag würde uns ein ganzer Pool an Kunden zur Verfügung stehen. Das ist Zanes erklärtes Ziel. Er will Comte zu einer Marke machen, zu etwas, das in aller Munde ist. Es war als Alter Ego geplant, doch seine Bestimmung ist eine weitaus größere. Ich bin nicht der Einzige, der denkt, dass er sich bei diesem Vorhaben vielleicht etwas übernommen hat, auch wenn Zane selbst es niemals zugeben würde. Doch auch Levi zweifelt hin und wieder an der Sinnhaftigkeit mancher Aktionen. Er würde es nur nicht offen zugeben, denn solange man ihm nicht vorzuschreiben versucht, wie er sein Leben zu leben hat, und ihm auch ab und an ein bisschen Action durch Diebestouren ermöglicht, ist er bescheiden und geizt mit Kritik. Er hat seine Rolle in der Company jetzt schon perfekt angenommen. Und das, obwohl er sich die letzten zwei Jahre, in denen das alles aufgebaut wurde, noch nicht einmal auf der Academy befunden hat. Zane will wachsen um des Wachsens willen und sieht dabei nicht, dass jemand, der über den Tellerrand hinausblickt, jemand wie Everly, Gold in unserem System wäre. Und mein großer Bruder wird das erkennen. Früher oder später.

Ich öffne die Tabelle, in der Zane fein säuberlich jeden Auftrag dokumentiert. Die Verschlüsselung dafür haben wir zu dritt konzipiert, damit niemand außer uns nachvollziehen kann, welcher Kunde welche Fälschung erhalten hat. Für Außenstehende ist es nur ein Dokument mit wirren Zahlen und Buchstaben. Ein seltsamer Stolz befällt mich. Wir haben viel erreicht. Und dass die Company überhaupt da steht, wo sie jetzt steht, ist nicht zuletzt unserem Eifer zu verdanken. Es ist eine gut geölte Maschinerie. Irgendwie kann ich schon verstehen, warum Zane so viele Bedenken hat, jemanden außerhalb der Familie einzuweihen. Doch Everly ist anders. Sie ist keine dieser auf Hochglanz polierten Roboter, die auf das nächste Update warten. Für sie gibt es weder ein passendes System noch eine Schablone. Sie hat ihren eigenen, ganz spezifischen Willen und den wird sie durchbringen, bis zum letzten Atemzug. Als Squadron ist sie genauso ein Opfer des Systems wie wir als United Fellows. Man könnte sich ergänzen und erweitern, schier endloses Potenzial ausschöpfen. Wäre da nicht dieses dumpfe, völlig unpassende Gefühl der Eifersucht auf Levi. Wer weiß, ob wir überhaupt jetzt da wären, wo wir sind, wenn Everly nicht mit uns beiden geschlafen hätte.

Ich mache einige Anpassungen in der Tabelle und aktualisiere die kürzlich abgeschlossenen Aufträge. Die Buchhaltung ist eigentlich Zanes Ding und ich weiß jetzt schon, dass ich mir wieder etwas anhören darf, weil ich in seinen heiligen Übersichten Änderungen vorgenommen habe. Aber ich muss mich irgendwie ablenken. Denn egal, wie dieses Gespräch heute ausgeht. Und egal, wie sehr Levi darauf beharrt, dass er mit allem cool ist, was Everly momentan möchte ... Ich weiß, dass es nur zwei Optionen gibt. Und in keiner der beiden gehe ich als glorreicher Sieger hervor. Ganz im Gegenteil.

KAPITEL 30
Everly

Als ich am Verbindungshaus der United Fellows ankomme, dauert es noch exakt fünf Minuten bis zur Geisterstunde. Auf dem kurzen Weg von den Squadrons bis hierher habe ich mich in einem seltsamen Anflug von Paranoia fast minütlich umgedreht. Vielleicht, weil mir keine gute Erklärung eingefallen ist, warum ich um diese Uhrzeit draußen bin. Einen Spaziergang vorzuschieben beißt sich ein wenig mit meinen mörderisch hohen Absätzen. Vielleicht würde mir jemand Catwalk-Training abkaufen.

Ich hole mein Etui aus der Tasche meines Mantels hervor und ziehe eine Zigarette heraus, die ich mir zwischen den Lippen platziere und anzünde. Genüsslich lasse ich den Rauch aus Mund und Nase entweichen und nehme mir dabei alle Zeit der Welt. Ich werde keine Sekunde früher als vereinbart an die Pforte der Rawlins-Brüder klopfen. Nicht nachdem Zane mir Levi mit derartig respektlosen Vorschlägen geschickt hat. Ich werde ihm nicht helfen, nur um dann einfach das Feld zu räumen. Das kann er vergessen.

Aus der Ferne schlägt die Kirchenturmuhr der South Shanton Chapel zur vollen Stunde und im exakt gleichen Moment öffnet sich neben mir die Tür zum Hintereingang des Verbindungshauses.

»Pünktlich«, lobt Levi, als er mich entdeckt.

Ich schmunzle, nehme einen letzten tiefen Zug und werfe meine Zigarette schließlich auf den Pflastersteinboden, um sie auszutreten.

»In meiner Welt läuft man Strafrunden für jede Minute, die man zu spät kommt«, sage ich und gehe durch die Tür, die Levi mir wie ein Gentleman aufhält. Eine überaus beliebte Erziehungsmethode meines Vaters war, sportliche Betätigung zu jeder sich bietenden Gelegenheit.

»Die anderen sind im Lesezimmer«, sagt Levi und legt mir eine Hand auf den unteren Rücken, um mich durch den Flur zu schieben.

Als ich den Raum betrete, stehen Raheem und Zane in steifer Körperhaltung vor dem Bücherregal. Letzterer hat eine perfekte Maske aus Arroganz und Gleichgültigkeit aufgesetzt. Mal schauen, wie lange er diese aufrechterhalten kann. Ich weiß mittlerweile, dass man bei Zane nur die richtigen Knöpfe drücken muss, damit er hochgeht.

»Schön, euch zu sehen«, begrüße ich sie und stelle erfreut fest, dass Levi mir von hinten den Mantel von den Schultern zieht, um ihn ordentlich über die Lehne eines Sessels zu legen.

Die Stimmung ist eine seltsame Mischung aus den Launen der Anwesenden. Mein Blick heftet sich auf Raheem, der mich und besonders meine Nähe zu Levi mit Argusaugen beobachtet. Er ist nicht zufrieden mit der Situation. Aber ich meine zu erkennen, dass seine Gesichtszüge weniger Wut und Ärger zur Schau tragen als letztes Mal.

»Bin ich die Einzige, die ein Déjà-vu hat?«, frage ich und setze mich auf die Couch. Genau auf den Platz, den Raheem mir zugewiesen hat, als ich verletzt aus dem Hafen zurückgekehrt bin.

»Die Wunde an der Stirn fehlt«, grummelt Zane mit erhobener Augenbraue. Er scheint nicht abgeneigt zu sein, die Situation noch mal originalgetreu nachzustellen und mir die passende Verletzung zu verpassen. Dabei könnte er diesen unnötigen Frust viel besser kanalisieren und in etwas Produktives verwandeln, wenn er aufhören würde, sich gegen mich zu stellen.

»Also«, seufze ich und schlage die Beine übereinander, sodass der Rock meines cognacfarbenen Kostüms nach oben rutscht. »Man hat mich *gebeten,* zu kommen, und ich bin hier. Bereit mir anzuhören, was auch immer ihr mir sagen wollt.«

Zane beißt die Zähne aufeinander und sagt kein einziges Wort. Hat er etwa geglaubt, ich würde mich hierhinsetzen und singen wie ein Vogel, nur weil er seinen kleinen Bruder vorgeschickt hat, um mich gefügig zu machen?

»Komm schon, Zane. Wenn du mir nicht traust, dann kannst du mich auch nach versteckten Kameras oder Mikrofonen durchsuchen«, necke ich ihn und hebe die Arme. »*Mindestens* einer in diesem Raum meldet sich bestimmt sogar freiwillig für diese Aufgabe.«

Ein unterdrücktes Glucksen ertönt und Levi presst sich die Faust vor den Mund, um nicht zu grinsen.

Zane scheint genug von diesen Floskeln zu haben und steht mit zwei großen Schritten vor der Couch. Im Vorbeigehen greift er nach einem der mit Leder bezogenen Stühle und platziert ihn direkt vor mir.

»Du willst reden, Foster? Dann reden wir«, knurrt Zane und setzt sich hin. Ein interessanter Versuch, mich einzuschüchtern. »Es gibt sicherlich mehrere Gründe, warum du das behütete Nest vom stellvertretenden Admiralstabschef der US-Navy verlassen hast, um an der anspruchsvollsten Academy für Zukunftsträger dein Glück zu versuchen. Ich frage mich nur, warum du deine Nase ausgerechnet in unsere Geschäfte steckst.« Alles an seinen angespannten Gesichtszügen zeugt von Angriffslust.

»Vielleicht bin ich ja nur ein netter Mensch und versuche, euch bei eurem Dilemma zu helfen?« Zane hat wirklich heftige Vertrauensprobleme, wenn er hinter allem immer eine negative Intention sucht. Als ob die Welt immer schwarz oder weiß wäre.

»Welches Dilemma meinst du?«, fragt er und kneift die Augen zusammen.

»Ach komm schon, Zane«, rufe ich theatralisch und lasse mich ins weiche Polster der Couch sinken. »Was glaubst du, wen du vor dir hast?« Wir würden viel schneller vorankommen, wenn er diese Spielchen bleiben lassen würde. Und seine Brüder, die wie Statuen im Hintergrund stehen, sind hier auch keine Hilfe.

»Also jetzt gerade sehe ich nur eine Göre mit Daddy-Komplex, die sich von zwei Männern ficken lässt.« Perplex starre ich ihn an. *Das hat er nicht wirklich gesagt …*

»Zane!«, knurrt Raheem von hinten und kann es offenbar genauso wenig fassen, wie weit sein Bruder sich hier aus dem Fenster lehnt. Ich bin hierhergekommen, weil ich gehofft und eigentlich sogar erwartet habe, dass Zane sich wie ein

Geschäftsmann verhält. Aber er scheint dieses Verhalten in Windeseile ad acta gelegt zu haben. Und warum? Weil ich in seinen Augen etwas Persönliches daraus gemacht habe?

Mit brennender Wut im Bauch stelle ich beide Füße auf den Boden und rutschte vor bis zur Kante der Couch. Jetzt ist Zane nur noch knapp eine Armlänge entfernt, und wenn ich nicht so genervt von ihm wäre, könnte ich sogar zugeben, wie verdammt gut er aus der Nähe aussieht.

»Okay, Rawlins. Legen wir die Karten auf den Tisch«, fauche ich und platziere meine Unterarme auf meinen Schenkeln. Wenn er wirklich glaubt, dass ich mich hier irgendwie einschüchtern oder kleinreden lasse, dann hat er die Falsche erwischt. »Du willst, dass ich Kontakte zur Marine spielen lasse, damit du auf leichtem Wege über die Werft von South Shanton deine Fälschungen verschiffen kannst. Korrekt?«

Im Lesezimmer ist es so still, dass man die sprichwörtliche Stecknadel fallen hören könnte. Ich bilde mir sogar ein, den Bass von Zanes Herzschlag wahrzunehmen.

Die Sekunden verstreichen, bis er schließlich seinen Kopf wie in Zeitlupe auf und ab bewegt.

»Wir reden hier also nur über den Preis für diesen Gefallen«, sage ich deutlich.

Zane lehnt sich wieder zurück und bringt so Abstand zwischen uns. Entweder ich habe ihn nun endgültig in seine Schranken gewiesen oder ich gehe ihm so sehr auf die Nerven, dass er nun körperliche Distanz sucht.

»Lass mich raten«, murrt er und seufzt. »Du willst am Umsatz jeder Sendung beteiligt werden.« Ach, daher weht der Wind. Ihm ist sein Geld zu schade. Glaubt er wirklich, dass ich so materialistisch bin?

»Oh, ganz und gar nicht«, erwidere ich und schüttle den Kopf. »Du hast recht, es gibt viele Gründe, warum ich bei French & Raven gelandet bin. Nicht alle Kinder des Militärs gehen diesen Weg. Aber bevor man sich hinsetzt und auf die Zukunft wartet, sollte man sie doch vielleicht lieber selbst in die Hand nehmen. Ich will euch wirklich helfen. Und das meine ich auch so.« Wie viel Eigennutz dahinter steckt, muss Zane nicht wissen. Nichts an meinen Beweggründen wird ihm, seinen Brüdern oder seiner kostbaren Company schaden.

Seine Augen huschen über meine Gesichtszüge. Er scheint nach etwas zu suchen ... nach einer versteckten Intention, einem Anzeichen von Schwäche oder Hinterlist.

»Ich frage mich ja immer noch, warum«, murmelt er und scheint zumindest einen Teil seiner Härte aufzugeben. Seine Schultern sinken leicht nach unten und das bringt mich dazu, mich ebenfalls ein wenig zu entspannen.

Mein Mund verzieht sich zu einem sanften Lächeln. Ich kann es nicht lassen, Raheem und Levi, die immer noch hinter Zane stehen, einen kurzen, zutraulichen Blick zu schenken. Dann atme ich tief durch. »Könnte daran liegen, dass ich was für deine Brüder übrighabe.«

Zane hebt skeptisch eine Augenbraue. Ob er mir das glaubt, ist mir sogar egal. Ich weiß, dass Raheem und Levi ähnlich fühlen.

»Also, Rawlins. Bist du Demokrat wie deine Mutter? Möchtest du abstimmen, wer dafür ist, dass ich in eurer Company volontieren darf?« Ich klimpere mit den Wimpern und grinse über diese Umschreibung. Vielleicht fühlt sich Zane ja wohler, wenn er das Gefühl hat, ich würde mich als sein Protegé bewerben. Männer haben ja generell ein

Problem damit, die Führung abzugeben. Besonders, wenn es sich auch noch um eine Frau handelt.

Zane schaut bedacht über seine rechte Schulter zu Raheem, der mit verschränkten Armen beide Augenbrauen nach oben zieht. Seine Entscheidung ist bekannt. Levi bekommt den gleichen, fragenden Blick von seinem Bruder und nickt grinsend. Damit dürfte ja nun endlich alles geklärt sein.

Als Zane sich wieder mir zuwendet, wirkt er vollkommen resigniert. »Besorg mir Zugang zur Werft, Everly«, sagt er und erhebt sich. »Und wenn du das geschafft hast, bekommst du Zugang zur Company.« Nur einen Moment später verlässt er das Lesezimmer und wirft die Tür geräuschvoll ins Schloss.

»Das war interessant«, lässt Levi verlauten und kratzt sich am Kopf. »Ich hätte nicht gedacht, dass Zane so entspannt bleibt.«

»Das nennst du entspannt?«, frage ich und stemme meinen Ellenbogen auf die Armlehne, um meinen Kopf gegen meine Faust zu lehnen.

»Du hast ihn noch nicht erlebt, wenn er richtig schlechte Laune hat«, erklärt er schulterzuckend. Gut zu wissen.

Raheem hat indes immer noch die Tür im Fokus, durch die Zane wenige Augenblicke zuvor verschwunden ist. Er wirkt gedankenverloren, fast als würde sich sein Geist in einer anderen Sphäre befinden und nur sein Körper anwesend sein. Bereut er etwa schon, seine Zustimmung gegeben zu haben? Dieser Gedanke sticht mir mit einem spitzen Gefühl in die Nieren. Schlimm genug, dass er ein Problem damit hat, dass ich die Affäre zu Levi nicht aufgeben will, aber seine Rückendeckung ist mir wichtig. Besonders weil das Wohlwollen der Brüder mein einziger Trumpf bei Zane ist. Wenn Raheem es sich anders überlegt, dann kippt die Mehrheit der Company in die andere Richtung.

»Levi? Kann ich kurz mit Raheem allein sprechen?«, bitte ich und schaffe es nicht, die Augen von ihm abzuwenden. Er ist in einer ganz komischen Stimmung, das kann ich spüren.

»Klar«, erwidert Levi entspannt. »Du weißt ja, wo mein Zimmer ist, für den Fall der Fälle.«

Mein Mundwinkel zuckt amüsiert. Verdammt, das erzeugt verführerische Bilder in meinem Kopf. Dieser Kerl macht es einem manchmal echt schwer, sich zu konzentrieren.

Kaum sind Raheem und ich allein, erhebe ich mich von der Couch und gehe zu ihm. Sein beigefarbener Rollkragenpullover passt zu meinem Outfit. Wir sehen aus, wie füreinander gemacht. Wenn er das mit seinem Scheuklappenblick doch nur erkennen würde.

»Was ist los?«, frage ich ihn und platziere eine Hand auf seiner Brust.

Er hebt die Hand und für einen Augenblick habe ich die Befürchtung, er könnte meine Berührung ablehnen, doch stattdessen greift er nach einer meiner Strähnen und schiebt sie zur Seite. Vermutlich will er einen Blick auf meine Stirn werfen.

»Weißt du, worauf du dich hier einlässt?« Seine Stimme ist leise und ungewohnt rau, mit einem Unterton, den ich nicht deuten kann.

»Warum fragst du mich das, nachdem du dich vor wenigen Minuten Zane gegenüber dafür ausgesprochen hast, mich in die Company zu lassen?«

Seine Finger wandern von meiner Stirn über meine Wange zu meinem Kinn. »Weil ich verdammt selbstsüchtig bin, Everly«, raunt er und beugt sich zu mir. »Aber ich habe meine Meinung nicht geändert. Ich bin überzeugt davon, dass du eine Bereicherung für uns sein wirst.«

»Und trotzdem hast du Zweifel«, sage ich und sogar in meinen Ohren klingt es vorwurfsvoll. Raheem seufzt schwer und entzieht sich meiner Berührung, indem er einige Schritte nach hinten macht. Die plötzliche Distanz ist wie eine Ohrfeige.

»Du kennst Zane nicht. Er ist bereit, Comte bis zu seinem letzten Atemzug zu beschützen. Warum glaubst du, hat er so massive Probleme damit, dir zu vertrauen? Wenn jemand Fremdes ihm sein sorgfältig aufgebautes System kaputt machen würde, könnte er sich das niemals verzeihen.«

Ich verschränke die Arme vor der Brust. »Er könnte sich auch einfach mal auf die Intuition seiner Brüder verlassen«, stichle ich und schürze die Lippen, doch Raheem schüttelt den Kopf.

»Du überschätzt unseren Einfluss auf ihn«, erklärt er und hebt belehrend den Zeigefinger. »Außerdem ist er ein Rawlins und damit ein Sturkopf durch und durch.«

Dann kann ich Levi ja beinahe dankbar sein, dass er auf die fixe Idee kam, mich zu testen. So hatte ich die perfekte Chance, Zane aus seinem Schneckenhaus der Selbstgefälligkeit zu locken.

»Und trotzdem«, murmle ich und richte den Sitz meines Ponys, »solltest du dir klar werden, was du willst, Raheem. Dir stehen alle Türen offen, auch die von denen du glaubst, dass sie geschlossen wären.«

Er lacht humorlos, geradezu trocken auf. »Ich soll mich also entscheiden zwischen dir, der guten Beziehung zu Levi und der Company? Du weißt, dass ich das nicht kann.«

In meinem Bauch rumort die Unruhe. Dieses Gespräch und auch das vorherige mit Zane versetzen mein Inneres in Aufruhr.

»Das habe ich nicht gesagt«, widerspreche ich und lege meine Hand auf den Knauf, bereit das Lesezimmer zu verlassen. »Du sollst dich dafür entscheiden, all das und noch mehr zu haben, anstatt davor wegzulaufen.« Ich öffne die Tür und schlüpfe durch den Spalt, bevor ich, ohne einen Besuch bei Levi, den Weg zurück ins Verbindungshaus antrete.

KAPITEL 31

Levi

EVERLY

> Heute nicht, Casanova. Zane hat mir die Stimmung verhagelt.

Seufzend sperre ich mein Handy und verstaue es in meiner Hosentasche. Natürlich muss mein großer Bruder mir wieder eine sichere Nummer versauen. Andernfalls würde ich jetzt in meinem Bett liegen mit Everlys sündigen Lippen um meinen Schwanz.

Ich verlasse mein Zimmer und mache mich auf direktem Wege zu Raheems. Ich will wissen, worüber Everly mit ihm gesprochen hat, auch wenn ich mir sehr sicher bin, dass ich auf diese Frage keine Antwort bekommen werde. Ich klopfe an der Tür und trete nach ein paar Sekunden ein. Raheem steht vor seinem Schrank und schiebt die einzelnen Kleidungsstücke hin und her.

»Kann ich dir irgendwie helfen?«, fragt er gelangweilt und zieht sich den Pullover über den Kopf, um ihn ordentlich auf einen Kleiderbügel zu hängen. Er war schon immer ein bisschen pedantisch in seiner Ordnungsliebe.

»Warum wollte Everly mit dir allein reden?«, frage ich frei heraus. Floskeln oder Ausreden kann ich mir bei meinem Bruder sparen. Er kennt mich in- und auswendig und er weiß sicher auch, dass ich nicht frage, um Small Talk abzuhalten.

»Sie hat sich nach meinem Wohlbefinden erkundigt«, antwortet Raheem und zieht sich ein schwarzes T-Shirt an.

»Das war alles?« Das glaube ich nicht. Nicht nach dem Blick, den Everly ihm zugeworfen hat, kurz bevor sie mich gebeten hat, zu gehen. Sie hat sich Sorgen gemacht, das war unverkennbar.

»Was willst du von mir hören, Levi?« Er schließt die Tür seines Kleiderschrankes mit etwas zu viel Wucht, sodass es knallt. »Hast du nicht selbst das Gefühl, dass hier etwas ganz gehörig falsch läuft?«

»Falsch?«, frage ich verwirrt und schaue ihm nach, als er an mir vorbeistampft. »So, wie ich das sehe, hast du jetzt deinen Willen und Zane nimmt Everly in die Company auf, oder hab ich eben was nicht mitbekommen?« Normalerweise müsste er doch jetzt zufrieden sein, immerhin hat er dafür gesorgt, dass Zane seine Meinung ändert. Und das ist unter allen anderen Umständen eigentlich undenkbar.

»Ich will Everly in der Company, um sie zu schützen. Offenbar reicht ihr ja schon ein kleiner Ausflug in den Hafen, um sich in Gefahr zu bringen. Das wird nicht besser, wenn sie ständig mit uns abhängt«, erklärt er und fährt sich mehrmals hektisch durch die Haare. Mein Bruder scheint wirklich viel für sie übrigzuhaben, wenn er so zerstreut reagiert. »Ich will sie weder für Sex ausnutzen noch für irgendwelche Militärdienste.«

Perplex trete ich zurück, als hätte man mir eine verpasst. »Du glaubst, ich würde Everly ausnutzen, damit sie die Beine für mich breitmacht?« Ich funkle meinen Bruder wütend an. Das kann er nicht ernst meinen.

Raheem lehnt sich starr gegen seinen Schreibtisch und seufzt in einer Mischung aus Frustration und Resignation. »So habe ich das nicht gemeint.«

»Klang aber verdächtig danach«, gifte ich und verschränke die Arme vor der Brust. Es tut weh, dass er so von mir denkt. Ein dumpfer Schmerz breitet sich in meinem Bauch aus, wie eine Bleikugel, die ihre Runden dreht und dabei immer wieder anstößt.

»Levi ... ich *mag* Everly, okay? Und diese ganze Situation ist einfach komplett abgefuckt«, gesteht er und diese Aussage allein reicht, um meine Wut wieder ein bisschen zu reduzieren.

Ich stelle mich neben ihn an den Schreibtisch und lege vertrauensvoll eine Hand auf seine Schulter. »Bruder, ich verstehe dich«, sage ich nickend. »Aber hast du gesehen, wie sie Zane in Grund und Boden gestarrt hat? Sie hat nicht eine Sekunde lang klein beigegeben. Sie verkraftet das. Glaub mir.«

»Ja, die Frage ist nur, ob ich das verkrafte«, murmelt er und schließt müde die Augen.

Ich presse die Lippen aufeinander, tätschle seine Schulter und richte mich wieder auf. »Das kannst nur du wissen«, sage ich nüchtern und verlasse sein Zimmer.

Raheem täte besser daran, Everlys Entscheidungen zu akzeptieren.

Ich stoße die Tür zum Café Pacifique auf und trete ein. Sofort kommt mir der Duft von frisch gemahlenem Kaffee entgegen und belebt meine Geister. In der Familie Rawlins bin ich der einzige Morgenmuffel. Während meine Brüder sich im Gemeinschaftsraum der United Fellows immer topfit präsentieren, sehe ich immer so aus, als würden mir noch mindestens zehn Stunden Schlaf fehlen. Dass Everly mich zu späten Zeiten im Fitnesszentrum antrifft, ist kein Wunder. Wenn ich nicht müde genug bin, suche ich mir meistens eine Möglichkeit zum Auspowern.

Ich stelle mich in die Schlange vor der Theke und beobachte gelangweilt, wie die Studenten nach und nach mit Koffein versorgt werden. Auf mich warten heute drei Stunden bei Professor Bautista. Ich werde vermutlich literweise Kaffee brauchen.

»Wen man so alles trifft«, ertönt es plötzlich hinter mir. Ich drehe mich um, blicke geradewegs in das lächelnde Gesicht einer Squadron.

»Guten Morgen, Selene«, begrüße ich sie. »Du siehst nicht mal halb so müde aus wie ich.«

Sie schürzt ihre dunkel geschminkten Lippen und funkelt mich an. »Ich nehme das einfach mal als Kompliment«, erwidert sie und kommentiert das nicht weiter.

Die Schlange setzt sich in Bewegung und bringt mich meinem Heißgetränk ein großes Stück näher.

»Sag mal, gehst du auch zur Jubiläumsfeier Ende des Monats?«

Ich stutze. »Ist das nicht eine Pflichtveranstaltung?«

Selene zuckt mit den Schultern und pustet sich eine Strähne aus dem Gesicht, die sich aus ihrem hohen Pferdeschwanz gelöst hat. »Ist es. Aber nicht wenige werden sicher einen Weg finden, um zu schwänzen.« Bereits im ersten Semester Stress mit Direktorin Whittaker zu bekommen steht eigentlich nicht auf meiner Prioritätenliste.

»Ich vermute mal, dass wir dieses Jahr nicht viel mehr erlaubte Action bekommen werden, deswegen werde ich mir das wohl kaum entgehen lassen«, sage ich und zwinkere ihr zu.

»Kommst du allein?« Ihre Fragerunde scheint immer noch nicht zu Ende zu sein. Ich bin eindeutig zu müde für so viel Konversation.

»Warum? Willst du mein Date sein?«, necke ich sie und trete einen weiteren Schritt nach vorne in der Reihe. Vor mir ist nur noch eine Person.

»Nein«, erwidert sie empört. »Aber es gehen Gerüchte um, dass du gern mal Squadrons einlädst. Everly beispielsweise, erst neulich auf eine Privatparty bei den UF.« *Fuck, woher weiß sie das denn?*

»Guten Morgen, was darf es sein?«, fragt der Barista und erst jetzt fällt mir auf, dass ich bereits dran bin. Selenes Aussage hat mich durcheinandergebracht. Auch wenn ich mir das nicht ansehen lassen möchte.

»Äh, einen großen, schwarzen Kaffee, bitte«, bestelle ich und trete beiseite, damit auch Selene ihre Order aufgeben kann.

»Wer tratscht denn so was?«, frage ich sie, während wir auf unsere Heißgetränke warten.

»Chelsea Harrison«, antwortet sie und ich rolle mit den Augen, was Selene glücklicherweise nicht gesehen hat.

Natürlich konnte Chelsea ihre Klappe nicht halten, als sie Everly letztes Mal im Verbindungshaus getroffen hat. Gut, ich hätte auch nicht unbedingt herausposaunen müssen, dass sie auf meine persönliche Einladung gekommen ist. Trotzdem.

»Hat sich so ergeben«, sage ich ausweichend. »Du kannst Everly ja selbst fragen. Schließlich ist sie deine Freundin, oder?« Zumindest sehe ich die beiden öfter zusammen auf dem Campus und beim Essen.

»Mhm«, murmelt Selene und nickt.

»Hier, bitte schön. Ein schwarzer Kaffee und ein Cappuccino mit Hafermilch«, verkündet der Barista und stellt zwei Pappbecher auf den Tresen.

Ich reiche ihm zwei Scheine. »Geht auf mich«, sage ich zu Selene und lächle sie an.

»Danke«, erwidert sie und nippt an ihrem Kaffee. »Man sieht sich.«

Verwirrt schaue ich ihr hinterher, als sie das Café verlässt. *Was zur Hölle war das denn bitte?*

KAPITEL 32

Everly

Ich krame den Zettel aus meiner Manteltasche, auf dem ich eine Büronummer notiert habe. Glücklicherweise ist South Shanton altmodisch genug, um nach wie vor einige Telefonzellen zu beheimaten. Die Art von Gespräch, wie ich es vorhabe, sollte man nicht von seinem privaten Handy aus führen. Ich werfe ein paar Münzen in den Schlitz und wähle die Nummer. Mein Herz pumpt kraftvoll Blut durch meine Adern. Ich habe nur diese eine Chance, sonst kann ich meine bisherigen Bemühungen getrost begraben gehen. Der Zutritt zur Company wäre mir bei Versagen für immer verschlossen.

»Büro des Marinekommandos, hier spricht Nancy Simmons«, tönt es vom anderen Ende der Leitung.

»Guten Tag, Ms. Simmons, ich möchte gern mit Vizeadmiral Greg Brasher sprechen«, sage ich freundlich.

»Gern. Wen darf ich ankündigen?« Die Vorzimmerdame des Marinekommandos macht ihren Job richtig. Mit ihrer Frage habe ich gerechnet.

»Mrs. Judith White, ich rufe aus der Abteilung Einsatzunterstützung an und benötige eine Freigabe vom Vizeadmiral.« Ich höre das Tippen ihrer Tastatur. Als brave Angestellte überprüft sie diese Information ordnungsgemäß und wird in wenigen Sekunden feststellen, dass es tatsächlich eine Mrs. White in der Einsatzunterstützung gibt. Eine Info, die ich nur habe, weil sie eine der vielen Affären meines Vaters ist.

»Selbstverständlich, Mrs. White. Ich stelle Sie nun durch.« Kurz darauf erklingt die penetrante Wartemelodie, doch nur einen kurzen Moment später nimmt jemand den Hörer ab.

»Judy, was kann ich dieses Mal für dich tun?«, höre ich die kratzige Stimme des Vizeadmirals und atme tief durch.

»Du könntest deinen widerlich schleimigen Tonfall ablegen, Greg. Nur weil Judy meinen Dad bespaßt, heißt es noch lange nicht, dass sie das auch bei dir machen möchte.«

Für mehrere Sekunden herrscht Stille am anderen Ende der Leitung, dann dröhnt sein lautes Lachen durch den Hörer.

»Everly Foster und ihr unglaublich großes Mundwerk. Was verschafft mir die Ehre, Kleines?« Er glaubt tatsächlich immer noch, dass wir so etwas wie gute Bekannte wären. Welche von der Sorte, mit denen man diese Art von Witzchen machen kann. Nur, dass es in meinem Fall bitterer Ernst ist.

»Erinnerst du dich an die Gartenparty in unserem Sommerhaus vor drei Jahren?«, frage ich und kann förmlich hören, wie die Rädchen in seinem Kopf rattern.

Er atmet röchelnd ein und aus. Die vielen Zigarren fordern offenbar langsam ihren Tribut.

»Du weißt schon. Die, auf der du mich entjungfert hast?«

»Ja, ich erinnere mich«, blafft er und plötzlich ist sämtliche künstliche Freundlichkeit aus seiner Stimme verschwunden. Vermutlich hat er geahnt, dass ihn das irgendwann einholen würde. Mein Vater hat bis heute keine Ahnung, was im Poolhaus passiert ist. Er war zu beschäftigt damit, seine Affären in verschiedenen Ecken des Gartens zu platzieren, damit sie sich bloß nicht begegneten.

»Das ist gut. Denn heute ist der Tag gekommen, an dem du dich erkenntlich zeigen kannst.« Eigentlich hatte ich mir diesen Joker für einen besonderen Fall aufgehoben. Wenn ich beispielsweise irgendwann das dringende Verlangen verspüre, meinem Vater zu schaden oder die nationale Sicherheit zu bedrohen. »Du bist doch immer noch zuständig für das Havariewesen an der Ostküste, oder?«

Ein tiefes Schnauben vibriert durch den Hörer. »Gut möglich. Was willst du, Everly? Mich erpressen?«, fragt er aggressiv und ein selbstgefälliges Grinsen schleicht sich auf meine Lippen. Ich wusste, dass er so reagiert.

»O nein, nein, nein«, erwidere ich und lehne mich gegen die kühle Wand der Telefonzelle. »Ich will nur einen Gefallen.«

PAISLEY

Ich langweile mich zu Tode. Komm vorbei, dann können wir quatschen und uns vielleicht einen Film anschauen. Selene ist auch schon auf dem Weg.

Eigentlich habe ich überhaupt keine Lust auf so etwas Klischeehaftes wie einen Mädelsabend. Aber nach meinem Telefonat mit Greg, der mir versprochen hat, ein paar Hebel in Bewegung zu setzen, bleibt mir nur zu warten. Und darin bin ich gänzlich schlecht. Es wäre eine Option, Levi zu texten, aber langsam bekomme sogar ich einen Anflug von schlechtem Gewissen, wenn ich mitansehen muss, wie schwer Raheem mit dieser Verbindung klarkommt. Ich wünsche mir kaum etwas sehnlicher, als dass ich nicht zwischen beiden wählen müsste. Doch in der aktuellen Situation führt wohl kein Weg daran vorbei, wenn Raheem sich auch weiterhin querstellt, auch nur ansatzweise in diese Richtung zu denken. Andererseits habe ich wohl nicht zuletzt ihm und seinen Glauben in mich zu verdanken, dass Zane eingelenkt hat. Irgendwas scheint ihm also doch an mir zu liegen. Nichtsdestotrotz stecke ich momentan in nicht nur einem Dilemma. Gregs Hilfe könnte der Durchbruch sein, um Zugriff zur Werft zu erhalten. Wenn das klappt, dann kann ich mit geschwellter Brust vor die Brüder Rawlins treten und ihnen verkünden, dass ich meinen Teil der Vereinbarung erfüllt habe. Dann ist es an ihnen, mich einzuweihen.

Mein Handy vibriert erneut.

PAISLEY

Ev? Hast du Lust?

EVERLY

Bin unterwegs.

Ein bisschen Ablenkung kann nicht schaden. Und mein Vater wird sich sicher freuen, wenn ich ihm berichte, dass ich innerhalb seiner hochgelobten Militärverbindung Anschluss gefunden habe. Zumindest bilde ich mir ein, dass es ihm irgendeine Form von menschlicher Emotion entlockt.

Ich schließe meine Tür ab und laufe durch den Gang, an den Zimmern der anderen Squadron-Mitglieder vorbei, bis ich schließlich Paisleys erreiche. Mir kann bis heute keiner erklären, nach welcher seltsamen Logik die Hausverwaltung die Unterkünfte vergibt. Clementine hatte einmal beim Mittagessen erzählt, dass bei Doctrina die Flure ganz klar unterteilt sind in Studenten aus dem ersten, zweiten und dritten Jahr. Dass sich untereinander Freundschaften bilden, sei selten. Da ist Squadron wohl anders gestrickt. Oder Selene hat ein krampfhaftes Bedürfnis, sich mit Erstsemestern abzugeben und ihnen die anfängliche Euphorie auszutreiben. Diese Form von perfidem Vergnügen würde ich ihr sogar zutrauen. So oder so gleicht es fast einer Odyssee, zum Zimmer meiner Freundin zu kommen, wenn sich dazwischen jede Menge ältere Studentinnen befinden.

Ich hebe die Hand, um an der Tür zu klopfen, doch kaum berühren meine Fingerknöchel das lackierte Holz, wird sie bereits aufgerissen und eine breit grinsende Paisley steht mir gegenüber.

»Das wird auch mal Zeit«, ruft sie und macht einen Schritt zur Seite, um mich hereinzulassen.

»Ich habe dir vor nicht einmal einer Minute geschrieben«, erinnere ich sie und entdecke Selene, die es sich auf dem Bett bequem gemacht hat. »Hey, Moonshine«, begrüße ich sie und anstatt zu antworten, salutiert sie und widmet sich wieder dem Laptop, der aufgeklappt vor ihr steht.

»Selene versucht, einen Film zu finden, der nicht auf der Zurschaustellung von ... wie hast du es noch gleich genannt?« Pais schnippt in ihre Richtung und Selene hebt minimal den Kopf, ohne ihren Blick vom Bildschirm abzuwenden.

»... von überzeichneten, peinlichen und unrealistischen Zuneigungsbekundungen beruht«, vervollständigt sie den Satz und rutscht zur Seite, damit Paisley sich ebenfalls auf das Bett setzen kann.

»Moonshine glaubt nicht an die Liebe«, verkündet sie und seufzt theatralisch, während sie sich ihre offenen und leicht feuchten Haare zu einem Zopf flicht. Genauso wie Selene hat sie sich in bequeme Klamotten geworfen, sodass ihren zierlichen Körper nun ein weites T-Shirt und graue Stoffshorts bedecken.

»Das habe ich nie gesagt«, protestiert Selene und zwickt Pais in den Arm, sodass diese mit einem schmerzerfüllten Quietschen zusammenzuckt.

»Okay, Selene hat gesagt, dass jeder, der sich verliebt, genauso gut auch grinsend in ein Säurebad springen kann«, präzisiert sie ihre Aussage und wirft einen vorsichtigen Blick nach unten, um herauszufinden, ob sie dafür wieder bestraft wird. Doch dieses Mal bleibt sie verschont.

»Na ja, so ganz unrecht hat sie nicht«, sage ich und lasse mich auf dem Bürostuhl nieder, der die einzige andere Sitzmöglichkeit bietet. Liebe ist definitiv ein Pflaster, auf das man sich nicht leichtfertig begeben sollte. Sie kann Superkräfte verleihen oder jemanden gnadenlos ins Verderben stürzen. Das Pendel kann in beide Richtungen ausschlagen. Warum sollte man dann überhaupt das Risiko eingehen?

Paisley sieht mich völlig verständnislos an und schüttelt

den Kopf. »Ihr solltet euch dringend mit ein bisschen männlicher Energie umgeben, damit ihr wisst, was ihr verpasst.«

»Verwechsle Liebe nicht mit Sex, Paisley«, sagt Selene und rollt mit den Augen. »Und apropos männliche Energie …« Ihr Blick springt vom Bildschirm zu mir. »Was läuft da zwischen dir und Levi Rawlins?«

Pais' Kopf schnellt so ruckartig zu mir, dass ihr die rotblonden Strähnen ins Gesicht peitschen.

»Was soll da laufen?«, frage ich schulterzuckend und versuche, möglichst unberührt auszusehen. Dass plötzlich ich im Mittelpunkt des Gesprächs stehe, gefällt mir überhaupt nicht.

»Offenbar eine ganze Menge, wenn er dich auf eine Privatparty eingeladen hat.« Natürlich bleibt Levis Aussage gegenüber Chelsea nicht ohne Konsequenzen. Alles andere hätte mich auch wirklich gewundert, wenn man mit der reizenden Präsenz von Ms. Harrison in einem Raum gesegnet wurde. Bestimmt konnte sie es gar nicht abwarten, allen zu erzählen, dass einer der Rawlins-Brüder ausgerechnet eine Squadron ins Haus holen musste.

»Moment mal«, ruft Pais und hebt beide Hände in die Höhe. »Du warst auf einer Privatparty bei den United Fellows? Und dir kam nicht in den Sinn, uns davon zu erzählen?«

»Ich habe es nicht als so wichtig empfunden«, erwidere ich schulterzuckend. »Levi und ich haben uns auf dem Get-together kennengelernt. Wir verstehen uns gut und er hat mich ganz spontan eingeladen. Das ist aber auch alles.« Und so nah an der Realität, dass die beiden hoffentlich nicht weiterbohren werden. Ich kann es nicht gebrauchen, mir hier irgendwelche Lügen einfallen zu lassen, die ich im schlimmsten Fall auch noch mit Levi abgleichen muss. Dafür fehlen mir momentan Zeit und Nerven.

»Aha«, sagt Paisley und legt skeptisch den Kopf schräg. »Wenn du glaubst, dass du mit dieser schwammigen Aussage aus der Nummer raus bist, hast du dich getäuscht, Schwester.« Sie blitzt mich mit zu Schlitzen verzogenen hellbraunen Augen an und ich seufze schwer.

»Wenn das hier die Art von Abendunterhaltung werden soll, indem wir uns gegenseitig die Nägel lackieren und erzählen, welche Boyband wir am besten finden, dann verlasse ich schneller diesen Raum, als ihr glaubt«, sage ich und erwidere Paisleys Blick standhaft.

»Ich geb's auf«, ertönt es plötzlich von Selene, die wohl bereits das Interesse an diesem Thema verloren hat und nun den Laptop in unsere Richtung dreht. »Wir gucken ›*Der Soldat James Ryan*‹.« *Wow, ich lebe in einem Klischee.*

»Du willst allen Ernstes einen Kriegsfilm gucken?«, fragt Paisley, die sich von Selenes Wahl so sehr ablenken lässt, dass sie dabei vergisst, mich in Grund und Boden zu starren. *Gut gemacht, Moonshine.*

»Sei nicht so zickig, Pais. Der Film ist klasse«, erwidert sie und dreht sich auf den Bauch, sodass die beiden bequem nebeneinanderliegen können.

Ich mache mit dem Stuhl eine halbe Umdrehung, um ebenfalls eine gute Sicht auf den Bildschirm einzunehmen. Paisley wirft mir einen letzten, verstohlenen Blick über die Schulter zu, sagt aber nichts. Die Fragerunde scheint für den Moment beendet. Und ich bin mehr als dankbar dafür.

Es ist kurz vor Mitternacht, als ich wieder in meine eigenen vier Wände zurückkehre. Zu meinem Glück haben sich Selene und Paisley so sehr im schauspielerischen Talent von Tom Hanks verloren, dass das Thema Rawlins nicht weiter vertieft wurde.

Ich will nicht öffentlich machen, was da zwischen uns läuft. Nicht nur, weil die Jungs mit allen Mitteln die Company schützen wollen. Dieses ... Etwas zwischen uns ist zu zerbrechlich. Ich will keine neugierigen Blicke auf etwas, das ich selbst nicht richtig greifen und noch weniger kontrollieren kann.

Seufzend lehne ich mich gegen die geschlossene Tür und hole mein Handy hervor.

EVERLY

Es wäre besser, wenn wir auf öffentliche Zärtlichkeiten verzichten würden. Alternativ kannst du Chelsea Harrison den Mund zukleben.

Wahrscheinlich schläft Levi schon oder er ist im Fitnesszentrum und übt neue Tricks mit dem Springseil. Er wird als offline angezeigt, und nachdem ich eine Minute lang mein Handy angestarrt habe, sperre ich schließlich den Bildschirm. Für einen kurzen Moment bereue ich es sogar, mich Selene und Paisley nicht anvertraut zu haben. Eine von beiden hätte sicher einen lockeren Spruch auf den Lippen gehabt, um mich aufzumuntern. Aber bei der Gossip-Geilheit, die besonders Pais an den Tag legt, würde sie sich wieder auf meine Beziehung zur Familie Rawlins einschießen. Und das ist mir aktuell keine Hilfe. Auf mich wartet die Aufnahme in die Company, und das werde ich unter keinen Umständen gefährden. Selbst, wenn ich das allein mit mir austragen muss.

Plötzlich vibriert mein Handy und kündigt eine neue Nachricht an.

LEVI

Du willst mir jetzt aber nicht verbieten, dich an indiskreten Orten zu reizen, bis du kommst?

Mein Mundwinkel zuckt amüsiert. So eine Antwort kann nur von Levi kommen. Er nimmt nichts wirklich ernst. Und nachdem ich ihn und seine Brüder live und zusammen erleben durfte, habe ich auch einen kleinen Einblick bekommen, wie gut sie sich tatsächlich ergänzen. Raheem hatte recht. Man könnte fast meinen, sie kämen von verschiedenen Planeten. Und Levi ist der Unkonventionelle. Auf allen Ebenen.

EVERLY

Das würde ich dir sicher nicht verbieten. Da würde ich mir ja ins eigene Fleisch schneiden.

LEVI

Gut. Es gibt eine Menge Orte in der Academy, die nur darauf warten, zu hören, wie du meinen Namen stöhnst.

Ich beiße mir auf die Unterlippe. Das angenehme Kribbeln in meinem Magen wandert langsam tiefer in den Unterleib. Fantasie ist eine grausame Geliebte. Sie erschafft quälende Bilder im Kopf, die mich immer und immer wieder daran erinnern, wie gut und vor allem sorglos ich mich fühle, wenn ich mit Levi zusammen bin. Und doch ist es nur die halbe Wahrheit. Denn ein Teil dieser Gefühle ist unmissverständlich an Raheem gebunden. Und die Sehnsucht nach ihm quält mich.

EVERLY

Verführerisch. Ich werde das im Hinterkopf behalten. Gute Nacht … und schlaf schön.

LEVI

Ich werd von dir träumen, Bullet.

Gequält schließe ich die Augen. Ich habe mich selbst in Stücke gerissen und muss mich nun mühsam wieder zusammenflicken.

KAPITEL 33

Zane

Ich lausche Professor Hawkings These über zeitgenössische Musik und mache mir Notizen auf dem Laptop. Keine Ahnung, was mich geritten hat, Musik als Wahlfach zu nehmen. Vermutlich dachte ich für einen kurzen Moment der Verblendung tatsächlich, dass ich Spaß haben könnte und mir nicht Stunde um Stunde einen anderen Komponisten und seine Eigenheiten zu Gemüte führen müsste. Das hier ist was für Raheem. Er wäre sicher deutlich enthusiastischer bei der Sache als ich. Professor Hawkings beendet seinen Unterricht und schickt mit guter Laune alle Studenten in die Mittagspause. Vermutlich ist man deutlich besser gelaunt, wenn man sich nicht dauerhaft auf dem Gelände der Academy aufhält. Vielleicht sollte ich wie die Erstsemester mehr Zeit in der Innenstadt verbringen. French & Raven scheint mich langsam innerlich aufzufressen.

Ich laufe durch den Korridor und scrolle dabei durch meinen Kursplan in *Opes*. Durch einen Ausfall werden meine Vorlesungen heute zwei Stunden früher beendet sein als normalweise. Zufriedenheit macht sich in mir breit. Mehr Zeit für die Company.

Ich will mein Handy gerade wegstecken, als das Chatfenster aufploppt.

RAHEEM

Hast du Levi gesehen?

ZANE

Er ist etwas erledigen.

RAHEEM

CA?

Unser Codewort für Company-Auftrag.

Ich schicke einen Daumen, der nach oben zeigt, und kurz darauf verlässt Raheem den Chat. Ob sie sich immer noch um die Aufmerksamkeit von Everly Foster streiten? Ich verstehe nicht, was an ihr so toll sein soll, dass beide sich darauf einschießen, sie unbedingt in die Company zu lassen. Und getreu dem Motto ›Der Klügere gibt nach‹ mache ich auch noch mit bei dieser Farce. Irgendwo kann ich sogar eingestehen, dass sie hübsch ist, und wahrscheinlich bereitet sie einem im Bett auch mehr als genug Vergnügen, aber das kann doch wirklich nicht alles sein. Etwas scheint ja wahnsinnig reizvoll an Everly zu sein. So reizvoll, dass man mir in mein sorgfältig aufgebautes Konzept eines Familienunternehmens grätscht. Ich habe ein schlechtes Gefühl. Und mein Gefühl täuscht mich selten. Nichtsdestotrotz möchte ich nicht noch mehr Streit mit meinen Brüdern provozieren.

Wie so oft verzichte ich auf das Essen und laufe über den Hof, um zum Verbindungshaus zu gelangen. Mir fehlen mittags meistens der Appetit und die Geduld, um Zeit in der

Mensa zu verbringen und mir die Gespräche der anderen Studenten anzuhören. Momentan dreht sich das meiste Geplapper ohnehin um die Jubiläumsfeier. Wenn Direktorin Whittaker glaubt, so meine geschätzten Kunden zusammenzurotten, dann unterschätzt sie die Verschwiegenheit der nächsten Generation Zukunftsträger. Sie wird nichts, aber auch rein gar nichts herausfinden. Oder glaubt sie, dass Comte in einem Trenchcoat auf dem Parkplatz herumläuft und Blanco-Ausweise an Minderjährige verteilt?

Ich trete durch die Tür und lasse ein paar der United Fellows mit einem Nicken vorbeilaufen, bevor ich die Treppe nach oben in mein Zimmer nehme. Mir bleiben zwei Stunden Mittagspause bis zur nächsten Vorlesung und damit mehr als genug Zeit, die letzten Aufträge, die Raheem bearbeitet hat, zu listen. Ich lege mein Handy auf den Schreibtisch und öffne dessen oberste Schublade. Dann hebe ich den doppelten Boden darin an und hole den darunterliegenden Umschlag hervor. Comte wird ausschließlich mit Bargeld bezahlt und der Lohn der letzten Arbeit liegt nun darin. Ich hole die Scheine hervor, um sie noch mal durchzuzählen und später in die Werkstatt zu bringen, als mein Handy vibriert.

UNBEKANNT

Nächste Woche erwartet der Kunde die erste Lieferung. Ich hoffe, du hältst dich an deine Versprechen, Comte.

Ich atme tief durch. Everly täte besser daran, mir zeitnah den Zugang zur Werft zu ermöglichen. Sonst stecken wir bald alle in Schwierigkeiten.

KAPITEL 34

Everly

Dass der Winter auf dem Vormarsch ist, merke ich vor allem daran, dass ich immer mehr Schichten an Kleidung bei der morgendlichen Joggingrunde brauche. Als ich ins Verbindungshaus zurückkehre, ist die Sonne noch nicht einmal aufgegangen und die Dunkelheit schließt French & Raven in eine friedliche Ruhe ein. Diese überschaubare Spanne, kurz vor den ersten Sonnenstrahlen, ist meine liebste Tageszeit. Wenn der neue Tag sich noch von seiner besten Seite zeigt und man aus einem Topf schier endloser Möglichkeiten schöpfen kann.

Ich stoße die große Flügeltür auf und ein Schwall warmer Luft kommt mir entgegen. Ich höre vereinzeltes Rauschen und Klappern. Anscheinend sind die ersten Frühaufsteher bereits auf den Beinen und gehen ihren morgendlichen Routinen nach. Es erstaunt mich, dass ich offenbar die einzige Squadron bin, die sich regelmäßig um fünf Uhr aus dem Bett schält, um ihre Trainingseinheit zu absolvieren. Wir sind alle in Militärfamilien aufgewachsen und Disziplin, besonders bei der Gestaltung des Tages und dem Bilden von Gewohnheiten, sollte gang und gäbe sein. Aber vielleicht habe ich mit meinem Vater ja auch nur ein besonders rigoroses Elternteil erwischt, das die Gepflogenheiten der alten Schule mit allen Mitteln durchzusetzen versucht.

Vor meiner Zimmertür angekommen krame ich den Schlüssel aus meiner Jackentasche und öffne das Schloss. Beim Betreten meines Rückzugsortes irritiert mich jedoch ein ungewohntes Geräusch, sodass ich skeptisch zu Boden schaue. Jemand hat einen weißen Umschlag unter meiner Tür hindurchgeschoben, der nun unschuldig auf dem dunklen Laminat liegt und auf mich wartet. Ich hebe ihn auf und suche kurzerhand in meinem Zimmer nach Anzeichen dafür, dass jemand eventuell hier drin gewesen sein könnte, doch alles sieht noch exakt so aus, wie ich es verlassen habe. Nur der Umschlag, schneeweiß und unbeschriftet, ist neu. Hat jemand mir etwa einen Liebesbrief geschrieben? Ich schmunzle über diesen absurden Gedanken und öffne stattdessen das Kuvert. Zwei Dinge kommen zum Vorschein: Eine rechteckige Plastikkarte mit einer eingravierten Zahl und ein Zettel mit einer Telefonnummer. Ohne lange zu zögern, entsperre ich mein Handy und tippe auf dem Display nacheinander die Ziffern an sowie anschließend das grüne Anrufen-Symbol. Jemand war früh genug wach, um mir dieses Geschenk zukommen zu lassen, dann dürfte er um diese Uhrzeit auch ans Telefon gehen.

Und tatsächlich ertönt nach nur einem Freizeichen ein knisterndes Geräusch und kurz darauf die Stimme von Greg. »Ich will gar nicht wissen, warum du diesen Gefallen wolltest«, brummt er in den Hörer. »Im Umschlag ist eine Schlüsselkarte, die die Schranke, den westlichen Wachturm und das Verwaltungsgebäude öffnet. Die Werft schließt um acht Uhr abends. Danach könnt ihr eure frankierten Sendungen zur Verwaltung bringen. Die Liste, welche Häfen angefahren werden oder aus welchen Orten Lieferungen zu erwarten sind, hängt im Vorraum an einer Pinnwand.«

»Und an wen wende ich mich, wenn es Probleme gibt?«, frage ich und bete, dass er sich nicht selbst zur Ansprechperson macht. Mein Kontakt mit Greg Brasher sollte auf ein Minimum reduziert sein.

»Es gibt einen Wachmann namens Frank Lipski. Er kennt mich und ist es gewohnt, gelegentlich um taube Ohren gebeten zu werden. Wenn man ihm ein paar Scheinchen gibt, kann er überaus hilfsbereit sein«, erklärt Greg und ich schnaube empört. Ausgerechnet einer der beiden Charmebolzen, die ich bei meinem ersten Besuch im Hafen getroffen habe.

»Ein paar Scheinchen?«, wiederhole ich und hoffe, dass keiner der Brüder Drama macht, wenn wir zusätzlich noch jemanden bestechen müssen. Allerdings habe ich Zane nur versprochen, für den Zugang zur Werft zu sorgen. Wie es dann weitergeht, stand nie zur Diskussion.

»Alternativ kannst du Frank auch zeigen, was du mir auf der Gartenparty vor drei Jahren gezeigt hast. Ich bin mir sicher, dass ihn das auf jeden Fall überzeugen wird«, erwidert Greg und sein dreckiges Lachen, das verzerrt durch den Hörer hallt, löst in mir einen Anflug von Brechreiz aus.

»Sei froh, dass uns mehrere Bundesstaaten trennen. Sonst hätte ich jetzt große Lust, bei dir vorbeizukommen und dir die Nase zu brechen, Greg«, knurre ich und meine Hand, die die Karte hält, ballt sich zur Faust.

»Spar dir diese Energie für was auch immer du vorhast, Kleines«, sagt er trocken. »Wir beide sind quitt.«

Zum ersten Mal seit meiner Aufnahme an der Academy und Beginn des Schuljahres habe ich richtig Mühe, den Vorlesungen zu folgen, was mir in Professor Mayhems Kurs sogar einen bitterbösen Blick von ihm einbrockt. Doch mein Kopf hat gerade andere Prioritäten. Denn am liebsten würde ich mit der Schlüsselkarte, die sich im Einband meines Notizbuches und damit sicher und behütet im Verbindungshaus befindet, einen eigenen Versuch starten, ob mein Plan tatsächlich funktioniert und Greg mir Tür und Tor geöffnet hat. Andererseits habe ich Raheem versprochen, mich nicht mehr allein im Hafen herumzutreiben. Und auf dem Weg mir sein uneingeschränktes Vertrauen zu erarbeiten, wäre es denkbar unklug, das einzige Versprechen zu brechen, das ich ihm gegenüber jemals gegeben habe. Doch brennt in mir immer noch eine verzehrende Neugier darauf, wer mir bei meinem letzten Besuch auf dem Werft-Gelände eine verpasst hat. Diese Person könnte schließlich auch für unser weiteres Vorhaben potenziell gefährlich sein. Meine Gedanken drehen sich im Kreis. Selbst Selene und Paisley fällt auf, dass ich nicht ganz da bin und mich mehr auf das Karussell in meinem Kopf konzentriere als auf ihre Erzählungen. Glücklicherweise scheinen sie wenigstens das Thema Levi Rawlins zu den Akten gelegt zu haben.

Als ich am späten Nachmittag die Heidsiek Hall verlasse, suche ich mir ein Plätzchen, um eine Zigarette zu rauchen und mein Handy herauszuholen.

EVERLY

Es gibt Neuigkeiten.

Mal schauen, wie schnell einer der Fische anbeißt. Nachdem Zane ja unmissverständlich verkündet hat, was er von mir erwartet, hätte es mich nicht gewundert, wenn er sich dazu herablässt, mir zu antworten. Doch es ist Levis trainierte Gestalt, die sich nur wenige Minuten nach meiner Nachricht neben mich auf die Bank setzt.

»Krieg ich eine?«, fragt er und deutet auf meinen Zigaretten-Stummel.

Ich werfe ihm einen kurzen Blick zu, bevor ich mein Etui aus der Manteltasche hole und es Levi hinhalte, damit er sich bedienen kann.

»Wird das jetzt zum Running Gag, dass sich jedes Mal jemand anderes meldet, wenn ich Comte schreibe?«, frage ich, während er sich eine Zigarette zwischen die Lippen steckt und diese mit einem silbernen Feuerzeug anzündet.

»Ich wollte dich sehen«, erwidert er schulterzuckend. »Und sowohl Zane als auch Raheem sind noch in ihren Vorlesungen. Wir haben also ein paar ruhige Minuten für uns.« *Ruhig* ist nicht das richtige Wort, wenn man sich im Hof der Academy befindet und jedes Augenpaar potenziell bei uns stehen bleiben könnte.

»Hast du Chelsea schon entdeckt? Es würde mich nicht überraschen, wenn sie im Gebüsch sitzt und uns beobachtet.« Ich übertreibe. Und trotzdem wandert mein Blick über die gepflegten Grünflächen und getrimmten Büsche und Sträucher. Als hätte ich die Hoffnung, sie dazwischen zu entdecken.

»Sie hat auch so genug, worüber sie sich das Maul

zerreißen kann«, murmelt Levi und bläst einen Schwall Rauch aus. Auch wieder wahr. Trotzdem beschleicht mich das Bedürfnis, Levi in einen Raum mit abschließbaren Türen zu ziehen. So emotionslos neben ihm zu sitzen, als hätten wir nichts gemein, ist bereits eine Zumutung.

»Was sind deine Neuigkeiten, Bullet? Spann mich nicht auf die Folter.«

Paranoid drehe ich mich um, um zu prüfen, ob wirklich niemand hinter uns steht und uns belauschen könnte. »Ich glaube, ich kann Zane geben, was er will«, sage ich leise und beobachte Levis Reaktion.

Er legt fragend den Kopf schräg. »Du glaubst?«

Ich öffne den Mund und schließe ihn wieder, als etwas Undefinierbares in seinen Augen aufblitzt. In seiner Stimme schwingt ein Unterton von Vorfreude und ... Tatendrang. Levi will etwas tun. Er ist kein stiller Taktiker wie Zane. Er ist voller Energie. Und damit perfekt für einen ersten Versuch. Also verwerfe ich den Satz, der mir auf den Lippen lag, und entscheide mich stattdessen für etwas völlig anderes.

»Ich habe eine Möglichkeit geschaffen, in die Werft zu gelangen«, sage ich lächelnd. »Und bevor ich Zane mit dieser Information beglücke, könnten wir beide es ausprobieren. Heute Nacht.«

Levi zieht an seiner Kippe und ein Grinsen bildet sich um seine Lippen, von denen ich weiß, dass sie küssen wie der verdammte Himmel. »Ich bin dabei, Bullet.«

Als reine Vorsichtsmaßnahme und um ja keine Gerüchte zu schüren, begeben Levi und ich uns getrennt voneinander zum Hafen. Vielleicht ist es auch ein bisschen meiner Paranoia geschuldet. Ich entdecke ihn, ganz in Schwarz gekleidet und damit fast verschluckt von der Dunkelheit nahe dem Tor, das zum Werft-Gelände führt. Er hat sich die Kapuze seines Hoodies über den Kopf gezogen und erwartet mich bereits.

»Hast du deinen Brüdern erzählt, dass du hier bist?«, frage ich und mein Atem bildet kleine Wölkchen in der Luft.

»Nein«, sagt Levi und schüttelt den Kopf. »Die würden uns nur den Spaß verderben. Darin sind sie besonders gut.«

In der Ferne höre ich das beruhigende Rauschen des Wassers. Fast könnte man meinen, Levi und ich wären nur hier, um wie normale Menschen einen Spaziergang an den Docks zu machen. Doch das steht heute definitiv nicht auf der Agenda. Stattdessen gehe ich vor, passiere die Schranke und werfe einen Blick zum Wachturm, der hell erleuchtet ist. Wahrscheinlich sitzt Frank am Tisch und stellt ein Rating seiner Lieblingsnutten auf. Levi folgt mir wie ein Schatten, vollkommen still und unauffällig. Er scheint wie in seinem Element und scannt die Umgebung nach jeder noch so unbedeutend aussehenden Kleinigkeit ab.

Als wir die Verwaltung erreichen, ziehe ich die Schlüsselkarte, die Greg mir zur Verfügung gestellt hat, hervor und halte sie Levi demonstrativ vor die Nase, bevor ich sie gegen den Sensor am Schloss drücke, der kurz darauf klickend den Zugang zur Verwaltung gewährt.

»Beeindruckend«, murmelt er neckisch und läuft an mir vorbei ins Innere, während ich ihm die Tür aufhalte.

Vor uns offenbart sich ein weitläufiger Raum. Durch die großen Fenster dringt Mondlicht und der Schein der Strahler, die das Gelände beleuchten. So erkennt man wenigstens die Umrisse der Möbel und läuft nicht Gefahr, irgendwo dagegen zu laufen. Etwas blitzt hinter mir auf und ich drehe mich ruckartig um die eigene Achse, nur um zu erkennen, dass Levi eine kleine Taschenlampe gezückt hat, deren Licht nun wenigstens etwas mehr vom Raum preisgibt. Er zwinkert mir zu und ich schüttle den Kopf.

Ich gehe hinter den Empfang, zu einem länglichen Tisch, der mit einem Dutzend Briefkörben zugestellt wurde, und winke Levi zu mir, der innerhalb weniger Sekunden neben mir steht.

»Hier werden die Dokumente für die Ladungen vorbereitet«, sage ich und deute auf die Briefkörbe, die mit allerlei Unterlagen gefüllt sind. Unter dem Tisch stehen Boxen aus Plastik, an die Papierblätter mit Nummern geklebt wurden. »Mit diesen Boxen können wir die Aufträge verschicken.« Ich gehe in die Hocke, um einen genaueren Blick auf die Labels zu werfen. »Hier muss es irgendwo noch eine Pinnwand mit den Ladeterminen geben.«

»Das dürfte dann wohl die sein«, sagt Levi und läuft zur anderen Seite des Raumes, das Licht der Taschenlampe auf zwei Metallschränke gerichtet, zwischen denen ein großes eingerahmtes Rechteck aus Kork hängt.

»Bingo«, murmle ich und studiere die Papiere, die dort mit Reißnägeln befestigt wurden. Auf ihnen ist fein säuberlich dokumentiert, wann welche Ladung an ihren Bestimmungshafen verschickt wird und zu welchen Zeiten neue Lieferungen kommen. Während die großen Containerfrachten detailliert mit Maßen, Gewicht und Beschreibung geführt werden, ist von den Postboxen, die ich soeben inspiziert habe, keine Rede. Sie werden nur mitgeschickt, um eventuellen Schriftverkehr zu begleiten und dann im Zielhafen direkt weitergegeben zu werden. Allerdings ...

»Es wird immer nur für sieben Tage geplant«, sage ich enttäuscht. »Ein bisschen mehr Vorlauf wäre nicht schlecht.«

»Aber müssen die Containerfrachten nicht früher angemeldet werden? Auch wegen eventueller Zollbestimmungen?«, fragt Levi und lässt sein Licht über die Korkwand wandern.

Seufzend trete ich einen Schritt zurück. »Eigentlich schon, aber die Pläne für die nächsten Wochen dürften sich in diesen Schränken befinden«, erwidere ich und wedle mit der Hand zwischen besagten Möbelstücken hin und her. An beiden hängt jeweils ein dickes, silbernes Vorhängeschloss. »Du hast nicht zufällig einen Bolzenschneider dabei?«, frage ich ironisch und verschränke ernüchtert die Arme vor der Brust.

Doch anders als erwartet ist Levi nicht betrübt so wie ich, sondern lacht leise und drückt mir die Taschenlampe in die Hand.

»Du brauchst keinen Bolzenschneider, wenn du mit mir unterwegs bist«, erwidert er selbstbewusst und zieht aus der Innentasche seiner Lederjacke ein kleines Mäppchen hervor, das er auf dem Empfang ausbreitet. Zum Vorschein kommen Dietriche unterschiedlichster Formen und Ausführungen. Fasziniert beobachte ich ihn dabei, wie er sich vor den Schrank kniet und am Schloss zu schaffen macht. Ich spende ihm Licht mit seiner Taschenlampe.

»Man braucht nur das richtige Werkzeug und ein kleines bisschen ... Glück.« Er hantiert so lange im Zylinder, bis das Schloss mit einem Klicken aufspringt.

Meine Augen weiten sich beeindruckt. »Will ich wissen,

woher du so was kannst?«, frage ich, während er sich mit einem selbstgefälligen Grinsen erhebt und den Schrank öffnet.

»Das ist eine Geschichte für einen anderen Ausflug«, erwidert er zwinkernd und holt einen der Ordner hervor, um darin zu blättern. Ich freue mich jetzt schon auf den Tag, an dem ich dieses Geheimnis lüften werde.

»Na also, das sind die Protokolle der letzten Monate und die geplanten Lieferungen bis zum Ende des Jahres«, verkündet Levi zufrieden und hält mir den Ordner entgegen. Er steht so nah bei mir, dass der schwere Duft seines Aftershaves in meine Nase steigt. Es juckt mich in den Fingern, Levi zu berühren.

»Sehr gut«, murmle ich und versuche bereits, mir einen Teil der notierten Termine einzuprägen. Doch auch im Frachtverkehr laufen viele Dinge dynamisch ab. Planänderungen sind unvermeidbar. Vorsorglich mache ich ein Foto davon, obwohl ich weiß, dass es morgen schon seine Aktualität einbüßen könnte. »Und jetzt sollten wir von hier verschwinden und unser Glück nicht überstrapazieren.«

Levi klappt den Ordner zu, stellt ihn zurück an seinen Platz und verschließt den Schrank ordnungsgemäß mit dem Vorhängeschloss. Dann greift er nach dem Mäppchen mit den Dietrichen und lässt es in seiner Jackentasche verschwinden.

»Und damit haben wir einen Zugang zu den vielseitigsten Versandmöglichkeiten geschaffen, der es Zane erlaubt, in den gesamten Vereinigten Staaten und darüber hinaus zu handeln. Glaubst du, das entlockt ihm ein Dankeschön?«, frage ich und lösche das Licht der Taschenlampe.

»Eher nicht«, erwidert Levi schmunzelnd. Wäre ja auch

zu schön, wenn Zane mal so etwas wie eine freundliche, zwischenmenschliche Emotion zustande bringen würde. »Aber …«, raunt er und greift nach meiner Hand, um mich energisch zu sich zu ziehen.

Ich pralle gegen seinen harten Körper und es drückt mir die Luft aus der Lunge. Nur einen Wimpernschlag später liegt Levis sündiger Mund auf meinem. Ich seufze auf, als er mich küsst und seine Zunge über meine Lippen fahren lässt, um sie zu öffnen. Brennende Begierde kocht in mir hoch und hinterlässt ein sanftes Kribbeln in jeder Nervenbahn. Dieser Kerl raubt mir den Atem.

Irgendwann zieht Levi den Kopf zurück und ich vermisse sogleich seine Wärme auf meinen Lippen.

»Du kriegst ein Dankeschön von mir«, wispert er und streicht sanft meine Taille auf und ab. »Gute Arbeit, Bullet.«

Ein seltsamer Druck macht sich in meinem Magen breit. Ich lasse meine Finger durch seine Haare wandern und trotz der schummrigen Umgebung bilde ich mir ein, in seinen Augen einen ungewohnten Glanz zu erkennen.

»Raheem verpasst etwas.« Es braucht ein paar Sekunden, bis Levis Aussage bei mir ankommt. Er zieht seine Hände zurück und läuft an mir vorbei.

Und ich habe keine Ahnung, was ich fühlen soll.

KAPITEL 35

Raheem

Ich lege den Umschlag in den Safe und schließe dessen massive Tür. Der Wandspiegel sorgt dafür, dass dieses Geheimnis vor allen Studenten verborgen bleibt. Na ja, vor allen außer Everly. Sie hat ihre hübsche Nase in die Angelegenheiten der Company gesteckt und diese innerhalb kürzester Zeit untergraben. Wie viel Groll in Zane arbeiten muss, kann ich mir nicht einmal ausmalen.

Ich greife nach dem Knauf der Tür, um das Lesezimmer zu verlassen, als ein Anruf sich ankündigt. Bestimmt hat mein großer Bruder wieder beschlossen, zu kontrollieren, ob ja alles nach Plan läuft und es keine spontanen Abweichungen gibt. Sein Pedantismus kennt keine Grenzen. Doch ich werde überrascht, als auf dem Bildschirm nicht Zanes Name aufleuchtet, sondern der einer anderen Person. Skeptisch nehme ich den Anruf entgegen.

»Guten Morgen, Mutter.«

»Hallo, Raheem«, ertönt die prägnante Stimme von

Emilia Rawlins-Porter am anderen Ende der Leitung. »Wie geht es dir?«

»Gut«, erwidere ich knapp. Sie würde nicht einfach so anrufen. Das hat sie noch nie gemacht. Entweder es ist etwas passiert, worüber sie uns in Kenntnis setzen möchte, oder sie will sichergehen, dass wir uns auch ja keinen Fehltritt erlauben, der ihrem politischen Ansehen schaden kann.

»Zane auch? Wie hat Levi sich eingelebt?«, fragt sie nach und am liebsten hätte ich noch mal auf das Display meines Handys geschaut, um mich zu vergewissern, dass ich hier auch wirklich mit meiner Mutter spreche. *Hat sie einen seltenen Moment elterlicher Fürsorge?*

»Den beiden geht es ebenfalls gut. Levi hat sich bestens integriert.« Ich weiß nicht, was sie von mir hören will. Mein kleiner Bruder hat seit dem Tag meiner Aufnahme an der Academy seiner eigenen Immatrikulation entgegengefiebert. Zu Hause ist ihm innerhalb kürzester Zeit die Decke auf den Kopf gefallen. Und wenn Levi mit einer Sache überhaupt nicht umgehen kann, dann ist es Langeweile.

»Schön, zu hören«, kommentiert meine Mutter nüchtern. Nachdem der obligatorische Höflichkeits-Small-Talk abgehakt ist, könnte sie langsam mal zu dem eigentlichen Grund ihres Anrufs kommen. »Ich wollte Bescheid geben, dass ich während eurer Winterferien in Olympia gebraucht werde. Aber Anca und Besey werden da sein.«

Ich beiße mir auf die Zunge, um nicht zu erwähnen, dass unser Hauspersonal ohnehin deutlich sympathischer ist als sie.

»Wir wollten nach St. Barts«, erinnere ich sie und bin nicht einmal erstaunt, wie viel Gleichgültigkeit in dieser Aussage mitschwingt. Meine Brüder und ich sind es gewohnt, dass unsere Mutter ihre Versprechen vor den gesamten Vereinigten Staaten von Amerika hält. Aber nicht die gegenüber ihren eigenen Söhnen. Enttäuschung gehört bereits so fest zum Tagesprogramm, dass ich sie kaum noch wahrnehme. An unseren letzten gemeinsamen Familienurlaub kann ich mich nicht einmal erinnern.

»Raheem«, rügt sie mich mit einem Tonfall, der mir sehr vertraut ist. »Ich habe Verpflichtungen. Grüß deine Brüder von mir. Ich melde mich wieder.« Kurz darauf legt sie ohne ein weiteres Wort auf. Es gibt keine Zuneigungsbekundungen oder nette Phrasen, von ehrlichem Interesse ganz zu schweigen. So etwas kann man nicht von ihr erwarten. Nicht von der Senatorin von Washington.

Als ich die Tür zur Werkstatt aufstoße, kommt mir gleißendes Licht entgegen. Ich entdecke Zane, der an meinem Arbeitstisch sitzt und auf seinem Laptop herumtippt.

»Hey. So früh habe ich nicht mit dir gerechnet«, sage ich und hänge meinen Mantel auf die Lehne eines Stuhls.

»Konnte nicht schlafen«, erwidert er schulterzuckend und hält den Blick starr auf den Bildschirm fixiert.

»Was hält dich wach?«

Zane hebt minimal den Kopf, um mich mit seinen tiefgrünen Augen zu fixieren. Wenn er diesen Blick draufhat, dann wirkt er unserer Mutter wie aus dem Gesicht geschnitten. Auch wenn er es nicht wahrhaben will. Auf eine Antwort seinerseits warte ich vergebens.

»Grüße von Mom«, sage ich stattdessen und setze mich

auf meinen Platz, genau vor den Utensilien, die ich für die Fälschungen brauche.

»Wann hast du mit ihr gesprochen?«, fragt Zane und wenigstens bei diesem Thema habe ich seine Aufmerksamkeit.

»Vorhin. Sie hat mir mitgeteilt, dass sie in Olympia gebraucht wird und deswegen der Urlaub auf St. Barts gecancelt wurde.«

Zane nickt langsam und hat offenbar keinerlei Bedürfnis, diesen Umstand zu kommentieren. Wir scheinen auf einem ähnlichen Level der Resignation zu sein.

»Hast du Levi heute schon gesehen?«, frage ich, als mir auffällt, dass ich ihn weder im Verbindungshaus noch auf dem Campus gesehen habe. Seine müde Gestalt ist normalerweise immer das Erste, was mir morgens in der Küche begegnet.

»Nein«, antwortet Zane. »Wahrscheinlich ist er zwischen den Beinen von Everly Foster.«

Meine Zähne knallen so heftig aufeinander, dass es knirscht. Diese Aussage hätte er sich wirklich sparen können, denn nun rückt das Gespräch mit unserer Mutter wieder weit in den Hintergrund und macht Platz für bodenlose Eifersucht.

»Erklär mir bitte, was euch an ihr so reizt«, sagt er und das Amüsement in seiner Stimme ist unüberhörbar. Offenbar wollte er genau diese heftige Reaktion in mir auslösen. Und am liebsten würde ich ihm nun gar keine Antwort mehr geben. Denn für Zane scheint es das Absurdeste der Welt zu sein, wenn sich zwei Menschen zueinander hingezogen fühlen.

»Ich kann nicht für Levi sprechen«, erwidere ich angepisst. »Aber in meinem Fall kann ich dir sagen, dass sie mir Ruhe gibt. Denn sie lässt mich für ein paar Minuten French & Raven vergessen.« Ich verschränke die Arme vor der Brust. Es passt mir überhaupt nicht, mich rechtfertigen zu müssen. Besonders vor Zane, der so vehement dagegen war, Everly in die Company zu lassen, und nun sicher auch jeden Grund sucht, um ihr Versagen nachzuweisen.

»Was gibt es denn da zu vergessen?« Er zieht fragend eine Augenbraue nach oben.

So eine Frage kann nur von ... Comte kommen.

»So einiges«, murmle ich und im selben Moment öffnet sich die Tür und der verlorene Bruder betritt die Werkstatt.

»Oh, ihr seid beide da. Das ist hervorragend«, trällert er geradezu und stellt sich mit einem breiten Grinsen zwischen uns.

Ich bezweifle stark, dass etwas außer Everlys Anwesenheit ihn an dieser gottlosen Academy so glücklich machen kann. Und wieder frisst sich heiße Eifersucht wie Säure durch meine Eingeweide.

»Es gibt Neuigkeiten.« Levi reibt sich aufgeregt die Hände und der Schalk blitzt in seinen Augen auf. So sieht er immer aus, wenn er gerade von einer Diebestour kommt, doch davon hätte er mir erzählt.

»Willst du uns weiter auf die Folter spannen oder uns endlich mitteilen, dass du deine Jungfräulichkeit verloren hast?« Wow. Zane scheint heute ja richtig gute Laune zu haben. Da wird jede Gelegenheit genutzt, gegen uns zu schießen. Ein belustigtes Lächeln schleicht sich auf meine Lippen. Mit solchen Sticheleien kann ich sehr viel besser umgehen, als mit den Seitenhieben gegen Everly.

»Witzig, Bruder.« Levi zieht eine Grimasse in Richtung

Zane. »Es geht um dein mangelndes Vertrauen in die Menschen. Denn Everly hat es geschafft, uns Zugang zur Werft zu ermöglichen. Der Weg ist frei. Du kannst deinem Kunden in New Brunswick Bescheid geben, dass die Lieferschwierigkeiten von Comte der Vergangenheit angehören.«

»Einfach so?«, fragt er misstrauisch. »Wie hat Everly das in der Geschwindigkeit hinbekommen?«

»Sie musste wohl jemanden erpressen«, erwidert Levi und zuckt mit den Schultern, als wäre es das Normalste der Welt.

»Das hat sie dir erzählt?« Jetzt bin ich misstrauisch. Wann haben die beiden bitte miteinander gesprochen und wie nah sind sie sich mittlerweile, dass Everly ihm so eine Info anvertraut? Der Druck in meinem Bauch verwandelt sich in einen Eiszapfen, der mich langsam von innen gefriert.

»Ja, hat sie«, sagt Levi und streckt die Hand aus, um mir auf die Schulter zu klopfen. »Du könntest die Info auch haben, wenn du nicht so ein verbohrter Sturkopf wärst und öfter mal mit Everly reden würdest. Sie würde sich sicher freuen.« Er schenkt mir ein breites Lächeln, das ich nicht erwidere.

»Es trifft sich gut, dass für nächste Woche eine Lieferung ansteht«, sagt Zane, der mit dem Kopf wieder komplett bei der Arbeit ist. Das Wortgefecht zwischen Levi und mir scheint ihn nicht im Mindesten zu interessieren. »Everly wird sicher kein Problem damit haben, zu beweisen, dass ihre Versandmethoden funktionieren.«

Nur noch diese Hürde. Dann hätte Everly Zane wohl endgültig überzeugt.

KAPITEL 36
Everly

Ich ziehe an meiner Zigarette und lasse den Rauch in die eisig kalte Nacht entweichen. Vor nicht einmal einer halben Stunde saß ich noch zusammen mit Selene, Paisley, Clementine und ein paar anderen Studenten im Helheim bei einem Longdrink, den wir Moonshines gefälschtem Führerschein zu verdanken hatten. Ein ganz normaler Abend. Zumindest bei den Studenten von French & Raven. Es war durchaus angenehm, sich mal wieder am sozialen Leben zu beteiligen. Besonders Paisley scheint sich richtig zu freuen, wenn ich nicht kategorisch jede Einladung ausschlage, die sie in den Raum wirft. Und sie ist fleißig dabei, jede noch so unbedeutende Bekanntschaft zu pflegen, in der Hoffnung, dass es ihr in der Zukunft irgendwie von Nutzen sein kann. Paisley hat das System der Academy aufgesaugt wie ein Schwamm. Und Selene scheint eine Art Hobby darin gefunden zu haben, den Übermut der Erstsemester zu bremsen. Insbesondere, wenn es darum geht, dass Paisley zu viel in eine lose Freundschaft interpretiert. Es ist amüsant zu beobachten, wie die beiden sich wie zwei Katzen kabbeln.

Ein schwarzer Chrysler biegt in die Straße ein und hält am Bordstein. Ich lasse meine halb gerauchte Zigarette in ein Regenabflussgitter fallen und öffne die Tür der Beifahrerseite, um einzusteigen.

»Sehr unauffällig«, lobe ich und lege den Sicherheitsgurt an.

Zane hat unter falschem Namen einen Mietwagen besorgt. Nicht umsonst haben wir uns drei Straßen entfernt vom Helheim verabredet, sodass niemand uns zusammen sieht. Eins muss man Zane lassen: Er schützt sein Unternehmen mit allen Mitteln, die ihm zur Verfügung stehen.

»Ich hoffe für dich, dass das funktioniert, Foster«, sagt er und eine unüberhörbare Drohung schwingt in seiner Stimme mit. Er wird einfach nicht warm mit mir. Aber das wird sich auch noch ändern. Spätestens dann, wenn Zane mit eigenen Augen sieht, dass ich geschafft habe, was er nicht imstande war zu bewerkstelligen.

Ohne ein weiteres Wort fährt er zum Hafen und passiert das offene Tor, bevor er vor der Schranke zum Stehen kommt. Er dreht den Kopf in meine Richtung, doch ich habe die Schlüsselkarte bereits gezückt und reiche sie ihm. In gemächlichem Tempo fahren wir über das Werft-Gelände, bis wir nach wenigen Wegbeschreibungen meinerseits vor dem Verwaltungsgebäude stehen bleiben. Zane scheint sich jedes Detail in seiner Umgebung ganz genau einprägen zu wollen. Sein Misstrauen ist stellenweise wirklich anstrengend. Was glaubt er, was hier passieren wird? Dass ich ihn in einen Hinterhalt locke und dann hocherhobenen Kopfes zu Raheem und Levi zurückkehren werde? Egal, wie sehr mich die beiden mögen, das würden sie sicher nicht abnicken.

Wie bei meinem letzten Besuch mit Levi zeige ich auch Zane den Ort, an dem die Post gesammelt wird und die Zeitpläne der Schiffe. Er bleibt vor den Boxen stehen und öffnet seinen Mantel, um in die Innentasche zu greifen und einen gepolsterten Umschlag hervorzuziehen.

»Das hier muss nach New York«, verkündet er und reicht ihn mir. Ich frage gar nicht erst, um was für eine Art von Ware es sich handelt. Zane sieht aus, als würde er sich lieber die Hand abhaken, als mir diese Info zu geben.

»Wir müssen die Dokumente immer einen Tag vor Abfahrt in die Box legen«, erkläre ich und gehe in die Hocke, um das richtige Label zu finden und den Umschlag hineinzuwerfen. »Sie werden morgens verplombt und dann geladen. Wir dürfen dieses Zeitfenster nicht verpassen, sonst ist die Planung dahin.«

Zane beobachtet mich mit Argusaugen. »Wie lange dauert es, bis die Schiffe ankommen?«

Ich erhebe mich und laufe zur Korkwand. »Das kommt auf ihr Ziel an«, antworte ich und hole mein Handy heraus, um die eingebaute Taschenlampe einzuschalten und die Pläne an der Wand auszuleuchten. »Aber es sind alles Direkttouren, deswegen dürfte es keine unerwarteten Verspätungen geben.«

Zane stellt sich neben mich und folgt meinen Fingern, die auf die Abfahrts- und Ankunftszeiten der Schiffe zeigen. »Werden die Ladungen überprüft? Vom Zoll oder anderen Behörden?«

»Nur die Containerfrachten«, sage ich und zeige auf die Liste der Schiffe, die tatsächlich solche Ladungen haben werden. Es sind nur eine Handvoll bis Ende des Jahres. »Die Postboxen werden in die Verwaltung des Zielhafens gebracht. Sortiert werden sie aber im Verteilerzentrum. Dein Kunde muss sie also nur dort abfangen.«

Zane bleibt still und studiert die Dokumente, die an der Korkwand hängen. Ich warte geduldig darauf, dass ihm noch irgendetwas einfällt. Er hat sich sicher mehr als ausgiebig darüber Gedanken gemacht, ob ich seinen hohen Ansprüchen gerecht werden kann. In die Company kommt man nicht mit einer halbherzigen Lösung.

»Okay. Wir werden sehen, ob es funktioniert«, sagt er schließlich und wendet sich mir zu. Faszinierend, dass in den dunkelgrünen Augen, in denen ich bei Raheem und Levi so viel Emotion sehe, bei Zane nur eine Wand aus Kälte und Reserviertheit zu finden ist. Er schottet sich ab. Und vielleicht ist das die Zauberformel, um zu jemandem wie Comte zu werden. »Verschwinden wir von hier«, murmelt er und ich stelle fest, dass wir uns gerade mehrere Sekunden lang angeschaut haben, ohne uns gegenseitig anzufauchen. Das könnte man schon als Erfolg verbuchen.

Ab dem Zeitpunkt, an dem ich den Umschlag in die Postbox geworfen und ihn damit seinem Schicksal überlassen habe, fühle ich mich konstant so, als hätte ich eine besonders wichtige Hausarbeit abgegeben und würde nun auf meine Benotung warten. Es ist absurd, wie sehr mich die Erwartung von Zanes Urteil unter Strom setzt. Und obwohl ich mir meiner Sache mehr als sicher bin, besonders weil ich weiß, dass Greg mich nicht hängen lassen würde, wenn es darum geht, seinen eigenen Arsch zu retten, hat Nervosität die Vorherrschaft in meinem Körper übernommen. Ich versuche, mich abzulenken. Etwas, wobei sich Levi als herausragende Unterstützung erweist, doch meine innere Unruhe ist nicht zu ignorieren.

»Bullet, hörst du mir zu?«, fragt Levi und schnippt vor meiner Nase, um meine Aufmerksamkeit zu erhalten.

Ertappt kläre ich meinen Blick und meine rotierenden Gedanken. »Entschuldige, ich bin nicht bei der Sache«, erwidere ich und bringe mich mit dem Springseil in der Hand wieder in Position.

»Das habe ich gemerkt«, sagt Levi und zieht amüsiert einen Mundwinkel in die Höhe. »Du warst diejenige, die ein paar Tricks lernen wollte. Ich habe dir mehrfach angeboten, dich auf eine andere Art abzulenken.« Er wackelt mit den Brauen und ich rolle schmunzelnd mit den Augen, bevor ich den Blick durch den Trainingsraum schweifen lasse, um sicherzugehen, dass niemand uns zuhört oder beobachtet.

»Diese Art, so verführerisch sie auch sein mag, ist keine Universallösung, Levi.«

»Ansichtssache«, murmelt er und macht ein paar einfache Sprünge, die immer schneller werden, bis das Seil schier mit der Umgebung zu verschwimmen scheint. Es ist wirklich beeindruckend. Besonders, weil ich bereits am Kreuzdurchschlag scheitere.

»Ich mag es nicht, auf etwas warten zu müssen«, meckere ich frustriert und lege mein Springseil auf den Boden. »Weder auf Zanes Wohlwollen noch auf seinen Kunden.« Seufzend lasse ich den Kopf kreisen und spüre, wie angespannt ich bin. Die letzten Wochen haben mehr Stress verursacht, als mein Körper aktuell verarbeiten kann. Vielleicht sollte ich es mir doch noch mal überlegen, mich öfter von Levi auf seine Art ablenken zu lassen.

»Also das Einzige, worauf ich warte, ist, dass Raheem seine Sturheit ablegt und einen Schritt auf dich zugeht«, sagt Levi und lässt mit der linken Hand das Seil los, nur um es nach einer Umdrehung wieder in der Luft aufzufangen. Ich will nicht wissen, wie lange er gebraucht hat, um das zu perfektionieren.

»Er ist nicht damit einverstanden, wie es läuft. Und ich kann ihm das nicht verübeln«, sage ich und ziehe die Schultern hoch. Wer hätte auch gedacht, dass sich das so zwischen uns entwickelt? Dass ich mich zu beiden Rawlins-Brüdern hingezogen fühle und weder mein Verstand noch mein Körper das irgendwie in Einklang bringen kann.

»Ach, und die Alternative ist es, sich in seinem Zimmer zu verkriechen und zu schmollen?«, sagt Levi und gibt die Demonstration seiner Springkünste auf. Er ist kein bisschen außer Atem.

»Er schmollt?«, frage ich ungläubig und mein Kopf schafft die passenden, ulkigen Bilder dazu.

»Ich habe meinen Bruder noch nie so Trübsal blasen sehen.« Levi greift nach seiner Wasserflasche, öffnet den Verschluss und nimmt einen großen Schluck. »Es ist wirklich anstrengend.«

Ich presse nachdenklich die Lippen aufeinander. Neben all meinen Bemühungen, hinter das Geheimnis von Comte zu kommen, habe ich mir nie wirklich Gedanken darüber gemacht, wie ich die Sache mit Raheem wieder fixen kann. Ich war der Meinung, dass er einfach mehr Zeit braucht, um sich an die Vorstellung zu gewöhnen, mich zu teilen. Vielleicht habe ich sogar diese Anziehung zwischen uns überinterpretiert. Andererseits hätte er mich nicht vor Zane in Schutz genommen, wenn ich ihm egal wäre. Und in meinem Inneren wächst ein irrationales Gefühl von Angst. Ich fürchte mich davor, dass dieses Abenteuer mit Raheem im Helheim eine einmalige Geschichte war. Dass ich das niemals wieder haben werde. Und dass mir, selbst wenn Zane mich gnädigerweise in die Company aufnimmt, nichts bleibt, außer der Affäre mit Levi und einer unüberwindbaren Distanz zu Raheem.

»Was soll ich sagen? Ich kann ihn zu nichts zwingen«, erwidere ich traurig und nehme die Flasche, die Levi mir entgegenstreckt.

Während ich meinen trockenen Hals befeuchte, wirft er einen kurzen Blick auf sein Handy und stößt einen überraschten Laut aus.

»Was ist los?«, frage ich alarmiert.

»Zane hat geschrieben«, verkündet Levi und hält mir den leuchtenden Bildschirm entgegen, damit ich die eingegangene Nachricht selbst lesen kann.

ZANE

Der Kunde hat sich gemeldet. Komm zur Paulson Hall, damit wir reden können … und bring dein Fickpüppchen mit.

Trotz Zanes Beleidigung vibriert eine angenehme Vorfreude in meinem Inneren, als wir bei der Paulson Hall ankommen und Levi mir die Tür aufhält, damit ich eintreten kann. Es ist das erste Mal, dass ich in diesem Gebäude bin, und mir kommen Raheems Worte wieder in den Sinn, als ich auf der

Suche nach dem dritten Bruder war. *Squadron-Mitglieder sind hier nicht gern gesehen. Es sei denn, sie sind verabredet mit einem UF.*

»Warum treffen wir uns hier und nicht wie sonst in eurem Verbindungshaus?«, frage ich, als Levi mir eine Hand auf den Rücken legt und mich durch den Flur schiebt. Ich habe eine Ahnung, die ich gern bestätigt hätte.

»Ich kann Zanes Gedanken nicht lesen, Bullet«, erwidert er amüsiert und wir passieren eine Doppeltür, die in einen weiteren Gang führt. »Aber ich würde sagen, dass es ein gutes Zeichen ist. Wenn uns hier jemand zusammen sieht, dann könnte man deine Verbindung zu uns nicht mehr leugnen und Zane weiß das.« Comte höchstselbst schwenkt die weiße Flagge? Dass ich das noch erleben darf.

Auf unserem Weg treffen wir keinen einzigen Studenten. Es ist Samstag und alle anderen haben offensichtlich Besseres zu tun, als sich in ihrem freien Tag in einem Schulgebäude aufzuhalten.

»Nichtsdestotrotz komme ich mir ein bisschen so vor, als würde ich gleich in einen Käfig mit drei ausgehungerten Löwen steigen«, witzle ich und Levi schnaubt belustigt.

Ich werfe einen Blick auf die Gemälde, die an der Wand hängen, als wir das Ende des Korridors ansteuern. Hauptsächlich Porträts machtbesessener Politiker und Personen des öffentlichen Lebens, die die dunkelblaue Tapete zieren. Man kommt sich vor, als würden Dutzende Augenpaare einen verfolgen.

Levi greift nach dem Knauf einer Tür, die sich in der hintersten Ecke befindet, und öffnet diese, bevor er mich hineinschiebt. Vor mir erstreckt sich ein quadratischer Raum mit großen Fenstern, die von schweren Brokatvorhängen verdeckt werden. Links daneben wurden mehrere Staffeleien gegen die Wand gelehnt. In der Mitte steht ein massiver Tisch aus Mahagoni mit verschnörkelten Ornamenten auf den Beinen. Drumherum wurden insgesamt acht Stühle aus dem gleichen Holz platziert. Auf einem davon sitzt Raheem und direkt daneben steht Zane. Aus beiden scheint die United-Fellows-Attitüde schier zu strahlen und sogar Raheem, der mir normalerweise wenigstens ein kleines Lächeln oder irgendeinen anderen Beweis von Zuneigung schenkt, ist heute überaus ernst. Für den Bruchteil einer Sekunde habe ich das Bild im Kopf, wie er als ranghohes Tier in der Politik hinter einem Pult steht und gewichtige Reden schwingt. Das passt nicht zu ihm, ganz und gar nicht.

»Setz dich«, befiehlt Zane mit gelangweilter Stimme und deutet auf den Stuhl am Kopf des Tisches.

»Danke, aber ich ziehe es vor, zu stehen«, erwidere ich und kann erkennen, wie sich die Kälte in seinem Blick zu lodernder Wut verwandelt. Er mag es nicht, wenn man ihm widerspricht. Nur beißt er mit seinem Ton bei mir auf Granit.

Levi setzt sich indes auf einen alten Sessel, der in der Ecke des Raumes steht. Er überlässt seinem großen Bruder die Bühne.

»Also«, rufe ich und klatsche einmal in die Hände. Das Geräusch hallt von den kahlen Wänden zurück. »Du hast das Fickpüppchen herzitiert und es ist hier. Sag, was du zu sagen hast.«

Plötzlich fühlt sich die Luft im Raum so an, als könnte man sie schneiden. Und obwohl ich es niemals laut aussprechen würde, fühle ich mich minimal eingeschüchtert von Zanes Augen, die sich in meine bohren und dafür sorgen, dass ich seinem Blick wie hypnotisiert nicht mehr ausweichen kann. Ich hätte gern einen lustigen Spruch von Levi, nur um die Stimmung wieder aufzulockern. Doch ich weiß genau, dass ich hier und jetzt keine Unterstützung erwarten kann, weder von ihm noch von Raheem. Denn gerade sind die beiden nicht als meine Supporter hier. Sondern als Mitglieder der Familie Rawlins und Rückendeckung für Comte.

Zane setzt einen Fuß vor den anderen. Es fühlt sich wie eine Ewigkeit an, bis er endlich bei mir ankommt und nur eine Armlänge von mir entfernt stehen bleibt. Ich muss zu ihm hochsehen und verschränke abwehrend die Arme vor der Brust.

»Der Kunde hat sich bei mir gemeldet, um mich bezüglich des Erhalts seines Auftrags zu informieren«, sagt er schließlich und atmet tief durch. Vermutlich will er mich damit nur noch mehr auf die Folter spannen.

»Und?«, frage ich und versuche die Nervosität, die wieder die Oberhand in meinem Körper übernommen hat, herunterzuschlucken.

Zane macht einen weiteren Schritt vor. Die Spitzen unserer Schuhe berühren sich fast, doch ich wende den Blick nicht ab, sondern starre ihm stur entgegen. Wenn er glaubt, dass er mich so einschüchtern kann, dann kann er das vergessen.

»Es gab keine Probleme. Er hat den Umschlag am Morgen im Verteilerzentrum abfangen können.«

Mein Herzschlag, der vorher einen Sprint hingelegt hat, setzt für mehrere Sekunden aus, nur um dann noch schneller weiterzuschlagen. Ich kann spüren, wie der schwere Eisblock, der sich in meinem Magen eingenistet hat, langsam schmilzt und mich von diesem unangenehmen Druck erlöst. Das sind die besten Worte, die Zanes Mund jemals verlassen haben.

Und obwohl ich nicht weiß, ob zumindest Raheem diese Nachricht bereits vorher hatte, bilde ich mir ein, dass die Stimmung im Raum um mehrere Grad gestiegen ist. Die Anspannung scheint ihren Würgegriff gelöst zu haben.

»Wie auch immer du das gemacht hast … es reicht aus, um dich auch bei weiteren Aufträgen einzubeziehen. Aber es gibt drei Bedingungen«, verkündet Zane und am liebsten hätte ich theatralisch stöhnend meinen Kopf in den Nacken geworfen. Es geht nichts ohne Haken.

»Und die wären?«, frage ich und recke das Kinn in die Höhe.

Zanes Mundwinkel zuckt. Er scheint ein perfides Vergnügen dabei zu haben, mich zu verunsichern. »Die erste Regel ist denkbar einfach: Du verlierst außerhalb der Familie Rawlins niemals auch nur ein einziges Wort über die Company und ihre Geschäfte.« Das ist selbstverständlich. Und unnötig von Zane, es überhaupt zu erwähnen. Aber es würde mich nicht wundern, wenn er gleich von mir verlangen würde, eine Verschwiegenheitserklärung zu unterschreiben. Ich warte geduldig darauf, dass er weiterspricht.

»Zweitens: Die Company hat immer Vorrang. Sie steht über dem Zukunftsträger-Studium, Freunden, Schlaf, Essen. Wenn ich will, dass du etwas für die Company tust, dann springst du, selbst wenn du gerade den Schwanz einer meiner Brüder in deinem Mund hast.«

Ich kneife die Augen zusammen. Er will mich zu seinem Laufburschen machen. Da wird er aber sehr schnell merken, dass er damit bei mir auf Granit beißt.

»Äh, über diese Regel reden wir aber noch mal«, tönt es von Levi. Ein Blick auf ihn wird mir durch Zanes muskulöse Gestalt verwehrt.

»Und drittens?«, frage ich ruhig.

Er senkt den Kopf und seine dunkelgrünen Augen funkeln mich an wie Smaragde, in denen sich das Licht bricht. Das ist das erste Mal, dass ich eine positive Emotion darin erkenne. Ein Feuer, von dem ich dachte, dass er es gar nicht besitzt. »Machst du Raheem oder Levi unglücklich, dann sorge ich persönlich dafür, dass du es bereuen wirst.«

Wow. Zane in seiner Paraderolle als der älteste Bruder. Mittlerweile verstehe ich ein bisschen besser, warum ausgerechnet er sich selbst zu Comte gemacht hat. Der Mythos lebt und stirbt mit ihm. Und sollte alles den Bach runtergehen, dann wird Zane derjenige sein, der die Konsequenzen trägt. Zum Schutz seiner Brüder. Das ist … ehrenhaft.

»Verstanden«, sage ich und spare mir jeden weiteren Kommentar zu seinen übertriebenen Anforderungen. Ich wusste von vornherein, worauf ich mich einlasse. In ein Familienunternehmen zu grätschen, das mit strenger Hand geführt wird und wo es ein Unding ist, sich als Außenstehende einzumischen, ist grundsätzlich ein riskantes Unterfangen. Und nun habe ich immerhin Zanes Vertrauen. Wenn auch nicht vollkommen uneingeschränkt oder gar stabil. Ein Windhauch dürfte reichen, um seine Skepsis wieder aufflammen zu lassen. Doch fürs Erste reicht es.

»Willkommen in der Company, Foster.« Zanes Mund umspielt die Andeutung eines Lächelns. Ich weiß, dass es nicht herzlich oder einladend gemeint ist. Er tritt einen Schritt zurück, nur um dann an mir vorbeizulaufen und den Raum zu verlassen.

Der Erste, der darauf reagiert, ist Raheem, denn er erhebt sich von seinem Stuhl und bleibt neben mir stehen.

»Jetzt hast du, was du wolltest. Wir sind ein Team«, flüstere ich und suche in seinem Gesicht nach irgendeiner Form der Zustimmung. Es wäre das Schlimmste, wenn er jetzt, nachdem ich es endlich geschafft habe, Zane auf meine Seite zu ziehen, nicht mehr davon überzeugt wäre, dass das funktionieren kann.

»Das ist nicht das Einzige, was ich wollte ... und nach wie vor will.« Er hebt die Hand und streicht mit dem Zeigefinger über meine Unterlippe. Es ist eine hauchzarte Berührung, eigentlich kaum wahrnehmbar. Und doch löst sie eine Welle an brennenden Gefühlen aus, die alles Negative, das mein Inneres dominiert hat, mit sich reißt und unter sich begräbt. Eine Annäherung, die die Hoffnung nährt.

Auch Raheem läuft Richtung Tür und ich drehe mich in Erwartung, dass er noch etwas sagt, zu ihm um. Doch er bleibt still und schenkt mir einen letzten, glühenden Blick, bevor auch er weg ist.

Plötzlich legen sich Levis Hände von hinten an meine Taille. Sein Duft hüllt mich ein und ich lehne mich gegen seine Brust.

»Gut gemacht, Bullet«, lobt er und seine tiefe Stimme an meinem Ohr schickt Stromstöße durch meinen Körper.

Ich fühle mich, als wäre ich auf Drogen, eingesperrt zwischen Erleichterung, Sehnsucht und Verlangen. Mein Herzschlag hat sich immer noch nicht normalisiert.

»Das sollten wir feiern, findest du nicht auch?« Levis Griff wandert zu meiner Hüfte und zieht mich enger an seinen Körper. Ich spüre seine Härte an meinem Hintern. Und mein Kopf, der sich vorher im Dauerbetrieb befunden hat, schaltet einfach ab.

KAPITEL 37

Levi

Fuck, alles an Everly zieht mich an. Diese Frau ist gefährlicher als jedes Rauschmittel. Und nun, da Zane sich entschlossen hat, über seinen Schatten zu springen, wird es nur noch gefährlicher. Als ich am ersten, offiziellen Schultag mit ihr zusammengeprallt bin, hätte ich nicht gedacht, dass so viel Ehrgeiz in ihr brennt. Wenn sie etwas will, dann tut sie alles dafür, um es auch zu bekommen. Everly wollte Zane überzeugen und sie hat es geschafft. Auch wenn mir dieser Anflug von Verwunderung in ihren zarten Gesichtszügen nicht entgangen ist, als Zane seine dritte Regel verkündet hat. Raheem und ich wissen nur zu gut, warum er tut, was er tut. Zwar sind wir nicht immer einverstanden mit seinen Methoden oder mit der Härte, die er wählt. Doch das ist nun mal unsere Rolle in der Company. Jeder macht das, was er am besten kann. Everly wird noch früh genug verstehen, was es bedeutet, mit Comte zu arbeiten. Es interessiert mich nicht einmal, warum sie so dringend in die Company wollte. Vielleicht ist es dieses berüchtigte Squadron-Gen. Du fängst nichts an, was du nicht auch zu Ende bringen kannst. Und ich werde mich sicher nicht beschweren, dass ihr hübscher Hintern ab sofort ständig in meiner Nähe sein wird. Denn Zane wird sie nicht schonen. Das ist nicht sein Stil.

Ich spüre, wie Everly sich in meiner Umarmung entspannt. Ihr Kopf landet auf meiner Schulter und gibt damit den perfekten Zugang zu ihrem schmalen Hals frei. Mein Mund fährt über ihre helle Haut. Sie schmeckt nach Kirschblüten, dank der kurzen Dusche, die sie noch eingeschoben hat, bevor wir zur Paulson Hall aufgebrochen sind. Ich drehe sie einmal um ihre eigene Achse und werfe einen Blick in ihre unschuldigen, großen Augen. Dahinter verbirgt sich eine Femme fatale. Meine Hand landet in ihrem Nacken, ehe ich sie zu mir ziehe und ihre Lippen sich mit meinen vereinen. Langsam trete ich nach hinten.

Everly vergräbt ihre Finger in meinen Haaren und seufzt an meinem Mund. Ich vergöttere die Geräusche, die sie von sich gibt. Die kleinen Laute, die sich in mein Gedächtnis brennen, um sich dann in Dauerschleife zu wiederholen.

Ich stoße gegen die Tischkante, unterbreche den Kuss allerdings nicht, sondern packe ihre Oberschenkel und setze sie auf der glatten Mahagoni-Platte ab. Es ist wohl unser Ding, in nicht abgeschlossen Räumen übereinander herzufallen. Irgendwann wird uns das sicher zum Verhängnis. Doch so lange genieße ich den Kick, der dieser perfekten Symbiose zwischen uns noch mehr Hitze verleiht.

Everly zieht den Kopf zurück, um mich mit glänzenden Lippen anzulächeln. Sie lehnt sich nach hinten, schlüpft erst aus ihrer Jacke und zieht sich dann den Pullover aus, sodass sich mir ihre süßen Brüste in einem schwarzen BH präsentieren. Jeder Zentimeter an dieser Frau ist perfekt.

Ich wickle ihre Haare in meine Faust und platziere einen kurzen Kuss auf ihren Lippen, wandere über ihr Kinn und ihre Kehle immer tiefer nach unten, bis ich bei ihrem Dekolleté ankomme. Mein Mund schließt sich durch den dünnen Stoff um ihren Nippel und saugt daran, bis Everly sich unter mir windet. Meine freie Hand findet den Verschluss an ihrem Rücken und befreit sie von diesem unnötigen Kleidungsstück.

Plötzlich rutscht sie an die Kante des Tisches und fängt an, mich von meinen Klamotten zu befreien. Sie öffnet hektisch die Knöpfe des schwarzen Hemdes, das ich trage. Amüsiert über ihre Ungeduld bin ich behilflich und lasse es ebenfalls zu Boden fallen. Ohne zimperlich zu sein, schlingt sie einen Arm um meinen Hals, sodass unsere Lippen wieder zueinanderfinden. Sie ist völlig in ihrem Element, nestelt mit der anderen Hand an der Schnalle meines Gürtels, während ihre Rundungen sich an meine Brust pressen.

»Genug der Zärtlichkeiten, Rawlins«, wispert sie an meinem Mund und mein Schwanz wird, falls es überhaupt möglich ist, noch härter. »Ich will dich, und zwar ohne Rücksicht.«

Mein Kopf zuckt leicht zurück, damit ich ihr in die Augen sehen kann, und darin brennt das Verlangen wie glühende Kohle. Und jeder Nerv in meinem Inneren vibriert vor Lust.

»Alles, was du willst, Bullet«, raune ich und ziehe Everly von der Tischplatte, um sie von Hose und Slip zu befreien.

Ihre Atmung geht ruckartig, aber genauso, wie sie es wollte, werde ich keine Rücksicht nehmen. Stattdessen drehe ich sie an der Taille um und lege eine Hand zwischen ihre Schulterblätter, um ihren Oberkörper auf die Tischplatte zu drücken. Als das kalte Mahagoni auf ihre heiße Haut trifft, zischt sie und versucht, sich aufzurichten, doch mein Griff wandert zu ihrem Nacken und lässt ihr kaum Bewegungsspielraum.

»Hände hinter den Rücken«, befehle ich streng und sie leistet brav Folge. *Oh, Baby. Ich könnte mich glatt daran gewöhnen, dass du gehorsam tust, was ich sage.*

Sie wartet und zappelt ungeduldig, während ich ein Kondom aus meinem Geldbeutel hole. Meine Hose rutscht samt Boxershorts nach unten und ich umfasse meine Härte, um das Kondom überzuziehen. Everlys Arsch, der sich mir verführerisch entgegenstreckt, ist eine gottverdammte Versuchung.

»Spreiz die Beine für mich, Baby«, sage ich tief und gebe ihr als Belohnung für ihre Folgsamkeit einen Schlag auf den Hintern, den sie mit einem hinreißenden Keuchen quittiert.

Ich greife nach ihren Handgelenken, um ihr keine Chance zu geben, sich zu befreien, und führe meinen Schwanz an ihre wartende Pussy, um hart in sie einzudringen. Der Druck, der sich aufbaut, ist wie süßes Aphrodisiakum. Immer wieder lasse ich meine Hüfte nach vorne schnellen, sodass Everly unsanft gegen den Tisch gedrückt wird. Doch sie beschwert sich nicht. Stattdessen hallt ihr Stöhnen durch den Raum und ich schließe die Augen, um die Geräuschkulisse zu genießen.

Irgendwann lasse ich ihre Hände los, greife stattdessen in ihre schwarzen Strähnen und ziehe sie zu mir hoch, sodass ihr gesamter Rücken gegen meine Brust gepresst wird. Mein Schwanz ist tief in ihr vergraben. Everly vibriert regelrecht. Sie ist so kurz davor, zu kommen. Meine Finger wickeln sich eng um ihre Strähnen, als ich um sie herum greife und meine Hand ihren Kitzler findet. Mein Name rollt über ihre sündigen Lippen. Ich fahre fest über ihre Perle und schenke ihr die nötige Aufmerksamkeit, um Everly über die Klippe zu schubsen. Wimmernd stützt sie sich auf der Tischplatte ab, doch ich bin noch nicht fertig mit ihr und greife fest in ihre Hüfte, um sie hart von hinten zu nehmen, bis der Orgasmus mein Nervensystem überrollt.

Schwer atmend streichle ich über ihren Hintern und ziehe mich langsam aus ihr zurück.

»Fuck, Levi«, keucht Everly und umfasst auf der Suche nach Halt die Tischkante, bevor sie sich zu mir umdreht. Ihre helle Haut hat einen rötlichen Schimmer und in ihren Augen glänzt ungezügelte Leidenschaft. Sie sieht aus, als wolle sie auf der Stelle eine Wiederholung. Und ich hoffe, dass dieses Verlangen niemals erlischt.

KAPITEL 38
Everly

Es nimmt eine lächerlich lange Zeit in Anspruch, meine gesamte Haarpracht zu glätten. Doch dass es sich lohnt, verrät mir ein Blick in den Spiegel, als ich ein letztes Mal mein Aussehen überprüfe. Meine Strähnen fallen nun wie ein Wasserfall aus Schwarz und Silber bis zur Mitte meines Rückens. Dunkel geschminkte, glänzende Augen schauen mich an.

Heute ist die große Feier, über die seit Wochen alle sprechen. Die Academy of French & Raven feiert sechzigjähriges Bestehen und ist damit die älteste Schule für Zukunftsträger in den gesamten Vereinigten Staaten. Die Veranstaltung ist ein von Direktorin Whittaker ausgerufenes Pflichtprogramm für alle Studenten. Dabei spielt es keine Rolle, ob eines der Mitglieder der vier Verbindungshäuser krank ist, einen Notfall in der Familie oder gerade beide Beine amputiert bekommen hat. Ausnahmslos jeder hat zu erscheinen.

Ich laufe zu meinem Nachttisch und hole aus dem kleinen, samtenen Schmuckkästchen einige Ringe und eine Kette mit dezentem Anhänger hervor. Die grauen Steinchen heben sich von der hellen Haut meiner Hände ab und passen perfekt zum dunkelroten Nagellack. Seufzend fahre ich mit den Händen über den feinen Stoff meines schwarzen Zweiteilers, den ich mir für den heutigen Abend habe von zu Hause schicken lassen.

Meine Aufregung hält sich in Grenzen. Während Paisley mir seit Tagen in den Ohren liegt, wie sehr sie sich auf den heutigen Abend freut, könnte ich geflissentlich darauf verzichten. Besonders, weil mich eine Sache jetzt schon nervt: Die verlorene Zeit, die man viel besser nutzen könnte, um tiefer in das Verständnis für die Geschäfte vorzudringen. Trotz meiner offiziellen Aufnahme in die Company halten sich die Brüder Rawlins ziemlich bedeckt mit Informationen. Und auch Zane ist in den letzten Wochen nicht wirklich warm mit mir und meiner Anwesenheit geworden. Bis dato durfte ich lediglich regelmäßig Aufträge in der Werft abliefern, stets in Begleitung von Levi. Und es hat sicherlich zwei Gründe, warum der jüngste Bruder immer in meiner Nähe sein soll. Zane will mich ohne Zweifel unter Beobachtung halten, bis er entscheidet, dass meine Bewährungsphase abgeschlossen ist. Und Raheem habe ich ein Versprechen gegeben, sodass er anscheinend ebenfalls seinem kleinen Bruder eingebläut hat, mich immer zu begleiten, um Gefahren auszuschließen. Seitdem ist Levi mein Schatten. Und obwohl ich seine Gesellschaft genieße, fühle ich mich nicht wie ein vollwertiges Mitglied der Company. Eher wie ein billiger Laufbursche.

Ich greife nach meinem Mantel und wickle mir einen dicken Wollschal um den Hals, bevor ich das Verbindungshaus verlasse. Dass die Feier mitten im Winter stattfindet, ist alles andere als gut durchdacht. Wenn sich auf dem Weg dorthin nur ein Bruchteil der Frauen keinen Kältetod holt, kann man das schon als Erfolg verbuchen. Die Luft ist eisig kalt und riecht frisch, als würde sich Schneefall ankündigen.

Im Inneren des Hauptgebäudes hat man direkt neben dem Eingang eine Garderobe eingerichtet, an der in mehreren Reihen Jacken und Mäntel nebeneinander hängen und auch meiner Platz findet. Der offizielle Beginn der Veranstaltung ist in einer Viertelstunde und doch hat sich bereits der größte Teil der Studenten versammelt. Das sonst so grelle Licht scheint gedimmt auf das silberne und rote Dekor. Ein breites Banner mit Glückwünschen an die Academy hängt über dem Podium, das sich in der Mitte des Audimax befindet. Im Vorraum, zwischen den Grüppchen von Menschen, die sich in Anzüge und Abendkleider geworfen haben, entdecke ich eine lange Reihe aus Tischen mit blütenweißen Decken, auf denen Getränke und Häppchen stehen. Alles in allem wirkt die Aufmachung wahnsinnig ... dekadent.

»Wow!«

Ich drehe mich um und entdecke Paisley, die mich mit großen Augen anschaut. Im Gegensatz zu mir hat sie sich für ein Kleid mit deutlich mehr Ausschnitt entschieden. Die royalblaue A-Linie bringt ihre rotblonden Haare, die sie sich locker hochgesteckt hat, zum Leuchten.

»Du siehst aus, als wolltest du mindestens einem Kerl heute das Herz brechen. Und die Betonung liegt eindeutig auf *mindestens*«, sagt sie und deutet auf mein Outfit. Dank der langen Ärmel ist das einzige Stück Haut, das frei liegt, der schmale Streifen zwischen Oberteil und Rock.

»Und dabei habe ich mir so viel Mühe gegeben, nicht aufzufallen«, erwidere ich mit einem Schmunzeln.

»Die Mission ist eindeutig gescheitert«, meint sie kopfschüttelnd.

Wir suchen uns einen Platz in der hinteren Reihe und warten, bis alle sich einigermaßen geordnet haben. Gemäß Programm beginnt der Abend mit einer feierlichen Ansprache von Direktorin Whittaker. Diese betritt nur wenig später in einem modischen Hosenanzug das Podium. Ihr sonst so gerader Bob ist in wilden Locken frisiert und nimmt ihr ein wenig die Strenge, die sie sonst zur Schau trägt. An ihrer ausdrucksvollen Stimme hat sich allerdings nichts geändert, und während sie alle Anwesenden begrüßt, lasse ich meinen Blick durch den weitläufigen Raum schweifen. Alle haben sich herausgeputzt und sitzen oder stehen eifrig wie kleine Soldaten nebeneinander.

»Bereits unsere Namensgeber John R. P. French und Bertram H. Raven haben erkannt, was es braucht, um unsere Welt zu formen. Macht. Ein gewichtiges Wort und doch umschreibt es am besten, was die nächste Generation Zukunftsträger braucht, um das System aufrechtzuerhalten.« Wie lange sie diese Rede unter dem Einfluss ihrer blumigen Duftkerzen wohl geprobt hat? Jedem hier dürften die Leitsätze der Academy bekannt sein. Als allerersten Grundkurs bekommt man schließlich die Geschichte der Schule nähergebracht.

Während Direktorin Whittaker auch weiterhin viel schlüssiges Geschwafel loswird, suche ich weiter nach bekannten Gesichtern und bleibe bei anthrazitfarbenem Stoff stehen. Raheem im Anzug ist ein Anblick, der sich so tief in mein Gehirn brennt, dass ich mir sicher bin, ihn nie wieder herauszubekommen. Er sieht verdammt gut aus. Und er schaut direkt in meine Richtung.

Zwischen uns liegt eine gewisse Distanz und doch bilde ich mir ein, dass seine Lippen sich bewegen und das Wort »Fuck« formen. Ihm scheint zu gefallen, was er sieht.

»Die Academy of French & Raven stützt sich seit jeher auf den vier Verbindungshäusern, die die Grundpfeiler unserer Welt repräsentieren. Struktur durch Politik im Namen der United Fellows, Ordnung durch die Militär-Kameraden von Squadron, Wohlstand dank der Actuaries und Wachstum im Hause Doctrina. Dieses Bündnis arbeitet miteinander, um …« Langsam kommt es mir so vor, als hätte sie einfach ihre Willkommensrede recycelt. Andererseits ist sie bereits seit über einem Jahrzehnt die Direktorin der Institution und irgendwann wird man sich zwangsläufig wiederholen. Zane, der sich im dritten Jahr befindet, kann diese gewichtigen Reden mit Sicherheit schon mitsprechen.

Ich schenke Raheem ein kleines Lächeln. Seine Brüder sind nicht in seiner Nähe. Entweder sie haben sich einen Platz gesucht, den ich von meiner Position aus nicht einsehen kann, oder sie verstoßen gegen eine der Regeln der Direktion, nämlich pünktlich zu sein. An der Academy gibt es dafür keinen Klaps auf die Finger. Jede Verfehlung wird umgehend an die Eltern der Studenten gemeldet und die haben ganz andere Möglichkeiten, ihre Kinder zu bestrafen, wenn diese sich nicht verhalten, wie sie es wollen.

»Deswegen lasst uns gemeinsamen diesen glorreichen Tag feiern und anstoßen. Auch auf die nächsten hundert Jahre der Academy«, beendet Direktorin Whittaker und im Audimax bricht kollektiver Applaus aus, dem ich mich anschließe.

»Komm, wir suchen Selene«, sagt Paisley und zupft an meinem Arm, damit ich ihr folge.

Raheem verschwindet indes aus meinem Blickfeld. Hoffentlich bekomme ich noch die Chance, mich mit ihm zu unterhalten. Das kann so nicht weitergehen. Diese Distanz zwischen uns und seine Ablehnung treiben mich langsam in den Wahnsinn. Er steht sich selbst im Weg. Und was noch viel schlimmer ist: Er steht uns im Weg.

»Hast du eine Ahnung, wo sie steckt?«, frage ich, während wir in Richtung des Büffets gehen.

Die Masse an Studenten verteilt sich langsam und es formen sich erneut Grüppchen mit wild durcheinander sprechenden Menschen.

»Wir sind zusammen gekommen, aber ich habe sie irgendwie verloren, als ich nach dir gesucht habe«, sagt Pais und reckt den Hals, wahrscheinlich um Selenes karamellfarbenen Schopf zu erspähen. »Aha!«, ruft Pais freudig aus und läuft zielstrebig durch die Menge.

Ich folge ihr deutlich gemächlicher. Moonshine zu finden ist momentan nicht wirklich meine Priorität. Viel lieber wäre ich jetzt bei Raheem.

»Ich brauche Alkohol, um diesen Abend zu überstehen«, höre ich ihre glockenhelle Stimme, als ich am Büffet ankomme. Selene fügt sich absolut nahtlos in die Reihe schick gekleideter Studenten ein. Ihren schlanken Körper ziert ein zweifarbiges, bodentiefes Kleid in Schwarz und Beige, das durch einen schmalen Gürtel an der Taille geschmückt wird. Sie nippt an einem Glas, in dem sicherlich kein Alkohol zu finden ist, sondern eine jungfräuliche Mischung aus Rosenwasser und Zitronensaft. »All black, gefällt mir«, sagt sie und nickt anerkennend in meine Richtung. Ich habe mittlerweile genug Zeit mit Selene verbracht, um zu wissen, dass das schon das Höchste an freundschaftlicher Zuneigungsbekundung ist, das ich erwarten kann.

»Ich weiß überhaupt nicht, warum ihr beide so schlecht gelaunt seid«, sagt Paisley und greift nach zwei Gläsern, um mir eins davon zu reichen. Der Aperitif darin schmeckt ziemlich gewöhnungsbedürftig. »Es ist toll hier. Das Audimax ist richtig rausgeputzt, es gibt sogar eine Tanzfläche.«

»Wir sind nicht schlecht gelaunt«, widerspricht Selene und streckt die Hand aus, um Pais eine Locke, die aus ihrer Frisur gesprungen ist, hinter das Ohr zu klemmen. »Wir lassen uns nur nicht ganz so schnell begeistern wie du.«

Paisley fletscht spielerisch die Zähne und nippt dann an ihrem Getränk.

»Ich mische mich mal ein bisschen unter die Leute«, verkünde ich und stelle mein halb leeres Glas auf einen der Stehtische. »Wir sehen uns später.«

Ihre Reaktionen auf meinen plötzlichen Abgang bekomme ich nicht mehr mit, denn ich drehe mich um und bahne mir einen Weg zwischen den Menschengruppen hindurch. Doch kaum erreiche ich die Sitzränge, stellt sich mir die Direktorin höchstpersönlich in den Weg.

»Ms. Foster, wie schön, Sie zu sehen«, begrüßt sie mich auf eine ungewohnt säuselnde Art. Diesen Tonfall bin ich von ihr nicht gewohnt. Außerdem grenzt ihre Aussage fast an Hohn, wenn man bedenkt, dass Anwesenheitspflicht bei der Feier herrscht.

»Als ob ich mir dieses Ereignis entgehen lassen würde«, erwidere ich, doch sie durchschaut meine Floskel natürlich sofort und kneift die Augen zusammen.

»Es ist mir nach den Erstgesprächen mit den Neuankömmlingen immer ein besonderes Bedürfnis, ihre Entwicklung zu beobachten. Und ich muss sagen ...« Sie macht eine bedeutungsschwangere Pause und wirft einen Blick hinter mich, wo ich immer noch Moonshine und Pais vermute. »... dass Sie so schnell Anschluss gefunden haben, ist sehr positiv.«

Perplex lege ich den Kopf schräg. Hält sie mich für einen Misanthrop, nur weil ich mir meine Gesellschaft deutlich kritischer aussuche als andere?

»Wie meinen Sie das, Direktorin?«, frage ich geradeheraus.

Sie tritt ein paar Schritte zur Seite, um nicht mehr komplett im Trubel zu stehen, und ich folge ihr. Sie verschränkt die Hände hinter dem Rücken und schaut mich mit ihrem typisch harten Ausdruck in den Augen an.

»Ich war ein wenig in Sorge«, gibt sie zu und hebt das Kinn, um geradezu gebieterisch auf mich hinabzuschauen. Direktorin Whittaker hat eine beeindruckende Körpergröße für eine Frau und steht noch dazu auf Blockabsätzen. »Ihr Vater hat gewisse Vorstellungen bezüglich Ihrer Zukunft, Ms. Foster. Das wissen Sie sicher selbst am besten.« Ja, das tue ich tatsächlich. »Und es wäre schwierig gewesen, wenn Sie sich selbst im Wege gestanden hätten. Nicht nur in Bezug auf mögliche zwischenmenschliche Verbindungen im Hause Squadron. Auch darüber hinaus.« Was will sie mir damit sagen? Dass sie die Nächste auf der Liste der Leute ist, denen aufgefallen ist, dass ich mich in letzter Zeit immer häufiger in der Nähe der Familie Rawlins aufhalte? Direktorin Whittaker hat bei unserem Erstgespräch ja bereits verlauten lassen, dass sie mich auch dem Haus der United Fellows zugeordnet hätte.

»Was ich damit sagen will, ist, dass Sie genau auf dem richtigen Weg sind. Und das ist *überaus* erfreulich.« Ihre Mundwinkel verziehen sich kurz zur Andeutung eines Lächelns und ich beginne langsam zu begreifen, was diese kryptischen Aussagen sollen. Sie glaubt, dass ich mich langsam in die Form pressen lasse, die mein Vater für mich angefertigt hat. Für die Direktorin ist es erst dann ein Erfolg, wenn die Eltern, die so viel Geld in die Academy investieren, die perfekten Kinder zurückerhalten. Erzogen und ausgebildet, um den Platz im System einzunehmen, der uns vorherbestimmt ist.

»Ich wünsche Ihnen noch einen schönen Abend, Ms. Foster«, sagt sie, als ich nicht auf ihre Aussage reagiere, und nickt mir höflich zu, bevor sie das Weite sucht.

Bekomme ich deswegen in letzter Zeit immer unregelmäßiger Antworten von meinem Vater? Greift er sich die Informationen über meinen *Fortschritt* mittlerweile direkt bei der höchsten Instanz ab? Ich schüttle den Kopf. Das sind Fragen, mit denen ich mich beschäftigen werde, wenn ich wieder allein in meinem Zimmer bin. Jetzt habe ich ein anderes Ziel. Ich will mit Raheem reden.

KAPITEL 39

Raheem

Diese verdammte Anwesenheitspflicht, die die Direktion ausgerufen hat. Wäre es anders gewesen, dann wäre ich jetzt niemals hier, umgeben von dumm grinsenden Studenten und mit einer Plörre in der Hand, die schon fast an Körperverletzung grenzt.

Ich versuche, niemanden in der Menge krampfhaft zu fokussieren. Solange ich am Rande der Tanzfläche stehe, das volle Glas in der Hand, und keiner auf die Idee kommt, mich anzusprechen, schaffe ich es vielleicht, den Abend an mir vorbeiziehen zu lassen. Im besten Fall, ohne dass mein Kopf explodiert.

»Hast du sie schon gesehen?«, fragt Levi, der wie aus dem Nichts neben mir auftaucht. In solchen Momenten wird mir wieder bewusst, warum er den Außendienst in der Company macht. Denn Levi ist ein Künstler, wenn es darum geht, mit seiner Umgebung zu verschmelzen.

»Ja«, antworte ich ihm knapp. Wie könnte man Everly

nicht sehen? Sie ist eine Erscheinung, vor allem in der Menge an gesichtslosen Robotern.

»Sieht sie nicht verflucht sexy aus?« Das ist die Untertreibung des Jahrhunderts.

»Was willst du von mir hören, Bruder?«, frage ich ihn, als er sich in seinem schwarzen Anzug mit den silbernen Manschettenknöpfen neben mich stellt und den Blick über die Menge schweifen lässt.

»Nichts«, erwidert er und grinst mich an. »Ich will es nur erwähnt haben.« Levi versteht mein Problem nicht. Er ist erst vor wenigen Monaten an die Academy gekommen und bisweilen scheint es fast so, als hätte man ihm einen riesigen Spielplatz gebaut, auf dem er sich austoben kann.

»Zane will nächste Woche diesen Kunden aus New Brunswick treffen. Und er will Everly mitnehmen.« Die Sorge dreht einen Looping in meinem Bauch, wenn ich daran denke, dass sie dieser Umgebung ausgesetzt sein wird.

»Ach, Raheem.« Levi baut sich vor mir auf und sämtliche Komik ist aus seinem Gesicht gewichen. »Wenn du schon kein Vertrauen in Everly hast, dann wenigstens in Zane. Er würde sie niemals mitnehmen, wenn er nicht der Meinung wäre, dass sie dieser Herausforderung gewachsen wäre.«

Ich schnaube ungläubig. »Und du bist davon überzeugt, dass Zane sie nicht als Kollateralschaden betrachtet, falls irgendwas schiefgeht?«, frage ich und hoffe darauf, dass Levi einlenkt, doch stattdessen zuckt er mit den Schultern.

»Weißt du was? Du solltest dieses Gespräch nicht mit mir führen, sondern mit Everly.« Er nimmt mir das Glas aus der Hand und stolziert davon.

Kaum ist mein Blick auf die Tanzfläche wieder frei, starre ich geradewegs in graue Augen. Sie steht auf der anderen

Seite des Raumes und fängt mich dennoch mit einem einzigen Wimpernschlag ein.

Ich seufze lautlos. Levi hat recht, so kann das nicht weitergehen.

Auf der Tanzfläche bilden sich Zweierpärchen, die sich zu neu interpretierter, klassischer Musik bewegen. Ich kenne das Originalstück und es ist perfekt geeignet für einen langsamen Tanz. Ehe ich mich's versehe, habe ich die Menschenmenge umrundet und stehe vor Everly. Sie sieht mich an ... neckend, aber abwartend. Eine Frau wie sie macht nicht den ersten Schritt. Nicht in dieser Situation. Also strecke ich ihr die Hand hin, als stumme Bitte, mir diesen Tanz zu schenken. Und nach quälend langen Sekunden legt sie ihre zarte Hand in meine und lässt sich zur Tanzfläche führen. Hier fallen wir niemandem auf, denn Dutzende Paare wirbeln mal mehr, mal weniger grazil über das Parkett. Ohne Worte bringen wir uns in Position und ich bemühe mich, den gesellschaftlich anerkannten Abstand einzuhalten.

»Du siehst atemberaubend aus«, sage ich und versuche jedes Detail, von den tiefschwarzen Wimpern bis zu ihren glänzenden Lippen, aufzusaugen.

»Danke«, erwidert sie und lächelt mich für einen viel zu kurzen Moment an. »Du kannst dich aber auch sehen lassen.« Dieser neckende Unterton in ihrer Stimme holt mich zurück auf den Boden der Tatsachen. Ich bin nicht hier, um Süßholz zu raspeln, sondern um einen Schritt auf sie zuzugehen.

Deshalb räuspere ich mich und versuche das in Worte zu fassen, was mir seit Tagen auf der Seele brennt. »Ich möchte mich bei dir entschuldigen, Everly.«

Ihre Augenbrauen springen in die Höhe. Damit hat sie offenbar nicht gerechnet.

»Und für was?«, fragt sie und ich bilde mir ein, dass ihre Hand in meiner etwas fester zudrückt, um mich zum Weiterreden zu animieren.

»Seit du ein Teil der ... Geschäfte bist, war ich nicht besonders kommunikativ. Ich hätte mich zwischenzeitlich deutlich mehr bemühen können, zwischen Zane und dir zu vermitteln.«

»Ich brauche kein Sprachrohr, Raheem«, sagt sie hart und ihre aufwendig geschminkten Augen verziehen sich zu Schlitzen. »Und Zane ist nicht das Problem. Das Problem ist, dass du dich versteifst, auf etwas, von dem du glaubst, dass es der einzig richtige Weg wäre.« Natürlich. Man kann ihr nichts vormachen oder sie gar mit irgendwelchen Floskeln beschwichtigen. Everly hat das analytische Denken ihres Vaters und plant im Kopf unzählige Möglichkeiten mit jeglichen Vor- und Nachteilen, noch bevor jemand wie ich sich überhaupt ein Bild über die Ausgangslage verschafft hat.

»Du willst also wissen, was mich stört?«, frage ich und kann den Vorwurf nicht aus meiner Stimme verbannen.

Sie nickt eifrig, während wir uns in perfektem Einklang über das Parkett bewegen.

»Ich bin ein Egoist, denn ich wollte etwas ganz für mich allein. Etwas, das ich weder teilen noch rechtfertigen muss, etwas, das nichts mit der Company zu tun hat oder mit der Academy. Und ich hätte mir gewünscht, dass das zwischen uns dieses Etwas gewesen wäre, Everly.« Und das ist die Wahrheit. Auch wenn unzählige andere Faktoren in dieser Gleichung ein Stimmrecht besitzen.

Everly öffnet den Mund und schließt ihn wieder, ohne etwas zu sagen. In ihr scheint es heftig zu arbeiten. »Warum hast du mich dann reingezogen, Raheem? Wenn du mich am

Anfang gar nicht dabeihaben wolltest. Warum hast du deine Meinung geändert?«

Diese Frage bringt mich so stark aus dem Konzept, dass ich sogar kurz die Schrittfolge vergesse und ihr damit fast auf die Füße trete. Messerscharfer Verstand. Am liebsten hätte ich ein paar lobende Worte verloren, doch dann hätte sie mich mit großer Sicherheit angefaucht. Und das auch zu Recht.

»Das lässt sich am einfachsten erklären, wenn du mir eine Frage beantwortest«, sage ich und nehme die Hand von ihrer Hüfte, um sie einmal um die eigene Achse zu drehen und sie dann wieder in unsere Ausgangsposition zu ziehen. Everly bewegt sich elegant und geschmeidig. Am liebsten würde ich die Zeit anhalten und immer weiter mit ihr tanzen, bis alle Werke der Hochromantik verklungen sind. »Ja oder nein: An dem Abend, an dem du im Hafen niedergeschlagen wurdest ... warst du nur dort, um etwas über oder für die Company herauszufinden?«

Sie blinzelt mich mehrmals an und scheint sekundenlang abzuwägen, was sie sagen soll. Nach einem langen Atemzug formen ihre Lippen schließlich ein *Ja*.

Ich seufze schwer und schiebe beiseite, dass wir uns inmitten der Studenten von French & Raven aufhalten. Meine Hand rutscht von Everlys Taille zu ihrem Rücken und ich ziehe sie eng an mich, sodass ihr gesamter Oberkörper sich gegen meine Brust presst. Meine Lippen schweben über ihrem Ohr. »Da hast du deine Antwort, Schönheit. Ich tue, was getan werden muss, damit du in Sicherheit bist. Dich in die Company zu holen war ein Teil davon. Um dafür zu sorgen, dass du dich nicht mehr unnötig in Gefahr begibst.«

Wir wiegen uns im Takt der Musik und ich entdecke Levi

zwischen den tanzenden Pärchen, der mit dem leeren Glas in der Hand auf einem der Sitzränge Platz genommen hat und mir lächelnd zunickt.

»Auch wenn das bedeutet, dass ich ertragen muss, wie du mit Zane irgendwelche Aufträge erledigst. Auch wenn ich ertragen muss, dass Levi dich zu jeder x-beliebigen Zeit in einen Raum sperren, ausziehen und mit dir schlafen kann. Ich bin bereit, das zu ertragen«, raune ich und habe unweigerlich das Bild im Kopf, wie Everly in dem Hotelzimmer im Helheim meinen Namen stöhnt. Ich sehne mich danach, das wieder zu haben.

»Warum beschützt du etwas, das du nicht einmal genießen kannst?«, fragt sie leise und doch hallt es in mir nach wie ein Echo. *Weil es immer noch besser ist, als gar nichts zu haben.* Diese Wahrheit steckt in meinem Kopf und meinem Herzen.

Doch sie findet keinen Weg nach draußen. Und so bleibe ich Everly die Antwort auf ihre Frage schuldig.

KAPITEL 40
Everly

Der Winter benetzt South Shanton mit einer dicken Schneeschicht und verleiht dem verschlafenen Ort einen zusätzlichen Charme. Es gibt nur wenige Dinge, die mir so viel innere Ruhe geben wie das Beobachten der glänzenden Eiskristalle, die vom Himmel fallen. Sie verbinden sich zu bauschigen Flocken und begraben den Steinboden des Vorplatzes unter sich, sodass nichts mehr von ihm zu sehen ist. Das Licht der Straßenlaternen verleiht diesem Anblick etwas Hypnotisierendes.

»Everly.«

Ich reiße den Blick von dem Naturspektakel los und drehe meinen Kopf in die Richtung, aus der mein Name erklang. Seit der Feier zum hundertjährigen Bestehen der Academy und unseren gemeinsamen Tanz begegnet mir Raheem mit einer Stimmung, die ich nicht benennen kann. Irgendwas schwebt zwischen uns in der Luft. Ich bilde mir ein, dass wir uns seit diesem Abend irgendwie angenähert haben. Auch wenn unsere Beziehung bei Weitem nicht so entspannt und unbedarft ist wie die zwischen Levi und mir. Doch in mir wächst die Hoffnung, dass es eine Chance für uns gibt. Eine, die nicht darauf beruht, dass Raheem alles toleriert, was um mich herum passiert. Sondern dass er sich vielleicht wirklich irgendwann vollkommen auf mich einlassen kann, auch wenn Levi das gleiche Privileg genießt.

Ich erhebe mich von meinem Sessel, der vor einem der großen Fenster der Bibliothek steht, und gehe auf Raheem zu. Auf seinen Schultern, die von einem dunkelgrauen Kaschmirmantel bedeckt werden, liegen vereinzelt Schneeflocken, die im warmen Inneren des Gebäudes schnell schmelzen.

»Zane wartet draußen auf dich«, verkündet er und vergräbt die Hände tief in den Taschen.

»Vertraust du deinem Bruder nicht?«, frage ich und lege den Kopf schräg, während ich den Sitz meiner Lederhandschuhe richte.

»Warum fragst du mich das?« Zwischen seinen Augen bildet sich eine nachdenkliche Furche.

»Weil du dir schon wieder Sorgen machst«, antworte ich, denn es steht außer Frage, dass er das tut. Seine verschlossene Körperhaltung, der beunruhigte Blick und die Unsicherheit in seiner Stimme sprechen eine sehr eindeutige Sprache.

»Ich mache mir immer Sorgen, wenn es um dich geht«, sagt er schließlich und in meinem Magen bildet sich ein unangenehmer Knoten. Es bedrückt mich, dass er so fühlt. Und dabei war es ja irgendwie Teil des aus Langeweile gesponnenen Plans, die Brüder emotional an mich zu binden, weil es mir den Einstieg in die Company erleichtert hat. Nur hätte ich nie gedacht, dass es mir so nahegeht. *Das* war nie der Plan.

Ich weiß nicht, was ich darauf erwidern soll, also zwinge

ich mich zu einem halbherzigen Lächeln und versuche, an ihm vorbeizugehen, doch Raheem macht einen Schritt zur Seite und versperrt mir den Weg. Mein Kopf ruckt nach oben, und ehe ich mich's versehe, hat er seine Hand an meinen Nacken gelegt und zieht mich zu sich, um meine Lippen mit seinen zu verschließen. Wir stehen mitten in der Bibliothek. Es ist Abend, aber noch lange nicht so spät, als wenn es vollkommen ausgeschlossen wäre, dass jemand sich für eine Lernsession hierher verirrt. Doch das scheint Raheem völlig egal zu sein. Seine Zunge öffnet meinen Mund und er vertieft den Kuss, sodass ich mich seufzend am Revers seines Mantels festhalte. Das Kribbeln in meinem Bauch löst den unangenehmen Druck, den ich vorher verspürt habe, und mir wird schmerzlich bewusst, wie selten wir uns küssen. Und wie sehr ich es genieße, wenn es passiert.

Seine zweite Hand legt sich seitlich an meinen Hals und ich spüre die sanfte Berührung seiner Finger am Kiefer. Dieser Moment, so zärtlich und zerbrechlich, dass ich schier zergehe, lässt in mir alle Alarmglocken klingeln. Es ist zu viel. Viel zu viel. Ich kann mit Leidenschaft und Lust, mit irgendwelchen Launen, Neckereien oder Spielchen sehr gut umgehen. Aber nicht mit dieser Art von Gefühlen. Also trete ich einen Schritt zurück, um den notwendigen Abstand zwischen uns zu bringen.

Raheems Augen glänzen ungezügelt. Im Gegensatz zu seinem großen Bruder kann er nichts verstecken. All diese Emotionen prasseln auf mich ein wie Platzregen.

»Versprich mir, dass du auf dich aufpasst.« Seine Stimme ist so rau, dass unweigerlich eine Gänsehaut über meine Arme kriecht.

»Ich mache mein ganzes Leben lang nichts anderes, als

auf mich aufzupassen«, erwidere ich und lege meine Hand für einen Moment auf seine Brust, bevor ich den Weg nach draußen antrete.

Während Zane den schwarzen Chrysler durch die verschneiten Straßen fährt, starre ich aus dem Fenster, ohne irgendwas an der Situation zu kommentieren. Dabei sollte ich das tun. Gleichzeitig geistern zig Fragen in meinem Kopf herum. Doch alles, worauf ich mich konzentrieren kann, ist Raheem. Egal, wie ich die Situation zwischen uns drehe und wende, egal, aus welchem Blickwinkel ich es betrachte. Es ergibt keinen Sinn. Er hat keinerlei Vorteil dadurch, mich in seiner Nähe zu haben oder gar in der Company. Im Gegenteil. Ich bin ein wandelndes Risiko für seine Familie und sein Business. Und doch wollte er mich unbedingt dabeihaben, er hat mir den Weg geebnet, um Zane zu überzeugen. Und er macht sich Sorgen um mich. Wieder flattern diese ungewohnten Gefühle durch meinen Magen.

»Wir sind da«, verkündet Zane und ich hebe den Kopf, um festzustellen, dass er vor einer schäbigen Kneipe geparkt hat.

Ohne dass es sich verhindern lässt, entkommt mir ein lautes, trockenes Lachen, das durch die Fahrerkabine hallt.

»Was ist bitte so witzig?« Er legt eine Hand locker auf das Lenkrad und starrt mich mit zusammengezogenen Augenbrauen an.

»Hier treffen wir uns mit deinem Kunden?«, frage ich und tippe gegen die Autoscheibe, hinter der sich die Spelunke verbirgt.

Zane nickt langsam, als hätte er die Befürchtung, dass ich nun vollkommen den Verstand verloren hätte.

»Meine Anwesenheit dort könnte etwas schwierig werden. Ich habe Hausverbot.« Und der Yosemite-Sam-Verschnitt, der mich vor einer gefühlten Ewigkeit aus seinem Etablissement rausgeschmissen hat, wird mir jetzt sicher nicht den roten Teppich ausrollen.

»Im *Greyhound*? Wie hast du das denn geschafft?« Zane klingt nicht wirklich interessiert. Eher genervt. Wenn Comte die Befürchtung hat, dass er die Lage weniger unter Kontrolle hat, weil jemand Unberechenbares wie ich hineinpfuscht, dann verschlechtert das automatisch seine Laune.

»Sagen wir mal so, ich habe mich ladylike gegen übergriffiges Verhalten zur Wehr gesetzt«, erwidere ich und zwinkere ihm zu, bevor ich aussteige und geradewegs auf den Eingang zusteuere.

Zane eilt mir nach und zieht mich am Handgelenk zurück, sodass ich hinter ihm bin. Entweder er macht sich Sorgen, dass ich etwas Unüberlegtes tun könnte, oder er will mir zeigen, dass er heute im Spotlight steht. Der Auftritt des großen Comte.

Wir laufen durch den Gastraum. Niemand scheint wirklich Notiz von uns zu nehmen, auch wenn ich in meinem schwarz-grau karierten Kostüm überhaupt nicht ins Bild passe. Vom Yosemite-Sam-Verschnitt fehlt jede Spur. Vielleicht habe ich ja Glück und er hat heute frei.

Zane passiert die Billardtische sowie die Bar und steuert zielstrebig den hinteren Bereich des Lokals an. Dort sind drei einzelne Sitzgruppen unterteilt, von denen nur eine besetzt ist. Eine der beiden dort sitzenden Personen, ein Kerl mit dunklen Locken und Kinnbart, erhebt sich mit einem schleimigen Grinsen, als er uns erblickt. Er mustert Zane mit seinen unnatürlich hellblauen Augen abschätzig von oben bis unten.

»Comte«, schnurrt er regelrecht und reicht ihm die Hand. »Es ist mir eine Ehre, dich höchstpersönlich zu treffen.«

»Danke, dass du es einrichten konntest, Santana«, sagt Zane und erwidert seinen Handschlag.

»Das ist meine rechte Hand, Corbeau«, stellt er die zweite anwesende Person vor, die sich wie ein Schatten hinter Santana platziert.

Sein abfälliger Blick fällt auf mich und die schwarzen Augen verziehen sich zu Schlitzen. »Du«, knurrt er und schlagartig erscheint die dazugehörige Erinnerung an seinen Glatzkopf und den struppigen Bart in meinem Kopf.

»Ihr kennt euch?«, fragt Santana erstaunt und sein wachsamer Blick springt zwischen Corbeau und mir hin und her.

»Das ist die Schlampe, die mir an Jacks Geburtstag den Queue in die Eier gerammt hat!«, wettert Corbeau erbost.

Nun verliert sogar Zane sein Pokerface und schaut mit einem undefinierbaren Gesichtsausdruck zu mir.

Ich spüre Hitze in meinen Wangen aufsteigen und bemühe mich, unbedarft zu wirken, auch wenn der gesamte Fokus dieser seltsamen Szene nun auf mir liegt.

»Na, na, na, Corbeau«, säuselt Santana nasal und klopft ihm ein paarmal auf die Schulter. »Wer wird denn da so nachtragend sein? Sicherlich hatte Gardienne ihre Gründe.«

Gardienne? Die Wächterin? Hat Santana mir diesen Namen gegeben als Pendant zu Comte? Oder war es vielleicht sogar Zane selbst?

»Die hatte ich tatsächlich«, sage ich und verschränke die Arme vor der Brust. Immerhin hat dieser Kerl es gewagt, mich ohne mein Einverständnis anzutatschen. Das allein dürfte bereits Grund genug gewesen sein, um ihm seine Grenzen aufzuzeigen.

»Eine Frau hat immer recht, Corbeau. Das hat mir meine Mutter beigebracht«, sagt Santana und lacht grell. Es ist ein krasser Gegensatz zum tiefen, melodischen Lachen von Levi und Raheem. »Setzen wir uns.«

Die Stimmung, vorher noch angespannt und taktierend, wird auch dadurch nicht gemütlicher, dass Corbeau mich anstarrt, als wolle er mir gleich an die Gurgel gehen. Offenbar ist *er* sehr nachtragend. Und irgendwie amüsiert mich das.

Kurz darauf, ohne dass sie jemand aktiv gerufen hätte, kommt eine Bedienung zu uns an den Tisch und nimmt unsere Getränkewünsche auf. Hat sie uns beobachtet? Oder wirkt hier bereits Santanas Einfluss? Ich habe keine Ahnung, wer vor mir sitzt, weil Zane überaus geizig mit Informationen war. Im Grunde genommen hat er mir überhaupt nichts gesagt, außer dass Santana, der Kunde aus New Brunswick, für das größte Auftragsvolumen der Brüder verantwortlich ist.

»Zuallererst möchte ich mich bedanken, Comte«, verkündet Santana, als die Kellnerin zwei Flaschen Bier vor uns abgestellt und eilig das Weite gesucht hat. »Du bist ein Mann, der sein Wort hält. Davon gibt es nicht mehr viele.«

»Es war mir ein ganz besonderes Anliegen, die geschäftliche Beziehung auszubauen«, erwidert Zane ungewohnt entspannt. Das könnte allerdings genauso gut Scharade sein. »Und dank Gardienne hier, haben wir nun auch einen Ort, von dem aus wir international operieren können.«

Ich blinzle mehrmals und schaue zu Zane, der jedoch keine Miene verzieht. Ein Kompliment? Aus seinem Mund? Das muss eine Illusion sein. So etwas kann es gar nicht geben.

Doch Santana hat offenbar das Gleiche gehört wie ich und richtet seine Aufmerksamkeit verzückt auf mich.

»Dann haben wir dir diesen Erfolg zu verdanken«, ruft er erfreut und ich nicke gelassen. »Welche Kontakte muss man denn spielen lassen, um sich einen solchen Vertriebskanal zu erschließen?« Santana stellt seine Ellenbogen auf die zerkratzte Tischplatte, verschränkt die Finger ineinander und platziert sein Kinn darauf. Erwartet er jetzt von mir eine Gute-Nacht-Geschichte? Jedenfalls glänzen seine Augen aufgeregt.

»Betriebsgeheimnis«, sage ich lächelnd und hoffe, dass er es dabei belässt.

Neben Corbeaus schlecht gelaunter, leicht aggressiver Art ist Santana schwieriger einzuschätzen. Er wirkt stellenweise so enthusiastisch und aufgeregt wie ein Kind am Weihnachtsmorgen. Es ist fast gruselig. Aber Menschen, die mit Fälschungen handeln, haben wahrscheinlich generell einen Knick in ihrem Verhalten. Anders kann ich mir das nicht erklären.

Santana schürzt die Lippen und lehnt sich wieder zurück. »Wie dem auch sei, wir hätten keinen besseren Ort finden können. South Shanton hat eine großartige Anbindung zu diversen Häfen in den Vereinigten Staaten, über Südamerika, bis hin nach Europa. Ein schier endloser Pool an Möglichkeiten«, sagt er und greift nach seiner Bierflasche, um einen großen Schluck zu nehmen.

»Dann können wir ja endlich über die Preise reden.« Zanes entspannte Miene hat sich verabschiedet. Nun taxiert er Santana mit der Entschlossenheit eines Geschäftsmannes. »Wie du dir vorstellen kannst, werden wir nicht bei der Kalkulation bleiben können, wenn auf unserer Seite auch noch der Versand und das damit verbundene Risiko liegen.«

»Sicher doch«, erwidert Santana und nickt. »Was schwebt dir vor?«

Meine Augen huschen zwischen den beiden Männern hin und her. Wie oft Zane das wohl schon gemacht hat? Wie viele Deals hat er auf diese Art und Weise über die Bühne gebracht? Und wie viele zigtausend Dollar wurden dabei eingenommen?

»Wir verdoppeln den Preis pro Auftrag«, verkündet er entschlossen. »Dafür läuft die gesamte Abwicklung über uns. Du bestellst und dein Kunde bekommt seine Ware innerhalb einer gesetzten Frist. Sieh es als Rundum-Service.«

Santana hebt die Hand und legt sich den Zeigefinger an die Lippen. Die Sekunden verstreichen, während er nachdenkt.

»Das klingt fair«, sagt er schließlich, doch sein Unterton verheißt etwas ganz anderes. Er richtet den Blick seiner hellblauen Augen nur einen Herzschlag lang auf mich, doch es reicht, um einen unangenehmen Schauer auszulösen, der über mein Rückgrat kriecht. Santana hat eine dunkle Aura. Etwas Unberechenbares umgibt ihn. »Allerdings musst du auch zugeben, dass nur eine Demonstration recht wenig ist, um zweifelsfrei sagen zu können, dass die Werft funktioniert. Findest du nicht auch?« Er legt den Kopf schräg und wartet ab, wie Zane reagiert.

Corbeau hat es zwischenzeitlich aufgegeben, mich in Grund und Boden zu starren, und trinkt stattdessen genüsslich sein Bier, als würde ihn nichts hiervon auch nur ansatzweise angehen.

»Oh, Gardienne macht keine halben Sachen«, erwidert

Zane mit der Andeutung eines Lächelns und spätestens jetzt glaube ich, dass man ihn durch einen Klon ersetzt hat. Das ist bereits die zweite nette Aussage in meinem Beisein.

»Und wer würde einer so schönen Frau nicht vertrauen?«, sagt Santana schleimend und lässt erneut ein viel zu hohes Lachen erklingen. Seine Komplimente sind brechreizerregend. »Aber ich möchte trotzdem einen Versuch starten, ob ihr es schafft, ohne Probleme Dokumente in einen Hafen in Europa zu verfrachten. Denn, wenn euch das gelingt, dann bin ich gern bereit, die Verdopplung deiner Preise zu zahlen, Comte.« Santana setzt ein breites, ziemlich gekünsteltes Lächeln auf und streckt den Arm aus, um Zane seinen Handschlag anzubieten.

Doch dieser zögert. Es war wohl nicht vereinbart, dass die Brüder noch mal eine Lieferung zu alten Konditionen machen. Doch im Geschäftsleben, egal wie illegal es sein mag, geht nun mal nichts ohne Kompromisse.

Zane ergreift schließlich Santanas Hand und schüttelt sie.

KAPITEL 41
Zane

Gardienne. Dieser Name passt nicht zu Everly. Sie ist keine Wächterin. Und selbst wenn, bewacht sie nur die Pforte, die uns alle ins Verderben stürzen könnte. Was auch immer sich Santana dabei gedacht hat, sie so in den Vordergrund zu stellen. Und ich habe mich dem angeschlossen, weil Everly als Sündenbock doch viel besser funktioniert als ich oder meine Brüder. Wenn etwas schiefgeht, ist sie ihren Kopf los. Und sollte es so weit kommen, werden Raheem und Levi mir dafür danken, dass ich einen Prellbock ernannt habe. Sie finden ein anderes Betthäschen, ohne jeden Zweifel. Aber jemanden, der sich so bereitwillig in die Schussbahn wirft? Wie lebensmüde kann man sein?

Weder Santana noch Corbeau haben groß kommentiert, dass ich eine Frau mit zum Treffen gebracht habe. Ich habe Everly nicht einmal im Vorfeld angekündigt. Vielleicht ist es feige, aus ihr eine Art Back-up zu machen. Plan B, wenn sich die Dinge nicht so entwickeln, wie sie sollen. Aber es geht hier nicht um persönliche Befindlichkeiten, sondern um die zwei wichtigsten Dinge in meinem Leben, nämlich meine Familie und die Company. Und beides werde ich beschützen. Koste es, was es wolle.

KAPITEL 42
Levi

Ich stoße die Tür zum Archiv auf und stampfe mit den schwarzen Boots auf, um den Schnee loszuwerden, der sich darunter angesammelt hat. Mein Mantel ist feucht von den vielen Flocken, die draußen umherwirbeln. Ich hasse den Winter. Warum konnte Mom uns nicht auf eine elitäre Schule in einem warmen Bundesstaat schicken? Wie Kalifornien oder Florida? Mir fehlen die Sonne und die Helligkeit, die Wärme auf der Haut und die Luft, die so viele Gerüche in sich trägt. Die kalte Jahreszeit deprimiert mich.

Ich klopfe an die Tür der Archivverwaltung und werde kurz darauf hereingerufen.

»Oh, Mr. Rawlins. Wie kann ich Ihnen weiterhelfen?«, fragt der alte Simmons und setzt die Lesebrille ab, als ich eintrete.

»Ich wollte Ihnen nur den Band mit Gesetzestexten zurückgeben«, sage ich und ziehe den dicken, gebundenen Wälzer aus meiner Tasche hervor, um ihn auf den Schreibtisch zu legen. Ob ich mich jemals wieder in diesem Raum aufhalten kann, ohne daran zu denken, wie ich Everly hier zum Kommen gebracht habe? Ihre süßen, unterdrückten Laute der Lust an meinen Lippen? Wohl eher nicht.

»Kommen Sie gut voran mit ihrer Ausarbeitung?«, fragt er und bietet mir den Platz vor seinem Schreibtisch an.

Ich setze mich auf den knarzenden Holzstuhl. »Ja, ich habe mir einen Präzedenzfall im ›Drei-Verstöße-Gesetz‹ rausgesucht, um anhand dessen den Weg zur Urteilssprechung zu verdeutlichen«, erkläre ich das Thema meiner Hausarbeit.

»Eine kluge Vorgehensweise«, erwidert er und tippt mit dem Zeigefinger auf dem Buch herum. »Welchen Fall haben Sie sich ausgesucht?«

»Vandermark und Perkins im Jahr 1999«, erwidere ich und greife nach meinen Notizen, um sie Simmons zu reichen.

Er blättert sie durch und nickt anerkennend. »Gute Arbeit, Mr. Rawlins. Ich bin mir sicher, dass Professor Bautista überaus zufrieden sein wird.«

Er gibt mir meine Unterlagen zurück, doch bevor ich sie wieder verstaue, verweilt mein Blick einige Sekunden auf dem Deckblatt. Als würde der Titel darauf mich in seinen Bann ziehen. Ich habe ihn mittlerweile sicher bereits hundert Mal gelesen und doch löst es immer wieder ein kurzes, irrationales Grummeln in meinem Magen aus.

Revised Code of Washington 9A.56.200 – Raub ersten Grades.

Nachdem Mom unseren Familienurlaub auf St. Barts in der Prioritätenliste auf den letzten Platz gesetzt hat, gibt es nichts mehr, worauf ich mich freuen könnte, wenn wir in den

Winterferien nach Hause fahren. Der Gedanke daran, in weniger als einer Woche wieder in D.C. zu sein, verleiht meiner Stimmung einen heftigen Dämpfer. Dort warten keine Aufträge für die Company auf mich und keine Abenteuer mit Everly. Sondern ein karges Zimmer.

Ich öffne die Tür zur Werkstatt und werde wie immer von einer gemächlichen Abfolge von melodischen Pianoklängen begrüßt. Raheem ist in seine Arbeit vertieft. Mit der Lupenbrille auf der Nase sieht er in meinen Augen zwar immer wie ein verrückter Wissenschaftler aus, aber solange es ihm dabei hilft, ein perfektes Produkt abzuliefern, werde ich es nicht kommentieren.

Vor ihm liegen rund ein Dutzend Blätter aus hochwertigem Papier mit filigraner Schrift und geschwungenen Unterschriften. Ich habe mich nie dafür interessiert, was Raheem eigentlich fälscht. Er behauptet, alles zu können, doch da spricht definitiv der Übermut aus ihm. Ausweise, Urkunden, Verladepapiere, Signaturen sind kein Problem. Mit dem richtigen Papier wären sogar Reisepässe möglich. Als ich einmal gesagt habe, dass wir uns das ganze Drama mit den Aufträgen sparen und einfach unsere eigenen Dollarnoten fälschen könnten, hat Raheem nur geschmunzelt.

»Weißt du, was ich glaube?«, frage ich, ohne ihn zu begrüßen, und setze mich auf den freien Stuhl.

»Dass du mich lieber in Ruhe arbeiten lassen solltest, weil du sonst Stress mit mir bekommst?«, erwidert er und fährt seelenruhig damit fort, die Dokumente abzugleichen.

Ich schnalze mit der Zunge. »Nope.« Kopfschüttelnd verschränke ich die Hände hinter dem Kopf und beginne mit dem Stuhl hin und her zu wippen. »Ich glaube, dass wir in den Winterferien ganz einfach allein in die Karibik fliegen könnten und drauf scheißen, ob Mom irgendwelche Termine wahrnehmen muss.«

»Und wie willst du in das Ferienhaus kommen? Lässt du deine Langfinger-Magie wirken?«, fragt Raheem gelangweilt und greift nach der Lampe über seinem Kopf, um sie neu auszurichten.

»Wenn es sein muss«, sage ich trotzig. »Ansonsten buchen wir uns in ein Hotel ein. Für irgendwas haben wir doch die ganze Kohle, die die Company erwirtschaftet. Warum geben wir sie nicht mal aus? Oder sparen wir für das Alter?«

Seufzend zieht Raheem die Brille ab und fährt sich durch die Haare, die ohnehin schon ein heilloses Durcheinander sind. Der Blick seiner müde wirkenden Augen gleitet zu mir. »Was ist los?«, fragt er und faltet die Hände auf dem Tisch.

Mir liegt eine flapsige Antwort auf der Zunge, doch ich schließe den Mund wieder, ohne etwas gesagt zu haben. Natürlich merkt er, dass etwas nicht stimmt. Vielleicht war unsere Beziehung in den letzten Wochen nicht gerade besonders eng, was nicht zuletzt auch an der ganzen Sache mit Everly liegen könnte. Aber Raheem ist immer noch mein Bruder und er kennt jede meiner Facetten.

»Mir fällt die Decke auf den Kopf«, gebe ich zu und setze mich aufrecht hin.

»Jetzt schon?« Er zieht skeptisch die Stirn in Falten. »Du hast nicht einmal das erste Semester hinter dir.«

Ich nicke langsam. Ja, genau das ist mein Problem. »Um ehrlich zu sein, habe ich mir das alles anders vorgestellt. Die Academy und die Company. Es ist ...« Mir fehlen die passenden Worte.

»Weniger witzig, als erwartet?«, rät Raheem, schießt

damit ins Blaue und landet einen Volltreffer. Ja, das trifft es ziemlich gut.

Ich habe lange darauf gewartet, um endlich mit meinen Brüdern vereint zu sein und das Geschäft zu führen, das Zane bis zur Perfektion geplant hat. Vielleicht war es naiv, zu glauben, dass es uns näher zusammenbringen würde.

»Zane ist so wahnsinnig versteift darauf, dass alles genau so abläuft, wie er es für richtig hält«, sage ich und ziehe die Schultern nach oben.

»Und das wundert dich? Du kennst ihn doch, er ist ein pedantischer Perfektionist«, erwidert Raheem und hat damit ja irgendwie recht. Trotzdem ändert es nun mal nichts daran, wie ich mich fühle. »Außerdem hast du ja noch mich und ... Everly.« Der Gesichtsausdruck meines Bruders wandelt sich schlagartig von entspannter Teilnahmslosigkeit zu einer Grimasse.

Ich schnaube amüsiert. »Ich habe auch sehr viel Spaß mit Everly«, erwidere ich und meine damit nicht nur den körperlichen, »aber es ist nicht so, als wenn sie meine Ehefrau wäre und ich mit ihr über alles reden könnte. Dafür habe ich eigentlich meine Brüder. Und du bist momentan mehr damit beschäftigt, auf mich sauer zu sein, weil ich so viel Spaß mit ihr habe.«

»Ich bin nicht sauer auf dich!«, ruft Raheem und ich hebe ungläubig eine Augenbraue in die Höhe. Wen will er hier für dumm verkaufen? Erst jetzt wird mir bewusst, wie angeknackst die Beziehung zwischen uns ist. Zwar treten wir als geschlossene Einheit auf, aber innerhalb der Company herrschen mehr Unstimmigkeiten, als man auf den ersten Anblick vermuten würde. Everly hat Platz in einem instabilen Konstrukt gefunden.

»Weißt du was? Lass uns dieses Thema ein anderes Mal besprechen. Ich muss mit der Arbeit fertig werden. Das ist der Auftrag für diesen Kunden, den Zane und Everly überzeugen wollen. Absolute Priorität«, sagt Raheem plötzlich und setzt sich erneut die Lupenbrille auf die Nase, um weiter an seinen Fälschungen zu werkeln.

Ich schaue ihn einige Sekunden perplex an und erhebe mich kopfschüttelnd. Wann haben wir es eigentlich verlernt, uns normal miteinander zu unterhalten?

KAPITEL 43

Everly

SELENE

Du bist sicher, dass du nicht mit zur Weihnachtsparty ins Helheim kommen möchtest?

EVERLY

Sehr sicher. Ich werde eine Runde spazieren und mich dann in meinem Bett mit einem Buch einrollen.

SELENE

Klingt ja geradezu langweilig für deine Verhältnisse.

Ich presse die Lippen aufeinander. Sie kennt mich mittlerweile.

EVERLY

Ich wünsche euch viel Spaß. Pass auf Paisley auf. Nicht, dass sie sich volltrunken an Gideon ranschmeißt.

SELENE

Oh, ich werde meine Augen nicht von ihr lassen. 😉

Ich sperre mein Handy und verstaue es in meiner Hosentasche, als sich im selben Moment die Tür des Lesezimmers der United Fellows öffnet. Meine Augen weiten sich überrascht, als ich Raheem erblicke, der die Tür hinter sich schließt.

»Ich dachte, Zane holt mich ab. Sag bloß, dass du heute mit mir die Übergabe machst«, sage ich und verschränke skeptisch die Arme vor der Brust. Nicht, dass ich mich nicht darüber freuen würde, aber das wäre nicht Zanes Art.

»Nein, es bleibt alles beim Alten«, erwidert Raheem und tritt nah an mich heran.

Ich nehme möglichst unauffällig einen tiefen Atemzug und sauge den herben Geruch seines Aftershaves auf. Am liebsten würde ich in den Duftnoten baden.

»Aber ich wollte die Gelegenheit nutzen und dir etwas geben«, sagt er und holt aus seiner Jackentasche ein kleines Samtsäckchen hervor.

Neugierig beobachte ich jede seiner Bewegungen ganz genau.

»Ein Bestechungsversuch?«, frage ich neckisch.

»Ein Weihnachtsgeschenk«, korrigiert er und zieht aus

dem Säckchen eine filigrane Kette hervor. Ein warmes, ungewohnt kribbelndes Gefühl flattert durch mein Inneres.

Mir liegt ein alberner Kommentar auf den Lippen, der sich in Luft auflöst, als ein silbernes Schmuckstück glänzend vor meiner Nase baumelt. Aus Raheems entspannten Gesichtszügen strahlt unverfälschte Zuneigung. So roh und ehrlich, dass ich mir nicht anmaße, die Situation irgendwie herunterzuspielen.

Wie in Zeitlupe nehme ich seine Hand und ziehe ihn zum großen Wandspiegel, hinter dem sich der Safe verbirgt. Ich fasse meine offenen Haare mit beiden Händen zusammen und hebe sie an, sodass mein Hals frei liegt. Raheem steht direkt hinter mir. Ich spüre seine Körperwärme und den sanften Hauch seines Atems. Dank der Reflexion treffen seine dunkelgrünen Augen auf meine. Es löst eine wahre Flut an Empfindungen aus, die ich nur schwer greifen und noch schwieriger benennen kann. Er hebt sein Geschenk und legt mir die Kette um den Hals, um sie von hinten zu verschließen. Die feinen, silbernen Glieder liegen kühl an meiner Haut und treffen in der Mitte auf einen tiefschwarzen, schimmernden Stein in einer verschnörkelten Fassung.

»Es ist wunderschön«, wispere ich und berühre mit der Fingerspitze die geschliffene Oberfläche des Steins. So etwas Einzigartiges hat man mir noch nie geschenkt.

»Ich habe absichtlich Obsidian ausgesucht. Erschien mir passender als durchsichtige Glassteinchen.«

Erstaunt drehe ich mich zu Raheem, der immer noch den Anhänger im Blick hat. »*Du* hast das gemacht?«, frage ich und er nickt, bevor seine Augen langsam und wie ein zartes Streicheln über meinen Hals zurück zu meinem Gesicht wandern.

»Ich bin ziemlich geschickt mit den Händen«, raunt er

und ich bin mir sicher, dass es selten einen Satz mit so vielen unterschwelligen Bedeutungen gab. Mein Herz schwillt an. In mir scheinen alle Funktionen verrückt zu spielen. Ich bin diese Art von Zuneigung nicht gewohnt. Es ist nicht in Worte zu fassen, wie mich etwas gleichzeitig so verunsichern und glücklich machen kann.

Ich öffne den Mund, um mich zu bedanken, doch im selben Moment schwingt die Tür erneut auf und Zane steht im Lesezimmer.

»Seid ihr beide fertig?«, fragt er patzig und geht an den Safe, um einen dicken Umschlag hervorzuholen. »Wir haben noch was vor.«

Raheem rollt mit den Augen. Er ist sichtlich genervt, von seinem Bruder unterbrochen worden zu sein.

»Wir reden, wenn ihr wieder da seid«, sagt er leise und in seiner Stimme schwingt der mittlerweile fast gewohnte Ton von Sorge. Ist sein Geschenk ein Friedensangebot? Will er endlich einen Schritt auf mich zugehen?

Sanft berührt er für einen kurzen Moment meine Unterlippe, bevor er das Lesezimmer verlässt. Und seltsamerweise fühlt es sich an, als würde er einen Teil von mir mitnehmen.

»Lass uns fahren. Wir sollten Santana nicht warten lassen«, brummt Zane und nickt in Richtung Tür, um mir unmissverständlich zu zeigen, dass er keine Geduld dafür hat, hier Däumchen zu drehen.

Ich berühre ein letztes Mal den schwarzen Stein an meinem Hals und greife schließlich nach meiner Jacke.

Wir bleiben vor der Schranke, die zur Werft führt, stehen. Doch dieses Mal greift Zane nicht nach der Schlüsselkarte, die sich in seiner Jackentasche befinden dürfte. Er schaltet die Lichter aus und dreht sich zu mir.

»Du wirst mir jetzt ganz genau zuhören, *Gardienne*«, sagt er und spricht diesen Spitznamen mit so viel Hohn aus, dass ich ein Fauchen unterdrücken muss. »Es ist enorm wichtig, dass dieser Deal heute reibungslos über die Bühne geht. Hinter Santana warten Dutzende Menschen, die ein Interesse an den Produkten von Comte haben. Und ich will jeden Einzelnen von ihnen.«

Am liebsten hätte ich die Hand ausgestreckt und sein Knie getätschelt, doch in der jetzigen Situation würde das wohl nur Öl ins Feuer gießen.

»Wovor hast du eigentlich so viel Angst? Davor, dass jemand genauso gut auf dem Parkett tanzt wie du?«, stichle ich.

»Hältst du das alles für einen Witz, Everly?«, fragt er mit tiefer, fast drohender Stimme. »Denn das ist es nicht. Es ist kein Spielplatz, sondern ein Kampfgebiet.«

Ein wenig beleidigt bin ich schon, dass Zane auch nach einigen erfolgreichen Auslieferungen, die Levi und ich hatten, immer noch glaubt, dass ich all dem nicht gewachsen wäre. Als würde ich beim kleinsten Anzeichen von Stress oder Gefahren einfach aussteigen. Er scheint auf einen Fehler zu warten, ja geradezu danach zu lechzen.

»Mir ist der Ernst der Lage bewusst, Zane«, sage ich hart und halte seiner eisernen Miene stand, bis er sich endlich nach vorne dreht und die Karte hervorholt, um die Schranke zu öffnen. Ein mulmiges Gefühl rumort in meinem Inneren.

Wie sollen wir beide jemals richtig zusammenarbeiten, wenn Zane mir nicht über den Weg traut?

Wir fahren über das Hafengelände bis zum westlichen Wachturm. Zane parkt den Wagen und steigt aus, ohne sich auf eine weitere Konversation mit mir einzulassen. Auch mit gefütterten Handschuhen, einer Daunenjacke und einem dicken Wollschal ist es ziemlich ungemütlich auf dem freien Platz. Eiskalter Wind peitscht mir ins Gesicht und lässt Wangen und Nase in Sekundenschnelle unangenehm kribbeln. Doch ich folge Zane, ohne etwas auszusetzen, zum Turm. Wir steigen die Stufen aus Stahl nach oben, als er abrupt stehen bleibt.

»Das Wachpersonal ist da«, flüstert er und ich stemme die Hände ans Geländer, um einen kurzen Blick ins Innere zu werfen.

Und wie von selbst bildet sich ein Lächeln auf meinen Lippen. »Lass mich nur machen«, erwidere ich leise und husche an ihm vorbei zur Tür, die ins Innere des Raumes führt. Es gibt diverse Möglichkeiten, wie ich die Aufmerksamkeit des Wachmanns auf mich ziehen kann, doch letzten Endes entscheide ich mich für die einfachste und klopfe gegen die massive Pforte. Kurz darauf höre ich massige Schritte, die näher kommen.

»So früh schon da, Mitch? Hat Joanne dich rausgeworfen?« Die Tür schwingt auf und Frank steht vor mir. Sein dümmlicher Blick wandert zu mir und ich setze mein süßestes Lächeln auf. »Was machst du denn hier, Herzchen. Hast du dich verlaufen?«, fragt er und lacht dröhnend.

Ich klimpere mit den Wimpern. »Nein. Ich bin eine Freundin von Vizeadmiral Greg Brasher«, säusle ich und verschränke die Hände hinter dem Rücken.

Franks Gesicht wird schlagartig etwas weniger vergnügt. »Bist du auch eine von den Anzugträgern?« Er betrachtet mein Outfit etwas zu intensiv und das wäre normalerweise der Moment, in dem er bereits einen Queue zwischen den Beinen hätte. Aber ich will Zane ja nicht noch mehr Grund geben, mir vorzuwerfen, ich würde das alles hier nicht ernst nehmen.

»Könnte man so sagen«, erwidere ich und kichere.

»Meine Fresse, wenn da noch mehr von solch heißen Fegern rumlaufen, könnte ich es mir fast noch mal überlegen, meinen Highschool-Abschluss nachzuholen.« Verlorene Liebesmüh. Aber das werde ich ihm nicht aufs Brot schmieren.

»Wie dem auch sei. Unten findet gleich ein kleines Treffen statt und es wäre gut, wenn wir da unter uns bleiben würden. Egal, was man so hört oder sieht«, sage ich und setze meine beste Unschuldsmiene auf. Frank soll mir aus der Hand fressen, damit er ja nicht auf die Idee kommt, irgendwelche Fragen zu stellen.

Brummend reibt er sich die Hände und bedenkt mich mit einem ekelhaft durchdringenden Blick. »Und was bist du bereit, mir dafür zu geben, Herzchen?«

Wenn es nach Karma geht: einen Tritt in seine Weichteile. Aber dafür sind wir ja nicht hier. Stattdessen hole ich ein kleines Bündel Dollarscheine hervor und er nimmt es entgegen.

»Reicht das?«

Frank betrachtet das Bündel und nickt. »Fürs Erste.« Er dreht sich mit einem letzten dreckigen Grinsen um und kehrt in den Wachraum zurück.

Zane wartet am Fuße des Wachturms.

»Erledigt?«, fragt er, als ob etwas anderes als meine Bejahung überhaupt eine Option für ihn wäre.

»Das Wachpersonal wird keine Probleme machen«, erwidere ich überzeugt.

Nur wenige Minuten später fährt ein schwarzer Geländewagen vor, der mit der Dunkelheit des Hafengeländes fast verschmilzt. Alle vier Türen öffnen sich und Santana, Corbeau und zwei weitere, stämmige Männer steigen aus.

»Was für eine herrliche Nacht«, verkündet Santana, der in einer knallroten Lederjacke mit Pelzkragen alles andere als unauffällig aussieht. Er tänzelt geradezu vor uns herum und bleibt schließlich stehen, um eine Verbeugung anzudeuten. »Comte. Gardienne. Guten Abend.«

Weder Zane noch ich erwidern etwas darauf. Wir lassen Santana seine Show, solange er mit uns kooperiert und die Company mit Aufträgen versorgt.

Seine Bodyguards bleiben artig hinter ihm stehen. Sie sind die exzentrische Art ihres Arbeitgebers wohl schon gewohnt.

Zane tritt vor und reicht ihm den Umschlag, den er aus dem Safe mitgenommen hatte. »Das sind die Duplikate der Dokumente, die wir nach Bilbao geschickt haben. Dein Kunde hatte nichts zu beanstanden, nicht wahr?«

Santana gibt den Umschlag mit spitzen Fingern, die von schwarzen Handschuhen bedeckt sind, weiter an Corbeau. Offenbar möchte er sich nicht die Mühe machen, den Inhalt zu überprüfen, und überlässt das seinem Handlanger.

»Tatsächlich«, trällert Santana und streicht sich die lockigen Haare aus dem Gesicht, »war der Kunde begeistert von der Qualität. Es gab nur eine Sache, die ihn gestört hat.«

Zane versucht, sich seine Verwirrung nicht anmerken zu lassen, und hat damit deutlich mehr Erfolg als ich.

Santana macht einen großen Schritt nach vorne und steht unmittelbar vor uns. »Der Überweisungsträger, der mit im Umschlag war.« Wie bitte? Am liebsten hätte ich Santana gebeten, seinen Satz zu wiederholen.

Zane entgleiten indes die Gesichtszüge. Er starrt seinen Geschäftspartner an, als würde er an dessen Geisteszustand zweifeln. Und die Stimmung wird schlagartig so eisig, wie die Luft, die wir atmen.

»Hast du wirklich geglaubt, du könntest mich verarschen, Comte? Ich habe dich für einen ehrenvollen Mann gehalten. Auf jemanden, auf den man sich verlassen kann.« Santana verschränkt die Arme hinter dem Rücken und beugt sich vor. In seinen Augen glänzt eine wilde Wut und mein Puls beschleunigt sich rasant.

»Santana, ich habe keine Ahnung, wovon du sprichst«, sagt Zane, doch in seiner Stimme ist deutlich weniger Selbstvertrauen als noch wenige Minuten zuvor.

Santana baut sich vor ihm auf, fast Nase an Nase stehen sie sich gegenüber, doch Zane wäre nicht er selbst, wenn er in einer solchen Situation nur einen Zentimeter zurückweichen würde. Was zieht Santana hier ab? Versucht er mit dieser Masche die Preise bei Comte zu drücken?

»Wir hatten einen Deal. Und du versuchst, mich um mein Geld und meine Kunden zu betrügen? Ist das die Art, wie du Geschäfte machst, mon ami? Wie ein verdammter Feigling?«

»Jetzt komm wieder runter!«, ruft Zane und legt ihm eine Hand auf die Schulter, doch Santana schlägt sie empört beiseite.

Ich habe keine Ahnung, was ich in dieser Situation tun soll. Alles, außer wie zum Eisblock erstarrt dazustehen, erscheint mir unklug.

»Dann erklär mir, wie dieser verfickte Überweisungsträger in der Sendung landen konnte.«

»Keine Ahnung! Ich …« Zanes Stimme verklingt.

Plötzlich springt Santanas irrer Blick zu mir. »Gardienne«, schnurrt er regelrecht und macht einen Schritt zur Seite, um mich besser zu sehen. »Du bist so still.«

»Sie hat den Auftrag verschickt«, murmelt Zane, noch bevor ich etwas sagen kann, und in meinen Adern gefriert das Blut, als die Bedeutung seiner Worte zu mir durchdringt.

»Was?«, fauche ich und kann nicht glauben, was ich da höre. Zane kauft Santana dieses Getue ab? Und wirft mich den Wölfen zum Fraß vor?

»Du warst dafür verantwortlich, dass die Sendung im Versand des Hafens landet. Damit hattest du mehr als genug Chancen, den Umschlag zu öffnen und sonst was damit anzustellen.«

Ich schnappe nach Luft, als hätte ich mehrere Minuten unter Wasser verbracht. Wie kann er es wagen, mich vorzuführen?

»Ich bin nie allein dort, wenn du dich erinnerst«, gifte ich und versuche trotz der Wut, die heiß durch meine Adern pumpt, nicht auszuplaudern, dass es noch zwei weitere Mitglieder in der Company gibt.

Doch das scheint Zane gar nicht zu interessieren. »Ich wusste es! Ich wusste von Anfang an, dass man dir nicht vertrauen kann!«, ruft er und baut sich vor mir auf, während Santana langsam einige Schritte zurückgeht und das Spektakel beobachtet. »Dieses ganze sinnlose Gerede darüber, dass du was für sie übrighast. Du wolltest mich ausnutzen, das war von vornherein dein Ziel.« Zane gestikuliert wild. So außer sich habe ich ihn noch nie erlebt. Und der Unsinn, den er von sich gibt, kommt in meinem logisch denkenden Verstand nicht an. Es ergibt keinen Sinn. Nichts davon! Außer ...

»Wer sagt denn, dass du nichts in den Auftrag geschmuggelt hast, um mir etwas unterzujubeln? Wäre ja nicht das erste Mal, dass du mich bei etwas erwischen willst«, keife ich ihn an und denke zurück an den angeblichen Diebstahl der Maske.

»Du hattest beim letzten Mal schon nur deine Taktik im Sinn. War das dein Plan? Dir unser Vertrauen zu erschleichen, um mir dann meine Kunden wegzunehmen?« *Wow, das denkt Zane von mir?* Ich weiß, dass seine Meinung von mir nicht hoch, eigentlich sogar unterirdisch ist, aber dass er mir das zutraut ... nachdem er mich vorhin noch mit Raheem im Lesezimmer gesehen hat, wie ich sein Weihnachtsgeschenk akzeptiert habe. Er will nicht wahrhaben, dass ich seine Brüder mag, und spinnt sich hier etwas zusammen, um mich aus der Company zu ekeln.

Ich stelle mich hoch erhobenen Hauptes vor ihn. Wenn er glaubt, dass der große Zane Rawlins mir falsche Tatsachen unterstellen kann, dann kann er das vergessen. »Lassen wir die Scharade. Gib einfach zu, dass du mich nicht in der Company haben wolltest. Und es auch nach wie vor nicht willst«, sage ich bedrohlich leise und balle die Hände zu Fäusten. Wenn er mich weiter provoziert, stehen die Chancen nicht schlecht, dass ich ihm ins Gesicht schlagen werde.

»Ich will dich nicht in der Company«, presst er mir zwischen zusammengebissenen Zähnen entgegen.

Plötzlich steht Santana neben Zane und tätschelt seine

Schulter. »Comte. Wenn du nichts dagegen hast, würde ich mit Gardienne gern im Privaten über dieses Malheur sprechen«, säuselt er und in seinen Augen blitzt der Schalk.

Währenddessen funkeln Zane und ich uns wütend an. Mein Atem geht schnell und bauscht sich zu kleinen Wölkchen in der kalten Luft.

Plötzlich dreht Zane sich um. Als würde er eine Tür schließen. Ich starre auf seinen Rücken und höre nur am Rande ein Schnipsen von Santana. Kurz darauf werde ich an beiden Armen gepackt und nach hinten gezogen. Ich kreische auf und versuche, mich aus dem kräftigen Griff der Handlanger zu befreien, die schmerzhaft fest in meine Haut drücken. Doch es gelingt mir nicht.

»Lasst mich sofort los, ihr Gorillas!«, schreie ich und winde mich, während ich immer weiter nach hinten gezogen werde.

Santana richtet den Kragen seiner Jacke und gibt ein psychotisches Lachen zum Besten.

Mein Herz pumpt viel zu schnell Blut durch meine Adern.

»Zane!« Es ist mir völlig egal, dass ich gerade Comtes Identität verraten habe. Nachdem dieses Arschloch von Rawlins-Brut mir solche Dinge an den Kopf geworfen hat, ist sämtliche Rücksicht verschwunden. »Dreh dich um, du Bastard! Ich habe sämtliches Risiko auf mich genommen für dein fucking Business.«

Er scheint zur Statue erstarrt und rührt sich keinen Millimeter.

»Zane, Zane, ZANE!«, brülle ich immer wieder, während Santanas Leute mich zum Auto ziehen. Und Zane lässt es geschehen.

Ich hebe die Beine, um nach den Bodyguards zu treten, doch Corbeau fängt mit knochenbrecherischer Kraft meine Knöchel ein und hievt mich ins Innere des Fahrzeugs. Mein letzter Blick fällt auf Zanes bewegungslosen Hinterkopf, als die Tür sich schließt.

KAPITEL 44
Zane

Ich hätte auf mein Gefühl hören sollen. Ein Gefühl, das mir ins Ohr geflüstert hat, dass du nichts als Unheil bringst, von dem Zeitpunkt an, an dem ich dich zum ersten Mal gesehen habe.

Dabei wollte ich doch, dass es funktioniert. Ich habe mich meinen Brüdern zuliebe auf dieses Experiment eingelassen. Und dir Zugang zur Company gewährt. Auf meine ganz persönliche Spielwiese.

Jetzt bin ich gezwungen, Raheem und Levi zu erklären, dass ihre Madonna nichts anderes war als eine Verräterin. Das wird sie verletzen. Vielleicht sogar zerstören. Und Santana wird dafür sorgen, dass du es bereust.

War es das wert, Everly?

ENDE Band 1

Danksagung

Der Sprung in einen unbekannten Trope ist immer wieder aufregend. Deswegen geht der größte Dank an Ylvie Davis, ohne die mein Leben als Autorin und auch darüber hinaus schlichtweg nicht funktionieren würde. Sie ist Inspiration, Kritikerin, Cheerleader, Freundin, Unterstützung, Alpha- und Betaleserin und noch so viel mehr, was sich hier nicht in Worte fassen lässt. Danke, dass ich dieses Abenteuer mit dir gemeinsam erleben darf.

Ganz viel Liebe geht ebenso raus an das großartige Team vom Federherz Verlag: Christina, Eva, Anika, Esther, Nikolina, Corinna, Lucia und all die wunderbaren Menschen, die im Hintergrund arbeiten und jedes Projekt zu einem ganz besonderen machen.

Danke an Alba aka kalisdice für die wunderschöne Illustration zu Everly und ihren Jungs.

Auch dieses Mal hatte ich großartige Unterstützung vom weltbesten Testleser-Team, das noch mal alles aus dem Manuskript rausgeholt hat: Jessie, Lisa, Ronja, heart.breaklibrary, Julia, Missa, Michelle Vogelsang, Lina Dennemans (@lina_book-lover), Virginia, Laura-Marie Wenz und Franzi. Danke euch!

Ein besonderer Dank geht an meine bessere Hälfte Steven, die mich abends immer fleißig daran erinnert zu schreiben, anstatt zu prokrastinieren.

Und zum Schluss danke ich dir, liebe Leserin, lieber Leser. Dafür, dass du diesem Buch eine Chance gegeben hast. Hoffentlich hast du, wie ich, ein kleines bisschen dein Herz an Levi, Raheem und Zane verloren.

Mila Meadow
THE ACADEMY OF
FRENCH AND RAVEN
Gefährliches Spiel
Band 2
ISBN: 978-3-98942-092-2

Wir haben dich gewarnt, Everly.
Doch nun willst du bei uns mitspielen.
Nur hat dieses Spiel ganz eigene Regeln.

Als Everly aus den Fängen Santanas und seiner Männer gerettet wird, scheint auch das Machtgleichgewicht in der Company endlich zu ihren Gunsten gekippt zu sein. Denn Zanes Vertrauensbruch wiegt schwer und belastet das Verhältnis der drei Brüder. Außerdem versuchen Raheem und Levi, sich endlich damit zu arrangieren, dass Everly sich nicht für einen von ihnen entscheiden möchte. Doch auf der Kante zwischen Leidenschaft und Eifersucht zu tanzen, könnte sie alle in den Abgrund stürzen. Dass Everly zudem verbissen daran interessiert ist, das Geschäft der Company voranzutreiben, schürt erneut Streitereien. Nicht zuletzt mit Zane, der plötzlich ganz andere Dinge in ihr auslöst, als er sollte, und damit ein verwirrendes Gefühlschaos entfacht. Gleichzeitig drohen alte Feinde alles zu zerstören, was die Rawlins-Brüder aufgebaut haben. Und sie sind sich immer sicherer, dass ein Verräter auf dem Campus der Academy of French & Raven lauert …

Reverse Harem | Morally Grey

Franziska Labude
BETWEEN FIRE AND FATE
Romantasy
Dilogie-Auftakt
ISBN: 978-3-98942-087-8

Eine schicksalhafte Prophezeiung.
Ein ewig währender Krieg.
Und eine Frau zwischen zwei Männern.

Regelmäßig aus dem Gedächtnis ihrer Mitmenschen zu verschwinden gehört für die Studentin Fiona zum traurigen Alltag. Die damit einhergehende Einsamkeit erdrückt sie mehr und mehr. Als auch noch Fionas Ring beginnt, ihr plötzlich Erinnerungen aus ihrer Kindheit zu zeigen, zweifelt sie endgültig an ihrem Verstand. Bis sie eines Nachts auf das Ordensmitglied Noah und den Phönix Caleb trifft, die ihr helfen, ihr Schicksal und diese neue Welt zu verstehen. Denn Fiona steht im Mittelpunkt einer jahrhundertealten Prophezeiung und eines Krieges zwischen Schattenwölfen und Phönixen. Doch mit den beiden Männern an ihrer Seite, die ihr Herz immer höher schlagen lassen, fühlt sie sich bereit, herauszufinden, wer sie wirklich ist. Auch wenn das bedeutet, dass sie sich auf eine gleichermaßen gefährliche wie auch magische Suche nach ihren leiblichen Eltern begeben muss. Was sie jedoch nicht ahnt: Ein unbekannter Verräter hat den Geheimorden infiltriert und plant bereits, sie an die Schattenwölfe auszuliefern …

Love Triangle | Forced Proximity

Carol Delight
WANT YOU MADLY
Trilogie-Auftakt
ISBN: 978-3-98942-084-7

Ich bin immer in deiner Nähe, Melody.
Ich beschütze dich, denn alles, was ich will, bist du.
Und für dieses Ziel bin ich bereit, über Leichen zu gehen.

In Los Angeles ist das Leben teuer, das weiß auch die Studentin Melody Evans nur zu gut. Allein deshalb arbeitet sie als Escortgirl. Doch als ein neuer Kunde genau sie anfordert und zehntausend Dollar für eine Nacht mit ihr bietet, wird sie nervös. Und der Schock wird noch größer, sobald Melody beim ersten Treffen erkennt, wer sie gebucht hat: Matthew McEnroe. Niemand anderes als der große Bruder ihres ehemals besten Freundes, ihr heimlicher Jugendschwarm und inzwischen erfolgreicher CEO. Für Melody sind fünf lange Jahre vergangen, seit sie ihn das letzte Mal gesehen hat. Aber für Matthew nur ein paar Tage. Denn was sie nicht weiß, ist, dass er immer in ihrer Nähe war und sie ununterbrochen beobachtet …

Stalker | Romantic Thrill

Melina Ray
SEAMLESS LOVE
Einzelband
ISBN: 978-3-98942-089-2

Für Männer ist im Leben von Savannah Payton kein Platz.
Wie gut, dass Aiden Pierce diesen Platz auf keinen Fall will.
Nur fliegen zwischen Sand und Seide bald nicht nur die Fetzen,
sondern auch Funken ...

Savannah Payton arbeitet hart für den Traum, ihre Modemarke Not Your Business über die Grenzen von Los Angeles hinaus bekannt zu machen. Für eine große Marketing-Kampagne benötigt die junge Unternehmerin die Unterstützung der Saguaro Studios – einer aufstrebenden Produktionsfirma mit Sitz im malerischen Wüstenstädtchen Juniper Valley. Neben der talentierten Crew trifft Savannah während der Drehs auf deren kühlen und distanzierten Firmenchef Aiden. Was sie nicht weiß, ist, dass er gute Gründe dafür hat, die zielstrebige Designerin am liebsten direkt zurück nach Hollywood schicken zu wollen. Denn auch er ist auf die Zusammenarbeit angewiesen. Keiner von beiden plant die Funken, die zwischen ihren Wortgefechten plötzlich sprühen. Doch als Aiden schließlich in einer brenzligen Situation dafür sorgt, dass Savannah nicht die Nerven verliert, kommen sie sich immer näher. Aidens Geheimnis aber macht eine tiefere Bindung zwischen ihnen unmöglich, denn es könnte dafür sorgen, dass er alles verliert …

Haters-to-Lovers | Grumpy x Sunshine